中国现代文艺学大家文库

文艺学宏观阐释
——陆贵山文艺学文选

陆贵山 著

山东文艺出版社

图书在版编目（CIP）数据

文艺学宏观阐释：陆贵山文艺学文选／陆贵山著. —济南：山东文艺出版社，2021.4
ISBN 978-7-5329-6039-2

Ⅰ.①文… Ⅱ.①陆… Ⅲ.①文艺学—中国—当代—文集 Ⅳ.①I206.7-53

中国版本图书馆 CIP 数据核字（2020）第 013617 号

责任编辑：杨　枫
装帧设计：刘小军

文艺学宏观阐释
——陆贵山文艺学文选
陆贵山　著

主管单位	山东出版传媒股份有限公司
出版发行	山东文艺出版社
社　　址	山东省济南市英雄山路189号
邮　　编	250002
网　　址	www.sdwypress.com

读者服务	0531-82098776（总编室）
	0531-82098775（市场营销部）
电子邮箱	sdwy@sdpress.com.cn

印　　刷	山东新华印务有限公司
开　　本	890毫米×1240毫米　1/32
印　　张	12
字　　数	289千
版　　次	2021年4月第1版
印　　次	2021年4月第1次印刷
书　　号	ISBN 978-7-5329-6039-2
定　　价	95.00元

版权专有，侵权必究。如有图书质量问题，请与出版社联系调换。

出版说明

"中国现代文艺学大家文库"精选徐中玉、钱谷融、王元化、钱中文、李衍柱、王元骧、陈伯海、陆贵山、孙绍振、童庆炳等十位著名文艺理论家的代表性著作，涵盖现代文论、西方文论、古代文论等多个领域，以期对近百年来中国文艺学的创造性成果进行总结，全面立体地展示中国现代文艺学研究的理论建树，为专业的文学研究者提供经典、权威的文艺学资料，从而推动新时代文艺学研究向纵深发展。

我们在编选过程中，除根据作者或授权编选者的意见对个别选文稍作修正外，尽量保持文章初次发表时的原貌。这是一套学术著作，我们本着严谨认真的态度进行编校，但难免会有疏漏，尚祈读者指正。

山东文艺出版社
2020 年 12 月

总序

中国文艺学发展百年回眸

为了总结文艺学诞生、发展的历史经验，推进当代具有中国特色的文艺学的建设，山东文艺出版社拟出版一套"中国现代文艺学大家文库"，选择近百年来在不同历史时期涌现出的文艺理论家的代表性成果集结的"自选集"或由学子、亲人协助选编的"文艺学文集"，公开出版发行，与国内外读者见面。这一设想是有创新性的，也是具有学术价值和现实意义的。

第一批被选入的学者有十位，最年长的是2019年6月25日去世、享年105岁的徐中玉先生。徐先生1915年2月15日出生于江苏江阴。这一年恰是陈独秀创办的《青年杂志》（1916年改为《新青年》）问世。在五四精神的熏陶和培育下，在新文化运动的洪流中，徐先生刻苦学习、吸纳进步思想，在极端困难的环境中，积极为深爱的祖国贡献一份力量。在《忧患深深八十年——我与中国二十世纪》一文中，徐先生说："我们这一代人的发奋图强，誓雪国耻，要求进步,坚主改革,不论在什么环境、困难下总仍抱着忧患意识与对国家民族负有自己责任的态度,是同我们从小就受到的这种国耻教育极有关系的。'天下兴亡,匹夫有责',这不是说个人有了不起的力量,而是说每个人于国、族兴亡,都要负起自己应该并可能承当的责任。"作为一位文艺理论家,徐中玉先生继承和弘扬了中国知识分子所具有的"先天下之忧而忧,后天下之乐而乐"和"独立之人格,自由之思想"的优良传统,由于敢于直言,敢于讲真话,坚持正义,主持公平,徐先生多次被诬陷、遭攻击,被打成"右派",但他始终默默地搜集文献资料,思考和研究文艺理论问题。他认为:"具有忧患意识,有使命感和历史责任则是每一个爱国者应有、能有的。"徐先生在受迫害的艰难岁月里,"利用一切可以利用的时间,埋头积累专业研究资料。二十年间孤立监改扫地除草之余,新读七百多种书,积下数万张卡片,约计手写近一千万字。甘于寂寞,自求心安。只有自己觉得这种积累有用,即使这些卡片将始终只能塞在我的抽屉里,也有意义。也许这只是为了求得自己心理上的平衡,但到底并没有把这二十年光阴完全白过。"① 徐先生在逆境中所显示出的这种坚忍不拔、甘于寂寞、潜心研究的治学精神,堪称为学界的楷模。

对于近百年文艺理论的发展,徐中玉先生为《中国近代文学大系·第1集·第1卷·文学理论集1》作的导言中认

---

① 徐中玉:《忧患深深八十年——我与中国二十世纪》,载《徐中玉文存》,6页,上海人民出版社,2019年。

为,"近代文学理论在新旧交替、救亡图强的大变革世运中"①得到长足的发展,在这方面王国维和鲁迅作出了突出贡献。

今天我们所说的文艺理论或文艺学②,它的古老的名字称为"诗学"。最早提出"诗学"概念并把它作为独立学科进行研究的是古希腊"最伟大的思想家"亚里士多德(公元前384—前322)。在古希腊,诗是一个广义的概念,包括抒情诗、叙事诗、悲喜剧、史诗、音乐、舞蹈等。亚里士多德的《诗学》就是古希腊这些艺术种类实践经验的总结。因此,亚里士多德的《诗学》,就其研究的对象和论述的内容来讲,可谓是世界文论史上出现的第一部文艺理论或文艺学专著。

中国古代虽无"诗学""文艺学"的概念,但对诗乐理论的研究却源远流长、新见迭出,产生过多部影响深远的理论专著。从荀子的《乐论》到后来出现的《乐记》,从《文心雕龙》《诗品》《闲情偶寄》到《人间词话》,等等。三千多年前,在《尚书·虞书·舜典》中提出"诗言志"这一中国诗论"开山的纲领"以来,不断有新的理论观点问世,诸如:缘情说、形神说、风骨说、神韵说、意象说、性格说、境界说、意境说等,并对创作实践产生过程度不同的影响。诗论在中国古代,除《文心雕龙》《诗品》等专著中

---

① 徐中玉主编:《中国近代文学大系·第1集·第1卷·文学理论集1·导言》,上海书店,1994年。
② 据日本当代文艺理论家浜田正秀研究,文艺学(Literaturwissenschaft 或 science of literature)这一词据说最先是在19世纪40年代初的黑格尔学派里使用,初见于1843年麦登(Mundt, 1808—1861)的《现代文学史》一书的绪论中。见[日]浜田正秀《文艺学概论》,陈秋峰、杨国华译,3页,中国戏剧出版社,1987年。

有所论述外，主要是以乐论、诗话、词话、曲话、批注、笔记等文体存在于历史典籍之中。

文学理论或文艺学作为一门独立的人文学科在中国出现，则是20世纪的事情。1902年，文学理论先是以"文学研究法"的名义跨入了"中国文学门"，正式被列入《钦定大学章程》。1912年，在北大馆藏的《民国元年学科设置及课程安排》中，首次将"文学概论"列为人文学科开设的课程。1916年蔡元培任北大校长，聘任陈独秀为文科学长。1917年在北京大学重新修订的《文科大学现行科目修正案》中，进而明确将"文学概论"定为必修课。由此开始，一百多年来"文学概论"一直是全国各大学中文专业开设的必修课。[①] 上世纪开始的一二十年，多是借用国外学者撰写的关于文学艺术理论的著作为教材。上世纪50年代，中国各高校文科，普遍用的是苏联的文艺学教材。改革开放新时期，中国恢复学位制度后，文艺学正式作为一个独立学科在全国各高校与科研单位设立博士点、硕士点，并开始招收培养专门从事文艺学教学与研究的人才。文艺学在国家教育体制上被确立，同时也被学界接受认同。

回顾文艺学在中国发展的历史，20世纪初，在中国古代诗学理论向中国现代诗学理论的转换过程中，王国维（1877—1927）作出了重大贡献。生活、学习和成长在中西文化交流和碰撞时代大潮中的王国维，在"文学理论"概念的出现和"文学概论"成为中国大学人文学科的必修课

---

① 参见程正民、程凯主编：《中国现代文学理论知识体系的建构——文学理论教材与教学的历史沿革》，北京大学出版社，2005年。

的同时,1904年发表《〈红楼梦〉评论》;1904—1906年开始撰写《人间词话》甲稿、乙稿,并于1908年分三期连载于《国粹学报》;1909年,写出《唐宋大曲考》《戏曲考源》,刊于《国粹学报》;1912年,《宋元戏曲考》成书。王国维运用康德、叔本华的美学观,结合中国文学和文论的实际,具体分析和评论了《红楼梦》、宋元戏曲和古代诗词,以境界为核心范畴,构建起一个具有中国民族特色的文学艺术理论新体系。王国维创建的文论新体系,在总结中国文艺创作实践的基础上,创造性地继承、创新性地发展了中国古代诗论的优秀传统,汲取融合了西方诗学中的合理成分。其研究和论述的方面,涵盖和扩大了亚里士多德《诗学》的内容,更加符合中国文艺的实际。他写的《〈红楼梦〉评论》,为中国现代文艺理论批评开了先河,投下了第一块基石。文中振聋发聩地提出:"《红楼梦》者,可谓悲剧中之悲剧也。"① 这一理论观点,显然比胡适提出的"自传说"和蔡元培的《〈石头记〉索引》,有更高的审美价值。叶嘉莹说:"此文在中国文学批评的历史中,实在可以说是一部开山创始之作。"② 这一评价,是公正而又符合实际的。王国维的《宋元戏曲考》或《宋元戏曲史》,是中国第一部戏曲史。王国维的《人间词话》,以中国古代诗话、词话的形式,表达出现代美学和文艺理论的丰富内容。王国维以境界范畴作为他的现代诗学体系的逻辑起点,系统总结了中国古

---

① 王国维:《〈红楼梦〉评论》,载《中国近代文论选》下,754—755页,人民文学出版社,1962年。

② 叶嘉莹:《王国维及其文学批评》,176页,广东人民出版社,1982年。

代诗话、词话所蕴含的诗学理论，结合优秀古典诗词的分析，对文艺的本体论、创作论、构成论、鉴赏论、作家论提出了自己的见解，并且原创地论说了优美、壮美、古雅、情与景、写实与理想、隔与不隔、有我之境与无我之境等属于他自己独有的新的诗学范畴。他吸取了19世纪以来西方兴起的"写实派"与"理想派"，即现实主义与浪漫主义理论观点，认为在艺术意境的创构过程中，现实和理想相互渗透，融为一体，二者颇难区别，"写实家亦理想家"，"理想家亦写实家"。

对于王国维在中国学术史上的贡献，陈寅恪指出：

> 自昔大师巨子，其关系于民族盛衰学术兴废者，不仅在能承续先哲将坠之业，为其托命之人，而尤在能开拓学术之区宇，补前修所未逮。故其著作可以转移一时之风气，而示来者以轨则也。先生之学博矣，精矣，几若无涯岸之可望，辙迹之可寻。然详绎遗书，其学术内容及治学方法，殆可举三目以概括之者。一曰取地下之实物与纸上之遗文互相释证。凡属于考古学及上古史之作，如《殷卜辞中所见先公先王考》及《鬼方昆夷玁狁考》等是也。二曰取异族之故书与吾国之旧籍互相补正。凡属于辽金元史事及边疆地理之作，如《萌古考》及《元朝秘史之主因亦儿坚考》等是也。三曰取外来之观念，与固有之材料互相参证。凡属于文艺批评及小说戏曲之作，如《红楼梦评论》及《宋元戏曲考》《唐宋大曲考》等是也。①

---

① 陈寅恪：《王静安先生遗书序》，载《陈寅恪史学论文选集》，501页，上海古籍出版社，1992年。

陈寅恪先生总结出的王国维学术研究的三条基本经验和方法影响深远，对中国现代美学、诗学、史学的研究与发展，具有重大的学术价值和现实意义。在中国文学艺术领域，王国维既是中国古代诗话、词话的最后一位诗论家，同时又是中国现代诗学在新世纪伊始出现的最初的一位文艺理论家。中国古代诗话、词话的终结和中国现代诗学理论的开端，是以王国维创建的中国现代诗学理论（即文艺理论）为标志的。

王国维对中国现代诗学理论虽然作出了重大贡献，但也有明显的局限和缺失。徐中玉先生明确指出：王国维的理论虽有"精微处、透辟处，也有自相矛盾、未能自圆其说处，违反历史事实、时代要求、大众愿望处。国家民族仍在贫弱交困、急待救亡疗治的时刻，他这些理论大体只可供思考，起到免于走向极端功利而尽失文学特性的作用……王氏精微有余，正视现实生活不足，理想成分多"。徐先生认为，"王国维说：'主观之诗人不必多阅世，阅世愈浅，则性情愈真，李后主是也'，都不切合事实。李后主身受亡国之辱，阅世还浅？他的最好词作，难道不是这种阅历促成的？阅世深了，一定会使性情失真？如果真只是'赤子'，大眼界、深意境能从哪里来？说李后主'俨有释伽、基督担荷人类罪恶之意'，简直把一己之所爱，拔高到天上去了。王氏有很高的艺术鉴赏力，也有把自己的学术见解大胆提出来的理论勇气。但他的不少著名观点至少仍是大可商榷的。"徐先生对王国维的批评是十分中肯的。

在徐先生看来，对于建设中国现代文艺学（或文艺论）的贡献，与王国维相比，鲁迅的贡献更大、更具有现代性。徐先生对鲁迅写于1907年的《摩罗诗力说》给予很高的评价。

(《摩罗诗力说》)是这一历史时期文学理论的总结,又是这一时期文学理论发展的最贵结晶,明显地起着承前启后的作用。鲁迅在此文中不废怀古之功,但更要求审己、知人:"欲扬宗邦之真大,首在审己,亦必知人,比较既周,爰生自觉,每响必中于人心,清晰昭明,不同凡响。"这就是指出:一味自我欣赏而不审视自己的阙失,前途必无光明,有了改进的自觉,才有希望。为此,他坚决主张"别求新声于异邦"。异邦有诸如"立意在反抗,指归在动作","争天拒俗",争取"独立、自由、人道","说真理"等类新声,都还是我们自己非常缺少却极需要的。对异邦行而有效的东西,认为虽应学习,"亦非吾邦民可活剥",应学其"内质",即真精神才是。

鲁迅分析了过去闭关的恶果,孤立自是,精神沦亡,以致维新了二十年仍无甚成效。他呼吁文学界有志之士都要做"精神界之战士",为国族尽最大努力。"家国荒矣,而赋最末哀歌,以诉天下贻后人之耶利米,且未之有也!"

鲁迅凭其热爱国族的赤忱和高瞻远瞩的目光,其认识达到了当时思想界文学理论界的最高峰。①

---

① 徐中玉主编:《中国近代文学大系·第1集·第1卷·文学理论集1·导言》,上海书店,1994年。

鲁迅（1881—1936）是一位伟大的文学家、思想家、革命家。他不仅是中国现代文学的奠基人，为中国20世纪文学竖起了第一座巍峨的文学高峰，而且是建设具有中国民族特色的文艺理论或文艺学的披荆斩棘的勇敢开拓者。鲁迅积极投入和倡导白话文运动，1918年5月发表的《狂人日记》是中国文学史上出现的第一篇白话文小说。在中国文艺理论史上，鲁迅又是第一个将西方现实主义理论的核心范畴——"典型""典型人物"引入中国文坛的。他在1921年4月5日写的《译了〈工人绥惠略夫〉之后》一文中，称阿尔志跋绥夫在1905年之前，"已经写出了一个以性欲为第一义的典型人物来①。"在《阿Q正传》的论争中，典型逐渐成了批评家批评作品成败得失的重要审美尺度。鲁迅系统全面地研究了中国小说，撰写的《中国小说史略》《中国小说的历史的变迁》，开创性地为中国文学史研究打下了一个坚实的基础，并为中国文艺学的理论研究提供了丰厚的历史文献资源。鲁迅亲自将普列汉诺夫运用唯物史观写出的《没有地址的信》，翻译给中国读者。他对文学发生学的研究，既批判地吸取和借鉴了"游戏说""巫术说""劳动说"中的有价值成分，又紧密结合中国文艺发生的实际，提出了富有中国特色的文艺活动发生论的新观点。他的理论主张可概括为："劳动—巫术—休闲"说。②徐中玉先生在《中国近代文艺理论的发展》中提出的中国文论史上长期争论不休的一个关

---

① 《鲁迅全集》第10卷，167页，人民文学出版社，1981年。
② 李衍柱：《文学理想与文学活动》，302—308页，人民出版社，2013年。

于文艺与政治的关系问题,鲁迅总结中国文学史的经验,生动而又辩证地作出回答。他在《文艺与政治的歧途》《魏晋风骨及文章与药及酒之关系》等论文中指出:世界上没有超政治、超时代的文学,鼓吹所谓文学超政治、超时代,实质是为了逃避现实,然而这又是不可能的,"这是和说自己用手提着耳朵,就可以离开地球者一样地欺人"①。

人的意识的觉醒与人的价值和尊严的被肯定,人的主体性的确立和人的独立思考能力的恢复和增强,这是一百多年来在中国学术界、思想界、文学艺术界发生的一个重大变化。如同陈伯海先生所说:"现代意义上的'人'的自觉和'文'的自觉,构成'五四'文学革命对20世纪中国文学发展的主要贡献。"② 人学与文艺学同属人文科学。而人学又是文艺学的重要理论基础。人学既是打开文学殿堂大门的钥匙,也是打开中国古代文论、书论、画论、乐论宝库的金钥匙。文学是"人学"的理论主张,不仅对于我们研究中国古代文论传统、开展中西文论比较,有指导意义,而且对研究中国现代文艺理论,总结五四以来文学艺术领域的经验教训和存在的问题,都有现实的意义。从1918年12月15日刊行的《新青年》第5卷第6号上发表周作人的《人的文学》,到1957年第5期《文艺月报》发表钱谷融的《论"文学是人学"》,再到1980年第3期《文艺研究》发表钱谷融的《〈论"文学是人学"〉一文的自我批判提纲》(即

---

① 《鲁迅全集》第7卷,113—114页,人民文学出版社,1981年。
② 陈伯海主编:《近四百年中国文学思潮史》,22页,东方出版中心,1997年。

《我怎样写〈论"文学是人学"〉》),时间经过了六十余年,围绕着文学与人的问题,人性、国民性与阶级性问题,人道主义与人文精神问题,展开了多次的论争,尽管一些作家、理论家因此而落难,受到批判或斗争,但是真理是批不倒、骂不掉、打不死的,相反它会在反复敲打中闪烁出它的灿烂的光辉。① 选入"中国现代文艺学大家文库"的学者,几乎每一位都在自己所选论文中从不同视角论说到"人"的自觉与"文"的自觉问题。徐中玉在《忧患深深八十年——我与中国二十世纪》一文中说:"文学既是人学,更是人心民心之学。"钱中文先生指出:"'文学是人学'是针对教条主义把人当作描写的工具而说的,文学应该描写活生生的人,张扬了文学的人道主义,这一很有针对性的观点,开了解放文学思想风气之先,扩大了人们对文学的认识,使文学与真实的人结合起来,有力地批判了高大全、假大空这类虚假的文学主张,功莫大焉。"② 钱先生还专门撰写了《论人性共同形态描写及其评价问题》,结合中外的理论研究与创作实际进行了评说。在新世纪伊始,钱先生提出和倡导的"新理性精神",进一步拓展和丰富了文学人学论的内涵。王元骧先生在论说马克思对德国古典美学的继承与革新的同时,撰写出《审美自由与人的解放》。陆贵山在重读经典文本的基础上,深入研究"马克思主义的人论与文学"课题,

---

① 李衍柱:《时代变革与范式转换》,201—203页,人民出版社,2013年。
② 钱中文:《三十年间》,载《理论的时空》,144页,复旦大学出版社,2016年。

并出版了专著。"主体性文学论是人性、人道主义讨论的必然继续与具体表述,与'文学是人学'也是相互呼应的。文学主体论认为过去主体在反映论中完全是消极被动因素,所以那是客体文学,是没有主体的文学,现在要重建具有首创精神的创作主体,建立新的主体文学。纠正过去创作中创作主体的缺失,强调创作主体的创造地位与巨大功能,这是文学理论的一大进步。有的作家有感于此,后来阅读了阐释文学主体论的文章,真有一种解放之感;同时这一观念对于促进文学理论框架的反思,影响很大,这都是应该肯定的"①。

"时运交移,质文代变,古今情理。"② 中国文艺学的发展变化与时代的变革相向而行。革命是推动历史前进的火车头,解放思想则是激励亿万人民从事社会变革的不竭动力。一百多年来,中国社会发生了三次伟大的革命,经历了三次伟大的思想解放运动。历史的巨变,催生和推进了中国现代文艺学的发展。

20世纪出现的第一次大革命是以孙中山领导的辛亥革命为标志。在这次大革命孕育爆发的过程中,中国社会急剧地由一个封建专制社会逐渐沦为一个半殖民地半封建社会。十月社会主义革命,给中国送来了马克思列宁主义。孙中山播下的民主革命种子,催生和发展成了新民主主义革命,爆

---

① 钱中文:《三十年间》,载《理论的时空》,144—145 页,复旦大学出版社,2016 年。
② 刘勰著,范文澜注:《文心雕龙注》下,671 页,人民文学出版社,1961 年。

发了五四新文化运动，出现了第一次思想大解放运动。中西文化的大碰撞、大交流、大融合，在中国文学艺术领域则呈现出可喜的百花齐放、学派林立、百家争鸣的繁荣局面。

第二次大革命和社会转型是以中华人民共和国建立和社会主义制度基本确立为标志，以打破苏联的教条主义为中心的延安整风，开启了第二次思想解放运动。从时间上说，可以从1927年井冈山建立第一块革命根据地算起，一直到1956年我国社会主义改造基本完成。这次大革命，使中国人民真正站起来了，获得了新民主主义革命的胜利，并且开始走上了社会主义的道路，取得了社会主义建设的伟大胜利。在这个将近三十年的过程中，中国社会形态发生了根本性的变化，由一个半殖民地半封建的社会转变成为一个新民主主义国家，然后又逐步确立了社会主义制度。在哲学社会科学领域，最大的成果，就是确立了马克思列宁主义普遍真理与中国革命实际相结合的毛泽东思想。在中国文艺学发展的历程中，则形成了马克思主义文艺理论与中国文艺实际相结合的毛泽东文艺思想，在革命与战争年代竖立起了一座马克思主义文艺理论中国化时代化大众化的里程碑。

第三次社会大革命和思想解放运动是以党的十一届三中全会为标志。以社会主义现代化建设为中心的改革开放，是中国大地上持续发展的又一次更为深刻和广泛的革命。四十多年的改革开放，中国人民已由站起来走向富起来，由富起来走向强起来。四十多年的伟大实践，我们已经成功地走出了一条中国特色社会主义道路。

从上世纪70年代末期开始的这次思想解放运动，使古老的中华大地重新焕发了青春，注入了无限的生机与活力。这次伟大的思想解放运动，使中国社会的各个领域，都发生了根本性的变化，文化、科学、艺术，迎来了自己发展的春天。中国现代文艺学同其他社会科学一样，挣脱了种种精神枷锁，走出了误区，打破了禁阈，回到了自己的家园。作家、艺术家、文艺理论家重新焕发出自己的艺术青春、学术青春。

今年正值五四运动发生一百年、中华人民共和国成立七十年和改革开放刚过去四十年，本文库第一批入选的学者中徐中玉先生是全程经历和参与的元老，其余诸位都是出生于上个世纪30—40年代。这些学者亲历和见证建国七十年中国社会发生的巨变，沐浴着改革开放的春风，全身心地投入到自己关注的文艺研究之中。他们的研究论著，从不同的侧面和层面，推进了现代中国文艺学的建设，为社会主义文艺事业的发展和繁荣作出了应有的贡献。从其所选文集的内容看，主要的标志性的理论贡献有以下几点：

第一，文学观念的更新和突破。十年动乱期间的闭关锁国，使中国文艺理论界中断了与世界的交流与对话。解放思想，改革开放，有力地推动了文学观念的更新和突破。改革开放四十多年，欧美和俄罗斯近代以来出现的各种哲学、美学、文学理论的代表性著作和文艺作品，相继被翻译、介绍到我国。《柏拉图全集》《亚里士多德全集》等西方古代、近代、现代的许多大家的全集相继被翻译到中国。世界各国不同的文学理论派别的倡导者的哲学观、历史观、价值观、美学观、文学观是大相径庭的。但他们的文学理论主张能够在不同民族国家出现，自有其实践的依据和现实存在的学理性。他们以不同的视角和方法,从不同的层面和方面,对文学艺术的审美特征和艺术规律的探索,他们的发现,他们的见解,甚至他们的"片面的深刻"或"深刻的片面",都可作为中国文艺学研究的借鉴和参照系。中国学者在思考、探索如何继承古代文论、借鉴外国文论,在马克思主义世界观和方法论指导下,建设有中国特色的文艺学的历史过程中,先后出现了认识论文学观,以蔡仪主编的《文学概论》和以群主编的《文学基本原理》为代表;主体论文学观,以刘再复的《论文学的主体性》为代表;象征性文学观,以林兴宅的《文艺象征论》为代表;生产论文学观,以何国瑞的《艺术生产原理》为代表;审美意识形态文学观,以钱中文、童庆炳、王元骧为代表。1982年,钱中文先生最早提出这一理论观点;1987年,钱先生又补充说:"文学作为审美的意识形态,以感情为中心,但它是感情和思想认识的结合;它是一种虚构,但又具有特殊形态的真实性;它是有目的,但又具有不以实利为目的的无目的性;它具有阶级性,但又是一种具有广泛的社会性以及全人类性的审美意识的形态。"① 比较集中体现审美意识形态文学观的则是童庆炳主编的《文学理论教程》和他的学术专著《文学活动的美学阐释》,王元骧的《审美反映与艺术创造》《文学原理》。文学艺术是一种审美意识形态,当下已逐渐为中国文艺理论界所接受,并成为我国文学理论教材建设的一个最基本的出发点。这一观点超越和突破了苏联文艺学教科书和我

---

① 钱中文:《论文学观念的系统性特征》,载《文艺研究》1987年第6期。

国文艺理论家蔡仪、叶以群主编的全国通用教材中所坚持的认识论文学观。

第二,研究方法的变革。"工欲善其事,必先利其器。"观念的更新与方法的变革相伴而行。20世纪50年代以来,系统论、控制论、信息论的提出和电子计算机的发明与应用,使自然科学有了重大的突破和发展,人们对宇宙的认识也有了新的进展。在社会科学方面,20世纪以来世界各国出现了各种各样的思潮和学派,他们从不同视角和层面,提出了新的方法论问题。马克思指出:"历史本身是自然史的即自然界成为人这一过程的一个现实部分。自然科学往后将包括关于人的科学,正像关于人的科学包括自然科学一样,这将是一门科学。"① 文艺学研究与自然科学结合,融合自然科学的方法和手段,这是文艺学在未来发展中的一个重要趋势。1985年,中国学界出现了"方法论"热。大家普遍注意研究如何将系统论等自然科学研究方法与传统的社会科学研究方法结合起来,如何在马克思主义世界观和方法论指导下,综合各种古今中外行之有效的研究方法,推进文艺学研究的创新。

面对着以研究浩若烟海的中外文学艺术为主要对象的文艺学,应当采取什么方法,古今中外文艺理论家作过种种探索和尝试,出现过社会历史的方法,哲学美学的方法,心理学、现象学、符号学、结构主义的方法,人类文化学的方法等。从表现形态上讲,有宏观与微观,纵向与横向,归纳综合与分析演绎,个案研究与整体把握等。选入本文库的学者

---

① 《马克思恩格斯全集》第42卷,128页,人民出版社,1979年。

中，陆贵山先生就主张"走向宏观的文艺学"。他说观察文艺世界需要两面镜子：显微镜和望远镜。既要提倡微观研究，也要提倡宏观研究。像绘画一样，一幅画既需要有宏伟的构图，也需要有精美的细部。只有宏伟的构图没有精美的细部可能造成空泛，只有精美的细部没有宏观的构图会痴迷于一点。建国七十年来，文学理论获得了前所未有的思想活力和学术发展的空间，运用不同的方法，以不同视角，从不同侧面、不同层次、不同方面研究文学艺术，百虑一致，殊途同归，建设有中国特色的文学理论，已成为我国文学理论界的共识。"有中国特色的当代文学理论新形态，是一种以马克思主义为指导，以现代性的追求为动力，在全球化的语境中充分立足于本土，在现代文论传统的基础上，不断地自我反思与批判，广采博取中外古今思想资料中的有用成分，鉴别创新，形成了一种具有科学的和人文精神的、开放的、动态的、形式复合多样的形态。"①

在上个世纪60年代王元化先生就开始酝酿和关注文艺学研究的方法论问题，先后撰写了《论诠释》《综合研究法》《由抽象上升到具体》《知性分析方法》等论文。对于王元化先生在古代文论研究方法上的贡献，牟世金先生在《"龙学"七十年概观》中说：王元化先生的《文心雕龙创作论》，"创造了一整套行之有效的综合研究法：第一是宏观研究和微观研究相结合，第二是文史哲研究相结合，第三

---

① 钱中文：《文学理论30年：成就、格局与问题》，载《华中师范大学学报》2007年第5期。

是古今中外的比较、联系相结合。"① 这种"综合研究法",是将"古与今和中与外结合起来,进行比较对照,分辨同异,以便找寻出在文学发展上带有规律性的东西"②。它的特征是古今结合、中外结合、文史哲结合。

在改革开放新时期,文艺学研究特别是马克思文学理论的中国化,取得了重大的成绩,七卷本"20世纪马克思主义文艺理论国别研究"丛书的出版就是实绩之一。而文学基础理论也得到了前所未有的发展。就学科性的著作而言,在文学文体学、文学叙事学、文学语言学、文学修辞学、文学符号学、文学心理学、文学社会学方面,出现了许多很有分量的专著,研讨问题的范围有所拓宽。2000年到2002年间出版的钱中文、童庆炳主编的"新时期文艺学建设丛书",收录的36位学者的论著,就是一些带有标志性的成果。2016年由复旦大学出版社推出的由朱立元、曾繁仁主编的"当代中国文艺学研究文库",已出版的第一批12位学者的论著,进一步显示出当代文艺学研究在千禧之年到来之际出现的新的特点和趋向。

第三,面向实践,在创作与批评互动中推进文学理论的创新。

创作与批评是驱使文学发展的不可或缺的两个轮子。世界文学史的实践表明,凡是文学艺术在大发展的历史时期,几乎都是创作与批评两个轮子同步飞转,文学巨匠与批评大师都同时留下了他们的足迹。文学理论只有同文学创作实践

---

① 王元化:《文心雕龙讲疏》,381页,广西师范大学出版社,2004年。
② 同上书,352页。

与文学鉴赏批评实践紧密相连,同步互动,才能不断找到自己的新的生长点。孙绍振先生在撰写《文学创作论》和创立文学解读学过程中深有体会地说:"文学理论的生命来自创作和阅读实践,文学理论谱系不过是把这种运动升华为理性话语的阶梯,此阶梯永无终点。脱离了创作和阅读实践,文学理论谱系必定是残缺和封闭的。问题的关键在于,文学理论对事实(实践过程)的普遍概括,其内涵不能穷尽实践的全部属性。与实践过程相比,文学理论是贫乏、不完全的,因而理论并不能自我证明,实践才是检验真理的准则。"孙绍振在对《红楼梦》和鲁迅小说的文本解读中,具体分析的《红楼梦》的八个美女之死和鲁迅所写的八种死亡,使人耳目一新,给予读者以美的享受。徐中玉先生于1946年写的《批评的伦理》中说:"20世纪是一个批评的时代。所谓'批评的',它的真实解释就是改造的——或者索性就说革命的。因为一切的改造或革命都要从批评开始,而真正的批评也不能不以改造或革命作为它的目标和结局。"① 在20世纪40年代,徐先生对巴金创作的《家》《春》《秋》的解读和评论,充分肯定巴金的"激流三部曲"的审美价值和社会历史意义。童庆炳先生作为诺贝尔文学奖得主莫言的指导教师,联系莫言的生活道路和小说创作实践,写出的《作家的童年经验及其对创作的影响》《莫言的硕士论文与高密东北乡文学王国》,从批评与创作实践紧密结合上,丰富和拓展了当代文艺学的内容。本人撰写的《第十个文艺女

---

① 徐中玉:《批评的伦理》,载《徐中玉文存》,277页,上海人民出版社,2019年。

神的再生——关于文学批评的主体性思考》与《〈大秦帝国〉论稿——走向新世纪文艺复兴的绿色信号》,在阐明文学批评主体性的同时,显示出批评实践与创作实践、批评家与作家互动的必要性和可操作性。

第四,继承与创新,弘扬中华优秀诗学传统。

建设当代中国的文艺学,它的根,它的母体,它的基因,是中华优秀诗学传统。对于文艺学的建设与发展来说,传统和继承是它的出发点,而更新、创造则是它的目标和主导。文艺学的发展就是由多个创新的环节构成的;文艺学发展的历史,实际上就是继承传统又不断突破传统、不断创新的历史。没有突破与创新,文学也就失去了生命。"传统是一个动态的、开放的、不断发展的系统。它在时空的四维向度上不断地延伸、转化和发展。它作为社会心理、思维方式、价值观念、幻想、风俗、习惯、不同的人生观和世界观,对社会的发展产生巨大的推动作用。它肇始于过去,积淀于现在,影响着未来。一定的文化传统一旦形成,就具有相对的稳定性和惰性。优秀的文化传统,是一个民族的宝贵的精神财富,它具有强大的凝聚力、亲和力与融化力。"① 改革开放以来,中国古代文论和中华诗学传统的研究取得了空前的进展,先后出版的论著有:王运熙、顾易生编的7卷8册《中国文学批评通史》,罗宗强的多卷本《文学思想史》,黄保真、成复旺与蔡钟翔等人的《中国文学理论史》,袁行霈的《中国诗学通论》,陈良运的《中国诗学批评史》,

---

① 参见李衍柱:《时代变革与范式转换》,122—123 页,人民出版社,2013 年。

张少康的《中国文学理论批评发展史》和入选本文库的学者徐中玉的《古代文艺创作论集》，童庆炳的《文心雕龙》研究，陈伯海主编的《近四百年中国文学思潮史》等。这些论著，采用不同的视角和方法，在吸收已有研究成果的基础上，以通史或断代史的方式，又以专题研究或个案研究为切入点，比较系统深入地探讨了中国古代文艺理论和中国古代诗学的创作与批评的历史发展的特点、规律、范畴，弘扬了中华诗学的优良传统，将中国现代诗学研究推进到一个崭新阶段，并为中国当代文艺学研究提供了丰厚的中国古代诗学资源和坚实的发展基础。

第五，网络思维、网络文学与信息时代文艺学建设。

思维方式的变化和网络文学艺术的兴起，是信息时代中国文学艺术领域变化最大、发展最快的一道风景线。改革开放四十多年，文学观念的更新与研究方法的变革，都与在人的头脑中发生的革命，即与人的思维方式的革命紧密相连。而人的思维方式的变化又与科学技术的革命息息相关。人类历史告诉我们，科学的重大发现和进步，总是直接影响着人的思维精神和思维方式的变化。

网络思维不仅突破了线性的思维方式，超越了一维、二维、三维的视野，它以爱因斯坦的"四维空间"理论，全方位地、立体地、动态地去研究文学活动的特点和规律；同时，又以对话思维超越了"二元对立"和"零和博弈"的思维方式。对话是两个以上主体之间进行平等自由的语言交际。它是沟通与联结我与你、学派与学派、民族与民族、国家与国家之间的桥梁。这是一座来自远古、立足现代、通往未来而又联结东西、今古,贯穿于过去、现在和未来语境中的桥梁。"对话思维不同于'是—是''否—否'二元对立的思维方式。对话的过程是一个异中求同、同中求异的双向运动过程。"① "'对话'是'把灵魂向对方敞开,使之在裸露之下加以凝视'的行为。"② 对话应当是真诚的、坦率的、自由的。对话的双方各自具有独立性,有自己的个性、尊严和价值。在中国现代美学和现代诗学研究过程中,钱中文先生积极倡导对话思维并亲自主持翻译了《巴赫金全集》在中国的出版,得到中国思想界、学术界、文艺界的赞誉,有力地推动了中外文化交流和中国当代文艺学的建设。

网络文学艺术是网络思维孕育出的奇葩。它的诞生标志着文学艺术真正迎来了一个前所未有的大普及、大发展的春天。据《文艺报》统计:截至2017年底,国内45家重点文学网站的原创作品总量高达1646.7万种,其中签约作品达132.7万种,年新增原创作品233.6万种,年新增签约作品22万种。出版纸质图书6942部,改编电影1195部,改编电视剧1232部,改编游戏605部,改编动漫712部。网络文学对外翻译影响日渐扩大,足迹已遍布亚洲主要国家以及英、美、法、俄等20多个国家和地区,成为中国文学"走出去"新的增长点。③ 理论来自实践。对网络思维与网络文

---

① 李衍柱:《巴赫金对话理论的现代意义》,载《文史哲》2001年第2期。
② [日] 池田大作:《我的人学》,铭九、潘金生、庞春兰译,155页,北京大学出版社,1992年。
③ 参见李晓晨:《进一步激发新文学群体创作活力》,载《文艺报》2018年9月17日。

学的研究，已引起文艺理论界的关注和研究。欧阳友权的专著《网络文学论纲》和由他主编的《网络文学新视野丛书》的出版问世，就是很好的佐证。

随着时代的推移和文学所使用的工具与手段的变换，文学的物化载体和传播媒体的变换，自然要引起文学自身的变异和发展。一些文学类型消亡了，一些文学类型出现了，批判继承，推陈出新，这是中外文学发展的一条重要规律。与文学的变化、发展相适应，文学理论研究也应以新的观念和方法向深广度发展。面对信息时代的到来，网络媒介的迅猛发展，电信技术王国的出现，解构主义大师雅克·德里达惊呼："整个的所谓文学的时代（即使不是全部）将不复存在。"必然导致文学的"终结"。作为德里达的信奉者、美国文艺理论家J.希利斯·米勒直言不讳地宣称他是赞成德里达的"文学终结论"的。并且进一步发挥了德里达的思想，说："那么，文学研究又会怎样呢？它还会继续存在吗？文学研究的时代已经过去了，再也不会出现这样一个时代——为了文学自身的目的，撇开理论的或者政治方面的思考而单纯去研究文学。那样做不合时宜。"① 对于德里达、米勒公开宣扬的"文学终结论""文学研究过时论"，中国文艺理论界对此大不以为然，公开发文从理论上予以批评。本人与钱中文、童庆炳先生都先后发文联系中外文艺发展的实际，批评这种广为流行的"文学终结论""文学研究过时论"出现的必然性及其悲观论的实质。文学艺术作为人类诗

---

① J.希利斯·米勒：《全球化时代文学研究还会继续存在吗？》，载《文学评论》2001年第1期。

意的存在的载体，永远是时代的花朵，它总会不断地给人以美的享受。

建设中国特色的文艺学是一个需要一代又一代的学者不懈地进行研究的系统工程。伴随着中华民族伟大复兴，中国和世界文艺实践的丰富和发展，在未来的岁月，文艺学研究也必然会不断提出一些新的问题，出现一些新的形态和新的特点，并在不同的领域和方面，有所突破，有所创新。钱中文、童庆炳二位先生，在《新时期文艺建设丛书·总序》中说：一个理论创新的新世纪已经来临。不过任何一种新型的理论形态的建立与发展，都要以前人提供的"思想资料"为基础的。新时期的文论，作为一个良好的开端，它们无疑可以成为有中国特色的文学理论的前期成果；而作为丰富的思想资料，它们无疑将汇入新世纪的新的理论创造之中。山东文艺出版社推出的"中国现代文艺学大家文库"中的第一批学者的自选集，无疑是这些学者在建设中国特色文艺学的大道上留下的足迹；这些学者研究的成果，也必然会在今后的文艺创作实践和鉴赏批评实践中受到检验或弃取；他们提出的问题和对未来的期待，深信后继者在中华民族伟大复兴的历史征程中，一定会继续深入系统全方位地研究下去，并在实践中不断推进文艺理论的创新，进而融入新世纪世界文艺学研究的洪流，努力攀登学术的高峰。

李衍柱

2019 年 8 月 12 日于山东师范大学寓所

目　录

序 / 001

第一辑　马列文论研究 / 001

马克思主义文艺学的理论创新 / 002
对话与重构
　　——建设当代形态的马克思主义文艺理论的重要理路 / 026
《1844年经济学哲学手稿》中的美学思想 / 049
恩格斯论巴尔扎克 / 083
列宁论托尔斯泰 / 102

第二辑　文艺理论研究 / 159

试论文学的系统本质 / 160
综合思维与文艺学宏观研究 / 180

开放的循环圈

——论文艺理论研究的"学术轮回"现象 / 199

本质主义解析与文学理论建构 / 213

文艺中的人文精神和历史精神 / 237

第三辑　文艺思潮研究 / 247

唯物史观与文艺思潮 / 248

马克思主义与新人本主义

——对两者的人学理论和文学理论的比较分析 / 265

新历史主义文艺思潮解析 / 283

当代文艺本体论思潮述评 / 298

现当代西方文论的魅力与局限 / 320

附录　陆贵山学术年谱 / 341

序

新时期以来,我一步一步地走向宏观文艺学研究。我的这种选择主要有以下几个原因。

第一个原因是,我发现时下的学术界不同的学术观点的争论相当激烈,互不相让。我开始思考各种文学观点和批评模式之间的相互关系。从大的视阈看,凡是有合理性的文学观念和批评模式,在自己所属整个学术框架的坐标点上,在自己的领域和位置上,都具有一定的合理性、有效性和适用范围。各种具有一定的真理性的文学观念和批评模式,都会对整个学术框架起到丰富和深化的作用。凡是有价值的学术思想实际上都是相通的,不是相互排斥的,而是相互补充和彼此包容的。各种文学观念和批评模式都有道理,我开始捉摸和研究这些道理之间的道理,试图探索出其中一些有规律性的东西。这是由于当代中国多元化或多样化的文论结构和格局对我的触动和启发。

第二个原因是,我们知道经济学领域有一个宏观经济学,那么,文艺学领域是不是也应该有一个宏观文艺学呢?我一直在思考这个问题。好像文艺领域和经济领域一样,也存在着一个宏观调控和综合治理的问题,也存在一个对各种文学观念和批评模式之间的协调问题。

第三个原因是,我们人类的思维方式从大的方面可以划分为两种:一种是分析思维,一种是综合思维。这两种思维方式或者同时并存,或者交替发展。20世纪,西方文论多元化竞相发展,可以说这是一个以人类的分析思维取胜的时代。20世纪的西方文论实际上是人类的分析思维所取得的丰硕成果。西方文论很有意思,先行者总是被后继者不断打倒,像"走马灯"那样地变幻无穷。我经过深度思考,觉得应当在分析思维所取得的学术成果的基础上走向综合研究。西方文论提供了那么多丰厚的理论资源,需要有一些学者面对这些学术思想,从宏观的大视角进行辩证的综合创新。

如果说20世纪是分析的时代,我预测21世纪有可能或有必要是走向综合的时代。我以为,只有大综合,才有大创新。西方学术思想史上有三次大创新:第一次大创新,是古希腊的柏拉图和亚里士多德。他们对当时的文学现象、文学观念进行了综合创新,形成两大文脉。一个以柏拉图为代表的浪漫主义的文学传统,一个是以亚里士多德为代表的现实主义的文学传统。第二次大创新,是德国古典哲学和美学的杰出代表人物黑格尔、康德、费尔巴哈。他们所进行的学术创新,达到了那个时代的顶峰,至今影响依然很大。细读马恩著作，可以发现他们的许多观点都来自黑格尔、费尔巴哈，至今无人超越。第三次综合创新，是马克思和恩格斯。他们以非常客观、冷静的态度，从黑格尔那里拿来辩证法，从费尔巴哈那里拿来唯物论，综合创新为辩证唯物主义。辩证法是唯物的，唯物论是辩证的。马克思、恩格斯为我们进行宏观、辩证、综合、创新提供了成功的典范。新时期以来，西学东渐，经本土化的深刻过程，产生了很多新的观念和新的方法。当代中国的文艺实践的大发展催生了各种复杂多变、丰富多彩的学术理论资源。新的时代需要新的理论创新。这是中国当代理论界最光荣、最艰巨的历史使命。

对从宏观的大视阈进行综合的理论创新，我开始做了一些尝试性的工作。我的研究是和当代中国的历史发展同步的。新世纪初，中国文坛的强音和主调是恢复现实主义文学的优良传统，强调文艺和生活的关系。此间，我发表了一些论述文艺真实性的文章，到1984年，结集为《艺术真实论》，着重研究文学与社会现实生活和历史时代的关系。1989年出版《审美主客体》，从对文学与现实生活和历史时代的关系研究，进入文学与审美的关系研究；这本书出版以后得到前辈专家蒋孔阳先生的肯定，并写了书评《坚持辩证法，发展文艺学》，发表在《光明日报》上。

之后不久，我有幸拿到了一个国家社科基金项目《马克思主义的人论与文学》，开始从文学与历史时代的关系研究和文学与审美的关系研究，迈向文学与人学的关系研究。我认真地把马克思、恩格斯的经典文本中关于人的论述和人与文学的关系的论述细读了一遍。在人与物的关系问题上，马克思主义既见物又见人，并在物的后面发现人。马克思对人的主体性和客体性的关系论述得很全面并非常精到。马克思主义对人的界定：人既是社会关系的总和，又是社会实践的主体。在人的个体性和群体性的关系问题上，从群体的意义上说，认为人的最终目标是解放全人类，只有在解放全人类的过程中才能最终地解放自己；从个体的意义上说，又特别主张人的全面自由发展。这是多么伟大的气魄和胸怀。马克思对人的理论是全面的、完整的、辩证的。在2000年，我出版了《人论与文学》一书。这可能是第一部研究马克思主义的人论与文学的关系的论著。随后不久，出版了《宏观文艺学论纲》。在本书中，我提出研究文学有三大观点：一个是史学观点，研究文学和社会历史的关系；一个是人学观点，研究文学和人的关系；一个是美学观点。相应地指出文学中具有三大精神：研究文和史的关系，表现文学中的历史精神；研究文和人的关系问题，凸现文学的人文精神；研究文和美的关系，彰显文学的美学精神。任何作品都应该不同程度地包含和体现这三种精神。与之相适应，我提炼出三大文艺理念：研究文和社会历史的关系，可以总结出为社会进步服务的文学理念；研究文和人的关系，可以概括出为人生服务的文学理念；研究文和美的关系，可以抽象出为审美而审美、为艺术而艺术的文学理念。这三大文学理念直到现在仍起着重要作用。

新世纪以后，文学研究出现了一些新的热点。有的学者开始研究文学与自然的关系。我在《东方丛刊》发表过一篇文章《人的生态与自然的生态》，提出要改善自然的生态，必须改善人的生态，指明大自然是人类的母亲。还有的学者研究文学和文化的关系，文学研究的"文化热"引起了我的关注和沉思。还有的学者研究文本自身的关系，包括语言形式符号、结构、修饰、阐释、叙述、隐喻、接受美学和读者反应理论，如此等等。

最近几年，我对宏观文艺学的探索，在《宏观文艺学论纲》所作的综合创新的基础上，开始形成了比较大的框架构想。2005年第5期的《文学评论》上，发表了我的《试论文学的系统本质》一文，对文艺理论的综合创新进行了比较系统的阐释，提出宏观文艺学研究的四个向度和六大学理。四个向度是：从横向上，拓展研究的广度；从纵向上，发掘研究的深度；从流向上，把握研究的矢度，进行跟踪研究，捕捉对象的发展踪迹；从环向上，追求研究对象的圆度。六大学理是：研究文学和自然的关系，产生各式各样的自然主义文论学理系统，学科形态是生态美学或文艺生态学；研究文学和历史的关系，产生各式各样的历史主义的文论学理系统，学科形态是文艺社会学；研究文学和人的关系，产生各式各样的人本主义的文论学理系统，学科形态是文艺人学；研究文学和审美的关系，产生各式各样的审美主义的文论学理系统，学科形态是文艺美学；研究文学和文化的关系，产生各式各样的文化主义的文论学理系统，学科形态是文学文化学；研究文本自身的关系，产生各式各样的文本主义文论学理系统，学科形态是文本学。我认为六大学理系统之间的关系应该是多元并存的关系，是互补互渗的关系，是共生共进的关系，是与邻为善和以邻为伴的关系。

当代中国的学术思想结构应当是有主旋律的多声部合奏。要处理好主元和多元的关系，没有主元的多元可能造成混乱和失序；没有多元的主元又可能形成禁锢和专制，变成一言堂。要努力营造一个和谐有序的文论和文化思想结构。

我最近在思考宏观文艺学需要从宏观的大视阈研究三大文论：即研究马学文论、西学文论和国学文论的关系。马克思主义文论的中国化、西方现当代文论的本土化和中国古代文论的现代化，这"三化"之间的关系研究应该有更好的推进和更新的学术成果。我理解学术事业实际上是一个大事业，学者们应该有大胸怀、大目标。从点滴做起，在微观研究的基础上，大力提倡宏观研究。如果时间和精力允许，我的有生之年，想努力建构一种大文艺学，即宏观文艺学或战略文艺学。

陆贵山

第一辑

马列文论研究

马克思主义文艺学的理论创新

在科学发展观的指导下，从广度和深度的结合上，从基础理论和应用理论的结合上，从国学文论和西学文论的结合上，从现实主义文论和浪漫主义、表现主义、现代主义文论的结合上，运用宏观、辩证、综合的思维方式，推进马克思主义文艺学的学科建设和理论创新，是马克思主义文艺理论工作者责无旁贷的学术使命。

一、强调问题意识，倾听实践呼声

发展马克思主义文艺理论，必须开放研究视野，拓展学理思路。这是由马克思主义文艺学实际上是宏观文艺学的学科性质决定的。

强调问题意识，倾听实践呼声，树立当代文化视野，是科学发展马克思主义文艺学的根本道路。任何一种文艺观念和文艺思想，归根结底，都是一定历史条件下的社会实践和文学实践的产物。马克思、恩格斯的文艺思想是从巴尔扎克等伟大作家的创作和作品中概括出来的；列宁的文艺思想是从托尔斯泰等伟大作家的创作和作品中提炼出来的；马克思主义文艺思想中国化的标志性理论成果《在延安文艺座谈会上的讲话》是从延安时代的创作和作品中总结出来的。新的文艺观念和文艺思想都蕴藏在新时代的文学实践和文学经验中。为了增强马克思主义文艺学的当代性，理应加强对文艺创作、文艺批评和文艺思潮的跟踪研究，不断对中国当代的文学现象、与文学相关的文化现象、具有文学性的社会精神现象，对当代作家的创作体验、文学经验和文学实践进行学术概括和理论提升，努力创构富有时代感和当代性的马克思主义文艺学的新质态。

对当代文学实践、文学现象、文学经验、文学文本的研究，应当尽可能自觉地做到如下几点：

（1）把理论研究和实证研究结合起来。重视对文学的实证研究，培育和提升对文学研究的实证精神是非常重要的。我国文学理论界长期存在着脱离以实证研究为基础的纯理论研究路径，泛化对文学的哲学研究，施展概念推演，凌空蹈虚，以致掩盖和遮蔽了文学的感性和灵性。这种情况理应得到改变。另外一种情况是就事论事，停留和踌躇于现象的表层，忽视对文学的理论研究，有待于提高文学研究的理论深度和思想品位。因此，只有把对文学的理论研究和对文学的实证研究结合起来，才能使理性蕴含着感性，感性提升为理性，真正实现感性和理性的完美融合，增强文学研究的马克思主义的求真务实的思想品格。

（2）把理论研究和文学批评结合起来。这样做可以促进理论批评化和批评理论化良性循环。当代中国文学界确实存在着理论家、批评家和作家、艺术家有所隔膜的情况。理论家是认真阅读文本并通过批评向作家、艺术家发出信息的。作家、艺术家要尊重理论家、批评家的真诚的劝勉和奉告；理论家、批评家要尊重作家、艺术家的辛勤劳动，从他们的创作中吸取新的滋养，并努力成为他们的挚友和诤友。作家、艺术家应当不断增强自身的理论素养，努力升华作品的思想深度；理论家、批评家应当更加熟悉和深谙创作规律，以利于提高批评的灵气、诗性、亲切感。理论家、批评家和作家、艺术家应当携起手来,构建一种互信互动、亲密合作的双边关系,共同促进社会主义文艺的大繁荣和大发展。

(3) 把解读文学文本和研究经典文本结合起来。正确对待文学实践和文论经典的关系是一个非常重要的问题。社会实践和文学实践是产生新文论的源头活水,是科学发展马克思主义文艺学的根本道路。推进马克思主义文艺理论的科学发展,同样应当自觉地领悟、理解和躬行"不唯上,不唯书"的原则,深入到蕴藏理论资源的宝库和源泉中,去"淘金"、去"钻探",通过对文学实践和文学经验的追踪、挖掘和拓展,采撷和提炼马克思主义文艺学的"真金"。文学文本作为文学实践和文学创作的产物是文学研究的重要对象。20世纪以来,西方现当代的文本理论以及研究读者解读文本的理论取得了重要进展,如关于各种形式语言符号结构和解构的理论、关于现象学和解释学的理论、关于接受美学和读者反应的理论,都对文本的存在方式和解析机理进行了深入细致的探讨,特别是"对话理论"、"视野融合"理论、"主体间性"理论,拓展了解释空间,凸显了许多新的发现,给人们以深刻的思想启示。但包括这些理论在内的文本和文本阅读的观念都强调或不适度地夸大了阅读个体解析文本的主观的随意性和自由度,都一定程度上忽略了作者创作出来的文本的客观内涵对解读和阐释文本的先在性和制约性,多半都忽视和消解了作品的社会历史因素。我们应当从与社会历史和作者的联系上,更加重视和加强对文本的研究,努力运用历史唯物主义观点和方法,承接和改制上述文本理论,作为宝贵的思想资料,逐步创建系统的马克思主义的文本理论。

注重文学实践和文学经验的理论概括的同时,应当对马克思主义的文学经典进行重新阐释和不断解析。马克思主义先哲们的天才卓识和杰出智慧，给后人留下了丰硕的精神文化遗产。他们的经典文本中，同样存在着"期待视野"和"召唤结构"，具有被不断发现和重新解析的空间。笔者在不断反复认真阅读马克思主义经典文本的过程中，发现许多非常丰富深刻的马克思主义的文论思想，诸如与文学相关的人学思想、主体论和主体论与客体论交互作用的思想、语言学思想、心理学思想、文学与意识形态关系的复杂性的思想，等等。可以肯定和预期，由于不断变换的时代机缘、历史条件和社会文化语境的触动与引发，使一些被遮蔽却富有价值的思想、观念和论断又会被凸显出来，补充和丰富马克思主义文艺学中所欠缺或空疏的部分，成为理论界的热门话题。马克思主义经典文本中那些富有生命力的论述和思想将会是永远的。包括西方马克思主义者在内的整个世界范围的文论家，都意识到了这一点。有人一生艰苦求索，或小有所成，或偏于一隅，或走向极端，或陷入迷途，终于"峰回路转"，并以各种独特的方式，自觉不自觉地或不同程度地向马克思主义转靠。特别是世界范围内的经济危机发生之后和蔓延以来，全球思想界掀起的"重读马克思""回归马克思"和"学习马克思"的热潮，极有说服力地证明了马克思主义仍然具有强大的再生力和蓬勃的生命力。

追求对当代文学经验和文学实践的理论提升同文论的经典文本的当代阐释的良性互动，努力运用统观两者的融合视野，探寻两者契合共生的理路，是实现马克思主义文艺学的科学发展和理论创新的重要途径。

二、对重要的基础理论和文艺观念进行
梳理、综合与创新

马克思主义文艺学的科学发展面对着严峻的挑战。世界范围内，不断滋生和蔓延着各种非理性化和非理论化的社会文化思潮。19世纪后，理性的旗帜开始褪色。恩格斯曾指出，已经建立起来的理性的国家、理性的社会并不是绝对合乎理性的，由理性的胜利建立起来的社会制度和政治制度竟是一幅令人极度失望的讽刺画。两次世界大战摧毁了人们正常的良知和信仰，周期性的经济危机和文明危机以及商品拜物教、金钱拜物教酿成了人的异化，现代化历史进程中所产生的负面影响以及审美现代性的思想传统对认知理性、科技理性和道德理性的反叛和拒绝，对个体的人带有非理性特征的意欲的痴迷和推崇，都不同程度地表现为对蕴含客观真理和发展规律的客体、社会、历史、现实生活和实践过程的疏离，实际上都不同程度地表现出对历史唯物主义精神的消解。诸如非理性主义、后现代主义、反本质主义、新自由主义等各种改写客观真理性和对象规律性以凸显主体意识的观念与学说，都对传统的基础理论和思维范式提出了质疑。这些非理性主义社会文化思潮的涌起作为对旧理性的观念和体制的惩罚，它们的性质、功能和价值无疑是带有双重性的。一方面，这些非理性主义所操持的异向思维方式，有利于破除过时的、僵化的、传统的观念、体制和机制，为思想解放和理论创新提供可能性契机；另一方面，由于抵制理性和理性的思维方式，导致理论的边缘化、平面化、表层化、空心化，对思想的消解、对信仰的拒斥和对核心价值的躲避，甚至可能造成极端的相对主义和虚无主义。

坚持和发展马克思主义的基本原理，从严峻的冲击和挑战中，寻找马克思主义文艺学基础理论的发展机遇，推进马克思主义的文艺理论的建设，这个任务是光荣而又艰巨的。马克思主义的主要原则和历史唯物主义的基本精神是消解不掉的。即便是解构主义营垒的内部也在发生新的分化，一些明智的学者开始"从解构走向建构"。人类无法脱离真理和规律而获得高质量的生存和发展。缺乏正确的理性思想和理性思维，不会有科学的举措和实践。人类的福祉寓于对真理的信仰和追求之中，人类的真正自由存在于对规律的掌握和运用之中。僵化凝固的理性是不合时宜的，非理性主义是行之不远的。应当在传承理性思想传统和资源的基础上，汲取非理性的合理因素，创构适应新时代要求的新理性。马克思主义文艺理论工作者应当把这种新理性理解为马克思主义的理性思想和理性思维在新时代的新发展，理解为马克思主义理性思想和理性思维的自我丰富和自我深化。马克思主义的新理性必将随着历史的变革而变革，随着时代的发展而发展。一个民族和一个国家没有科学的、强大的、有生命力的理性的思想体系、制度机构和思维方式的支撑是没有希望的。马克思主义中国化的最新理论成果，诸如以人为本的科学发展观和社会主义核心价值体系，作为中国特色的发展形态的新时代的马克思主义，理应成为马克思主义文艺学的科学发展观和理论创新的指导思想。

为了增强马克思主义文艺理论的建设意识和创新意识，应当把基础理论作为主攻方向，特别是对体现马克思主义文艺观念和批评模式的内部结构的各种"论"，如实践论、反映论、价值论、生产论、意识形态论、本质论和各式各样的本体论进行整合性研究，对体现相邻学科关系的各种"学"，如文艺生态学、文艺社会学、文艺人学、文艺美学、文艺文化学和各式各样的文本学进行梳理和解析。

(1) 从体现文艺观念和批评模式的内部结构的各种"论"来看。文艺理论界普遍认为,文学研究已经实现了从反映论向价值论的转型。这种看法,笔者是赞同的,但切不可因此冷落和淡忘了反映论。基于"实践论"的"反映论",仍然是体现一切文艺观念的母源。各式各样的价值论、本质论和本体论都是依赖于以实践论为基础的反映论为前提的。能动的反映论永远不会过时。笼统地、不加分析地把《在延安文艺座谈会上的讲话》所论述的"反映论"简单地判定为"直观反映论",实际上是一种没有根据的误读。这部经典性文献或许带有一些历史性的局限,但它所论述的"反映论",实际上正是一种能动的审美的反映论:既主张对"生活源泉"进行能动的反映,又认定艺术美应当比生活美"更高、更强烈、更有集中性、更典型、更理想……更带普遍性"①;反对"忽视艺术的倾向","反对只有正确的政治观点而没有艺术力量的所谓'标语口号式'的倾向"②;主张对作为创作素材的现实生活进行"观察、体验、研究、分析","经过革命作家的创造性的劳动",即"经过思考作用,将丰富的感觉材料加以去粗取精、去伪存真、由此及彼、由表及里的改造制作工夫"③,通过艺术概括,"反映事物的内部规律性"。这些论述依然是深刻的和富于启发性的。"反映论""本质论"和"价值论"都是通过"实践论"来实现的。"生产论"也是不能脱离"实践论"的,只有从"实践论"的视阈才能对"生产论"作出更加切实和更加科学的解释。"意识形态论"本身同样带有实践性,意识形态的内涵、性质、功能和价值,总会被一定时代和历史条件下

---

① 《毛泽东选集》,2版,第3卷,861页,北京,人民出版社,1991。
② 同上书,870页。
③ 《毛泽东选集》,2版,第1卷,291页,北京,人民出版社,1991。

的社会实践所规约和重塑。可见,只有"实践论"才是促进各种文学观念和批评模式的科学发展和理论创新的根本动力。

本体是对象存在的形态,本质是对象存在的内核。因此,既不能脱离本体论研究本质论,也不能脱离本质论研究本体论。各式各样的本体论,如社会存在本体论、人学本体论、实践本体论、文本本体论等,既要看到它们之间的差异性,更要看到它们之间的共同性和一致性。研究文本本体论应当同研究社会存在本体论和人学本体论联系起来。游离社会存在本体论和人学本体论的文本本体论研究或忽视文本本体论的社会存在本体论和人学本体论研究都是不可取的。这里,应当适当强调实践和实践本体论的重要作用和特殊功能。实践和实践本体论是反映论和价值论的基础,是探索各种本体论和各种本质论的有效手段,是实施社会存在本体论和人学本体论的重要途径。我们所理解的实践和实践本体论不是与社会存在本体论和人学本体论相悖立的,而是社会存在的实践本体论和人的实践本体论。进一步说,是人的社会存在的实践本体论,是社会存在的人的实践本体论。因为,"全部社会生活在本质上是实践的"①。只有实践,才能改变人的旧生活和创造文学的新世界。正如马克思所指出的:"哲学家们只是用不同的方式解释世界,问题在于改变世界。"②

世界范围内的工业现代化的历史进程中,难免出现由于人对自然的无节制的征服和索取,损害了"人与自然的共同体",破坏了生态的和谐,显示出实践的负面作用。一些学人开始通过对现代化的深入反思,对实践的效能提出警示和质疑,使人们更加敬畏自然,

---

① 《马克思恩格斯选集》,2版,第1卷,56页,北京,人民出版社,1995。
② 同上书,57页。

进一步改善和健全人与生态的伦理关系，这是十分必要的。然而，实践毕竟是功莫大焉！实践的"透支"是人为的随意性和盲目性所使然，并不能抵消实践本身的有效性、积极性和权威性。人类改造自然的实践活动同样存在着一个宏观调控和综合平衡的问题，应尽可能地做到合理和适度，以呵护生态的和谐。

实践、实践论和实践本体论是马克思主义的强项。只有通过实践转化为物化形态和现实存在的社会存在本体论、人学本体论和一切反映论、价值论，特别是核心价值体系，才能成为现实生活和文学世界中的活生生的事实。因此，只有发挥马克思主义的实践论和实践本体论的特点与优势，体现和整合社会存在本体论、人学本体论和一切反映论、价值论，特别是核心价值体系，才能实现马克思主义文艺学的科学发展和理论创新。

（2）从体现相邻学科关系的各种"学"来看。无论是文艺生态学、文艺社会学、文艺人学、文艺美学、文艺文化学和各式各样的文本学，它们之间的关系是交叉融通和多元共生的关系，而不是相互取代和决然对立的关系。马克思主义文艺学存在于与相邻学科的关系中，并通过优化和改善这种关系获得科学发展和理论创新。处于整体理论框架和系统关系中的各种相邻学科，都在自己所属的位置和坐标点上具有合理存在的价值，具有各自的话语权力和发展空间。它们自身的特殊存在是不应当彼此取代的。文艺生态学、文艺社会学、文艺人学、文艺文化学和文艺形式语言符号学不可以取代文艺美学；同样，文艺美学也不能够取代文艺生态学、文艺社会学、文艺人学、文艺文化学和各种形态的文艺形式语言符号学。换言之，对文艺的生态学研究、社会学研究、人学研究、文化学研究、形式语言符号学研究，不可以取代对文艺的美学研究；同样，对文艺的美学研究也不能够取代对文艺的生态学研究、社会学研究、人学研究、文化学研究和形式语言符号学研究。因为，文艺美学毕竟不是文艺学；文艺学毕竟不是文艺美学。上述各学科理应相互尊重、采长补短、资源共享，维系和发展与邻为善和以邻为伴的睦邻友好关系，在互动、互渗、互释和互助中共生共进，竞相发展。为了保持文论生态的和谐，应当倡导理论研究的诚挚的协作精神和平等的对话精神，反对学术领域中的单边主义，更要克服和防止由膨胀了的单边主义所滋生的霸权主义。马克思主义文艺理论工作者应当在承接和吸纳各式各样的相邻学科所取得的成果的基础上，努力建设马克思主义的文艺生态学、文艺社会学、文艺人学、文艺美学、文艺文化学和文艺形式语言符号学，并在科学发展观的指导下，进一步创构整合和蕴含上述各种学科内容的宏大的马克思主义文艺学的理论系统。

三、承接和弘扬一切有价值的文论资源和文论传统

（1）应对两大文脉的理论资源，承接、吸取和弘扬这两大文脉的文艺理念的各自的优长。

自古希腊的柏拉图和亚里士多德以降，历史地形成了源远流长的两大文脉：一脉是浪漫主义、表现主义和现代主义的文论传统和文论思想；另一脉是现实主义的文论传统和文论思想。与之相适应，形成人本主义和科学主义两大社会文化思潮。这两大文脉和两大社会文化思潮，既融通又交叉；既互补又悖立，各具优长，竞相发展。我们这里所说的科学主义包括但不仅仅指那些专注研究语言符号结构等文本形式的科学主义，也包括但不仅仅指对文学现象进行描述和归类的实证研究，而是强调对整体作品，特别是注重对文本内容所体现出来的现实生活内容和现实主义精神进行学术研究，旨在探

寻文学现象产生的社会历史根源及其存在和发展的客观真理与本质规律的科学主义。从思想实质和精神意蕴而言,这种科学主义往往是以现实主义为依托并通约,而人本主义既与现实主义相关联,又往往与浪漫主义、表现主义和现代主义相契合。现实主义的文论传统和文论思想,倡导表现人的生态和历史命运,又十分强调社会历史、客体、思想、现实和以生活为依托的理想、实践、变革;浪漫主义、表现主义和现代主义的文论传统和文论思想,比较强调人文、主体、诗性、情感、心理和幻想。上述两大文脉和两大社会文化思潮及与之相对应的文论资源和文论传统,都拥有自身生存和发展的空间,都在自身的合情合理的范围内,发挥着积极的作用。

这两大文脉都具有各自的特点和优点:一是以揭示时代变革、历史发展趋势和社会转型取胜;一是以抒写人文状态、人的心理和心灵的律动,表现人性美和人情美见长。从所发挥的艺术力量而言,现实主义文学追求艺术的说服力、穿透力、震撼力,给人以思想上的启迪;浪漫主义、表现主义和现代主义文学往往凸显艺术的魅力、感染力、亲和力,给人以情感上的陶冶。在历史和人文处于相对和谐的正常境况下,现实主义和浪漫主义、表现主义、现代主义都可以一定程度上表现社会的全面进步和人的全面自由发展。这两大文脉所表现的内容、价值和功能可以相互偏重而不能偏废,是应该有所倾斜又要防止和克服走向极端。现实主义往往注重反映社会转型和历史变革,但如果把反映社会转型和历史变革与表现人文关爱和人文精神对立起来,可能导致走向庸俗社会学;同样,浪漫主义、表现主义、现代主义往往抒写人文关爱和人文精神,但如果与反映社会转型和历史变革割裂开来,可能陷于抽象人性论。因此,倡导历史精神不能以反对人文精神为前提;主张反映历史精神也不能以排斥人文精神为条件。如果现实主义反对浪漫主义、表现主义和现代主义，或浪漫主义、表现主义和现代主义颠覆现实主义，同样会造成自身的病态和畸变。事实上，现实主义不能取代浪漫主义、表现主义和现代主义，也不能用浪漫主义、表现主义和现代主义的模式与范畴去要求现实主义。任何真理都是有规约、有边界的。与两大文脉相对应的两大社会文化思潮同样不能违背它们相互依存的辩证法。倘若科学主义消解人本主义，或人本主义抵制科学主义，都是不妥当的。不适当地贬抑对方，非但不能打倒对方，反而会帮助对方，损害自身，因为任何一种片面的、极端的发展都会酿成一种学理上的荒谬，从而走向问题的反面。因此，非科学化的人本主义、非人性化的科学主义，以至脱离现实主义精神的表现主义、浪漫主义和现代主义，或缺乏表现主义、浪漫主义和现代主义元素的现实主义，都会产生学理上的变态与偏执。长深思之，我们理应吸取学术思想史上的经验和教训，选择和躬行"两结合"的发展道路。

从基本性质上说，马克思主义文艺学隶属于强大的社会历史学派，具有系统的现实主义的理论体系。为了实现马克思主义文艺学的科学发展和理论创新，应当努力综合上述两大文脉的特征和优长，以强调社会历史（其实马克思主义文艺学十分重视社会历史框架中的人学与文学的关系问题研究）、客体、思想、现实和以生活为依托的理想、实践、变革为基础，同时吸取浪漫主义、表现主义、现代主义的文论传统和文论资源，尊重人文、主体、诗性、情感、心理和幻想等因素，逐步形成历史精神与人文精神完美融合的马克思主义文艺理论体系。这里，理应解决一些相关的理论问题。

关于对文学的社会历史研究和对文学的人文研究的关系问题。现实主义和科学主义擅长对文学进行社会历史研究，并对文学进行社会历史框架内的人学研究；而浪漫主义、表现主义、现代主义和人本主义专注对文学进行人文研究。实际上，文学中的社会历史因素和人文因素是交织和融通为一体的。人都是社会历史的人；社会历史都是人的社会历史。可以断言，无史的人和无人的史都是不存在的。从文学创作的内容而言，人本主义和浪漫主义、表现主义、现代主义所表现的人的生态和命运都是一定时代和历史条件下的人的生态和命运；现实主义和科学主义所反映的社会历史面貌只不过是所属时代的人和人的精神风范的现实环境。从文学的研究主体和评论主体而言，无论侧重于对文学进行人文研究，还是侧重于对文学进行社会历史研究，都既要有人文精神，又要有历史精神，都要尽可能地追求人文精神和历史精神的统一。诚然，文学和文学研究中的人文因素和社会历史因素并不总是和谐的，有时也会产生差异和矛盾。现实生活中的人与历史，文学中的人文精神和历史精神，一定境况下会发生冲突和失衡。现代化进程中所表现出来的人与社会历史的矛盾是多方面的。当新兴的市民阶级取代腐朽没落的封建贵族的历史变革时期，消极的浪漫主义者幻想把历史拉向倒退，利用文学手段，从道德层面对这场社会转型进行抨击，发出诅咒和哀鸣；而积极浪漫主义和一些表现主义者则通过诗歌、戏剧和文学创作热情赞美这场历史大变动给新兴阶级带来的新生活和新自由。现代主义和一些现实主义者则对资本主义原始积累时期的黑暗和罪恶所造成的异化及给人带来的荒诞痛苦的生活进行深刻的揭露和批判。这些作家、文艺理论家和文艺批评家往往站在不同的人文立场上，对肯定人的历史加以赞颂，对非人化的历史进行声讨和控诉。这是因为人与社会历史的矛盾的背后，归根结底，隐藏着不同族群之间的利益关系，反映着权力与财富的生产和再生产、分配和再分配的激烈冲突。

关于对文学的"诗学研究"与对文学的"思学研究"的关系问题。文学研究中的"诗"与"思"已经成为一个被关注的热门话语。这个问题的实质是对文学的"诗学研究"和对文学的"科学研究"的关系问题。"诗学研究"侧重于对文学的情感把握;"科学研究"侧重于对文学的思想求索。文学的"诗性"可以给人们以情感上的陶冶和释放;文学的"思性"可以给人们以智慧和思想上的启迪。从人类的意识结构而言,思想和情感本是一对孪生兄弟,两者互渗互补,共生共存。脱离思想的情感是盲的,没有情感的思想是冷的。从两者所使用的思维范式来说,对文学的科学研究侧重于遵循把握对象的事理逻辑,对文学的诗学研究专注于使用把握对象的情感逻辑。脱离事理逻辑运用情感逻辑可能陷入迷狂,导致欲望的放纵,撇开情感逻辑运用事理逻辑也会使人感到很不亲切。完全排斥"诗学研究"的"科学研究"和完全撇开"科学研究"的"诗学研究"都不是真正文学意义上的文学研究。侧重于"诗性"的文学研究和侧重于"思性"的文学研究都是允许的,并是应当加以鼓励和提倡的。这两种文学研究的理路是并存的,不是任何人可以唱衰和咒绝的。如果用对文学的"科学研究"抵制对文学的"诗学研究",可能淡漠文学的人文精神;倘若用对文学的"诗学研究"贬抑对文学的"科学研究",又可能会缺乏文学的科学精神和历史精神。这种"一点论"和"走极端"的思维方式,必然形成学术研究中的钟摆现象。当对文学的"诗学研究"受到排拒和压抑的时候,学者们有理由"为诗辩护";当对文学的"科学研究"被冷落和淡忘的时候,学者们同样有理由"为思辩护",即为文学的思想性和真理性辩护,为文学的科学精神、历史精神和时代精神辩护。从当代西方和中国文学研究的现状与趋势看,一方面,对文学的"科学研究"开始重视文学的"诗性";另一方面,"诗学研究"正在通过文化研究在文本层面或通过文本向社会历史辐射、回归和转向。因此,马克思主义文艺理论家们应当把对文学的"社会历史研究"和"人文研究"、"科学研究"和"诗学研究"有机地融合起来,充分体现以人为本的科学发展观和社会主义核心价值体系,以期实现马克思主义文艺学的科学发展和理论创新。

关于文学中的理想和幻想的关系问题。上述两大文脉和两大社会文化思潮对理想和幻想的性质、根源、价值、功能的阐释是很不相同的。尽管理想往往是通过幻想的形式表现出来的,但只有那种富于现实性的幻想,才能转化为可能预期和实现的理想。幻想和理想,都能体现人们对美好未来的憧憬,两者的心理内涵可能有交叉和重叠,但较而言之,理想更加适应现实需要,更具有现实基础,往往可以通过实践变成现实,如"可以燎原"的"星星之火",而幻想则显得虚脱、空洞和浮泛,只能停留在艺术家与思想家的思维和头脑中。浪漫主义、表现主义和现代主义所推崇的浪漫情怀与主观幻想,只能给现实生活中的人们提供一种精神的补偿和心灵的抚慰。这些带有假定性和虚浮性的艺术理念,都一定程度上不适度地夸大了文学对人生的救赎功能和文学对社会的改造作用。从康德的"人给自然立法",到席勒所追求的"审美的人",到弗洛伊德的"白日梦",到尼采的"笑一切悲剧"施展"强力意志"的"超人哲学",到叔本华为了"摆脱人生的痛苦"所痴迷的"涅槃境界",到海德格尔所神往的"诗意地栖居",以致一切具有空想社会主义因素的文化思潮、文学理论和文学作品等,都把文学艺术的审美超越功能最大化和极端化了,附带上浓郁而又空泛的乌托邦性质。这些企图提升人和解放人的美学理念只能停留在人的空想与幻想的精神、思维、情感、意识、想象、舆论、文本、语言层面,由于脱离生活基础,排斥科学精神,拒绝社会实践,根本无法变成现实。马克思主义把人和人的一切心理因素,包括人的理想和幻想,都置放到历史唯物主义的框架里加以解释,认定作为精神现象的文学的诗性、情感和幻想，都是一定历史条件下的人的存在和生态在心理层面的投影和折光。

马克思主义批判地承接和发扬了历史先驱者们主张文艺和审美可以育人济世的优良传统，并把文学艺术视为改造世界的精神手段。马克思主义认为，只有通过实践的力量去改变旧环境，才能创造出新世界。由于现实生活不能满足生者的物质和精神上的需要，那些软弱、绵善而又可怜的人们总会追求和憧憬幻想中可以得到满足的美景，臆想在荆天棘地之中营造一个爱的暖巢，使他们焦灼、空虚和饥渴的灵魂得到温润和滋养、慰藉和安顿。从虚假的幻想中寻求精神和心理上的需要，是人的天性。因此，生活中总会产生幻想，但人们又不能只靠幻想生活。企望凭借幻想摆脱生命的痛苦，并不能切实改变人们现实生活中所承受的苦难：靠"酒神精神"欲使人们成为天马行空、自由奔放、雄健强悍的"超人"，并不能真正使现实生活中的弱势群体成为强者；这些理念和作品往往用假想的胜利掩盖着现实生活中的失败，或以虚幻的图景遮蔽着现实生活的惨境；毫无社会地位的下层的人们渴望在痴迷的"白日梦"中当皇帝，醒来还是要过乞丐般的日子；穷酸的人们可以在"狂欢节"中似乎平等地分享短暂的快意，但这种幸福感会稍纵即逝，旋即重新返回到人世间的困顿；渴望解决"住房难"的人们向往和幻想"诗意地栖居"，但没有巨额财富根本无法变成现实；有的学者倡导人生的艺术化或审美化，同样需要有起码的或足够的物质生活条件；还有的学者试图把艺术宗教化，规劝人们寄希冀于来世，甚至鼓吹轻生，诗化和美化死亡，如此等等。这些耽于幻想或富于浪漫情怀的学者的心理和愿望可能是真诚的，也会对人生的痛苦、困顿和焦灼产生一定的缓解、释放和补偿作用，但他们所开出的救人济世的药方，大体上类似于望梅止渴和画饼充饥的"精神会餐"，恐怕不会更加实际有效地有助于解决人生的基本问题,并不意味着对人们的生态和命运会发生什么实质性的改变。而只有适应现实生活需要的理想,才能通过科学和实践的力量,经过脚踏实地和艰苦卓绝的奋斗,转化为活生生的现实。这种可以实现的理想并不仅仅存在于学者们的主观幻想和浪漫情怀中,而主要生成于变革现实的实践活动中。马克思、恩格斯指出,反对人在舆论、情感、幻想中和"纯理论领域内"的解放,是"世俗社会主义的第一个原理"①。只有把人的情感和幻想通过社会实践转化为变革现实的物质力量,才能"圆梦",才能使人的情感、幻想和理想变成物化形态,从而真正地实现历史的变革、社会的进步和人的全面自由发展。

这里,还存在着一个如何对待后现代主义的问题。这种社会文化思潮实际上是消解社会历史与人文、客体与主体、思想与感情、实践与幻想之间的界限的。后现代主义尽管带有比较明显的"非理性化""反本质化"和"去思想化"的特点,但后现代主义对多元化、平面化、边缘化、大众化和对非整体性、非统一性、非系统性的差异性和异质性的强调,可以启发人们体认当代思想结构和文化建构的复杂性。后现代主义力倡跨学科的研究理路,主张打破把文学仅仅视为审美的纯粹的独立自主领域的传统这种过于偏执的固定模式,认为文学理论也并不是一个封闭的具有强烈排他性的观念系统,而是充满着社会历史、政治、权力、文化和意识形态矛盾冲突的平台和疆场。这种对文学的多学科和跨学科理解,与马克思主义文艺学作为宏观文艺学对一切有价值的文学理论和文学观念进行辩证综合相吻合,从研究视阈、研究方法到通过研究所要达到的学科

---

① 《马克思恩格斯全集》,中文1版,第2卷,121页,北京,人民出版社,1957。

建设和学理创构的目标，均有值得借鉴之处。我们还可以从那些自诩为"马克思的幽灵"的学者那里吸取一些合理的怀疑精神和解构精神，以强化和优化马克思主义文艺学的批判精神。

（2）应对三大文论，即马学文论、西学文论和国学文论这三种理论资源和三套话语体系的相互关系，以增强马克思主义文艺学的世界性、民族性和当代性。

确立世界文化视野。在全球化语境下，切实有效地检视和推进西方文论或外域文论的本土化问题，以增强马克思主义文艺学的世界性和人类性。

确立民族文化视野。逐步解决中国古代文论的现代化或现代转化问题，以增强马克思主义文艺学的民族性和中国特色。

确立主流文化视野。努力研究马克思主义与当代中国文艺实践相结合的新形态和新成果，提高马克思主义文艺学和马克思主义文艺学中国化的学理内涵和学术水平，建构一体、多元、有主导的和谐有序的当代中国的文论结构。

西学文论和国学文论各具优长。两者之间，既有异质性，又有同质性，可以通过跨文化的平行研究，求同辨异，融通互补，达到"和而不同"或"不同而和"的目的，以期实现中国当代文论的结构性转型。拓展对两者的异质性研究，进行深层次的对话，是实现西学文论和国学文论综合创新的重要途径。从哲学基础方面说，国学文论性质上属于"和合文化"的组成部分；西学文论则侧重于强调差异、对立、矛盾和冲突。马克思主义的对立统一规律，恰好体现既对立又统一的辩证综合，统一是斗争的目标，只有经过必要的斗争才能达到真正的统一。追求和谐和解决矛盾实际上是一个问题的两个方面。从结构形态方面来说，把西学文论一概说成是再现主义的文论和把国学文论一概说成是表现主义的文论似有绝对化之嫌。

其实，西方也有表现主义的文论，中国也有再现主义的文论。从总体样式的主导方面而言，国学文论多半表现所谓"诗性体验"和"生命智慧"，包括理论在内的文本实际上都是通过对象的生命化、心灵化和情感化，呈现出拟人的物象、比兴、意会、领悟式的审美对象以及审美主客体的整一性和总体性；而西学文论则比较注重建构形而上的思辨的逻辑体系，追求明晰的分析和演绎的概念内涵。实际上，这两种与思维方式相关的理论形态都是不可或缺的。从精神意蕴而言，国学文化和文论比较注重"求善"，具有浓郁的人伦伦理情结，富于追求秩序的道德精神；西学文化和文论则比较侧重"求真"，弘扬民族和个体的科学、民主和自由精神。实际上，不渗透科学、民主、自由精神的人伦伦理规约和不融入道德精神的科学、民主、自由精神都是不理想的。从思维方式而论，国学文化和文论以同向思维取胜，有利于维护社会的稳定和人与自然、人与社会、人与人之间的关系的和谐；西学文化和文论则以异向思维见长，比较强调文学的怀疑精神和批判精神。为了追求人文精神和历史精神的高度统一，把和谐精神和批判精神整合起来是完全必要的。从上述几个方面，对国学文论和西学文论的基本内涵加以改制和辩证综合，对创构具有民族特色、世界品格和当代形态的马克思主义文艺学的基本框架和总体精神是颇有助益的。

应当正确理解"西学""国学"和"马学"之间的"体用关系"。主张"西学为体""国学为用"，或力倡"国学为体""西学为用"都是有合理性的，然而又都是不完整的。实际上，这三种文化和文论都可以各自为体，互为所用。但从总体和全局上说，尤其是对马克思主义文艺理论工作者来说，应当强调以中国化了的马克思主义的文化和文论为体，特别是应当主张以当代的马克思主义文艺学为体，以西学和国学的理论资源和话语体系为用。实践是检验真理的唯一标准。只有当代的马克思主义才能救中国和发展中国。新中国，特别是新时期以来，当代中国所取得的辉煌成就，实际上都是当代的马克思主义在当代中国所取得的胜利。正是从改革开放的伟大的社会实践中提炼和概括出来的这种先进的、科学的、发展形态的马克思主义改变了当代中国的面貌与当代中国人的生态和命运。当代中国的马克思主义文艺学的理论体系应当成为当代中国的以人为本的科学发展观和核心价值体系中的一个有机的重要的组成部分。

上述三种文论、三种理论资源和三种话语体系都存在着本土化、现代化、民族化、中国化的问题，更存在着一个当代化的问题，以期产生当代的马克思主义文艺学的新质态。这三种文论，实际上存在着一个"互化"的问题，但谁也化不掉谁，不论是西方文论的本土化，中国古代文论的现代化，还是马列文论的中国化，都要得到进一步的丰富和深化、强化和优化。它们可以兼容，互惠同赢。作为马克思主义的文艺理论工作者，应当立足于当代，对文学经验和文学实践进行理论提升，对本土化、现代化和中国化的理论成果进行梳理、整合和创新，以丰富和深化当代马克思主义文艺学的理论内涵，创构新时代的具有人类性、民族性、现代性和当代性的马克思主义文艺学的理论体系。

四、确立宏观、辩证、综合、创新的研究范式

研究方法或研究范式作为研究对象的对应物，实际上是以追求真理为目的的。真理的存在是多向度和多维度的。因此，对真理的探寻也必然是多向度和多维度的。真理是什么？真理是全面，应当从横向上，拓展研究对象的广度；真理是深刻，应当从纵向上，发掘研究对象的深度；真理是过程，应当从流向上，捕捉和跟踪研究

对象的矢度；真理是关系，应当从环向上，勾勒和描述研究对象的圆度。① 上述的思维向度是笔者从马克思列宁主义的经典文本的相关阐释中精心收集和提炼出来的。这种研究范式实际上是一种全景思维、宏观思维、综合思维、立体思维。思维方式的变革是理论创新的重要前提。一种新的思维方式的产生总是孕育于前思维和前思想的母胎中。学界期待着一种好比从牛顿式的思维方式向爱因斯坦式的思维方式的新发展和新超越。进一步拓宽和开掘唯物辩证法和辩证唯物论的思维方式，是促进学术的科学发展和理论创新的根本路径。文艺学也是科学。不论把文学界定为哲学社会科学，还是人文科学，都是科学。从事文学研究的文艺理论家实质上都是科学工作者，都是思想工作者。既然是科学，都要追求真理，探讨本质，寻找规律。诚然，两者的表现形式是不同的，但作为科学思想工作者的文艺理论家都必须具有科学态度和科学精神，应当以实施文艺理论的科学发展和理论创新为己任。不加分析地"遮蔽真理""反对本质"和"消解规律"的解构主义是不尽合理的。应当解构那些僵化的、凝固的、教条的、过时的"真理""本质"和"规律"，但不能连同对有价值的"真理""本质"和"规律"本身的探索也一起抛弃了。解构的动机和目的应当是为了建构。一切有志于文艺理论的学科建设的学者们，应当自觉地运用马克思主义的历史唯物主义和辩证唯物主义的世界观和方法论，树立马克思主义文艺学的宏观、辩证、综合、创新的思维方式和研究范式，以开放的心态、发展的眼光、海纳百川的胸襟、广阔深邃的视阈，善待他者，尊重差异，包容多样，发掘一切深刻的、闪光的学术思想。凡是有价值、有意义、有合理性、有真理性的文论资源和理论成果，都要加以承接、

---

① 参见陆贵山：《试论文学的系统本质》，载《文学评论》2005年5期。

吸纳和弘扬。

必须处理好马克思主义文艺学的研究范式和其他研究范式之间的相互关系。应当说，不是马克思主义的研究范式封闭和阻碍了一切有用的和有效的研究范式的产生和采用，而是马克思主义的先进的、科学的世界观和方法论为一切有价值的研究范式的发展提供了无比广阔的天地。马克思主义文艺理论工作者应当自觉地运用宏观、辩证、综合、创新的思维方式，对一些重要的研究范式进行挑选，优化组合，择善而从，同时使马克思主义文艺学的研究范式得到丰富和深化。

在内部规律研究和外部规律研究的关系问题上，应当主张两者的兼顾，不可以相互取代。当代中国一位著名的前辈学者把文学的内部规律和外部规律比喻为地球的"自转"和"公转"的关系。这种比喻是贴切的、恰当的。文学像地球一样，围绕"公转"轨道进行"自转"，通过"自转"实现"公转"。如果只"公转"不"自转"，地球上没有白天和黑夜；如果只"自转"不"公转"，脱离"公转"轨道进行"自转"，地球将会变成太空中的尘埃，永远消失在茫茫的宇宙中。可见，还是应该把对文学的内部规律研究和对文学的外部规律研究有机地结合起来，脱离内部规律研究的外部规律研究或脱离外部规律研究的内部规律研究都是不完整的。

在跨学科研究和专学科研究的关系问题上，企图用跨学科研究取代专学科研究或蓄意用专学科研究取代跨学科研究都是不妥当的。不论是专学科研究，还是跨学科研究，都是有规约、有界限的。如果把专学科研究或本学科研究仅仅局限于和限定为文学的审美、形式语言符号和孤立的文本研究，排拒对文学的哲学、社会学、人学、政治学、文化学研究和对文学的多学科或跨学科的综合研究，会形成文学研究的自我封闭；如果把对文学的跨学科研究变成一种几乎与文学本身并无多大关系的泛文化研究或泛学科研究,又会造成文学研究的非文学化的倾向。可见,文学研究的作茧自缚的"减肥瘦身"现象或无限膨胀的"浮肿现象"都是不可取的。

在本体论研究和解释学研究的关系问题上,既要关注本体论研究,又要重视解释学研究。文学本体存在具有相对稳定的明晰的思想内涵,可以运用不同的研究方法进行分析。文学本体存在的空间和时间都是需要解释的。对文学本体存在的新理解、新发现所生成的新意义、新价值往往都是通过解释来实现的。解释作为对文本和本体的再创造,适应着新时代和新历史社会文化语境中的读者的新需要,可以赋予创作和作品以新的生命和活力。但解释程序中,存在着一个忠于本体和重塑本体的关系问题。解释所产生的新的派生义、衍生义和转生义都应当是本体和文本自身中的蕴含物,而不应当是外加和强加的、与本体和文本的原生义毫不相干的异质物。应当充分考虑到第一本体和第一文本的固有的原生义的客观内涵对解释的先在性和制约性。从根源上说,解释的动机和激情是由于变革现实生活和造就一代新人的需要所使然。文学本体存在的稳定性与变动性决定解释模式和研究范式的稳定性与变动性。夸大稳定性,可能产生凝固、保守和僵化,夸大变动性,又可能产生浮躁、失控和迷误。因此,既要看到解释的合理性,又要看到解释的有限性。

上述一些研究范式中既对立又统一的两个方面,在不同的语境下,可以也应该有所侧重,合理倾斜,但不可偏废,以防止产生严重的失衡现象和钟摆现象。我们必须积极而又审慎地对待西方的"学术转向"。"转向"如同学术研究的"风向标",可以预示和带来一些值得引起关注的学术和学理发展的新动向或新趋向。然而,转向是有条件的,有的是合理的,是比较成熟的,有的则属于被夸大了的学术和学理上的发酵现象。理智的学者们应当防止这个"转向"

和那个"转向",把自己的头脑、思维和神经搞得晕头转向。学者们应当多拥有一点持重、清醒和稳健的心态,不必拖着"转向疲劳症"到处"赶场",或在学术研究的跑道上无节制地疯跑和飙车。中国当代的文艺理论工作者应当树立宏大的学术志向,不要安于小成,要通过对学理的发掘和拓展,努力向文艺理论的广度和深度进军,把我们具有民族特色和当代形态的马克思主义文艺学推向世界的高端。

恩格斯提出的"美学观点和史学观点"既可以理解为文艺的批评标准,可以理解为文艺的本质,也可以理解为文学的研究视阈、研究方法、思维方式和研究范式。文学既是历史现象,又是审美现象,是历史的审美学现象,又是审美的历史现象。历史实质上是人的社会实践过程。正如不存在无人的史一样,也不存在无史的人。从史学观点中,可以也应当自然地引申出人学观点。只有对文学进行美学、史学和人学的综合研究,才能比较全面完整地把握文学的本质、价值和功能。因此,在对文学进行美学研究和史学研究的关系问题上,应当主张美学观点和史学观点、人学观点的有机融合,防止脱离美学观点的史学观点、人学观点和脱离史学观点、人学观点的美学观点对文学的片面解读。

研究范式,同样存在着一个主导与多元的关系问题。只要是合理的和有效的研究范式都是学术研究所需要的。我们主张以最能体现历史唯物主义和辩证唯物主义的科学发展观为指导,求真务实,解放思想,整合上述一切有价值的研究范式,对复杂的文学现象进行宏观、辩证、综合、创新的理论研究,以期扩展研究视阈,实现思维方式和研究范式的变革,为创构新时代的马克思主义文艺学而不断求索。

(原载《文学评论》2009 年第 4 期,收入本书时稍作修改)

对话与重构
——建设当代形态的马克思主义文艺理论的重要理路

学术事业的发展和学术理念的创新密切相关。原创是最可宝贵的,但原创是非常艰难的。学术理念的创新往往都是通过学术对话来实现的。我这里所说的对话,主要是指传统的经典的马克思主义文艺理论与西方文论,特别是西方现当代文论,包括西方马克思主义文艺理论的对话。这种学术对话是发展和建设当代形态的马克思主义文艺理论的重要理路。

一、对话的重要话题

当代中国文论的现实语境中,充满了西方话语。西方文论的本土化和马克思主义文艺理论的中国化是同时进行的。西方文论,特别是西方现当代文论呈现出强势状态,拥有话语的主导权。一些青年学者们唯西方现当代文论马首是瞻,确实存在着一种学术上的可以上升为信仰层面的"醉酒现象"。马克思主义文艺理论的中国化往往受到西方现当代文论和西方现当代文论的本土化的阻遏,实际上是在西方现当代文论和西方现当代文论本土化的夹缝中艰难进行的,处于被边缘化的地位。鉴于此，推动马克思主义文艺理论的中国化必须正确对待西方现当代文论的思想理论资源，通过学术对话，承接西方现当代文论之所长，融入马克思主义文艺理论的建设之中，重构新质态的当代形态的马克思主义文艺理论。

（一）关于文学的自然生态研究、社会历史研究和人文研究的关系

首先谈文学的自然生态研究和人文研究的关系。由于自然生态的危机，越来越得到学界的高度重视。围绕自然与人的关系，同时或交替出现两种对立的理念，即"自然中心论"和"人类中心论"。"人类中心论"强调自然是人类的一部分，主张自然服务于人类，是造福人类的物质资源。英国爱丁堡大学的一个学科组提出了提升知识社会学的"强纲领"，把自然科学社会化和人文化，并将自然科学视为一种实质上的"社会政治结构"。这种理念客观上有助于进一步推进现代化的历史进程，但如极端运作，又可能会加剧人类掠取自然资源的竞赛，从而引发对自然生态的破坏，加重自然生态的危机。"自然中心论"主张人类是自然的一部分，认为人类只不过是自然界中的一个物种。人类与自然的关系应当是平等的关系。这种理念是有道理的，但过度强调，又可能阻滞社会现代化的历史进程。我们注意到西方的一些极端的生态主义者和中国古代的道家思想不谋而合，对维护自然生态是有益的，但如果过度强调，又可能遏制人类对自然资源的合理开发和利用。这两种理念都具有一定的合理性和片面性。人类和自然的关系不应当是不可调和的对立关系，而应当友好互惠、和谐相处。大自然是人类的母亲。人类与自然的关系应当是哺育和反哺的关系，是共存和互养的关系。我们既要善待人类，也要善待自然，促进和建构两者关系的良性发展。马克思、恩格斯

和列宁通过对巴尔扎克和托尔斯泰等作家作品的评论，主张通过社会变革，实现从封建宗法式农耕社会向民主制市民社会的转型。他们主张通过开发自然资源，加速工业化的历史进程，同时又提醒人们注意，对自然的每一次胜利，都会付出沉痛的代价。马克思在《巴黎手稿》中颇有预见地揭示出建构人类和自然和谐关系的前景。经过深刻的漫长的历史过程，自然主义和人道主义相互走向，彼此靠拢：即人道主义走向自然主义，自然主义趋于人道主义，使两者得以双重实现，逐步达到完美和谐的理想境界。我们应当以马克思主义经典作家的相关论述为基础，以开放的心态，吸纳西方文论中有价值的思想理论资源，创构当代形态的马克思主义文艺生态学理论。

其次再谈文学的社会历史研究和对文学的人文研究的关系。马克思主义被视为强大的社会历史学派。马克思主义拥有深刻系统的现实主义文艺理论，对文学与社会历史和现实生活的关系的阐释缜密而精当。相对而言，马克思主义文艺理论对文学与人的关系的研究显得薄弱些。但马克思主义的经典作家对人学思想仍然具有许多深刻的框架式表述。如关于人的社会属性和人的自然属性的关系的理论，关于人的客体性和人的主体性的关系的理论，关于人的群体性和人的个体性的关系的理论，关于人的认知关系和人的价值关系的理论，关于人性的共同性和人性的差别性的关系的理论，关于人的自由、异化和解放的理论，都具有重要的指导意义。马克思主义文艺人学理论理应得到更具有时代感和当代性的发展。西方文论具有极其丰富的人文主义的理论思想资源。从文艺复兴时期古典的、传统的人道主义到现当代各式各样的新人本主义，如归属于"主体哲学"和"意识哲学"的主要派别的胡塞尔的"现象学"的人本主义，以萨特为代表的"存在主义"的人道主义，狄尔泰的"解释学"的人本主义，伽达默尔的"教化解释学"的人本主义，法兰克福学派的"文化批判"的人本主义，都从不同层面对文学与人文的关系进行了深入开掘，对发展马克思主义文艺理论的人文维度大有助益。这中间也出现过一些非常极端的主张，如福山宣告"历史终结论"，德里达声称"人的终结论"和福柯鼓吹"人的死亡论"，尼采宣扬"上帝已死"，巴尔特主张"作者已死"……对这些"深刻的片面的真理"，应当进行科学的鉴别和剖析。

马克思主义通常被称为强大的社会历史学派。马克思主义文艺理论非常注重对文学的社会历史研究，但并不是只强调文学与社会历史的关系，忽视文学与人的关系，不是只强调文学的社会理性和历史精神，拒斥文学的人文关怀和人文精神，而是主张有主导的文学的历史精神和文学的人文精神的和谐统一。反对脱离人文精神片面地强调历史精神，或脱离历史精神孤立地强调人文精神。在与人文精神的联系中倡导历史精神，或在与历史精神的联系中提升人文精神都是应当支持和鼓励的。文学与人的关系和文学与社会历史的关系实际上是密不可分、血肉相连的一个问题的两个方面。论述文学与社会历史的关系，实质上也应当是从社会历史的视域阐发文学与人的关系；论述文学与人的关系，实质上也应当是从人的视域解释文学与社会历史的关系。因为社会历史是人的社会历史，人是社会历史的人。历史只不过是人的实践活动过程的记录而已。正如马克思、恩格斯所指出的："历史什么事情也没有做，……历史不过是追求着自己目的的人的活动而已"。[①] 人的进步和社会历史的进步是分不开的。没有社会的转型和历史的发展，不会有人的自由和解放，不会给人带来利益和福祉；没有人的观念和素质的提升，没有人的

---

① 《马克思恩格斯全集》，第 2 卷，118—119 页，北京，人民出版社，1957。

变革意识,也不会有社会的进步和历史的转折。两者是互动共进的。

研究文学与社会历史的关系和研究文学与人的关系是相互补充的,因而都是必要的和重要的。擅长于研究文学与社会历史的关系的学者和钟情于研究文学与人的关系的学者,理应相互尊重。人与社会历史的关系是非常复杂的:有时是和谐的,当社会历史的发展给人们带来自由、幸福和解放时,这样的社会历史对人来说,是温暖亲切的;当社会历史捉弄人、压抑人、给人造成痛苦和灾难时,这样的社会历史对人来说,是冷酷无情的。人与社会历史的关系往往是不相协调的。实际上,处于完全均衡状态的历史精神和人文精神是不存在的,总会有所倾斜和偏重,这是正常的。

然而在时代发展的过程中,经常发生人与历史的矛盾,人被历史强势的制度、体制、物质力量和文化氛围所压抑,甚至受捉弄、遭践踏。如果不被虚假的表层状态所蒙蔽、所迷惑,而深入到问题的实质,人与社会历史的矛盾,实质上是一定时代的社会历史结构中人与人之间的矛盾,尤其表现为这一部分人和那一部分人在占有和再占有、分配和再分配物质资料和生活资料方面的矛盾,表现为不同群体在权力、财富和利益方面的占有和再占有、分配和再分配方面的矛盾,往往引发出社会历史结构中具有压倒优势的集团和个人与弱势群体之间的矛盾。因此,人与社会历史的矛盾掩盖着,同时又可以表现为、还原为、转化为这一部分人和那一部分人之间的矛盾。只有解决不同人群之间在占有和分配物质财富和精神财富之间的不合理和不公平的畸形状态,才能从根本上消除人与社会历史的矛盾。那些抽象地、激愤地指控人与社会历史的矛盾的言论,只能流为一种美好而无效的空谈。

（二）关于文学的客体性研究和文学的主体性研究的关系

文学与自然和社会历史的关系以及文学与人的关系反映到文学自身，集中表现为文学的客体性和文学的主体性的关系问题。这个问题具有根本性和母源性的意义。马克思主义文艺理论比较强调对文学的客体性研究。但并不是只主张客体性，不要主体性，而是主张有主导的客体性和主体性的完美融合，反对只单方面地强调客体性和只孤立地夸大主体性。西方现当代文论，个别的后现代主义者，如德里达消解人和文学的主体性，宣扬"人已终结"和"主体已死"，还有一位美国学者帕森斯·哈丁倡导突出政治基因的"强客观性"，最近又涌现出一种彰显客体性"物质性批评"。除此而外，大多数学者，特别是以强调人文主义为旨意的理论家都是宣扬人和文学的主体性的。著名的存在主义者海德格尔和萨特都把人的主体性强调到不恰当的程度。海德格尔的"此在"和萨特的"先于本质"的"存在"被赋予极强的排斥客体性的封闭孤立自足性。萨特竟然宣称：在人的世界，人的主体性世界外，"并无其他世界"。脱离主体性的"强客体"和消解客体性的"强主体"，都是不妥当的。

笔者认为，在人和文学的客体性和主体性的存在和组合结构上，往往表现为几种形态：和谐统一的融合形态，表现为现实主义和浪漫主义相结合；合理适度的倾斜形态，或向客体性倾斜，表现为现实主义和写实主义，或向主体性倾斜，表现为浪漫主义、现代主义和表现主义；如把客体性推向极端，则表现为以直观反映论和庸俗社会学为基础的自然主义，如把主体性推向极端，则表现为以唯心主义为依托的意志主义。我们应当提倡和谐统一的融合形态，支持和鼓励合理适度的倾斜形态，同时也要吸收偏执失衡的极端形态所蕴含的那些具有正价值和合理性的元素。这些元素往往蕴藏着"深刻的片面的真理",以尖锐的挑战姿态和冲击力量,给人们以警醒和启迪。如极端张扬主体性的意志主义,特别是尼采的意志主义,从哲学和诗学的结合上宣示超人的"权力意志"和张狂的"酒神精神",曾迷醉鲁迅一代伟人。把客体性推向极端的自然主义,尽管有点模拟和拘泥于生活,但自然主义文艺流派(比如首创者左拉的一些小说)很有特点,充满着生活的质感,洋溢着淳朴的真情。又比如自然主义画派的领军人物米勒的《拾穗者》等画作描绘勤劳善良的农民的劳动和生活,温润和激荡着浓郁的田园牧歌式的世俗风情。因此,我们没有理由拒绝这些奇特的精神之花。

与研究文学的客体性和主体性问题紧密相关,存在着一个怎样理解对文学的反映论研究和价值论研究的关系问题。长期以来,马克思主义文艺理论是重视对文学的反映论研究的。但并不是只主张反映论,不要价值论,而是认为应当把反映论和价值论有机地融合起来。我们所反对的是那种直观的、被动的反映论,而主张能动的、积极的反映论。科学的反映论永远是行之有效的价值论的基础。人们的价值诉求是认知活动的驱动力。脱离价值论的反映论是空洞的,撇开反映论的价值论是盲目的,至少会使价值诉求、价值取向和价值选择失去明确的方向感和目标感,从而局限人们的价值目标的圆满实现。人们活动的合规律性和合目的性是密切联系着的。只有合规律性,才能达到合目的性;为了实现合目的性,必须追求合规律性。我们应当把人的认知活动和人的价值活动视为追求和实现人的预期目标的同一个过程和同一件事情。因此,用反映论去价值论,或用价值论去反映论,都会使反映论和价值论受到同样程度的伤害。

(三)关于文学的内部规律研究和外部规律研究的关系

文学的存在和发展都是有规律的,包括内部规律和外部规律。

不承认文学有内部规律是不妥当的。事物有外因和内因，矛盾分外部矛盾和内部矛盾。研究文学的内部规律是完全必要的。从俄国形式主义到新批评派，索绪尔从语言学视阈对内部规律和外部规律的探索，都具有一定的借鉴作用。一般认为，马克思主义文艺理论比较注重文学的外部规律。确实存在着一个怎样正确理解文学的内部规律和外部规律的关系问题，或文学的普遍规律和特殊规律的关系问题。

任何事物都存在于内部和外部的关系中，并通过这些关系的变化而不断建构和发展。世界上，不存在没有联系的事物，不存在只有内部联系没有外部联系，或只有外部联系而没有内部联系的事物。探讨规律，叩问对象富有真理性的内部联系和外部联系都是完全必要的。文学的内部规律和外部规律是相互依存和竞相发展的。一位文艺理论界的学术前辈曾把文学的内部规律和外部规律比喻为地球的自转和公转的关系，十分贴切。地球是围绕着公转的轨道自转的，又是通过自转实现公转的。如果只自转不公转，地球永远停留在一个地方；如果地球不自转，无法实现地球的公转；如果地球的自转脱离公转的轨道，人类唯一的绿色星球会消失在茫茫的宇宙中。

与文学的内部规律和外部规律紧密相关，还存在一个文学的内容研究和形式研究的关系问题。从俄国形式主义到英美新批评派，对作品的语言形式符号研究取得了长足进展，诸如关于"陌生化"的理论、关于"文学性"的理论、关于"骨架和机理一体化的"理论、关于"诗学"的理论、关于"结构—解构功能"的理论，都富于启发性。但一些学人倡导的"文本本体论"和"形式本体论"几乎完全消融和隐去了文本内部的语言形式和外部对象和创作主体的密切联系。学坛中的一些研究者作为对"内容决定论"的反拨，开始从"内容决定论"走向"形式决定论"。对形式研究的日趋深入，产生了一些诸如"内容是完成了的形式",形式是"有意味的形式"等有代表性的观点。实际上,"内容决定论"和"形式决定论"都是不完整的。从与内容的联系中,强化形式研究,或从与形式的联系中,优化内容研究,都是值得提倡和鼓励的。尽管形式具有一定的相对独立性,但形式和内容共存于一个机理相关的共同体中,把两者断然分开是不可能的。马克思主义文艺理论关于"内容决定形式""形式是内容的形式""内容是形式的内容",这些传统的经典性的理论表述仍然具有一定的合理性和生命力。忽视和脱离形式强调内容是不妥当的。西方现当代文论一味地遮蔽、隐匿、消解、掏空内容,倡导所谓"纯形式",也是不可取的。应当引起注意的是,特别是在当代的舞台艺术、影视艺术和媒体艺术中,借助高科技手段,运用光色图像效果,凭借形式烘托内容,使作品更加出神入化、美丽动人,也有的渲染着"炫形式"和"玩形式"的激情,用对形式的包装掩盖和弥补内容的空洞和贫乏。我们应该在当代形式研究取得新成果的语境中,重构文学的内容与形式的新关系。这是文艺理论研究的新课题。

(四)关于文学的科学研究和诗学研究的关系

文学是既具有思性,又具有诗性的;是既具有思想,又具有情感的。在文学艺术中,无诗性的思性和无思性的诗性、无情感的思想和无思想的情感,实际上都是不存在的。别林斯基和普列汉诺夫都主张文学中的思想和感情的融合和统一。基于文学中存在着的思性或思想,对文学进行科学研究;基于文学中存在着的诗性和感情,对文学进行诗学研究,都是合理的、必要的。因此,对文学进行科学研究和对文学进行诗学研究都应当得到同等重要的尊重。这两者都是不可或缺的,对提高文学的思想性、说服力、亲和力、感染力和艺术魅力都是非常需要的。

现当代的西方文论和诗学，附着了强烈的政治色彩，带有突出的意识形态特征。如福柯的"知识权力说"、新历史主义文化诗学的代表人物格林布拉特和海登·怀特的凸显文本"权力结构"的"文化政治学"、詹姆逊对文学中的政治和意识形态的强调、伊格尔顿等人的"审美意识形态"理论，都十分重视文学的政治诉求和社会的政治权力对文学的重大影响，富有浓郁的意识形态性质，可以说是一种追求政治化的诗学理论。我们过去比较轻视对文学的诗学研究，以致造成作品的冷漠感和概念化的倾向。

现在，当代中国和西方已经开始形成诗学研究的热潮。诚然，这种趋向带有明显的反拨传统的反映论和现实主义的意味。实际上，对文学的诗学研究和对文学的科学研究都是必要的。不脱离文学的诗性和感情，侧重于对文学进行科学研究，或尊重文学的思性和思想，对文学进行科学研究，都是应当得到支持和鼓励的。用文学的思性和思想去文学的诗性和感情，或用文学的诗性和感情去文学的思性和思想；用对文学的科学研究去对文学的诗学研究，或用对文学的诗学研究去对文学的科学研究都是不妥当的。

相对而言，马克思主义文艺理论比较重视对文学的科学研究，但对文学的诗学研究也应当得到同样的尊重。我们应当维护两者的和谐生态，使两者互补共进，竞相发展，把对文学的科学研究和对文学的诗学研究有机统一起来。

对文学进行科学研究可以充分体现文学的科学精神，对文学的诗学研究可以充分体现文学的人文精神。对文学的科学研究，实质上是突出表现文学中的科学精神和人文精神的关系问题。文学中的科学精神并不能完全等同是自然科学中的科学主义，如表现为自然基础主义、逻辑实证主义和分析哲学，而是属于人文哲学、人的精神哲学和部分语言哲学的范畴。尽管人文哲学意义上的人文科学的思想内涵还是一个尚待解析的问题，但其基本的精神意向应当是追求公平、正义和真理，揭示符合历史发展规律和广大人民的根本利益，反映那种大势所趋和人心所向的社会理性和价值诉求。与这种人文哲学所蕴含的科学精神相联系的人文精神表现为坚持真理、公平和正义的民主自由精神，与时代相协调的和谐精神，与历史发展规律相适应的人的历史的主动性、能动性和创造性，在社会转型时期表现为强烈的奋发进取的变革精神。

文学中的科学精神和人文精神，既悖立又互补，两者相辅相成，竞相发展。任何用科学精神反对人文精神，或以人文精神抑制科学精神的言论和行为都是非理性的。明智的学者们把两者比喻为孪生兄弟、姊妹花、双翼鸟、并蒂莲，把科学精神比喻为发动机，把人文精神比喻为方向盘，让文学中的科学精神和人文精神之花绽放得更加丰富多彩，万紫千红。

综上而论，我们应当巩固和发挥马克思主义文艺理论的强项，吸纳西方现当代文论的优长，以补充、丰富马克思主义文艺理论中那些空疏、模糊、弱势和缺失的部分，使其发生结构性和新质性的变革。我们应当把握上述两大学理中所蕴含着的那些有意义的、有价值的、有科学性和真理性的思想文化资源，通过两者的富有成效的对话，重构和发展中国当代形态的马克思主义文艺理论。

二、西方现当代文论的基本特性

西方现当代文论有魅力，也有局限。而这种魅力与局限又往往是互为一体，杂然并存的。从西方现当代文论的总体精神中，可以概括出一些基本特性。

（一）高度的内向化和自我化

以海德格尔和萨特为代表的存在主义者的人生哲学表达了处于异化状态下的人生体验。这种描述是高度内向化和自我化的。他们对所处历史条件下的人生境遇和人生感受，如"世界是荒诞的，人生是痛苦的"，"他人即是地狱"，人们感到孤独、烦恼、操劳、畏惧、迷惘、困惑、恶心、沉沦，乃至悲观失望，这些人生体验是十分痛切的。这些心理症候实际上都是两次世界大战酿成的心理创伤。

一些存在主义者好比精神病态的心理医生，他们对这些精神病态心理的体验和描述，颇能为处于处逆境中命运多舛的人们感同身受。一些存在主义者觉察到世界的非人化的陌生和冷漠，提出使自身成为"此在"或"亲在"的祈盼。他们以高度内向化的自我意志和主观欲望作为"先于本质"的"自我存在"，一切从自我出发，提出一套"个人自由""自我选择""自我设计""自我塑造""自我实现"的"拯救自我"的方案，完全是"以自我为中心"的不可能实现的主观幻想。但他们为了追求个体自由，欲想摆脱心理痛苦的愿望，对启发文艺真切地表现人的生态和心态，重视文艺的主体性和自由性，处理好文艺中的个体性和群体性的关系都是颇有助益的。同时要看到，这种封闭性十足、排他性极强的个人主义的人生观和价值观冷漠现实，贬抑群体，脱离大众，对以集体主义思想为基础的爱国主义和民族精神的确立以及核心价值体系的建设，可能会产生一定的负面作用。

（二）极度的语言崇拜

文学是语言的艺术。西方现当代文论对文学语言的研究取得了深层次、全方位的进展。批判继承西方现当代文论的这些语言理论的成果是理所当然的事。19世纪中叶后，语言哲学崛起，一定程度上取代了传统的形而上学和自然哲学，成为一种有主导性和影响力的学术思想。西方现当代文论家多半都是具有很深的学术造诣的书斋学者和擅长语言研究的专家里手。他们中间有一些人是具有变革意识的左翼人文知识分子，想通过文本语言和语言文本的研究介入社会现实，以引发社会变革，但多半都停留在语言层面。有的语言学家极端地夸大了语言的作用，把语言的功能推向巅峰状态，视其为拥有上帝般造物主那样的权威，认为不是人说语言，而是语言说人；不是人塑造语言，而是语言塑造人。这种表述显然是把语言和现实生活中的人的关系搞颠倒了。从第一性的意义上说，是人塑造语言；只有在第二性的意义上才能确认和肯定语言的反作用，即在一定的社会和文学语境中，人也要接受语言的陶冶和塑造。还有的学者主张用语言的人文主义阐释学革命，欲想通过发动语言结构变革推动和实现社会结构变革。语言朝人文主义的转向被称为语言阐释学的"哥白尼革命"。这种意图是左翼进步知识分子的语言幻想。

首先，自"语言学转向"以来，结构主义语言学把人隐匿和遮蔽在孤立自足的封闭的语言结构中。一些解构主义者和西方马克思主义文论家主张打破僵硬的语言结构，倡导"冲破语言的牢笼"是有道理的。诚然，还有的语言学家意识到语言功能的局限性。如从逻辑实证主义者转为日常语言学派的代表人物维特根斯坦，并不承认语言是外部客观世界的反映，但又曾经追求语言与对象的同构性，后来又强调语言按照人的约定俗成的规则运作的游戏性，从而夸大了语言的相对性和随意性。可能是由于维特根斯坦懦弱的性格和带有悲剧色彩的人生态度，他觉察到因主体和对象双方都存在着极其复杂的差异性和流变性，语言不可能非常清晰、准确地说明和解释事物，往往陷入无能为力和捉襟见肘的困境。面对语言功能的软弱无力，对那些特别陌生的神秘的事物，只能"保持沉默"。尽管如此，西方的一些语言学家把语言从客观对象的对应物转换为对象的主体性构成符号，变成表现人的生存方式和主观意向的工具，为语言学研究提供了新的向度、新的内容和新的视域。承接和吸纳这些新的语言观念，对充实和丰富马克思主义文艺理论的文学语言学，从而提升马克思主义文艺理论的话语权力是完全必要的。

其次，由于西方现当代文论的语言学理论和语言的叙述学理论艰深晦涩、诡秘玄奥，许多学者往往陶醉于无法使常人意会的语言游戏，不能自拔。语言学家们应当考虑运用简明易懂的表达方式，以便为广大读者所接受。只有通过西方语言理论的大众化和通俗化才能真正实现西方语言理论的中国化和本土化，才能真正化到大众的心里，融入普通作家和评论家的实践中。语言革命或许在组织社会意识形态，影响社会心理，发出精神呼吁，调动世俗舆论方面起到一定的积极作用，但认为"文本之外一无所有"这种绝对的语言文本主义，想通过解构和重塑语言文本来解构和重塑历史，从根本上改变社会结构和政治体制是不可能的。这种愿望大体上相当于"词句革命论"的奢望，并不意味着对现实生活和社会环境发生什么实质性的改变。

马克思、恩格斯曾在批判青年黑格尔派的"词句革命论"时尖锐指出："尽管青年黑格尔派思想家们满口讲的都是'震撼世界'词句，而实际上他们是最大的保守分子。""他们之中最年轻的人……说他们仅仅是为反对'词句'而斗争。不过他们忘记了：他们只是用词句来反对这些词句，既然他们仅仅反对现存世界的词句，那么他们就绝不是反对现实的、现存的世界。"[①] 语言批判的作用是十分

---

① 《马克思恩格斯全集》，第 3 卷，22—23 页，北京，人民出版社，1960。

有限的。马克思、恩格斯说:"历史的动力以及宗教和任何其他理论的动力是革命,而不是批判。"① "要想真正地、实际地消灭这些词句,要从人们的意识中消除这些观念,只有靠改变条件,而不是靠理论上的演绎。"② 马克思、恩格斯的相关论述对正确理解和评价语言变革的作用和功能具有一定的方法论启示。

(三) 沉迷于审美学幻想

黑格尔说:"审美带有令人解放的性质。"③ 西方现当代的文论家和美学家都想把审美和人的解放问题联系起来。这是非常重要的思路。倡导审美,对人的解放和社会的进步是颇有助益的。审美是令人感到温暖和慰藉的精神灵丹。对人的心灵世界具有安抚、滋润、补偿、调解、激荡、救赎的作用。有贴近现实性的审美理论,也有耽于幻想的审美理论。总的感觉是,西方现当代的文论和美学与现实生活多有隔膜,多半是痴迷和沉溺于审美幻想的。

如果说,席勒的《美育书简》还表现出通过审美教育改造和培育人生的美和美的人生的现实感,那么到弗洛伊德的"白日梦",到各式各样的"审美乌托邦""审美救赎",再到海德格尔的"诗意地栖居",都带有浓郁的虚脱和幻想的色彩。"白日梦"中的人生故事可能非常美丽迷人,但醒来后,穷苦的人们仍然要在痛苦和灾难中煎熬;"乌托邦"是美的,但这种"美"毕竟是"乌托邦"的;从根本上说,"审美"对人是无法实现"救赎"功能的;没有巨额的金钱和财富,想实现物质上和精神上的"诗意地栖居"是不可能的,

---

① 《马克思恩格斯全集》,第3卷,43页,北京,人民出版社,1960。
② 同上书,45页。
③ [德]黑格尔:《美学》,第1卷,142页,北京,商务印书馆,1979。

在房价飞涨的境况下，千千万万的普通的老百姓只能"望房兴叹"！海德格尔所追求的本来是荷尔德林所倡导的"诗意地栖居"也存在虚假和伪善的一面。令人惊异和痛惜的，为了充当法西斯帝国哲学王，他竟然在法西斯的营垒和巢穴中"栖居"了相当漫长的岁月。"审美理想""诗意地栖居"是人们憧憬的未来生活的美好愿景。

笔者主张把具有现实根据、能够通过实践可以实现的审美理想和没有现实根据、不能通过实践实现的审美幻想加以区分，使审美理想多一点实际，少一点空洞的幻想。让现实更理想些，让理想更现实些，不要过于痴迷和崇拜审美幻想。实现人民的中国梦，要脚踏实地，不尚空谈。纯审美理论是无助于人的解放和社会的进步的。

马克思、恩格斯曾在《神圣家族》中指出："否认纯理论领域内的解放"是"世俗社会主义的第一原理"，"认为这是幻想"，"为了真正的自由它除了要求唯心的'意志'以外，还要求完全能感触得到的物质条件"。① 恩格斯曾经批评所谓"真正的社会主义者"倍克的一些"飘浮在云雾中的"诗，只歌颂"朦胧的幻想"，并嘲讽"他的诗歌所起的并不是革命的作用，而是'止血用的三包沸腾散'"。②

（四）具有明显的非理性主义倾向

非理性主义是现当代西方文论的主要特征和思想灵魂。非理性主义社会文化思潮贯穿于人文、主体、心理、生理、审美、内部规律、表现主义、现代主义、后现代主义、解构主义之中。非理性主义无疑是具有两面性的。非理性主义研究在人文、主体、心理、意

---

① 《马克思恩格斯全集》，第2卷，121页，北京，人民出版社，1957。
② 《马克思恩格斯全集》，第4卷，242页，北京，人民出版社，1958。

识和语言形式符号领域中进行了许多有益的探索，取得了相当显赫的学术成果。这些学术成果作为人类的思想文化资源，必须得到尊重、承接和吸取，以丰富和补充传统的学术格局中所空疏和缺失的部分。非理性元素是人类的生理机能和意识思想结构中不可忽视、不可或缺的组成部分。对失去了历史的先进性和合理性的、过时的、僵化的旧理性的反叛、消解和颠覆，对超稳定的社会结构和社会体制、思想结构和思想体制的冲击和破坏，对旧权威的亵渎和颠覆，对大一统的文化专制主义的抗争和搅扰，从这些意义上说，具有思想解放的意义。

我们一方面要肯定非理性研究的学术价值，另一方面又要反对一切去科学化、非科学化、反科学化的研究理路，应当科学地评价包括现代主义、后现代主义、解构主义和各种非理性主义的是非功过。对一切无节制地反对主流、反对中心、反对权威、反对稳定、反对统一性和整体性，主张平面化、边缘化、碎片化、无深度、去价值的观念，理应采取有鉴别、有选择的具体问题具体分析的科学的理性态度。

一切反对认知理性、道德理性和科技理性的论说只能使民族陷入被动和愚昧的状态。非理性意识，作为人类思想结构中的必要的组成部分是不可或缺的。事实上，世界上不存在没有非理性渗透的纯理性，也不存在脱净理性元素的单纯孤立的非理性。我们在批判非理性主义社会文化思潮时，不要把非理性主义的合理性也一并抛弃了；我们在破除旧理性主义时，也要克服和防止把正确的、有价值的理性也一股脑扔掉了。这种"弃水泼婴"的幼稚病是昏昧的表现。旧理性过时了，非理性太时兴了，有的学者提出新理性的概念加以回应。笔者曾和新理性的倡导者有过磋商，共同认定这种新理性应当理解和阐释为实践理性。如果新理性只是停留在舆论、语言和幻想层面，会局限、缩小乃至损害它的意义和价值。只有通过实践实现了新理性，只有变成现实生活的物化形态的实践理性，才是新理性的理想境界。与之相关联，我们不禁想起了对车尔尼雪夫斯基的"生活美学"思想和他提出的"美是生活"的回忆。"美是生活"的理念具有重要的当代价值。"美是生活"的命题不只是宣示美在生活之中，指明生活是美的源泉，而且应当推演说，只有通过实践理性，把美的理念变成"美的生活"或"生活的美"，才是"生活美学"的最高目标。只有实现了新的实践理性的新生活才是美的最高境界。从"文学梦"和"中国梦"的关系说，"文学梦"需要表现"中国梦"，但只有把"中国梦"通过实践理性变成现实性生活中的活生生的现实，真正给人民带来公正、富裕、自由、幸福和解放，才是"文学梦"和"中国梦"的最高目标和理想境界。

（五）缺乏震撼人心的力量

由于不同程度地脱离现实生活、人民群众和社会实践，西方现当代文论缺乏震撼人心的力量。书斋中的知识分子本身并没有力量。知识要通过实践才能转化为力量。必须清醒地认识到，与群众相结合的知识分子才是有力量的，不掌握权力和财富的知识分子是没有力量的。葛兰西关于"文化霸权"的理论，对推动建立文艺的领导权和话语权具有特别重要的现实意义。拥有领导权和话语权的文学理论和文学作品才是有力量的。

从整体上看，西方现当代文论和文学是缺乏力量的。尼采的"权力意志""超人哲学"从表面上看是有力量的。这种哲学亵渎上帝、冒犯权威、反叛传统。它的超常的、强势的、张狂的、自由的个体生命意志恣意奔驰，冲破禁锢的僵化理性的闸门。这种思想的表述方式如狂飙烈火，似有摧枯拉朽般的磅礴气势，他以批判家的雄伟,傲视一切。但由于全然拒斥理性,缺乏坚实的生活基础,显得底气不足,似有虚脱和内荏之憾。

法兰克福学派的社会文化批判理论对遮蔽社会问题的"虚假意识形态"的批判,对压抑人的、表现出某些悲剧元素和负面作用的"启蒙理性"的批判,对导致人的异化、使人成为"单向度的人"的"工具理性"的批判,对包括大众文化在内的、依附资本意志、被文化工业和商业社会所同化、一定程度上与主流意志同谋、蒙蔽、误导和改塑的大众意识,实际上带有"反文化"性质的"文化批判",都具有重要的理论价值和现实意义。文化批判作为一个新兴的学科领域是不可或缺的,文化批判企图从文化层面介入政治,表现出一定的文化批判力量。法兰克福学派的社会文化批判理论对阐释意识形态、工业理性、文化生产如何按照符合人性的方向发展,具有深刻的思想启示。但这种文化批判理论也是有局限的。它只敏锐地看到了工具理性的非人性的一面,如可能造成对人的欲望、个性、灵韵、浪漫情怀、自由意志和创造精神的压抑,但并没有论述工具理性肯定人,如提高人的智慧、技能和力量,健全自身、征服和善待自然、捍卫真理和维护正义的一面。存在主义比较关注"实践"的功能,表现出改变人的生态的意向,但忽视群体的力量,这种学说所张扬的孤独的悲观绝望的个体实际上是没有力量的。

由于受到金钱拜物教、权力拜物教、商品拜物教的侵害和作贱,人们一度都变得怯懦了。反映到现代主义和后现代主义作品中的人物形象都是缺乏力量的,如卡夫卡的著名小说《变形记》,描写人在社会重压下变成了大甲虫那样的软体动物。有的作品表现处于异化状态下的人由于承受痛苦和灾难的折磨,心灵上受到重创所造成病态和畸形。这些荒诞的和处于异化状态下的"单面的"或"偏型的"弱势的小人物是值得怜悯和同情的,却是没有刚气和血性的。

现代派的一些作家和理论家在国家机器、战争机器、工业机器和强大的物质力量的碾压下，他们的人生步履维艰，十分坎坷不幸，承担着不堪忍受的痛苦和折磨。他们本身十分软弱（比如卡夫卡被称为"弱的天才"），绝不可能创作出震撼人心的理论和作品。

我们有时只能在一些科幻影视作品中看到少许孔武有力的超常的巨人形象。即便是那些带有批判意向的理论和作品，对现实的批判也多半都停留在舆论、幻想、语言层面，或迷信于道德说教、精神呼吁、审美救赎，甚至新感性革命、文化批判都带有不同程度的"坐而论道"或"纸上谈兵"的性质。一切精神批判都无法超越和取代实践批判，只能靠塑造"新人形象"，培育出被马克思、恩格斯称为"有实践力量的人"——通过变革现状的物质批判去加以解决。因为只有"新人形象"才能从正面充分体现出全新的价值体系和思想体系，才能作为"有实践力量的人"变革现实，改变旧环境，创造新世界。正如马克思所指出的："哲学家们只是用不同的方式解释世界，问题在于改变世界。"① "对实践的唯物主义者，即共产主义者说来，全部问题都在于使现存世界革命化，实际地反对和改变事物的现状。"② 只有服务并推动和促进社会的全面进步和人的全面发展的文学和文学理论才是有力量的。作为马克思主义文艺理论中国化的重要成果——《在延安文艺座谈会上的讲话》中所论述的文艺思想，主张"表现新的人物，新的世界"，号召革命的作家艺术家通过把日常生活的矛盾和斗争"典型化"，"使人民群众惊醒起来，感奋起来，推动人民群众走向团结和斗争，实行改变自己的环境"，

---

① 《马克思恩格斯全集》，第3卷，6页，北京，人民出版社，1960。
② 同上书，48页。

"帮助群众推动历史的前进"。① 这种富于实践理性和变革精神的文艺思想才是有力量的。

三、对话的思维方式

学术思想的对话实质上也是思维方式的对话。思维方式和思想方法作为客观对象的对应物，需要尽可能最大限度地切合对象的基本性质和主要特征。

以新人本主义为主潮的西方现当代文论，都随心所欲地夸大主体、心理、精神和意志的作用，包括海德格尔和萨特宣扬的"存在论"，都带有浓郁的主观成分。一些本来很有价值的思想，都这样那样地脱离客观世界，消解和遮蔽与现实生活的深层关联，不同程度地陷入唯心主义谬误。对这些带有主观随意性的文学模式、理念、思想和学说理应进行历史唯物主义的解析，通过对话和改制，将其置放在坚实的客观世界的基础之上，赋予这些文论思想以可靠的现实性生活的根基和源泉，从而加强和提升这些文论思想的科学性。

西方现当代文论确实存在着非常明显的形而上学偏执，一点论、片面性、绝对化、走极端、具有浓厚的"自恋情结"和强烈的排他性……对这些被称为"深刻的片面的真理"理应进行辩证的解析，使其具有全面的真理性。西方的文论史上，一种文艺理念崛起后，不久便被另一种文艺理念所取代，像走马灯那样，风水轮流转，各领风骚三五年。当然，有时也会同时和交替地出现两种不可兼容、相互对立的观点。如客体性和主体性相互排斥，历史精神和人文精神彼此消解，有的宣扬"历史终结论"，有的则主张"人的终结

---

① 《毛泽东选集》，一卷本，818 页，北京，人民出版社，1968。

论"。有人强调语言的可通约性，有人则认为语言具有不可通约性。所谓物极必反，一种理念讲过头了，又要回过头来重新言说，以至于不断出现学术研究的轮回现象和钟摆现象。我们注意到，一些西方现当代文论家，特别是一些后现代主义者、新历史主义者、西马文论者，由于新的历史条件和文化需要的驱动，又峰回路转，明显地表现出从他们所心仪的人文主体性学理向历史客体性学理回归的走向和趋势。

西方现当代文论，无论是现代主义、后现代主义、结构主义，还是解构主义，都具有非理性主义的思想特征，不少消解社会理性、追求生理欲望、玩弄语言游戏、炫耀"娱乐至死"的精神意向，都不同程度地陷入非理性主义的偏执。因此，运用理性的思维方式对各种非理性主义社会文化思潮进行鉴别和解析，在肯定非理性因素的合理性的同时，创造富有时代精神和实践精神的新理性是完全必要的。

总之，我们应当用历史唯物论和唯物辩证法观察文艺现象，运用宏观、辩证、综合、创新的思维方式，改制和整合西方文论。为了实现马克思主义文艺理论的全局性和总体性的理论创新，必须对西方现当代文论进行重组和整合。文学艺术和任何事物一样，实质上都是一个包括多层面各种复杂元素的有机集合体，因此必须对其进行跨学科的全景的整体性探索和宏观的综合性研究。我们注意到，西方当代的一些明智的学者已经意识到并开始努力改变迷信"深刻的片面的真理"的局限性。美国哲学家奎因力倡"整体主义"的学术研究。美国科学史家库恩主张打破学科壁垒，提出一种"范式理论"，强调对学科进行"系统结构研究"。伽达默尔的解释学、社会知识学的"强纲领"，特别是一些人类学和西方马克思主义文艺家的许多论述，都有意识地对文学进行各种形态的跨学科多层面的综合研究，表现出西方现当代文论从局部的微观分析研究追求向全面性和总体性的宏观综合研究转型的发展趋势。

文艺学，既然是科学，便应当以科学态度、科学精神和科学的思维方式，通过平等的、有选择的学术对话，梳理和整合各种具有一定科学价值的文艺理论资源。对待人类的一切思想文化遗产和理论资源，既要有开放、包容、拿来的心态，同时又要有鉴别、批判、改造的精神。既要尊重和吸纳西方现当代文论的有益的学术成果，又要破除对西方现当代文论的盲目迷信和极端崇拜。在文化交流、交融和交锋中，我们应当本着"以我为主、为我所用、择善而从、采长补短、优化组合"的原则，经过批判继承，把西方现当代文论中那些先进的有价值的东西，融入和重构到马克思主义文艺理论中。

我们应当效仿马克思那样的胸襟、智慧、胆识和勇气，像对待黑格尔和费尔巴哈那样来批判继承西方现当代文论的学术成果。马克思并没有全盘否定黑格尔，而是从黑格尔那里拿来了辩证法，抛弃了唯心主义；同样，马克思也没有完全否定费尔巴哈，而是从费尔巴哈那里拿来了唯物主义，抛弃了唯物主义的机械性，从而开创了崭新的哲学体系和思维方式。马克思主义从来都是一个开放的、可以"海纳百川"的思想体系，具有分析、鉴别、整合、改制、重塑人类的一切文化思想资源的卓越能力。只有确立马克思主义的理论自觉和理论自信，才能实现马克思主义文艺理论的理论优势和理论自强。我们应当以马克思主义的科学态度、科学方法和科学精神，对待一切有科学价值的文化思想理论资源，重构、创造和发展当代形态的科学的马克思主义文艺理论。

（原载《中国人民大学学报》2014年第2期）

《1844年经济学哲学手稿》中的美学思想

《1844年经济学哲学手稿》（以下简称《手稿》）是马克思曾经打算撰写的《政治经济学批判》一书的草稿。我国美学界对《手稿》中的美学、文艺学思想是有争论的，大体上存在两种意见：一种意见认为，《手稿》是马克思的早期著作，带有比较浓重的费尔巴哈的人本主义痕迹，作为青年时代的马克思的思想是不成熟的；这部著作的宗旨是探讨和研究经济学与哲学问题，旁及一些个别的美学观点，很不系统；另一种意见认为，《手稿》中不但有美学思想，而且比较集中、比较系统，具有一定的科学上的严密性。我是赞同第二种意见的。马克思的《1844年经济学哲学手稿》对建设马克思主义美学具有重要的价值和意义。在对待《手稿》的问题上，我们应该防止两种片面性：一种片面性是对《手稿》中的美学思想采取虚无主义的态度；另一种片面性是对《手稿》中的美学思想采取教条主义的态度。前者用没有根据的断语代替科学分析，否认《手稿》中的美学思想；后者认为《手稿》中有美学思想的现成答案。这两种意见、看法和态度都是值得研究的。我既不赞成认为《手稿》中没有美学思想的答案，也不同意到《手稿》中去寻找美学思想的现成答案。《手稿》对建设和发展马克思主义美学的必要性和重要性不仅表现在它论述过一些重要的美学观点，更重要的是，《手稿》为创建马克思主义美学提供了打开玄奥的美学之门的钥匙，指明了正确研究美学的方向和途径，确立了美学之所以能够成为科学的理论基础，从而具有划时代意义的方法论的指导作用。

一、审美论

（一）美学研究的根本变革

黑格尔和费尔巴哈的学术思想是马克思主义产生以前人类智慧发展的最高成就。但黑格尔和费尔巴哈作为自己学科体系中的巨人，尽管都对美学有过这样那样的贡献，但由于他们都离开社会实践去探讨美学问题，因而都不能对美学问题得出科学的结论。

黑格尔在他自己杜撰的理念世界中去寻求美的问题，曾受到歌德的讽刺，他说："我对美学家们不免要笑，笑他们自讨苦吃，想通过一些抽象名词，把我们叫作美的那种不可言说的东西化成一种概念。"黑格尔有时也谈到"劳动"和"实践"这样的词，但他把这些词理解为"理念"的演化和外化，理解为使"绝对精神"得以获取"物性"的"精神劳动"。在《历史哲学》中，他把这种"精神劳动"作为演化"理念"的手段，使"主观精神"获得生动化的"外在性"或"物性"；在《小逻辑》中，他把以"理念"为内容的借助于一定的基本形式表现出来，并使两者达到"彻底统一的"，才称为"真正的艺术品"；在《美学》中，他认为"美是理念的感性显现"，美是理念的演化和外化。他说："理念必须进一步变成现实，而它之变成现实，只有通过本身符合概念的现实的主体性及其观念性的自为存在才行"，"所以我们所紧紧掌握的要点"，"是一种自为存在，这种主体性"，因为真实的统一都是有"观念的主体性"。①这是讲观念的主体性要求"外化"，要求变成具体的"物化形态"。黑格尔说："因为只有作为现实的理念，美的理念才能存在，而理念的现实性，只有在个别事物里才能得到。"在黑格尔看来，抽象的理念是不完满的，只有经过逻辑范畴里的"精神劳动"将之进行具体的演化和外化，表现为现实的个别事物的主体性才是充实的。从上面的介绍和分析中我们可以看出，黑格尔不但不谈社会实践，而且用抽象的精神劳动，靠逻辑上的推演取代社会实践和真正意义上的精神劳动，所以他只能局限在"理念世界"的圈子里谈美，或将美学问题禁锢在"绝对精神"的牢笼里，从而无法得出科学的结论。从这里我们看到，人的主观能动作用被黑格尔片面地、歪曲地发展了。

费尔巴哈与黑格尔相反。他批判了"理念论"，不满意"旧的绝对哲学将感觉排斥到现象的范围、有限的范围，相反地却将绝对的、神圣的东西规定为艺术的对象"，他认为"感觉乃是绝对的官能"，他把"艺术在感性事物中表现真理"加以修改，表述为"艺术表现感性事物的真理"②。费尔巴哈说，如果"哲学上最高的东西是人们的本质"，那么"艺术上最高的东西是人的形象"。费尔巴哈究竟怎样认识和理解人的本质与人的形象呢？正如马克思在《关于费尔巴哈的提纲》中所指出的："费尔巴哈把宗教的本质归结于人的本质。但是，人的本质不是单个人所固有的抽象物，在其现实性上，它是一切社会关系的总和。""费尔巴哈不满意抽象的思维而喜欢直观；

---

① [德]黑格尔：《美学》，第 1 卷，183—185 页，北京，人民文学出版社，1958。
② 《费尔巴哈哲学著作选集》，上卷，171 页，北京，生活·读书·新知三联书店，1959。

但是他把感性不是看作实践的、人的感性的活动。"马克思、恩格斯在《德意志意识形态》中曾精辟地分析过费尔巴哈的人本主义的唯物主义特点,对我们理解费尔巴哈学说的弱点和缺欠很有帮助。他们说:"诚然,费尔巴哈比'纯粹的'唯物主义者有巨大的优越性:他也承认人是'感性的对象'。但是,毋庸讳言,他把人只看作是'感性的对象',而不是'感性的活动',因为他在这里也仍然停留在理论的领域内,而没有从人们现有的社会联系,从那些使人们成为现在这种样子的周围生活条件来观察人们;因此毋庸讳言,费尔巴哈从来没有看到真实存在着的、活动的人,而是停留在抽象的'人'上,并且仅仅限于在感情范围内承认'现实的、单独的、肉体的人'……除了爱与友情,而且是理想化了的爱与友情以外,他不知道'人与人之间'还有什么其他的'人的关系'。他没有批判现在的生活关系,因而他从来没有把感性世界理解为构成这一世界的个人的共同的、活生生的、感性的活动"①。总之,费尔巴哈只把人视为感性的对象,没有把人理解为社会关系的总和,把人的活动局限在抽象的理想化了的情感世界和感性世界里,这对"理念世界"虽是一个进步,但他没有也不可能理解为一种人类共有的社会实践活动。

因此,马克思、恩格斯认为:"当费尔巴哈是一个唯物主义者的时候,历史在他的视野之外;当他去探讨历史的时候,他决不是一个唯物主义者。在他那里,唯物主义和历史是彼此完全脱离的。"②马克思、恩格斯创建的唯物史观"和唯心主义历史观不同,它不是

---

① 《马克思恩格斯全集》,中文 1 版,第 3 卷,50 页,北京,人民出版社,1960。

② 同上书,51 页。

在每个时代中寻找某种范畴，而是始终站在现实历史的基础上，不是从观念出发来解释实践，而是从物质实践出发来解释观念的东西"①。

社会实践的观点作为马克思主义的基本观点，是马克思、恩格斯反唯心主义和反机械唯物主义两种倾向的斗争的成果。马克思、恩格斯分别批判了黑格尔和费尔巴哈的片面性与消极因素，吸取了他们学说中的合理的内核和成分，克服并辩证地综合了两种片面性：既扬弃了黑格尔演化理念的精神劳动的能动性，并将这种唯心主义的能动性加以唯物主义的改造，引申出并肯定了以社会实践为基本内容和主要标志的辩证唯物主义所主张的人的主观能动作用，同时也克服了费尔巴哈把人的本质只看作是感性对象的片面性，否定了他的人本主义学说，确立了人的本质是社会关系的总和，人的基本活动应当理解为人类的社会实践。可见，马克思、恩格斯用社会实践的观点和方法来观察美学现象不是偶然的，它的产生和出现是革命导师们反倾向斗争的产物，是马克思、恩格斯在批判继承先辈们的思想成果的基础上，经过新的发现和创造而形成的科学的方法和结论，是人类思想认识的合乎规律的发展，是美学研究史上的观点和方法论的革命变革。

在《手稿》中，马克思用经济学和哲学相结合的观点和方法阐明了人类的最基本的实践活动——劳动和社会实践的重要地位与巨大作用。这是《手稿》中的基本思想和宗旨所在。从经济学的角度说，经济生活和物质生产活动是经济学家们研究的主要课题；从哲学的角度说，实践的观点是哲学认识论的首要的基本的观点，也必

---

① 《马克思恩格斯全集》，中文1版，第3卷，43页，北京，人民出版社，1960。

须以实践作为研究一切哲学基本理论的出发点。马克思之所以从经济学和哲学的结合上研究社会现象包括美学现象，正因为这两门科学有着共同点，它们都以社会实践作为研究社会现象的焦点。社会实践的观点和方法好比一面聚光镜。马克思把一切社会现象包括美学现象放到这面聚光镜下加以检验和透视，收到了清晰的灵验的效果，能够洞察美学现象的奥秘和底蕴。因此，我们有理由说，从经济学和哲学的结合上，运用社会实践的观点和方法观察美学现象，是美学研究方法上的一次重大的突破。

（二）审美感觉的历史生成

正如我们上面所分析的，费尔巴哈尽管"创立了真正的唯物主义和现实的科学"①，但他根本不了解社会实践的意义和作用；黑格尔尽管看到劳动的作用，甚至"把劳动看作人的本质，看作人的自我确证的本质"②，但他所说的劳动，是"抽象的精神的劳动"，现实世界或物性"只是纯粹的创造物，是自我意识所设定的东西"③。马克思所说的劳动是指人类的社会实践活动，特别是指人类社会的最基本的实践活动——物质生产劳动。马克思在《手稿》中，从经济学和哲学的结合上，阐明了人类社会的最基本的实践活动——物质生产活动，怎样创造着客观世界，并相应地改变着主观世界。通过劳动这个中间环节，作为桥梁和纽带，把人和自然紧密地联系起来、沟通起来，使人和自然的关系发生了根本性的变化，使两者从相互隔膜、陌生、敌对的状态，从异化和疏远的状态逐渐开始变得

---

① 《马克思恩格斯全集》，中文 1 版，第 42 卷，158 页，北京，人民出版社，1979。
② 同上书，163 页。
③ 同上书，167 页。

彼此接近、相互融合、相互渗透起来。劳动作为一把征服自然界和不断揭示人的心灵世界的钥匙，日益扩大着人和自然的接触，改变着自然的面貌，在自然的躯体上打上了人的印记，使自然成为一种"属人"的存在，成为人的身体的一部分，即成为人们的"无机的身体"。马克思称这种被人的劳动联系和改造过的自然为"人化的自然"或"自然的人化"。正如马克思所指出的，人的劳动实践产生了"人的肉体生活和精神生活同自然界相联系"，扩大了人与自然接触的广度和深度，"随着对象性的现实在社会中对人说来到处成为人的本质力量的现实，成为人的现实，因而成为人自己的本质力量的现实"，"成为确证和实现他的个性的对象"，于是，"对象成了他自身"。① 被人化了的自然，即通过社会生产劳动给自然打上了人的印记的对象好像是人的作品，创造者面对他自己的作品，"不仅对象在意识中那样理智地复现自己，而且能动地、现实地复现自己，从而在他所创造的世界中直观自身"②。这是问题的一个方面，说明劳动给自然和对象带来的变化。

此外，还有另外一个不可忽视的方面，劳动不但改造了自然，使自然成为属人的或人化的自然，而且也创造、完善、丰富和扩充着劳动者自己，使人的实践能力、智慧、机敏、灵巧，乃至要求、愿望和人的本质力量全面地、尽可能地"自然化""对象化"，使人成为自然界的有机组成部分。马克思说，"创造是一个很难从人民意识中排除的观念"。他曾在1844年的上半年，在《詹姆斯·穆勒〈政治经济学原理〉一书摘要》一文中论述了劳动给人带来的变化，

---

① 《马克思恩格斯全集》，中文1版，第42卷，95、125页，北京，人民出版社，1979。
② 同上书，97页。

并提出"我们的生产同样是反映我们本质的镜子"这样一个重要的命题。该文指明了下列一些重要观点：（1）劳动能够获取"物化了的我的个性和我的个性的特点"，创造者从物化形态的个性中直观到"个人的生命表现"，从而"感受到个人的乐趣"；（2）当产品能满足社会成员的需要，生产者也会得到精神上的满足和愉悦；（3）创造者的产品的价值被需要者的思想和爱所证实；（4）通过产品"直接证实和实现了我的真正的本质"，"我的劳动是自由的生命表现，因此是生活的乐趣"。这是我们看到的马克思对美感起源的最初的表述，和《手稿》中的有关思想彼此贯通，一脉相承。《手稿》指出："人以一种全面的方式……作为一个完整的人，占有自己的全面的本质"，"人同世界的任何一种人的关系——视觉、听觉、嗅觉、味觉、触觉、思维、直观、感觉、愿望、活动、爱，——总之，他的个体的一切器官……通过自己的对象性关系，即通过自己同对象的关系而占有对象。对人的现实性的占有，它同对象的关系，是人的现实性的实现……是人的一种自我享受"[①]，成为人的本质力量（一切属性、能力和意愿的总和）的表现和确证。

　　对象化的历史进程，使人和自然成为一种互有关系：人中有自然，自然中有人；人中有对象，对象中有人；对象成为人的对象，人成为对象的人；对象被人化了，人又被对象化了。这本是劳动过程中所常见的现象，是朴素的真理，但却曾是一个深奥的理论问题。即使黑格尔、费尔巴哈也被这个问题迷惑过。他们对人和自然的关系的解释都是不科学的。因此，马克思用社会实践的观点和方法科学地阐述了人和自然的关系，无疑是一种划时代的伟大发现。

---

　　① 《马克思恩格斯全集》，中文 1 版，第 42 卷，124 页，北京，人民出版社，1979。

(三) 怎样理解"按照美的规律来构造"

"按照美的规律来构造"是马克思在《手稿》中提出来的一个重要的美学思想。怎样理解这个重要的美学思想,对如何"按照美的规律"领导文艺,如何"按照美的规律"进行文艺创作、文艺欣赏和文艺评论,都是有益的。

马克思在《手稿》中对人和动物的生产作了比较和分析,指出人的生产是自觉的、自由的,是有意识、有目的的,是社会性的;而动物的生产是盲目的、受动的、下意识的,是属于一种本能性的肉体需要,仅限于维持自身和为了传宗接代,延续所属物种生命的再生产。马克思是这样阐述的:"动物只是按照它所属的那个种的尺度和需要来构造,而人却懂得按照任何一个种的尺度来进行生产,并且懂得处处都把固有的尺度运用于对象;因此,人也按照美的规律来构造。"① 马克思的论述给破解"美学之谜"提供了正确的理路和明确的方向:到实践中去寻觅。我们可以从上面的阐述中,提炼出一些重要的思想。第一,马克运用人类学、哲学、政治经济学相融合的跨学科的宏观思维方式,论述了人的生命的生产和再生产,提出一种与人的生命活动和生产活动紧密联系的宏大的审美观念;第二,"两个尺度"的内涵可以理解为主客体的统一,即客体的"种的尺度"既包括对象的外在的形象因素,也包括对象的内在的本质属性;作为主体的"固有的尺度"既包括主体的感官需要和"直接的肉体需要",更包括主体的高级的生命需要,即高级的物质需要和精神需要,特别是人的高级的"精神需要"。第三,这种"固有的尺

---

① 《马克思恩格斯全集》,中文1版,第42卷,97页,北京,人民出版社,1979。

度"实质上指人所拥有的"本质力量"。人的生产是自身生命的生产和再生产,即是体现"人的本质力量"和"满足人的精神需要"的生产。这种生产能"自由地面对自己的产品",因为人首先是自由的存在。人的这种"自由"和动物不同,而是有意识的,是自觉的。"人是社会存在物"。人的生命活动是"自由的有意识的活动","有意识的生命活动把人同动物的生命活动直接区别开来"。所以马克思说人的生命活动和生产活动是"自由自觉的活动"。人的创造活动,必然把人和对象的外在的和内在的主客体因素,把对象的本质属性和人的本质力量统一起来,并创造性地运用到对象上去。理解美的规律,应当从马克思的相关论述中综合考虑,美的规律即是能满足人的高级的精神需要,体现人的本质力量的真正的、全面的、自由的、自觉的生命活动。这是一种突出人的高级精神需要和价值诉求的创造活动。第四,这种创造活动的特质是"人不仅通过思维,而且以全部感觉在对象世界中肯定自己"。"人的生产是全面的","作为一个完整的人,占有自己的全面的本质。人通过自己的对象性关系,即通过自己同对象的关系而对对象的占有,对人的现实的占有"。这种完整地、全面地、自由地、自觉地占有自身本质的人,实际上是审美化的人。第五,人通过自由自觉的生命活动把满足人的高级的精神需要,把体现人的本质力量的目标和意愿创造性地运用到对象上去。换言之,这种"构造"活动大大超越了动物的那种直接的狭隘的"肉体需要"和"接种传代"的生产,而满足人的生命需要,包括人的审美需要在内的高级的、达到"自由自觉"的境界。在马克思看来,无论是人的生命存在和人的生命活动,达到自由、自觉、自为的状态才是美的。马克思把对"美的规律"的探讨和人的生命活动、生产活动联系起来加以考察。这种宏观而又独特的研究既不同于抽象的、思辨的、空想的乌托邦式的研究,也有别于经验的、实证的、纯粹感性直观的研究。通过实践，使人的生命活动的感性元素和理性元素完美融合，使人的生命活动和美活动有机统一。马克思的这个具有统领性的思想，指导文艺创作和艺术生产"构造"美的活动，都必须遵循"美的规律"。

（四）《手稿》对理解一些重要美学、文艺学问题的方法论启示

《手稿》用社会实践的观点和方法解释了人和自然的关系，指出人类的历史是人的对象化和对象的人化的无限发展的深刻过程。这是《手稿》中的一个总的思想，一个根本的思想，一个极其重要的思想。不弄懂这个总的、根本的、极其重要的思想，对其他思想是不可理解的。因为其他的思想都是从这个总的、根本的、极其重要的思想中派生出来的。它们中间的关系不是并列的、平行的，而是由这个总的、根本的、极其重要的思想决定的。这个总的、根本的、极其重要的思想，对我们深入理解与研究美感和艺术的起源、文艺创造的本质和过程、创作和欣赏中的移情作用和主客观关系，都具有重要的方法论的启示。

1. 对理解文艺创作的启示。

按照马克思主义的说法，文艺创作是主观对客观世界的形象的反映和表现。马克思在《手稿》中虽然没有用"反映"这个概念，但却全面地、科学地阐明了文艺创作是主客观两方面的统一，指出文艺创作活动同人的生产活动一样，都要处理好自然和人、对象和主体的关系。一般地讲，对艺术家来说存在着三个世界：一是外在于作家头脑的客观世界；一是艺术家头脑中的主观世界；一是主观世界对客观世界的形象反映所构成的艺术世界。艺术家所创造的以物化形态出现的艺术世界，即艺术作品和艺术形象，是由主观和客观两方面构成的。

从客观方面说，艺术作品是艺术家按照事物的"种的尺度"来创造的，是艺术家"按照美的规律来构造"的。这里所指出的"美的规律"和事物"种的尺度"都是自然社会、对象本身存在的本质和属性。艺术作品必须反映、表现事物本身所固有的本质和属性，形成作品的客观的思想内容。从主观方面说：作为创作成果的艺术作品也不能不表现出作家和艺术家"固有的尺度"，展示出"人的本质力量"，使创作和作品成为人的本质力量的新的显现和新的充实，成为对自己的确认和肯定。因此，作家和艺术家能够在他所创造的作品中，"在他所创造的世界中直观自身"。这样，作品也必然包含着作家的主观思想。

可见，文艺创作既要表现对象"种的尺度"，又要在按照"美的规律"再现生活的同时，表现出作家自己的思想感情和爱憎态度。这两方面是缺一不可的。马克思的观点为我们正确理解文艺创作的实质，防止或克服文艺创作中的种种片面性，提供了方法论的武器。文艺创作中往往表现出两种倾向：一种是唯心主义的倾向，只强调作家要表现主观世界，夸大创作的主观能动作用，用主观去消融客观，把文艺创作视为主体的观念和情绪的简单的"外射"，否认、抹杀艺术中的客观思想，背离乃至违反人物和事件的内在逻辑与固有的规律性。这是明显的唯心主义的倾向。还有一种倾向与之相反，看不到作家在文艺创作中的主观能动作用，无视作家的世界观和他的本质力量对创作的深刻影响，单纯地、片面地、孤立地强调生活对创作的作用，用对象本身所包含的客观思想等同甚至取代作家的主观思想。这是一种自然主义和机械唯物主义的倾向。

文艺创作的性质既然取决于对象的性质以及与之相适应的人的本质力量的性质，既然一方面要反映对象"种的尺度"，另一方面又要展示出作家、艺术家本身所"固有的尺度"，展示自己的"本质力量"，那么，文艺创作必然要反映对象和主体两方面的"性质"。因此，文艺创作从总体和全局上看，必然反映本质，这是毋庸置疑的。《手稿》曾称赞"莎士比亚把货币的本质描绘得十分出色"。莎士比亚抨击了商品货币拜物教，揭露了货币的本质是颠倒黑白、支配一切的力量。他通过揭示货币的本质表现出资本主义社会中人与人的关系的本质，同时渗透着并流露出他的主观方面的爱憎、好恶等态度和评价。因此，我们在分析作品时，必然从主客观两方面进行分析。在文艺反映本质的问题上应注意"按照美的规律"解决好反映本质和选择现象的关系。如果不按照美的规律，不选择比较典型的现象，有可能使"写本质"变成赤裸裸的抽象的概念和标语口号，导致图解、注释和演绎等唯心主义倾向；同时也应防止或克服形式主义、唯美主义和自然主义等弊端。

在生活、世界观和创作的关系上，历来存在着不同的理解。一种观点认为是生活对创作起决定作用；一种观点认为是作家世界观对创作起决定作用。这两种说法都是有道理的。从马克思在《手稿》中论述的观点看，文艺创作一方面要反映对象的"种的尺度"，同时又要展示作家的"本质力量"。可见，两者对文艺创作都有作用，是两者的交互作用对文艺创作起决定作用。归根结底，是生活起决定作用。作家的世界观只在反作用的意义上起决定作用，而这种决定作用仍然必须遵循生活的逻辑和艺术的规律。总之，客体和主体两方面都具有不可忽视的作用。好比太阳、气圈和地球的关系。太阳对地球的作用，产生了地球上的四季变化，但太阳的作用，只是外部条件，只有太阳，也不能决定地球有四季变化。同样有太阳的作用，土星、水星、火星、木星却没有四季变化。因地球除太阳的照射外，还有气圈的作用。可见，太阳和气圈对地球具有不同的决定作用。对文艺创作来说，生活决定艺术的基本内容，但以什么样的方式反映对象，反映对象的哪些方面，却和反映者有着重要关系。

马克思在《手稿》中实际上提出了文艺创作的个性问题。他指出对象和人的本质力量都是具体的，方式是独特的。对象的特殊性与人的本质和个性的特殊性都影响着创作和作品的面貌。马克思主张人的实际活动包括人的艺术活动都应当也必须"个性化""人格化"，使对象能够成为"直接体现他的个性的对象"①，使创造物能够"属于我的本质"，表现"我的本质的属性和特点"。人对自己心爱的对象是有感情的，不流露他的个性是不可能的。不体现作家、艺术家的创作个性和风格的作品实际上是不存在的。鲁迅曾说，美术家的创作和作品，固然是生活的写真，同时也是作者的"人格的表现"，他还指出，唐伯虎画的纤腰细手的美人，正是他们一类人心目中的"欲得之物"。无个性的作品是没有的，不表现独特个性的作品是不成功的。

2. 对理解文艺创作和文艺欣赏中主客体关系的启示。

不论是文艺创作，还是文艺欣赏，都要正确处理主客体的相互关系，否则，便不会有真正的创作和欣赏。创作和欣赏存在着共同的规律。创作和欣赏都要求：主体方面的思想感情与客体对象的性质和属性相适应、相切合、相默契、相和谐。借用马克思的话来说，都应该是相互融化了的，既是人的本质力量的对象化，又是对象的人的本质力量化，对象的本质和属性的某些方面与人的相应品格相一致。创作是在反映对象的同时表现自己的"本质力量"；欣赏是在对象化了的作品中"直观自身"。如果主客体方面不相适应，既不能表现自己的"本质力量"，也不能通过欣赏对象，"直观自身"，发

---

① 《马克思恩格斯全集》，中文 1 版，第 42 卷，121 页，北京，人民出版社，1979。

现自己的"本质力量"。换言之，创作是在表现物的本质和属性时相应地表现人的本质和属性，如郑板桥画竹，既表现竹的挺拔遒健，同时展示自己的高风亮节，如不通过表现竹的挺拔遒健，便无法表现他自己的清高和洒脱。作品所表现出来的物的属性和人的品性是统一的。再如宋代名士郑思肖，画露根和无根的兰花，以寄托他对异族入侵国土沦丧的感慨。元朝扫荡山河，使片土不存，连象征和隐喻着名人高士的兰花也没有扎根的地方了，成了无根和露根的花了。如果他画的不是无根和露根的花，怎么能有力地抨击入侵者，又怎么能表现出他对国土沦丧寄托忧愤感慨的爱国情操？可见，描写客观对象和表现主观思想必须选择能把主客观两方面沟通起来的题材或素材。即便是写同一事物，作家、艺术家们也应注意选取同一事物中的不同属性来表现自己的不同的心情、思想和倾向。苏联有位雕塑家先后为果戈理雕了两个头像。同是果戈理的雕像，又同是出自一个人之手，但这两个头像很不相同。因为果戈理身上同时具有两种不同的素质，一种是喜剧性素质，一种是悲剧性素质。雕塑家可以根据他表现的不同思想和情绪的需要，侧重表现伟大的现实主义作家果戈理的某种素质，以再现他的性格和气质的不同方面，并通过雕刀，把它雕刻于他的作品中。我们可以设想，当果戈理自己观照他的这两个不同的雕像时，他都会从两个不同的雕像中发现自己的性格和气质的某些不同的方面，都会感到是对自己的本质力量的丰富和确证。即使是描绘同一种颜色，比如同是红色，也可以根据红色和其他景物的不同联系构成的不同的客观意境，表现出不同的社会效果。如宋祁有"红杏枝头春意闹"句，元稹的《行宫》却是"寥落古行宫，宫花寂寞红。白头宫女在，闲坐说玄宗。"一个"闹红"，一个却是"寂寞红"。红色本是暖色，说"闹红"是合情理的。那么说"寂寞红"是不是不合情理呢？不是！我们想，红得可以"闹"起来，这红色的花一定是很多，缀满枝头，乱纷纷的，所以这一定是初春盛开的杏花；红得之所以能使人感到"寂寞"，可以想见，这红色的花一定是深秋霜欺之下凋零败落、无精打采的，只剩下几个孤零打蔫的。这样的花伴随着几个冷落落的白头宫女，有力地表现了安史之乱前后的沧桑变化和诗人抚今吊古的深沉感喟，勾画出当时国土的荒残破败和昔日的繁华兴盛所形成的鲜明对照。

　　文艺欣赏也是如此。人的心情、心境与物的本性和属性也应当是和谐默契的。人们通常形容欣赏过程中会发生物我交感、物我同一、物我两忘。西方有"移情说"，影响颇大。首倡者是里普斯，曾被人称为美学上的达尔文。他发现了欣赏过程中有移情作用，但他对移情作用的解释是唯心主义的，认为移情作用是主观随意的，可以不根据物的属性，可以不考虑是否和物的属性相适应，主观方面的情绪、情感和意志可以不受任何约束与任何限制"外射"到对象上去。移情学派对移情作用的解释是"把我的情感移注到物里去分享物的生命"，"艺术对人的目的在让他在外界寻回自我"。这些说法都似乎有一定道理。人的心情要扩张、要抒发、要表现，但借以表现的物一定要与人的心境相适应。不应抹杀物的一定的客观属性对一定的移情作用的制约性，否认移情作用的客观动因和客观标准。人与物的关系，情与景的关系，有时可能是推己及物、由情寻景；有时也从客观方面引起，由物及人、触景生情。不管是从物到人，还是从人到物，主观和客观两方面都应有一定程度的协调相契。朱光潜的《文艺心理学》上说："一朵花……对于你或许是'凝愁带恨'，对于另一人或许是'欣欣向荣'。"人的不同心境对艺术欣赏是可能产生很大影响的，但同一枝花，用"凝愁带恨"和"欣欣向荣"这两个反义词来形容便显得不真实。可以引起"凝愁带恨"的感觉的花如果上面不挂着露珠，或黄昏晚照之中，或渐趋委顿之时，是不好理解的；同理，可以使人感到"欣欣向荣"的花，如果此花不是光艳照人、姿态挺拔、蓬勃生长，也是不好理解的。什么样的心情寻找与此相适应的景物来表现，或者说，什么样的景物引起与此相适应的心情。只有这样，才能物我交融，才能在物中"直观自身"。

总之，我认为马克思的《手稿》对建立马克思主义美学具有重大的意义。如果从方法论的意义上，运用《手稿》中的美学观点解释一些重要的文艺现象和美学现象，可以得出比较科学的结论。《手稿》中的美学思想是丰富的、深刻的，有待于我们进行全面的深入的研究。

二、异化论

《手稿》系统深入地阐发了人和审美的异化问题。重温《手稿》对人和审美的异化问题的相关论述，对防止与克服人和审美的异化现象，具有重要的学术价值和现实意义。

（一）关于异化问题

"异化"这个概念本来的含义，具有脱离、转让、出售，受异己力量支配和统治等多种意思。英国古典经济学用来说明物质的出售；社会契约学说用来表示原始自由的丧失；一些哲学家用以揭示矛盾双方相对立的情境和状态。总体上的意思是指，人制造出来的物质产品和精神产品，非但不肯定人，反而与作为生产主体的人的愿望和意旨相疏离、相违背、相悖立，成为一种与人相疏远、相异己的力量支配、作践、戏弄着生产主体，使人处于一种不由自主的奴隶状态，甚至给人带来破坏性和灾难性的影响。简而言之，异化即是由主体创造出来的客体，不再成为属人的客体，却总是作为主体的对立面，作为一种反在的力量否定和消解自身。诸如：工农大众和他们创造的成果，在旧的社会制度下，大半都被统治者和剥削者掠夺走了，又反转来成为压迫生产者的手段；知识分子所创造的法、宗教和哲学多半都没有被自己所享有，却被当权者作为治人和愚人的工具；宗教本来是富有想象的智者创构出来的树立信仰和进行精神抚慰的工具，却成了统治者用来从思想上奴役人们的"鸦片"；科学家发明了核能，却被侵略集团制造成核弹，变成悬在人们头上的生杀之剑，如此等等。所有这些类似的异化现象，都会一定程度上使人们沦为处于异化状态的"非人"。

据考证，第一个使用异化概念的人是霍布斯。他认为，不平等的社会中间，人与人之间的关系实际上处于一种"战争状态"。异化的根源在于人们恶的贪欲和私念，即都想夺取和占有财产与权利。为了避免这种异化现象的滋生和蔓延，人与人之间应当订立契约，约束自己收敛或放弃自己的妄想，把权利转交给可以信赖的君主制的国家和议会。卢梭从经济、政治和道德诸多方面对异化现象进行了描述和界说，他认为私有制和对财产的占有是造成异化的根源，封建社会的政治统治是导致人陷入异化状态的主要原因。他的关于人类不平等的起源的学说和关于社会契约的理论实际上都可以视为防止或克服异化现象的方剂。爱尔维修认为法国社会异化的根本原因是腐朽的封建君主制，把铲除封建社会的不合理的制度视为消除异化现象的根本途径。一切具有启蒙思想的学者，都把他们各自理解和表达的异化理论，作为反对腐败专制的封建主义制度，作为抒发自己的社会政治理想的强有力的政治舆论。

（二）《巴黎手稿》中关于异化劳动的思想

《巴黎手稿》对人的异化问题进行了全面、系统、深刻的论述。

1. 劳动成果与劳动者相异化。

"劳动所生产的对象,即劳动的产品,作为一种异己的存在物,作为不依赖于生产者的力量,同劳动相对立。"① "工人在他的产品中的外化,不仅意味着他的劳动成为对象,成为外部的存在,而且意味着他的劳动作为一种异己的东西不依赖于他而在他之外存在,并成为同他对立的独立力量;意味着他给予对象的生命作为敌对的和异己的东西同他相对抗。"② 异化劳动的结果只能给劳动主体带来痛苦和灾难,使劳动产品的增值和劳动主体的贬值成正比。马克思描述:"工人生产得越多,他能够消费得越少;他创造价值越多,他自己越没有价值、越低贱;工人的产品越完美,工人自己越畸形;工人创造的对象越文明,工人自己越野蛮;劳动越有力量,工人越无力;劳动越机巧,工人越愚钝,越成为自然界的奴隶。"③ 由于私有制所必然造成的经济剥削,使工人的劳动产品和劳动成果被掠夺,反转来成为一种压迫和否定劳动主体的异己的力量。被资本支配的异化劳动酿成了可怕的恶果,造成了劳动者的生活的窘迫和命运的悲剧。

2. 劳动行为和劳动过程与劳动者相异化。

异化劳动过程中,劳动者感到,这种异化劳动不是体现他的本质的活动,而是一种外在于和强加于自身的重负。他们和这种劳动过程是疏远的,甚至感到它是可怕的。因为,"他在自己的劳动中不是肯定自己,而是否定自己;不是感到幸福,而是感到不幸;不是自由地发挥自己的体力和智力,而是使自己的肉体受折磨、精神遭摧残。因此,工人只有在劳动之外才感到自在,而在劳动中则感到

---

① 《马克思恩格斯全集》,中文 1 版,第 42 卷,91 页,北京,人民出版社,1979。
② 同上书,91—92 页。
③ 同上书,92 页。

不自在……他的劳动不是自愿的劳动，而是被迫的强制劳动"，正因为这种"不属于他自己"，无法满足自己维持生命的物质需要，把人的生理需要降低到动物的水平，甚至造成"自我牺牲、自我折磨"，工人才会"像逃避鼠疫那样逃避劳动"。①

3. 劳动与劳动者的"类存在"相异化。

"类"借以概括和表示一切人所共有的本质特性。人的生产理应满足整个社会的多方面需要，但异化劳动只能把人的生产变成单纯的谋生手段，变成只能满足直接肉体需要的动物性活动，越来越与人的本质相分离，变成与人的本质相逆反的人，变成不是正常的人的人，变成非人，即降低为动物或直接变成动物。正如马克思所指出的：人是类存在物，"正因为人是类存在物，他才是有意识的存在物……他的活动才是自由的活动。异化劳动把这种关系颠倒过来"②，把人的类生活变成维持人的肉体生活的手段。异化劳动把人的自由自觉的生命活动变成动物式的只能维系低级的生理需求的手段。人的类生产不同于动物的生产。人"通过实践创造对象世界，即改造无机界，证明了人是有意识的类存在物……诚然，动物也生产。……但是动物只生产它自己或它的幼仔所直接需要的东西；动物的生产是片面的，而人的生产是全面的；动物只是在直接的肉体需要的支配下生产，而人甚至不受肉体需要的支配也进行生产……动物只生产自身，而人再生产整个自然界；动物的产品直接同它的肉体相联系，而人则自由地对待自己的产品"③。异化劳动把人的类生产变成一种非类性的动物式的生存手段，变成丧失了人的自由自

---

① 《马克思恩格斯全集》，中文 1 版，第 42 卷，93—94 页，北京，人民出版社，1979。
② 同上书，96 页。
③ 同上书，96—97 页。

觉意识的低等的生命活动，造成了异化劳动与劳动者的类存在和类生活相疏远、相异化。

4. 人与人的关系相异化。

人与人相异化。马克思说："当人同自身相对立的时候，他也同他人相对立"，"人的异化，一般地说人同自身的任何关系，只有通过人同其他人的关系才得到实现和表现"。"因而，在异化劳动的条件下，每个人都按照他本身作为工人所处的那种关系和尺度来观察他人。"① 异化劳动不仅生产产品，而且还生产对产品的支配权，生产一种对生产资料和生活资料的占有关系与分配关系。劳资双方的对立和矛盾正是这种异化劳动的深刻反映。物的关系既掩盖着又表现着人与人的关系。无产者感到痛苦的东西，会给有产者带来幸福和欢乐。不是神和自然界压迫着人，而是掌握生活资料和生产资料的人对无产者的奴役和剥削。这是马克思从异化劳动的视角对资本主义原始积累时期的社会制度和生产条件下的资产者与劳动者双方的剥削和被剥削、统治和被统治、压迫和被压迫的阶级关系的深刻表述。

（三）异化与审美

《巴黎手稿》对异化与审美的关系，具有一些精当的阐释。本来，审美，包括美和美感都是劳动的结晶，带有审美特质的"五官感觉的形成是以往全部世界历史的产物"。"只是由于人的本质的客观地展开的丰富性，主体的、人的感性的丰富性，如有音乐感的耳朵、能感受形式美的眼睛，总之，那些能成为人的享受的感觉，即

---

① 《马克思恩格斯全集》，中文 1 版，第 42 卷，98 页，北京，人民出版社，1979。

确证自己是人的本质力量的感觉，才一部分发展起来，一部分产生出来。"① 人类的生产不同于动物的生产。动物只生产自己的生命和传宗接代，而人类的生产是一种自由和自觉的活动，可以遵循"种的"和"固有的"两个尺度，按照"美的规律来构造"，并把自身的技能、智慧、激情等本质力量对象化到自己的产品中去，借以"能动地、现实地复现自己，从而在他所创造的世界中直观自身"。②

马克思预见，如果人们都想不择手段地疯狂地"诱取黄金鸟"，审美可能会蜕变为金钱的奴隶。文化消费主义会激起人们的强烈的通过审美学活动掠取金钱的不可遏制的欲望，马克思提醒说："工业的宦官投合消费者的最下流的意念，充当他和他的需要之间的牵线人，激起他的病态的欲望"。③ 从一定的意义上说，疯狂的、下等的、粗鄙的消费至少会降低艺术生产的审美品位，可能造成对正常的审美活动和审美情趣的戕害和阉割。马克思、恩格斯反对粗暴排斥一般的正常的欲望，但又告诫人们必须抵制那种可怕和可恶的"惰性力量"，正是"这种惰性力量"使人们从"'丑恶的世界'中获得片刻的解脱"，"得到瞬间的享乐"，"在这样的人那里，那些余下不多的与其说由于和外界交往而产生的、不如说由于人的身体结构而产生的欲望，只是以反射的推动力来表现的"④。马克思颇有预见地说："明亮的居室，曾被埃斯库罗斯笔下的普罗米修斯称为使野蛮人变成人的伟大天赐之一，现在对工人说来已不再存在了。光、空气等等，

---

① 《马克思恩格斯全集》，中文 1 版，第 42 卷，126 页，北京，人民出版社，1979。
② 同上书，97 页。
③ 同上书，133 页。
④ 《马克思恩格斯全集》，中文 1 版，第 3 卷，296 页，北京，人民出版社，1960。

甚至动物的最简单的爱清洁习性，都不再成为人的需要了。肮脏，人的这种腐化堕落，文明的阴沟……成了工人的生活要素。完全违反自然的荒芜，日益腐败的自然界，成了他的生活要素。"① 我们不能不看到，由于当代社会中越演越烈的环境污染，空气浑浊，植被损坏，生态恶劣，大大降低了人们的生活质量和审美享受。如何在建设现代文明社会中，逐渐铲除"文明的阴沟"，增强生活的绿色，注重环境的美化，提高生活中的审美元素，优化自然伦理观念，建立"人与自然的友好型关系"，历史地实现人的"诗意地栖居"，是新时代的历史使命。

应当正确处理审美与功利的关系。审美的非功利主义和审美的超功利主义都是不妥当的。适度地强调审美的自主性、自律性和独立性是必要的。合理地倡导审美的功利主义的同时，应当抵制和反对审美的狭隘的超功利化与极端的超商品化倾向。

金钱、货币和财富，无疑都是具有两面性的。一方面，可以使人和社会摆脱贫困，变得富裕起来，同时也会酿成由于利益的膨胀对人心和社会价值观念的误导和扭曲。马克思、恩格斯在《德意志意识形态》中指出，"只要私人利益和公共利益之间还有分裂……只要分工还不是出于自愿"，"人本身的活动"对人来说必然"成为一种异己的、与他对立的力量，这种力量驱使着人，而不是人驾驭着这种力量"②。马克思、恩格斯在《共产党宣言》中这样说道："资产阶级抹去了一切向来受人尊崇和令人敬畏的职业的神圣光环。它把医生、律师、教士、诗人和学者变成了它出钱招雇的雇佣劳动

---

① 《马克思恩格斯全集》，中文 1 版，第 42 卷，133—134 页，北京，人民出版社，1979。
② 《马克思恩格斯全集》，中文 1 版，第 3 卷，37 页，北京，人民出版社，1960。

者","资产阶级撕下了罩在家庭关系上的温情脉脉的面纱,把这种关系变成了纯粹的金钱关系","它使人和人之间除了赤裸裸的利害关系,除了冷酷无情的'现金交易',就再也没有任何别的联系了。……它把人的尊严变成了交换价值","用公开的、无耻的、直接的、露骨的剥削",把一切都"淹没在利己主义打算的冰水之中"①。马克思、恩格斯的叙说,无疑是针对原始积累时期的资本主义社会的现实生活状况的。时至今日,时代背景和历史条件发生了巨大变化,文学艺术活动多半已经成为一种文化产业,注重利益原则和资本增值,势不可免。但马克思、恩格斯的上述论点,对全面认识资本的性能,特别是应当看到资本的负面作用,正确理解审美与功利的关系,防止和克服片面追求精神生产的超功利化和超商品化,以提高文艺作品的文化内涵和思想品位,催生具有划时代意义和史诗般的精品力作是颇有助益的。

马克思认为,货币的力量是和人的力量成正比的。"我是什么和我能够做什么,这决不是由我的个性来决定的。我是丑的,但是我能给我买到最美的女人";我"是个跛子,可是货币使我获得二十四只脚";"我是一个邪恶的、不诚实的、没有良心的、没有头脑的人,可是货币是受尊敬的,所以,它的持有者也受尊敬";"货币是最高的善,所以,它的持有者也是善的"。② "它把坚贞变成背叛,把爱变成恨,把恨变成爱,把德行变成恶行,把恶行变成德行,把奴隶变成主人,把主人变成奴隶,把愚蠢变成明智,把明智变成愚蠢。"可见,金钱和货币是一种颠倒真善美和假恶丑的力量,是一种改变和抹杀艺术个性的力量。只有抵制金钱和货币的这种颠倒黑白的魔

---

① 《马克思恩格斯选集》,2版,第1卷,275页,北京,人民出版社,1995。
② 同上书,152—153页。

力,才能唤回纯真和审美。马克思主张,如果能使大众得到艺术的享受,艺术家必须是一个"有艺术修养的人";"如果你想感化别人",艺术家"必须是一个实际上能鼓舞和推动别人前进的人"①。

莎士比亚曾经叙说过人的金钱和舌头的两面性。金钱好比人的舌头,同样是有双重性的。舌头可以赞美人,也可以诅咒人。金钱可以使人富裕,但不义之财也可以使人犯罪,亵渎道德,触犯刑律,变成非人,甚至把人送上断头台。

工业社会中的人与机器的关系,表现为一种双重的复杂关系。机器既取代和减轻了人的劳动的艰辛与沉重负担,同时也产生了人对机器的屈从和奴役。工业革命后,不少作品都表现了机器劳动造成的人的异化状态。卓别林的喜剧电影《摩登世界》形象地表现了人对机器的依附,机器对人的碾压和吞噬。

异化问题,是现代派艺术所表现的重大问题之一。自19世纪后期起,直到20世纪中叶,流行于整个西方的现代派艺术,一方面,表现了现当代西方社会的文明危机,另一方面,多层面深入地反映了社会和社会生活中的人的异化现象。其中,以卡夫卡的《变形记》作为突出的代表性作品,叙述了人被异常的生活环境所压抑,失去了生存的自由,变成了大甲虫的悲惨遭遇。他蜷缩在桌面下喘息。严父的粗暴使他无法忍受,慈母竟然善良地一见他便吓得昏死过去,关心他的妹妹也逐渐失去了爱意和耐心,最后他沉郁而死。荒诞派戏剧《秃头歌女》表现了结发夫妻之间的隔膜、冷漠和陌生,凸显人与人之间的关系的异化。《城堡》《审判》《第二十二条军规》等作品揭露了处于异化状态的国家机器、法律制度对人的捉弄和践踏。《西西弗的神话》描写了异化劳动对人的无休止的折磨。《等待戈

---

① 《马克思恩格斯选集》,2版,第1卷,155页,北京,人民出版社,1995。

多》表现失望的人们只能等待永远来不了的希望，抱着希望的人，等待着他们的却只有失望。新时期后，中国文坛也出现了一些西方现代派艺术的模仿作，诸如《我是谁》和《车站》等。最有原创性和影响力的作品当属王蒙的中篇小说《蝴蝶》。小说以"庄周梦蝶"为依托，演绎出一个完整的权力异化和人性复归的故事。小说主人翁张志远，孩提时代被呼为"小石头"，参加革命后被提升为"张团长"，转业后受任"县委书记"，"文化大革命"来袭受到冲击，下放农村劳动改造变成"老张头"。春华秋实，在一个金秋时刻，一阵阵令人陶醉的"枣雨"飘飘洒洒，从天而降，使"老张头"承接了精神的洗礼，得到了灵魂的净化，唤起了他童年的无邪的纯真和优美的天性，"老张头"又重生了，回归到孩提时代的"小石头"。张志远始终在自我和非我、丢魂和找魂、异化和复归之间寻觅和求索。"文化大革命"结束后，张志远落实政策，晋级升官，被任命为"张副部长"。在赴任的那一天，全村老百姓聚到村口送行，依依惜别，吐出肺腑之言，深情叮咛"老张头"当好"为老张头们服务的""张副部长"。张志远又重新站在人生的十字路口上，面对和迎接权力的新考验。这个权力异化和人性复归的故事无疑是具有典型意义的。

（四）异化与人的解放问题

现代工业社会，由于现代化工业和科技的高度发展，使社会和社会中的人的面貌发生了划时代的巨变。一方面，工业和科技的发展，给世界带来了空前的繁荣，增加了财富积累，提高和延展了劳动者的技能和智慧，改善了人们的生活方式、生命状态和生存环境；同时因为人依靠工业和科技的力量对自然资源的破坏性发掘和掠夺性开采，造成了人与自然和人与人之间的紧张关系。地球变暖、气候反常、生态破坏、大气污染、灾害多发、能源枯竭、人口爆炸、贫富悬殊、耕地面积锐减、粮食安全问题日趋突出、局部战争频仍、军备竞赛越演越烈，如此等等。可见，现代化工业和科技的高度发展所带来的人的解放和所造成的人的异化，几乎是同步共生的。

1856年，马克思在《人民报》创刊纪念会上的演说中，描述了当代工业社会所带来的具有两面性的异化图景："这里有一件可以作为我们十九世纪特征的伟大事实，一件任何政党都不敢否认的事实。一方面产生了以往人类历史上任何一个时代都不能想象的工业和科学的力量，而另一方面却显露出衰颓的征象"，"在我们这个时代，每一种事物好像都包含有自己的反面。我们看到，机器具有减少人类劳动和使劳动更有成效的神奇力量，然而却引起了饥饿和过度的疲劳。新发现的财富的源泉，由于某种奇怪的、不可思议的魔力而变成贫困的根源。技术的胜利，似乎是以道德的败坏为代价换来的。随着人类愈益控制自然，个人却似乎愈益成为别人的奴隶或自身的卑劣行为的奴隶。甚至科学的纯洁光辉仿佛也只能在愚昧无知的黑暗背景上闪耀。我们的一切发现和进步，似乎结果是使物质力量具有理智生命，而人的生命则化为愚钝的物质力量。现代工业、科学与现代贫困、衰颓之间的这种对抗，我们时代的生产力与社会关系之间的这种对抗，是显而易见的、不可避免的和毋庸争辩的事实"。①

消除世间的异化现象，既是人们的理想和目标，又是现实的运动和过程。为了实现人类的彻底解放，必须铲除滋生异化现象的土壤和根源。马克思说："扬弃是使外化返回到自身的、对象性的运动"，"共产主义作为私有财产的扬弃"，"是实践的人道主义的

---

① 《马克思恩格斯全集》，中文1版，第12卷，3—4页，北京，人民出版社，1962。

生成……是以扬弃私有财产作为自己的中介的人道主义"①。而"对私有财产的最初的积极的扬弃,即粗陋的共产主义,不过是想把自己作为积极的共同体确定下来的私有财产的卑鄙性的一种表现形式"②。

马克思指出:"人(工人)只有在运用自己的动物机能——吃、喝、性行为,至多还有居住、修饰等等的时候,才觉得自己是自由活动,而在运用人的机能时,却觉得自己不过是动物。动物的东西成为人的东西,而人的东西成为动物的东西","吃、喝、性行为等等,固然也是真正的人的机能。但是,如果使这些机能脱离了人的其他活动,并使它们成为最后的和唯一的终极目的",则沦为"动物的机能"③。私有制不能把粗俗的需要变为人的需要,因为,在私有制范围内,每个人都千方百计在别人身上唤起某种新的需要,以便迫使他作出新的牺牲;每个人都力图创造一种支配他人的、异己的本质力量,以便在这里找到他自己的利己需要的满足。因此,随着对象的数量的增长,压制人的异己本质的王国也在扩展,而每一个新产品都是产生相互欺骗和相互掠夺的新的潜在力量,导致货币权力的增加和膨胀,使无限制和无节制成为货币的真正尺度。"据说,资本的文明的胜利恰恰在于,资本发现并促使人的劳动代替死的物而成为财富的源泉","资本家对土地所有者的胜利,即发达的私有财产对不发达的、不完全的私有财产的胜利……公开的、自觉的卑鄙行为必然战胜隐蔽的、不自觉的卑鄙行为,贪财欲必然战胜享乐欲,公然无节制的、圆滑的、开明的利己主义必然战胜地方的、世

---

① 《马克思恩格斯全集》,中文 1 版,第 42 卷,174 页,北京,人民出版社,1979。
② 同上书,119 页。
③ 同上书,94 页。

故的、呆头呆脑的、懒散的、幻想的、迷信的利己主义"①。

"异化劳动"曾"被理解为私有财产的有害性的和它同人相异化的存在的根源",而"共产主义是扬弃私有财产的积极表现"②。但"粗陋的共产主义"却是败坏和丑化真正的共产主义的,而真正的共产主义才能取代和超越粗陋的共产主义,逐步实现人类的社会理想。

只有在共产主义和社会主义的前提下,才能培育和满足人的需要的丰富性,成为"人的本质力量的新的证明和人的本质的新的充实"③。

"共产主义是私有财产即人的自我异化的积极的扬弃,因而是通过人并且为了人而对人的本质的真正占有;因此,它是人向自身、向社会的(即人的)人的复归,这种复归是完全的、自觉的而且保存了以往发展的全部财富的。这种共产主义,作为完成了的自然主义,等于人道主义,而作为完成了的人道主义,等于自然主义,它是人和自然之间、人和人之间的矛盾的真正解决。是存在和本质、对象化和自我确证、自由和必然、个体和类之间的斗争的真正解决。它是历史之谜的解答"④。

历史真实发展到共产主义阶段,私有制度被扬弃,分工的严酷壁垒被打破。附着于人身上的阶级的阶层的约束和囿限被淡化或被解除,人很大程度上向自身的自然本性回归。人所依存的有两种自然:一是人所面对的自然界;一是人本身所依属的自然本性。人所面对的自然和人本身所依属的自然本性之间的关系不再强烈地表现为对立冲突的关系,而展现出具有亲和性的互补互动的良性生态的

---

① 《马克思恩格斯全集》,中文 1 版,第 42 卷,110 页,北京,人民出版社,1979。
② 同上书,117 页。
③ 同上书,132 页。
④ 同上书,120 页。

发展图景。自然人和自然界创构一种友好型互惠双赢，和谐共生。人不断向自然亲近，自然不断向人生成，实现自然的人道主义和人道的自然主义的相互转化、彼此提升和帮助对方向己方投入，从而相互完成：人道主义等于完成了的自然主义，自然主义等于完成了的人道主义。人道主义和自然主义完美融合所形成的理想的社会结构，意味着"人和自然之间、人和人之间的矛盾的真正解决。是存在和本质、对象化和自我确证、自由和必然、个体和类之间的斗争的真正解决"，成为对"历史之谜"的真正解答。

正如马克思所指出的："正像一切自然物必须产生一样，人也有自己的产生活动即历史……历史是人的真正的自然史。"①"私有财产的积极的扬弃，作为对人的生命的占有，是……向自己的人的即社会的存在的复归。"②"因此，社会性质是整个运动的一般性质；正像社会本身生产作为人的人一样，人也生产社会"，"只有在社会中，自然界才是人自己的人的存在的基础。……因此，社会是人同自然界的完成了的本质的统一，是自然界的真正复活，是人的实现了的自然主义和自然界的实现了的人道主义"③。但人作为"社会的存在物"的活动，本质上是"社会的活动"，"他的生命表现，即使不采取共同的、同其他人一起完成的生命表现这种直接形式，也是社会生活的表现和确证"④。"私有财产的积极扬弃"，才能使"人以一种全面的方式……作为一个完整的人，占有自己的全面的本质"⑤。

---

① 《马克思恩格斯全集》，中文 1 版，第 42 卷，169 页，北京，人民出版社，1979。
② 同上书，121 页。
③ 同上书，121—122。
④ 同上书，122—123 页。
⑤ 同上书，123 页。

共产主义的实现，需要经历一个漫长、深刻的理论的和实践的批判的历史过程。青年的马克思、恩格斯逐渐摆脱了黑格尔和费尔巴哈的影响，并转而揭穿了青年黑格尔派的思辨哲学和带有空想社会主义性质的基督教伦理道德学说所宣扬的唯心主义关于解放人的神话。他们不再停留在哲学和纯理论层面探索人的解放道路，而把人的解放问题视为一个现实的历史的社会实践的过程。一切幻想的、精神的、思想的、哲学的、宗教的、道德的批判，都是无济于事的，都不能取代实践的批判。马克思、恩格斯指出，"世俗社会主义的第一个原理"是"否认纯理论领域内的解放，认为这是幻想，为了真正的自由它除了要求唯心的'意志'外，还要求完全能感触得到的物质的条件。"① 他们认为，德国的理论批判与法国和英国的实践批判是很不相同的。"费尔巴哈在理论方面体现了和人道主义相吻合的唯物主义，而法国和英国的社会主义和共产主义则在实践方面体现了这种唯物主义。"② "他们的共产主义是这样一种社会主义，在这里面他们提出了显明的实际措施，这里面不仅体现着他们的思维，并且更主要的是体现着他们的实践活动。因此，他们的批判是对现存社会的生动的现实的批判。"③ 马克思、恩格斯在《德意志意识形态》中无情地批判了青年黑格尔派所鼓吹的"词句革命论"，认为青年黑格尔派的哲学家们想从思维过渡到现实，从语言过渡到生活的整个问题，只存在于哲学幻想中。马克思、恩格斯揭穿"词句革命论"的实质："尽管青年黑格尔派思想家们满口讲的都是'震撼世

---

① 《马克思恩格斯全集》，中文 1 版，第 2 卷，121 页，北京，人民出版社，1957。
② 同上书，160 页。
③ 同上书，195 页。

界'的词句,而实际上他们是最大的保守分子。"① 可见,语言和词句对现实的批判是无效的、徒劳的。与之相反,"要真正地、实际地消灭这些词句,要从人们的意识中消除这些观念,只有靠改变条件,而不是靠理论上的演绎"②。即便是费尔巴哈所宣扬的纯粹的抽象的人的"感性的对象",也不是靠"感性的直观"看出来的,而是通过"感性的活动"创造出来的。马克思、恩格斯指出,"他没有看到,他周围的感性世界决不是某种开天辟地以来就已存在的、始终如一的东西,而是工业和社会状况的产物,是历史的产物,是世世代代活动的结果……甚至连最简单的'可靠的感性'的对象也只是由于社会发展、由于工业和商业往来才提供给他的",如费尔巴哈所看到的"樱桃树只是依靠一定的社会在一定时期的这种活动才为费尔巴哈的'可靠的感性'所感知"。③ 正是"这种活动、这种连续不断的感性劳动和创造、这种生产是整个现存感性世界的非常深刻的基础"④。马克思、恩格斯这样说:"当费尔巴哈是一个唯物主义者的时候,历史在他的视野之外;当他去探讨历史的时候,他决不是一个唯物主义者。"⑤

马克思、恩格斯是这样论述无产阶级的解放的:他们不再更多地使用异化这个概念来说明底层大众的生态和命运,而主要是运用剩余价值、经济剥削、实践批判和阶级斗争的学说来阐述人的解放问题。他们认为,只有无产阶级把"劳动转化为自主活动",并"同物质生活一致起来",才能实现"联合起来的个人对全部生产力总和

---

① 《马克思恩格斯全集》,中文 1 版,第 3 卷,22 页,北京,人民出版社,1960。
② 同上书,45 页。
③ 同上书,48—49 页。
④ 同上书,50 页。
⑤ 同上书,51 页。

的占有"①。"这种联合只能是普遍性的,而且占有也只有通过革命才能得到实现,在革命中一方面旧生产方式和旧交往方式的权力以及旧社会结构的权力被打倒,另一方面无产阶级的普遍性质以及无产阶级为实现这种占有所必需的毅力得到发展,同时无产阶级将抛弃旧的社会地位所遗留给它的一切东西。"② "这种变化只有在实际运动中,在革命中才有可能实现;因此革命之所以必需,不仅是因为没有任何其他的办法能推翻统治阶级,而且还因为推翻统治阶级的那个阶级,只有在革命中才能抛掉自己身上的一切陈旧的肮脏东西,才能建立社会的新基础。"③

共产主义将是一个由全面自由发展的人组成的社会的"共同体"和"联合体","在那里,每个人的自由发展是一切人的自由发展的条件"④。共产主义社会是"以每个人的全面而自由的发展为基本原则的社会形式"⑤。"在共产主义社会里,没有单纯的画家,只有把绘画作为自己多种活动中的一项活动的人们。"⑥

马克思批判费尔巴哈对抽象的人的崇拜和泛爱主义的舆论呼吁,包括他对黑格尔的纯理论形态的绝对理念的颠倒,都没有触及历史的深处和现实生活的实质。黑格尔和青年黑格尔派的思辨哲学妄图在精神、思维、语言和词句的圈子里奢谈人的解放和社会的变革,都是不可能实现的,只能流于苍白的幻想。并非说理论是不重要的。没有正确的理论,决不会有正确的举措、行为和运动。正确的理论

---

① 《马克思恩格斯全集》,中文1版,第3卷,77页,北京,人民出版社,1960。
② 同上书,76—77页。
③ 同上书,78页。
④ 《马克思恩格斯选集》,2版,第1卷,294页,北京,人民出版社,1995。
⑤ 《马克思恩格斯选集》,2版,第2卷,239页,北京,人民出版社,1995。
⑥ 《马克思恩格斯全集》,中文1版,第3卷,460页,北京,人民出版社,1960。

是实现战略目标和科学发展的指导思想。这里,存在着两个层面的问题:从理论本身的层面看,存在着一个科学理论和伪科学理论的关系问题。应当防止和克服各种脱离现实的或只停留在语言和舆论层面的所谓"理论",而必须坚持和发展能贴近和解决现实问题的科学理论。从理论与实践的关系的层面看,正如马克思所指出的,思想和理论本身并不能实现任何东西,只有把正确的和科学的理论付诸实践,才能变成巨大的物质力量,从而把思想转化为物化形态,转化为社会生活中的活生生的现实。

马克思指出:"全部社会生活在本质上是实践的。"①"环境的改变和人的活动或自我改变的一致,只能被看作是并合理地理解为革命的实践。"②哲学的伟大使命和根本目的不在于用不同的方式解释世界,而是改造世界。马克思、恩格斯为了强调实践的极其重要性,甚至把他们的哲学称为"实践唯物主义",认为"对实践的唯物主义者,即共产主义者来说,全部问题都在于使现存世界革命化,实际地反对并改变现存的事物"③。马克思、恩格斯指出,"思想根本不能实现什么东西","为了实现思想,就要有使用实践力量的人"④。他们企盼造就能够掌握"实践理性"、使用"实践力量"改变旧世界的一代新人。只有马克思、恩格斯为人类指明了谋求解放和实现共产主义伟大理想的正确道路。

(此文由发表在《学术研究》《马克思主义美学研究》和《文艺报》上的文章合成,收入本书时稍作修改)

---

① 《马克思恩格斯选集》,2版,第1卷,56页,北京,人民出版社,1995。
② 同上书,55页。
③ 同上书,75页。
④ 《马克思恩格斯全集》,中文1版,第2卷,152页,北京,人民出版社,1957。

恩格斯论巴尔扎克

1888年，恩格斯致玛·哈克奈斯信中论及巴尔扎克的世界观和创作的关系时曾说："不错，巴尔扎克在政治上是一个正统派；他的伟大的作品是对上流社会必然崩溃的一曲无尽的挽歌；他的全部同情都在注定要灭亡的那个阶级方面。但是，尽管如此，当他让他所深切同情的那些贵族男女行动的时候，他的嘲笑是空前尖刻的，他的讽刺是空前辛辣的。而他经常毫不掩饰地加以赞赏的人物，却正是他政治上的死对头，圣玛丽修道院的共和党英雄们，这些人在那时（1830—1836年）的确是代表人民群众的。这样，巴尔扎克就不得不违反自己的阶级同情和政治偏见；他看到了他心爱的贵族们灭亡的必然性，从而把他们描写成不配有更好命运的人；他在当时唯一能找到未来的真正的人的地方看到了这样的人，——这一切我认为是现实主义的最伟大胜利之一，是老巴尔扎克最重大的特点之一。"①

恩格斯的话有力地驳斥了世界观和创作问题上的庸俗社会学观

---

① 《马克思恩格斯全集》，中文1版，第37卷，42页，北京，人民出版社，1971。

点。这种观点把作家的世界观和创作方法简单地机械地混同起来，把创作方法当作作家的世界观特别是作家的政治观的单纯的分泌物、派生物和等价物，把文艺作品当作注释、图解和演绎作家的世界观特别是作家的政治观的形象的工具和手段。用庸俗社会学的观点指导创作，势必导致人物形象的苍白和呆板，造成作品的概念化和模式化。这种庸俗社会学的倾向理应得到批评。然而，克服一种倾向必须防止另一种倾向。过头地否定"庸俗社会学"又可能滑向另一个极端。把恩格斯所说的现实主义的胜利只是理解为"创作方法"的胜利，把创作方法与世界观完全割裂并对立起来，认为创作方法和世界观没有什么关系，甚至主张世界观越反动越可以写出好作品，从而抹杀世界观对创作方法的指导作用和制约作用，这种孤立于世界观之外，不受世界观约束的"创作方法决定论"，非但打不倒世界观和创作问题上的庸俗社会学，反而使创作方法也得不到合理的强调和提倡。所谓事与愿违，问题的结局和论者的意图相背离。"庸俗社会学"和"创作方法决定论"从两个极端歪曲了恩格斯关于现实主义的胜利这一思想的原意。只有正确地理解现实主义的胜利，才能克服和防止"庸俗社会学"和"创作方法决定论"两种错误倾向。

一

世界观和创作方法之间的关系究竟是怎样的呢？

马克思主义认为，从总体上看，世界观和方法论是一致的，或基本上是一致的。人们对事物的观察和认识所形成的观点同时也是人们为了达到改造事物的目的诉诸行动所依据的法则即方法。改造和变革事物的方法、途径和手段都是以对事物的认识为准绳的。方法受观点的制约和支配。对事物怎么看和怎么做是一致的，或基本上是一致的。完全超越于观点之外或凌驾于观点之上的方法是难于想象、不可思议的。一定的方法基于对一定的观点的理解和运用。马克思、恩格斯曾在《德意志意识形态》中透辟地论证了世界观和方法论的一致性。他们首先指明了唯心主义和唯物主义两种世界观的原则分野：唯心主义的世界观是"从天上降到地上"，而唯物主义的世界观则是"从地上升到天上"。有天壤之别的两种世界观必然相应地产生两种截然不同的"出发点"：唯心主义的出发点是"从只存在于口头上所说的、思考出来的、想象出来的、设想出来的人出发"，而唯物主义的出发点则是"从事实际活动的人，而且从他们的现实生活过程中我们还可以揭示出这一生活过程在意识形态上的反射和回声"；从而相应地形成两种完全相反的"观察方法"："前一种观察方法从意识出发，把意识看作是有生命的个人"，"符合实际生活的第二种观察方法则是从现实的、有生命的个人本身出发，把意识仅仅看作是他们的意识"①。可见，不管是唯心主义的世界观和方法论，还是唯物主义的世界观和方法论，都具有相通的共同本质和深刻的内在联系。彻底的唯心主义的世界观不可能采取唯物主义的观察方法，同理，彻底的唯物主义的世界观也不可能采取唯心主义的观察方法。具体到巴尔扎克本人也是如此。不是巴尔扎克的世界观中的唯心主义因素使他倾心于现实主义的观察方法，相反，他的现实主义的观察方法正是他的世界观中的唯物主义因素在文艺创作中的具体运用，正是这些先进的思想观点指导、诱发、支配、驱遣的结果。反转来说，恩格斯指出的巴尔扎克的现实主义的胜利，既是巴尔扎克的现实主义的观察方法的胜利，同时也应当理解为是

---

① 《马克思恩格斯全集》，中文 1 版，第 3 卷，30 页，北京，人民出版社，1960。

他的世界观中的先进的唯物主义的思想成分的胜利。

然而，这并不是说，观点和方法没有差别与矛盾。恩格斯提醒人们注意，从事物中一定会"看到某些特性，这些特性，一部分是共同的，一部分是相异的，甚至是相互矛盾的"①。他还指明："同一性自身包含着差异性"②。观点和方法的关系是辩证统一的关系，这种统一不是绝对的统一，而是相对的统一，包含着差异和矛盾。观点和方法，既有相联系的共同性，又有相区别的差异性，是共同性和差异性的复杂的辩证的"合金"。用事物的共同性和差异性的辩证法考察世界观和创作方法的关系，可以大体上确证以下几点：两者的共同性表现在世界上观上，包括创作方法，它们之间存在着共同规律；两者的差异性表现在创作方法上，有自己的相对独立性和特殊规律，特别是由于现实主义艺术的创作方法从实际出发，依靠作家、艺术家的活跃、灵敏的感觉，往往能从生活中吸取新的思想，冲击、超越，甚至一定程度上改变作家、艺术家的旧有的观念，给作家、艺术家的世界观带来新的突变。因此，世界观既不该混同也不该取代创作方法。"庸俗社会学"用世界观混同、取代创作方法，"创作方法决定论"用创作方法排斥、抹杀世界观对创作的指导作用，都是失之偏颇的。用马克思的话来说："庸俗社会学"在"有统一的地方""看不出差别"；"创作方法决定论"又在"有差别的地方""看不见统一"③。它们从两个极端把世界观和创作方法完全割

---

① 《马克思恩格斯选集》，2 版，第 3 卷，461—462 页，北京，人民出版社，1995。
② 《马克思恩格斯全集》，中文 1 版，第 20 卷，557 页，北京，人民出版社，1971。
③ 《马克思恩格斯全集》，中文 1 版，第 4 卷，332 页，北京，人民出版社，1958。

裂、对立起来。这两种片面的看法都是形而上学的,根本违反生活和艺术的辩证法。

二

世界观是对世界的总观点,实际上它是一个庞大而又严密的思想体系。决不能把世界观仅仅归结为政治观,或简单地归结为政治立场,甚至粗鲁地归结为家庭成分和阶级出身。人的世界观可以从政治上划分为进步的和反动的;也可以从哲学上划分为唯物的和唯心的。从哲学的角度看,世界观包括认识论、辩证法和历史观等相互联系、不可分割的诸多范畴。唯物主义的方法论隶属于唯物主义的世界观。巴尔扎克的现实主义的胜利,即唯物主义观察方法的胜利,应当理解为巴尔扎克的世界观中的唯物主义因素的胜利,同时也应当理解为巴尔扎克的世界观中具有唯物主义的其他范畴,如认识论、辩证法和历史观的胜利。综合马克思、恩格斯和其他著名的巴尔扎克研究家们的大量有关论述,可以十分明显地感受到,他们正是从同方法论的联系中与认识论、辩证法和历史观的结合上,对巴尔扎克的现实主义胜利作了完整的、全面的分析,启示我们探索更加科学的结论。巴尔扎克的现实主义的胜利实质上是他的世界观中的唯物主义思想因素的胜利,具体表现为他的世界观中具有唯物主义思想因素的认识论、辩证法和历史观的胜利。

从认识论的角度看:马克思曾在《资本论》中说,巴尔扎克"对现实关系具有深刻理解"[1]。被巴尔扎克深刻理解了的"现实关

---

[1] 《马克思恩格斯全集》,中文1版,第25卷,47页,北京,人民出版社,1974。

系"是什么呢？巴尔扎克所处的当时法国社会的现实关系的历史特点可以概括为贵族阶级的没落和资产阶级的崛起。巴尔扎克以敏锐的艺术感觉、真挚的艺术体验，极其深刻地认识和理解了当时法国社会的现实关系的实质，以服膺真理的精神，遵照时代和历史发展的内在逻辑，勾勒了"汇集了法国社会的全部历史"的"中心图画"，描绘了新生的满身铜臭的资产者怎样用政治上的侵蚀、经济上的逼迫和婚姻上的联姻等手段腐化、征服、取代旧贵族，形象地再现了那个时期内资产阶级战胜贵族阶级的历史过程，从而深刻地揭示了法国社会生活的真理。忠于真理的精神是巴尔扎克的最可宝贵的社会情操。真理观作为世界观的起主导作用的重要因素对巴尔扎克的创作产生着极其深刻的影响。对真理的追求和崇拜是巴尔扎克的艺术理想。他说："艺术家首先是某一真理的宣扬者"①，他们的神圣的天职是"把一个朴素的、最绝对的真理引到艺术之中"②，巴尔扎克作为思想深邃的作家不满足于"严格摹写现实"，照抄人物和事件的皮相，而总是开掘生活的底蕴，向反映事物本质的更深的层次突进。巴尔扎克主张艺术家"应该进一步研究产生这些社会现象的多种原因或那种原因，寻出隐藏在无数人物、情欲和事件总汇底下的意义"③。为了提高作品的思想意义和社会价值，巴尔扎克希望艺术家"遍访思想领域的汪洋大海"，像勘探"金刚石矿一样"，开发"思想的宝藏"，使自己的作品凝练成"思想的结晶"④。巴尔扎克力图通过塑造典型人物反映生活的真谛。他笔下的"这些人物是

---

① 王秋荣编：《巴尔扎克论文学》，12页，北京，中国社会科学出版社，1986。
② 同上书，230页。
③ ［法］巴尔扎克：《〈人间喜剧〉前言》，见伍蠡甫、胡经之主编：《西方文艺理论名著选编》中卷，112页，北京，北京大学出版社，1986。
④ 同上书，6页。

从他们的时代的五脏六腑孕育出来的，全部人类感情在他们的皮囊下栗动，其中往往隐藏着一套完整的哲学"①。巴尔扎克的同代人在解释巴尔扎克的创作成就时，都不约而同地归功于这位大作家的天才的真理观和非凡的认识能力。雨果在《巴尔扎克葬词》中称赞巴尔扎克的"理智"，正是由于他的"壮丽的""理智"，才使他成为"最伟大的人物中间"的"第一等的一个"，成为"最优秀的人物中间"的"最高的一个"。泰纳在《巴尔扎克论》中赞扬巴尔扎克的"才智"，正是由于他拥有一生积累起来的巨量思考，他的艺术作品才产生一种深入而又遥远的"透视力"。左拉在《关于巴尔扎克》一文中夸奖巴尔扎克的"识见"，认为"他的识见非常高明，他对真理的爱好非常热烈"，"尽管他有保王党的政见和天主教的信仰，可是他把贵人和富翁描绘得都在他那嬉笑怒骂的笔锋下送命"。综上所论，我们有理由说，巴尔扎克的现实主义的胜利是他的"理智""才智""识见"的胜利，是他的唯物主义的认识论和真理观的胜利。

从辩证法的角度看，恩格斯在致劳拉·拉法格的信中称赞巴尔扎克："多么了不起的勇气！在他的富有诗意的裁判中有多么了不起的革命辩证法！"② 巴尔扎克的世界观中的辩证法思想是和他的世界观中的唯物主义因素相联系的。只有辩证的思维方法包括辩证的艺术思维的方法，才能把握、驾驭事物的联系和发展。巴尔扎克"对现实关系具有深刻理解"正表现在他善于从纵、横两个方面认识和表现当时法国社会生活的历史过程和时代风貌。他不仅从纵的方面反映了当时法国社会生活的巨大变革，"给我们提供了一部法国'社

---

① ［法］巴尔扎克：《〈人间喜剧〉前言》，见伍蠡甫、胡经之主编：《西方文艺理论名著选编》中卷，110页，北京，北京大学出版社，1986。
② 《马克思恩格斯全集》，中文1版，第36卷，77页，北京，人民出版社，1975。

会'，特别是巴黎'上流社会'的卓越的现实主义历史"，"用编年史的方式几乎逐年地把上升的资产阶级在 1816 年至 1848 年这一时期对贵族社会日甚一日的冲击描写出来"，而且以宏大的笔触、广阔的规模，生动地再现了当时法国的社会变革的浪潮所波及的社会生活面。立志成为"社会科学博士"的巴尔扎克力图宏观地把握他所描写的对象，深刻地揭示它的多方面的联系。他主张从各个角度观察、透视生活，"把一些同类的事实融成一个整体，加以概括地描写"，"作综合的处理"，"以获得社会的整体"①。巴尔扎克注意整体和局部的辩证联系，通过塑造高度典型的艺术形象，组成"一些框架和一些画廊"，建立"它的谱系和它的家族"，用"一个系代"表现"整个社会"。正如泰纳所指出的那样，由于巴尔扎克"组织体系的力量大"，他抓住了有系统的整体，"在他身上，哲学家和观察家结合起来了。他看到了细节，同时也看到了联系各个细节的规律"，他的"每一部小说和其他的小说都有关联，同一个人物屡次重现。一切联系起来，形成一条锁链……在每一页上，你都可以纵观整个'人间喜剧'"②。巴尔扎克的宏伟而又严谨的艺术布局，不是简单的平面结构，而是复杂的立体结构，如同绘画里的复线和音乐里的和声。"这是一幅山水画，你从任何一个角度都可以看到它的全景。""这是一部复杂的合奏曲，其中有很多的新乐器，很多思想不同的内容，这些思想又以各种不同的关系联系在一起。我们的耳朵听懂了单纯的古典作品，几乎不太能抓住它的整体和作曲家的思想。"泰纳还这样对巴尔扎克说："你的智力发现未曾先见的联系，世界这一端

---

① ［法］巴尔扎克：《〈古物陈列室〉〈钢巴拉〉初版序言》，见伍蠡甫、胡经之主编：《西方文艺理论名著选编》中卷，101—102 页，北京，北京大学出版社，1986。
② ［法］泰纳：《巴尔扎克论》，载《古典文艺理论译丛》，1957（2）。

的事物和世界另一端的事物所借以互通声气、维持联络的千万条线索在你面前交织成一片难分难解的网子。化学能说明爱情，烹饪与政治有关，音乐或油盐店是哲学的近亲。你见到了更多的东西，在东西和东西之间你见到了更多的联系；这不是一座方便而布置整齐的花园，却是一片阴暗、茂密而广袤的森林。"综上所论，我们有理由说，巴尔扎克的现实主义的胜利，同时也是他的世界观中的辩证法思想的胜利。

从历史观的角度看：恩格斯指出，巴尔扎克的小说中"有1815年到1848年的法国历史，比所有沃拉贝耳、卡普菲格、路易·勃朗之流的作品中所包含的多得多"①。"《人间喜剧》里给我们提供了一部法国'社会'，特别是巴黎'上流社会'的卓越的现实主义历史"，通过勾勒新生的资产者取代旧贵族的"中心图画"，"汇集了法国社会的全部历史"。② 恩格斯的这些论述，完全符合巴尔扎克的实际。巴尔扎克忠于历史、服从历史的唯物主义态度使他成为文学史上的伟人。他聆听历史老人的教导，听从历史规律的指令，以虔诚恭顺的姿态，谦卑地诚挚地表白自己的愿望："法国社会将要做历史家，我只能当它的书记"③，做"自己同时代的人们的秘书"④。巴尔扎克的小说虽然不是历史，但他的小说符合历史真实，有强烈的纵深的历史感，从而获得巨大的历史意义和历史价值。忠于历史、

---

① 《马克思恩格斯全集》，中文1版，第36卷，77页，北京，人民出版社，1975。
② 《马克思恩格斯选集》，2版，第4卷，683—684页，北京，人民出版社，1995。
③ [法] 巴尔扎克：《〈人间喜剧〉前言》，见伍蠡甫、胡经之主编：《西方文艺理论名著选编》中卷，111页，北京，北京大学出版社，1986。
④ [法] 巴尔扎克：《〈古物陈列室〉〈钢巴拉〉初版序言》，见伍蠡甫、胡经之主编：《西方文艺理论名著选编》中卷，102页，北京，北京大学出版社，1986。

服从历史、描写历史的崇高的权利和义务赋予巴尔扎克一种职业的坚贞性和自豪感。巴尔扎克鄙夷那些苍白空洞的小说，他认为那些脱离现实生活全然虚构的作品是毫无生命的，只有根据真实的生活图景总结出来的作品，才有真正的力量。正是由于巴尔扎克有"想做一个忠实的、真诚的历史家"这个完全可以理解的愿望，他才顺从历史和生活的必然法则和内在逻辑，"创造了金钱和买卖的史诗"①，形象地描绘了一场在巨大的历史舞台上演出的人间喜剧，从而"给我们提供了一部法国'社会'，特别是巴黎'上流社会'的卓越的现实主义历史"。可见，巴尔扎克的现实主义的胜利，也应当理解为巴尔扎克的世界观中具有唯物主义因素的历史观的胜利。

三

正如巴尔扎克自己所申明的："不错，巴尔扎克在政治上是一个正统派。""我在宗教和君主政体两种永恒真理的引导下写这部作品，当代发生的故事都表明二者的必要，凡是有良知的作家都应该力图把我们的国家引回到这两条大道上去"②。毋庸否认，巴尔扎克的出身、教养和贵族的思想传统的影响，使他的社会意识打上了明显的"正统派"的印记。然而，为了比较准确地揣度巴尔扎克的贵族正统派的思想成分的程度和分量，更加合理地考察它对创作的实际作用，尽可能正确地分析巴尔扎克的世界观和创作方法的矛盾，必须对巴尔扎克的政治态度和宗教观念进行具体的历史的分析。

---

① ［法］泰纳：《巴尔扎克论》，载《古典文艺理论译丛》，1957（2）。
② ［法］巴尔扎克：《〈人间喜剧〉前言》，见伍蠡甫、胡经之主编：《西方文艺理论名著选编》中卷，113页，北京，北京大学出版社，1986。

巴尔扎克于 1831 年下半年参加了保王党。保王党代表大地主资产阶级的利益，是当时法国政治、经济的霸主——大金融资产阶级的反对派。巴尔扎克参加保王党并不能说明他是一个彻底的"保王党"派。巴尔扎克"信奉"的王权和宗教与本来意义上的王权和宗教是不同的，和正统派所解释、所宣扬的王权和宗教是有区别的。

第一，巴尔扎克的政治观点实质上代表着中小地主资产阶级的利益。当时法国的阶级关系是复杂的。仅从资产阶级而论，资产阶级的阵容划分为金融资产阶级和从封建贵族转化而来的土地资产阶级。这两部分的资产阶级又划分为大、中、小各阶层。大地主资产阶级和中小资产阶级（包括中小地主资产阶级和中小金融资产阶级）以及大金融资产阶级存在着十分尖锐的矛盾。巴尔扎克出身于中产阶级的家庭，属于中产阶级的范畴。因处于垄断地位的大金融资产阶级的排挤和倾轧，巴尔扎克的经商活动和文学活动几经破产，陷入窘迫不堪的境地。巴尔扎克的出身和遭际，使他产生了憎恶和反对大金融资产阶级的思想情绪和政治倾向。然而，由于历史和阶级的局限，巴尔扎克既没有产生变革现实的明确而又强烈的要求，也不可能发现变革现实的先进的社会力量。他既不会跟着社会改革派走，又不可能寄希望于被他忽视的无产阶级。巴尔扎克当时还没有看到共和主义的曙光。因此，他跻身于代表大地主资产阶级的"保王党"，以表示对大金融资产阶级统治集团的不满和仇恨。巴尔扎克的这种政治态度和政治倾向实际上代表着中小资产阶级的政治、经济利益。他同情资本竞争中失败的中小资产阶级，往往站在它们的立场上去抨击大金融资产阶级和揭露资本主义社会的黑暗现象。

第二，巴尔扎克参加保王党的真实动机，并非是以依附大地主资产阶级作为自己的政治归宿，而是凭借王权和宗教的影响抵制大金融资产阶级对社会的腐蚀和毒化。巴尔扎克更多地以他的消极、保守的眼光看到了资金的肮脏和罪恶。面对金钱主宰一切、世风日下、人欲横流的龌龊现实，巴尔扎克"常想有一只强有力的手"——王权和宗教，"摧毁和压制""自私自利、互相对抗的情欲"，以"削弱我们未来的敌人"①。巴尔扎克的政治态度和宗教观念是瑕瑜互见、功过参半的。他虽然不理解历史进程，显得有点愚顽可笑，但毕竟用陈旧的思想武器打击了法国政治、经济的霸主——大金融资产阶级，从而有利于调节法国的生产关系和解放法国的生产力。

第三，巴尔扎克从来不是王权和宗教的忠贞不贰的信徒。"保王党"的组织问题不能作为衡量他对王权和宗教的信仰程度的唯一尺度。判断巴尔扎克的"正统派"的政治信仰的真实性程度不能只看他的宣言和他参加了什么组织，而应当主要看他的实践和行为。巴尔扎克"信奉"的王权和宗教不是本来意义上的，而是被巴尔扎克"自我化"了的，赋予它以民主主义和人道主义的乌托邦理想光彩的王权和宗教，是一种被限制和经过改造的王权和宗教。巴尔扎克说："天主教和王权是一对孪生的原则。这两种原则必须用法典加以限制"②。由于历史和阶级的局限，巴尔扎克寻觅不到新武器，企图把注入新内容的旧武器，当作改造社会的药方。然而，他的主观意愿和他行动的实际效果却产生了历史性错位。雨果明确指出了巴尔扎克头脑中的君主主义和行动上的民主主义是怎样发生矛盾的。左拉同样看到了巴尔扎克身上存在的悖论，即他实际上并不知道自己是位民主主义者的民主主义者。泰纳有一个更为简要的说法：巴尔扎

---

① ［法］泰纳：《巴尔扎克论》，载《古典文艺理论译丛》，1957（2）。
② ［法］巴尔扎克：《〈人间喜剧〉前言》，见伍蠡甫、胡经之主编：《西方文艺理论名著选编》中卷，113页，北京，北京大学出版社，1986。

克跟莎士比亚和圣西门三人形成了我们所知道的关于人性的最丰富的文献馆。

第四,还要看到,巴尔扎克的"正统派"的政治观念、态度和倾向是一个过程。他信仰王权和宗教的忠实程度随着历史条件和阶级斗争情势的发展而变化。他参加保王党不久,便著文《论保王党状况》指出:"保王党和自由党都有极大的错误",申明要改造保王党人,给"保王党人一种更适合我们所处时代的思想"。他通过《乡村医生》《幽谷百合》等作品形象地表现了农业的资本主义的经营方式,受到正统派的冷眼;19世纪30年代中期,巴尔扎克由于受到圣西门、傅立叶等人的空想社会主义学说的熏陶和共和党领袖阿尔芒·卡雷尔的影响,头脑中的共和主义的思想因素有所增强,塑造了"雄才大略"的共和党人形象。40年代初,尽管巴尔扎克的正统派观念出现了反复,但1848年的革命烈火发出耀眼的光芒,使巴尔扎克和正统派的分歧日益扩大。他嗅到了人民革命即将来临的气息,憧憬着共和主义的光明的未来。

"无产阶级对于过去时代的文学艺术作品,也必须首先检查它们对待人民的态度如何,在历史上有无进步意义,而分别采取不同态度。"① "有识之士往往通过无形的纽带同人民的机体联系在一起。"② 巴尔扎克不可能是历史唯物主义者。他的唯心主义的英雄史观的总体中也包含着一些同情人民、重视人民的历史作用的思想因素。这位伟大作家曾向上层权贵们呼吁:"你们靠谁存在?靠人民。"他毫不掩饰地声明:"我是威风凛凛的人民的一部分。"③ 同情、体恤人

---

① 《毛泽东选集》,2版,第3卷,869页,北京,人民出版社,1991。
② 《马克思恩格斯全集》,中文1版,第33卷,178页,北京,人民出版社,1973。
③ 《巴尔扎克论文选》,21页,上海,新文艺出版社,1958。

民和它的苦难的命运是巴尔扎克的高尚的社会情操。他在一篇小说中这样写道:"我开始观察城镇的活动,她的居民,她的角色。我穿得和当地的工人们一样坏……混在他们当中和他们打成一片","我了解这些人的行为,我袒护他们的生活方式,我感到他们的破衣披在我的肩头,我脚上穿了他们的破鞋走路;他们的欲望与痛苦浸入我的灵魂,或者说我的灵魂走进了他们的欲望与困苦。……和他们一样,我也对那些虐待他们的雇主们勃然大怒,或者对那种恶毒的手段大发雷霆"。巴尔扎克的天才的作品,表现了人民的力量,启发了人民的真知,产生了进步的历史作用。他的某些小说"自以为讨几条绳子来绞死人民,而其实是为人民要求自由",正如左拉所指出的:"巴尔扎克把民族里生气蓬勃的力量""给了那个伟大的缺席者——人民。"他的作品"像一条引向人民的大路,路面上撒布着废墟遗迹"。雨果的结论是:由于"巴尔扎克笔直奔到目的地,抓住了现代社会肉搏",使作者"在自己不知道的时候,加入了革命作家的强大的行列"。综合以上的分析,我们完全有理由说,巴尔扎克的现实主义的胜利,同时也是他的政治观中的先进的思想因素的胜利。

四

马克思说:"对一个著作家来说,把某个作者实际上提供的东西和只是他自认为提供的东西区分开来,是十分必要的。"[①] 巴尔扎克作品中"实际上提供的东西"大大超越了"他自认为提供的东西"。

---

① 《马克思恩格斯全集》,中文 1 版,第 34 卷,343 页,北京,人民出版社,1972。

况且，巴尔扎克"自认为提供的东西"同他的旧有的保守的政治观念、态度和倾向存在着这样那样的矛盾。当然，正如我们前面所分析的，巴尔扎克的世界观不是单一的，而是一个充满矛盾的复合体；它不是单线的平面结构，而是复线的立体结构。他的认识论或真理观、辩证法、历史观，包括他的政治观，既有唯物的先进的思想因素，也有唯心的保守的乃至反动的思想成分。巴尔扎克的作品"实际上提供的东西"包蕴着他世界观中的一切矛盾。但尤其需要指出的是，巴尔扎克的艺术杰作超越、修正了他的旧有的保守的乃至反动的政治的观念、态度和倾向。巴尔扎克的"全部同情"本来放在"注定要灭亡的那个阶级方面"。如对鲍赛昂夫人的艺术描写渗透着他对风韵高雅、雍容华贵的贵妇人的由衷的倾慕和赞美。作者写她的矜持和高傲，写她的痛苦中的平静、悲伤后的强欢，写她的"无可奈何花落去"的精神状态。巴尔扎克为他所倾心的这位贵族脂粉队里的领袖人物离开巴黎设计了一场豪华的舞会，但这个舞会终归成为贵族阶级向历史的告别会和资产阶级走上政治舞台的欢庆会。巴尔扎克毕竟把他所仰慕的像鲍赛昂夫人一类的贵族阶级的代表人物"描写成不配有更好命运的人"。"他的伟大的作品是对上流社会必然崩溃的一曲无尽的挽歌"①。

为什么巴尔扎克的艺术杰作能够违反自己的阶级同情和政治偏见，以致超越、修正他的旧有的保守的乃至反动的政治观念、态度和倾向呢？高尔基的话是有道理的："形象广泛于思想。"巴尔扎克重申波纳尔的观点："一个作家在道德上和政治上应该持有固定的见

---

① 《马克思恩格斯全集》，中文 1 版，第 37 卷，42 页，北京，人民出版社，1971。

解。"① 杜勃罗留波夫曾这样分析和估量来自理论和现实这两方面的思想影响对艺术家的不同作用，他说："也许，在承认某种抽象的理论意义上说来某一个集团是对他起过什么影响的，可是这种影响不可能消灭他心里对于现实生活的真正感觉。"② 需要补充的是，抽象的理论原则和观念非但"不可能消灭"艺术家"对于现实生活的真正感觉"，相反，艺术家"对于现实生活的真正感觉"可以升华为深切的真理，或抑制、或冲破、或修改他们的旧有的抽象的理论原则和观念。这是因为事物的本质具有单一性，现象具有多义性，现象比本质丰富。抽象的概念、理论的原则和观念是外注的、受动的、间接的，往往是冷漠的、刻板的，而具体可感的形象作为生动活跃的因素，对艺术家具有不可遏止的诱发性和魅力。它是艺术家借以产生他的理性和情感的"根"。活生生的社会生活是作家、艺术家学习和创作的最主要的课堂。现实主义的作家、艺术家由于采取从实际生活出发的唯物主义的观察方法，具有服膺真理的精神，通过深切真挚的艺术体验，接受历史和生活的教育和启示。他们的思想和灵魂往往受到富有生命力和光明前途的事物的感染、冲击、震慑、摇撼乃至统驭和驱使，兼之以作家、艺术家的社会责任感和伦理道德情操的发酵作用，启发和强化作家、艺术家的"理智"和"良知"，从生活事实中汲取新的思想和新的观念，改变自己的初衷，甚至"不得不违反自己的阶级同情和政治偏见"。正如巴尔扎克所深切体会的那样，历史和生活本身的内在逻辑产生出一种"连科学也难以明辨"的"透视力"，使作家"无法控制自己"，听命于"擅自行

---

① ［法］巴尔扎克：《〈人间喜剧〉前言》，见伍蠡甫、胡经之主编：《西方文艺理论名著选编》中卷，112页，北京，北京大学出版社，1986。
② 《杜勃罗留波夫选集》，第1卷，153页，上海，新文艺出版社，1954。

动的力量"。正是在这种历史和生活的内在逻辑的推动下，巴尔扎克"无法控制自己"，以"擅自行动的力量"、宏伟的场面、广阔的规模、绚丽的色彩，勾勒了当时法国社会大变动的"中心图画"。巴尔扎克的大量作品从不同领域和侧面生动地表现了新兴的资产阶级如何取代腐朽的封建贵族的深刻的历史过程。他描写了这个在他看来是模范社会的最后残余怎样在庸俗的、满身铜臭的暴发户的逼攻之下逐渐灭亡，或者被这一暴发户所腐化；他描写了贵妇人怎样让位给专为金钱或衣着而不忠于丈夫的资产阶级妇女。从经济上的逼攻到婚姻上的联姻都是资产阶级同贵族们进行历史性角逐和较量的斗争手段。巴尔扎克的《乡村医生》《幽谷百合》和《农民》等作品都不同程度地再现了资本主义的土地所有制，资本主义生产方式和经营、管理方式的确立过程和发展趋势。巴尔扎克的著名作品《高老头》《纽沁根银行》《幻灭》，还有《古物陈列室》《苏镇舞会》都绘声绘色地描写了资产阶级男女怎样以联姻的方式，去征服贵族的男女，从外部冲击贵族的营垒，壮大资产阶级的声威；贵族的男女又怎样穿着"符合19世纪进程和改革君主制的思想"的遮羞布，"识时务地"、厚颜无耻地与资产阶级的男女"攀亲"，从内部瓦解贵族的阵容，接受资产阶级的腐化和同化，从而加速资产阶级取代封建贵族的历史过程。

　　巴尔扎克的艺术杰作之所以能够违反自己的阶级同情和政治偏见，以致超越、修正他的旧有的保守的乃至反动的政治观念、态度和倾向，归根结底，是由历史和生活本身决定的。列宁曾指出：思想和感情是由什么决定的呢？既然这里谈的只是社会的思想和感情，那么应该加上几个字：个人的社会活动，即社会事实，一定的思想和感情是在一定的社会环境中必然产生的。巴尔扎克时代的社会环境的主要的基本的特点可以概括为封建贵族的崩溃、资本主义的崛起。这种历史发展的总趋势不能不反映到人们的意识中来,形成社会的心理和意向,又不能不被作为社会的灵敏的神经的作家、艺术家们首先捕捉到、感觉到。巴尔扎克具有艺术感受的天才和服膺真理的精神,在这方面,他"既是个赤子又是巨人"。巴尔扎克虔诚地听从历史老人的呼唤,接受生活师长的教导,触摸到当时法国社会大变动的脉动和心跳。资本主义取代封建贵族的必然的历史趋势和铁一样的生活法则,规定着社会环境的基本特点,决定、制约着巴尔扎克的思想和创作。巴尔扎克认识并理解了他所属的处于变革中的时代。用恩格斯的话来说:"他看到了他心爱的贵族们灭亡的必然性",反转来说,他看到了资产阶级登上历史舞台的必然性。正如他自己所指出的,他"看到生活中的正反两面"。贵族的没落和资产者的兴起正是体现历史发展趋势的"正反两面"。巴尔扎克一方面看到了体现历史必然性的"反面"的人物——腐朽贵族,"把他们描写成不配有更好命运的人";另一方面也看到了体现历史必然性的"在当时唯一能找到未来的真正的人"——资产阶级的理想的代表人物,从而毫不掩饰地赞赏"圣玛丽修道院的共和党英雄们"。可见,巴尔扎克全面地、完整地看到了并艺术地表现了当时法国社会的铁的历史必然性。作为巴尔扎克的同时代人的巴尔扎克的研究家们觉察到了这一点。他们的观点和恩格斯的论述有惊人的相似之处。如雨果所说,巴尔扎克的"理智"使他看出了什么是人类的末日,也更了解了什么是天意;如左拉所说,巴尔扎克事实上已经瞭望到了光华灿烂的共和国,共和国是命运注定要来的,是全部作品所流露的结论,是贵族无耻和资产阶级无能的后果;如布吕及耶尔所说,是"历史决定论"的"内在的力量"推动巴尔扎克写出具有重大"历史意义"的作品。巴尔扎克自己深刻地认识到:"在受某些环境因素的影响下",艺术家被历史必然性所驱使,"无力控制自己","很大程度上受一种擅自行动的力量的摆布",甚至"可以毫不在乎地拥护任何一个政府或是成为一个激烈的共和党人"。①"想做一个忠实的、真诚的历史家"的这个完全可以理解的愿望,使巴尔扎克能够服从历史发展的必然趋势,"根据亲眼看到的生活中的图画,根据从生活得出来的结论",创作出反映时代变革的杰出作品。巴尔扎克基于对历史发展必然法则的清醒的认识,产生了真挚坚定、强大有力的真理观念,使他旧有的保守的乃至反动的政治观念、态度和倾向得到一定程度上的抑制、修正和改变,从而使现实主义获得了伟大胜利。

综上所述,巴尔扎克的现实主义的伟大胜利,不仅是他的现实主义创作方法的胜利,而且是他的世界观中的进步的唯物主义思想因素的胜利,是他的具有唯物主义因素的认识论或真理观、历史观和辩证法思想的胜利,同时也是他的具有民主主义、人道主义色彩的政治观的胜利。归根结底,是处于变革中的社会生活本身的胜利,是资产阶级取代封建贵族的历史发展的必然性的胜利。

(原载《中国当代文学》1982 年第 1 期)

---

① [法]巴尔扎克:《论艺术家》,见伍蠡甫、胡经之主编:《西方文艺理论名著选编》中卷,94、98 页,北京,北京大学出版社,1986。

列宁论托尔斯泰

1908—1911年,列宁撰写了一系列评述俄国19世纪伟大的批判现实主义作家托尔斯泰的论文。这些论文,用马克思列宁主义的立场、观点和方法,科学地分析和评价了托尔斯泰的思想和创作,揭露和批判了各种反动势力歪曲和诬蔑托尔斯泰的政治企图。这些论文,丰富了马克思主义的一些主要文艺观点,对我们正确评价历史上的作家作品,发展战斗性和科学性相结合的马克思主义的文艺批评,都具有重要的指导意义。

一、列宁论托尔斯泰的文章写作的历史背景

列宁论托尔斯泰的五篇文章,均写于托尔斯泰逝世前后。当时俄国正处于斯托雷平反动统治时期。1905年,俄国发生了无产阶级领导的资产阶级性质的民主革命。这次革命,组织、锻炼了无产阶级的革命队伍,给沙皇统治以沉重打击。它揭开了俄国无产阶级革命的序幕,成为伟大的十月革命的预演。1905年革命失败后,俄国进入最黑暗的时期,沙皇内务大臣斯托雷平窃握权柄,使用反革命暴力,对革命进行残酷镇压,全国布满了绞架,成千上万的革命者

惨遭杀害。

在斯托雷平的白色恐怖的威压下，俄国的政治形势动荡，阶级关系出现分化和改组。作为资产阶级政治代表的立宪民主党公开投入内阁总理斯托雷平的怀抱。他们出版《路标》文集，大肆诋毁马克思主义，为反动势力血腥镇压拍手叫好，并无耻地阿谀、感谢沙皇政府"用刺刀和监狱为我们挡住人民的狂暴"。俄国社会民主工党内部也产生了思想混乱，分离出"取消派"和"召回派"。"取消派"主张取消秘密的社会民主工党，只搞合法斗争。"召回派"要求召回国家杜马中的社会民主工党的代表，反对党利用合法手段进行革命活动。"召回派"是变相的"取消派"。"取消派"和"召回派"在阶级斗争的紧要关头，发生动摇、变节和背叛，转而趋附反动势力，倒转矛头，反对列宁领导的布尔什维克的革命路线。

政治领域的阶级斗争必然反映到哲学领域和文学领域中来。在哲学领域中，以波格丹诺夫、巴扎洛夫、尤什凯维奇等为代表的马赫主义者，向马克思主义哲学发动了猖狂的进攻。他们披着马克思主义的外衣反对马克思主义；用所谓凌驾于唯物主义和唯心主义之上的改头换面的唯心主义来代替辩证唯物主义；打着"无党性"的幌子来掩盖他们的哲学的党性，抹杀马克思主义哲学的党性原则；通过肆意歪曲自然科学的最新成就，提倡所谓"中派哲学"。马赫主义为资产阶级和孟什维克的反革命政治路线提供了哲学根据，同时也为他们的动摇、变节和背叛作哲学上的辩护。在文学领域中，颓废主义、悲观主义、神秘主义、未来主义风行一时。一大批时髦的反动作家大肆鼓噪，掀起一股恶毒攻击马克思主义、辱骂无产阶级革命、美化变节背叛行为的汹汹恶浪。正如高尔基所指出的，从1907年到1917年是"俄国知识界历史上最丢脸和无耻的十年"。

1905年革命失败后，俄国面临着向何处去的问题：是坚持革命还是屈服投降，是前进还是后退，是用革命暴力反对反革命暴力、捣毁旧的国家机器、推翻沙皇统治，还是宣扬"不以暴力抵抗邪恶"的谬说，束缚革命群众的手脚，使他们放下手中的战斗武器，听任反动派摆布和宰割。这是当时俄国阶级斗争的核心和焦点。列夫·托尔斯泰是世界上负有盛望的著名作家，他的艺术作品具有广泛而深刻的影响，托尔斯泰主义也拥有不少信徒。1908 年托尔斯泰的 80 寿辰和 1910 年托尔斯泰的逝世，都在俄国引起强烈的反响。在对俄国究竟向何处去的争论中，以列宁为首的布尔什维克和资产阶级自由派、孟什维克存在着根本分歧。围绕着对托尔斯泰的评价，这种分歧又集中地表现出来。俄国社会的不同阶级、阶层和政党都通过对托尔斯泰的评价极其鲜明地表明了对俄国革命的不同的阶级立场和政治态度。因此，围绕怎样评价托尔斯泰所进行的这场争论，实质上关系到俄国革命的前途和命运，是当时俄国的阶级斗争和路线斗争的重要组成部分。一切俄国的反对革命的势力都在评价托尔斯泰的热潮中集结并联合起来，利用托尔斯泰主义的反动观点，把托尔斯泰学说的"笃信基督""道德上的自我修身""不以暴力抵抗邪恶"化作他们手中的精神武器，与沙皇官方政府的血腥镇压相配合，扼杀人民群众的革命意识，扑灭无产阶级革命的烈火。为了对抗以列宁为首的布尔什维克的革命舆论，俄国一切反动势力纷纷登台表演，掀起一场反对暴力革命、反对马克思主义的大合唱。

官方的反动文人不久前还奉命咒骂、攻击托尔斯泰，过后不久又改口说他们尊崇这位"伟大的作家"；以立宪民主党为代表的资产阶级自由派，无耻吹捧托尔斯泰是"文明人类的呼声""世界一致的反响""真和善的观念""公众的良心""生活的导师"……孟什维克"取消派"声称"整个托尔斯泰"是知识分子的"良心"，说他"经历过现代受过教育的人所特有的分解的一切阶段，而找到了综合",如此等等。

列宁于1908—1911年间写的一系列光辉论文,给一切反动势力利用评价托尔斯泰向马克思主义发起的联合进攻以迎头痛击。

首先,列宁指出一切反动势力"纪念"托尔斯泰完全是伪善和欺骗。官方政府和官方教会在这位作家离家出走后不久,曾威胁他,声言对他进行"审判";在这位作家逝世之后,主教公会又立即通过一个"不准为托尔斯泰伯爵祈祷"的决议,接着却唱起托尔斯泰的赞美诗来。列宁嘲讽他们刚刚"干了一桩特别卑鄙龌龊的事情",又"流出鳄鱼的眼泪"。资产阶级自由派"既不相信托尔斯泰的上帝,也不赞成托尔斯泰对现行制度的批判"①,与之相反,正如列宁所指出的那样,正是"托尔斯泰无畏地、公开地、尖锐无情地提出了我们这个时代最迫切、最该死的问题",而给予自由派政论中的"千篇一律的空话、陈腐的谬论以及闪烁其词的'文明的'谎言以当头一棒","托尔斯泰的每一个批评意见,都是给资产阶级自由主义的一记耳光"②。资产阶级自由派鼓噪托尔斯泰是"公众的良心""生活的导师"是完全虚伪的。

其次,列宁揭露了一切反动势力评价托尔斯泰的险恶阴谋,是为了对抗无产阶级革命,为自己的政治目的服务。官方政府和教会假惺惺地尊崇这位作家,是为了"维护'最神圣的'宗教院",利用宗教作为麻醉人民的鸦片烟,以巩固其罪恶统治。资产阶级自由派"攀附这个极有声望的名字,是为了增加自己的政治资本,是为了扮演全国反对派领袖的角色"③。所有一切反动势力都"想利用托

---

① 《列宁全集》,中文2版,第17卷,182页,北京,人民出版社,1988。
② 《列宁全集》,中文2版,第20卷,24页,北京,人民出版社,1989。
③ 《列宁全集》,中文2版,第17卷,182页,北京,人民出版社,1988。

尔斯泰学说中违反革命的那一方面",竭力鼓吹以"笃信基督""道德上的自我修身"和"不以暴力抵抗邪恶"为主要内容的托尔斯泰主义。他们宣扬的所谓"导师""良心""综合"等抽象字眼均指托尔斯泰学说中这些消极、反动的因素。他们大肆吹捧托尔斯泰主义的险恶用心正是为了毒害人民群众的革命意识,解除无产阶级的思想武器,抵制马克思主义关于无产阶级革命和无产阶级专政的科学理论,对抗暴力革命的红色风暴,以维护反动腐朽的社会制度。

列宁还自觉地把参与托尔斯泰的论战同制造无产阶级革命舆论紧密联系起来。沙皇俄国的反动势力为了使托尔斯泰为自己的政治利益服务,竭力抹杀托尔斯泰创作和作品的历史意义,百般美化托尔斯泰世界观中消极、反动的因素,大肆颂扬反动的托尔斯泰主义;居然无视托尔斯泰作品中积极、进步的一面,别有用心地掩盖、抹杀托尔斯泰对当时俄国社会的无情的揭露和愤怒的抗议。列宁以马克思主义的科学态度,对托尔斯泰的世界观和创作给予全面、公正的评价。一方面严肃指出并深刻批判了托尔斯泰创作中的消极因素,托尔斯泰主义的反动本质,列宁说:"作为一个发明救世新术的先知,托尔斯泰是可笑的,所以国内外的那些偏偏想把他学说中最弱的一面变成一种教义的'托尔斯泰主义者'是十分可怜的。"[1] 另一方面,又充分肯定并热情赞扬托尔斯泰世界观和创作中的积极因素及其对俄国革命的进步意义和作用。列宁指出:"俄国工人阶级研究列夫·托尔斯泰的艺术作品,会更清楚地认识自己的敌人;而全体俄国人民分析托尔斯泰的学说,一定会明白他们本身的弱点在什么地方,正是这些弱点使他们不能把自己的解放事业进行到底。"[2] 列

---

[1] 《列宁选集》,3版,第2卷,243页,北京,人民出版社,1995。
[2] 《列宁全集》,中文2版,第20卷,72页,北京,人民出版社,1989。

宁还指出："俄国无产阶级要向被剥削劳动群众阐明托尔斯泰对国家、教会、土地私有制的批判的意义，——这样做不是为了让群众局限于自我修身和对圣洁生活的憧憬，而是让他们振奋起来对沙皇君主制和地主土地占有制进行新的打击……俄国无产阶级要向群众阐明托尔斯泰对资本主义的批判，——这样做不是为了让群众局限于诅咒资本和金钱势力，而是让他们学会在自己的生活和斗争中处处依靠资本主义的技术成就和社会成就，学会把自己团结成一支社会主义战士的百万大军，去推翻资本主义，去创造一个人民不再贫困、人不再剥削人的新社会。"① 列宁对托尔斯泰的科学分析，阐明了无产阶级对待文化遗产的批判继承的原则，澄清了评论托尔斯泰中的混乱，揭露并粉碎了各种反动势力歪曲、利用托尔斯泰去宣扬阶级调和、反对暴力革命的政治企图，撕下一切反动势力的伪装，把当时政治思想领域中的激烈斗争引向高潮，成为俄国无产阶级革命的政治号召和舆论动员。

列宁论托尔斯泰的这些论文是当时俄国激烈的阶级斗争的产物。这些论文闪烁着科学世界观的光辉，丰富了马克思主义文艺学的基本原理，为我们运用马克思主义的立场、观点和方法正确地进行文艺批评、科学地评价古典文学遗产，树立了光辉的典范。

二、现实主义创作的广度和深度

革命导师列宁是从辩证唯物论的反映论的观点来分析、评价托尔斯泰的文艺作品的。他称赞这位"天才的艺术家"创作了一幅"无与伦比的俄国生活的图画"，作为"俄国革命的镜子"，照现出

---

① 《列宁全集》，中文 2 版，第 20 卷，25—26 页，北京，人民出版社，1989。

"革命的某些本质的方面"。

（一）现实主义创作反映社会生活的广度

恩格斯曾称赞伟大作家巴尔扎克通过自己的作品勾勒出一幅1816—1848年这一时期法国社会生活的"中心图画"，指出围绕着这幅中心图画汇集了法国社会的全部历史；恩格斯还提出"真实地再现典型环境中的典型人物"① 的著名论点，作为对现实主义文艺反映社会生活本质的基本要求。列宁通过对托尔斯泰创作的分析和评论，进一步发展了恩格斯这些著名论点。诚然，列宁作为伟大的无产阶级革命家，为了揭露当时俄国一切反动势力歪曲托尔斯泰的罪恶用心，更紧密地为无产阶级政治服务，完全有必要突出强调托尔斯泰的学说和作品对俄国革命的作用和意义，但不应把列宁对托尔斯泰从政治上的评价作狭义的解释。政治生活是整个社会生活的组成部分。因此，托尔斯泰作为"俄国革命的镜子"，首先应当理解为是一面照现托尔斯泰所处的俄国那个时代的镜子。托尔斯泰的创作勾勒了一幅"无与伦比的俄国生活的图画"，极其广阔地反映了俄国的社会生活。

那么，托尔斯泰勾勒出来的无与伦比的俄国社会生活的"中心图画"是什么呢？这幅"中心图画"所展现出来的历史内容的主要特点和发展趋势是俄国农奴制崩溃、资本主义崛起。正如列宁所指出的："列夫·托尔斯泰所处的时代，他的天才艺术作品和他的学说中非常突出地反映出来的时代，是1861年以后到1905年以前这个时代。诚然，托尔斯泰文学活动开始得要比这个时期早，其结束则要比这个时期晚，但是列夫·托尔斯泰作为艺术家和思想家，正是在

---

① 《马克思恩格斯选集》，2版，第4卷，683页，北京，人民出版社，1995。

这个时期完全成熟的。"① "在这个时期，俄国整个经济生活（特别是农村经济生活）和整个政治生活中处处可见农奴制的痕迹和它的直接残余。同时，这个时期正好是资本主义从下面蓬勃生长和从上面得到培植的时期。"② "在《安娜·卡列尼娜》一书中，托尔斯泰借康·列文之口非常清楚地道出了这半个世纪俄国历史所发生的转变。……'现在在我们这里，一切都颠倒过来，而且刚刚开始形成'，——很难想象还有比这更能恰当地说明1861—1905年这个时期特征的了。""那'颠倒过来'的东西"，正是"农奴制度以及与之相适应的整个'旧秩序'。那'刚刚开始形成'的东西……正是资产阶级制度"③。列宁的这些话是对托尔斯泰所处时代的科学概括。

这个时代的俄国生活的历史特点和历史趋势即农奴制的崩溃和资本主义的崛起，具体表现在：社会基本矛盾的激化、阶级关系的剧烈变动、社会经济结构的改组。而社会基本矛盾的激化主要指三种主要的社会矛盾空前尖锐化：一是农民和贵族地主的矛盾；一是农民和资产者的矛盾；一是贵族地主和资产者的矛盾。恩格斯曾说，一定的思想是从历史潮流中吸取来的，较大的思想深度是从意识到的历史内容中提炼和概括出来的，而历史潮流和历史内容都是由一定历史时期的社会基本矛盾所制约和决定的。不反映社会基本矛盾，便无法表现托尔斯泰所处的那个时代的历史潮流和历史内容。他的作品作为一面反映俄国社会生活的镜子，首先应理解为主要是一面反映俄国社会基本矛盾的镜子。

托尔斯泰的作品反映俄国社会基本矛盾是通过塑造人物形象来

---

① 《列宁全集》，中文2版，第20卷，100页，北京，人民出版社，1989。
② 同上书，39页。
③ 同上书，100—101页。

实现的。正是社会基本矛盾构成托尔斯泰笔下的那些典型人物赖以生存和发展的典型环境，反转来又通过典型人物来揭示当时社会的典型环境，达到反映社会基本矛盾的目的。

与当时俄国社会三种阶级矛盾相适应，托尔斯泰塑造了三种人物形象。

其一，《安娜·卡列尼娜》令人瞩目地塑造了廖宾宁这样一个原始积累时期的典型的资产者形象。贪婪的榨取和掠夺的欲望像机器上的发条那样拧紧了这个猎取暴利的骑士身上的每一根神经。他是以新经济制度的代表人物的姿态出现在贵族面前的。作品入木三分地刻画了廖宾宁在经济斗争中贪婪、凶狠、机警、狡诈而又厚颜无耻的阶级本性。他向奥布浪斯基诱买森林净挣3万卢布，还要讨价还价，当列文干预后，立即成交，又无耻地说他不喜欢锱铢必较。这时小说写道："微笑立刻从廖宾宁的脸上消失了，剩下的是鹰一般的、贪欲的、残酷的表情。用敏捷的、多骨的手指，解开他的外衣，露出衬衫背心上的青铜纽扣和表链，连忙掏出一个饱满的脏旧的皮夹来。'请收下这个，森林是我的了。'"这出色的细节描写活脱脱地画出了廖宾宁这个"猎取暴利的骑士"的形象。

其二，托尔斯泰塑造了各式各样的贵族形象，摄魂勾魄地表现出这些贵族的历史命运，刻画了他们在"一切都颠倒过来"的社会变革中，在资本主义势力日甚一日的冲击下，在农奴制末日临头的历史关口，或恐惧，或颓唐，或沉沦，或依附于资本主义势力，或进行紧张的探索寻求摆脱资本主义势力侵袭的出路，或背离自己的阶级，走向"新生"。托尔斯泰塑造了下列几种不同的贵族形象，比较全面地展示了不同贵族的不同趋向：一种是垂死没落型的贵族形象。腐化的贵族们过着醉生梦死的生活。有的债台高筑，依然骄奢淫逸；有的到了穷途末路，但还养着两个情妇；有的荡尽家产，照旧过着挥金如土的生活……另一种是屈膝依附型的贵族形象。奥布浪斯基经受不住资本主义势力的冲击和利诱，甘愿廉价变卖了林产，最后不得不向资产者揖求，为自己谋得一个"南方铁路银行信贷联合办事处委员会"委员的职位。作品描写的奥布浪斯基向金融界巨头波里加立诺夫求助的情节是那个时代具有象征意义的现象，反映了贵族向资本的屈膝和靠拢，逐渐被资本主义势力所浸染、征服和取代的历史趋势。再一种是追求和探索型的贵族形象。康·列文是多少带有自传因素的托尔斯泰式的英雄人物。列文为贵族经济的衰退感到痛苦和烦恼。他否认俄国资本主义发展的历史必然性，妄图维护宗法制的农村秩序，抵抗资本主义势力向俄国的侵入。他同情农奴制重轭下的农民的疾苦，而又不愿放弃贵族地主的土地所有制，但在资本渗透迫使农村破产的形势下，也无法保持传统的宗法制的农业制度。他不断从新的社会现实所强加于贵族地主身上的窘迫而艰难的处境中寻求出路。列文的思想和行为充满着顽强的追求和探索的精神。他试图改革现有的农业制度，"主张农民和地主同样以股东的资格"参加农业管理，"以人人富裕和满足来代替贫穷；以利害的调和和一致来代替互相敌视"。他认为这是一场"不流血的革命"。托尔斯泰通过描写列文的农业改革和思想探索一定程度地表达了自己的政治主张和思想观点。然而，俄国的历史发展证明，这种农业改革的方案和列文对宗教信仰的追求都只不过是一种乌托邦的幻想。托尔斯泰在《安娜·卡列尼娜》一书中生动、深刻地表现了俄国各种贵族面临宗法农奴制崩溃、资本主义发展时的不同的情绪和态度。还有一种是反叛和转化型的贵族形象，如《复活》中的聂赫留朵夫在他赎罪的过程中，通过目睹贵族官场的腐败，接触农民和革命者，一定程度上认识到自己阶级的可悲的历史命运，开始脱离旧的营垒，走向"复活"和"新生"。

其三，托尔斯泰塑造了许多农民形象，借农民形象表现他们在农奴制改革后由于深受地主贵族与资本主义势力的双重剥削和压迫所遭受的苦难。托尔斯泰作为宗法制农民的思想家，同情贫苦农民的惨状，体恤人民的苦痛，为千百万农民挣脱被奴役的地位向罪恶的沙皇专制制度提出愤怒的抗议。列宁曾在《农奴制崩溃五十周年》一文中指出："在俄国，'解放'农民的是地主自己，是专制沙皇的地主政府和它的官吏。这些'解放者'是这样安排的：农民被剥夺得一无所有才获得'自由'，他们虽不再当地主的奴隶，却仍然受同样一些地主和地主走狗的盘剥。""世界上没有一个国家的农民像俄国的农民这样，在'解放'之后还遭到这样的"[①] 破产、贫困、欺侮和凌辱。列宁还引用托尔斯泰作品中一个庄稼人的话"连放鸡的地方都没有"，揭露"改革"后的窘迫和悲惨生活。从托尔斯泰描写农民生活的作品中，我们可以清晰地看到农奴制崩溃与资本主义生长时期俄国社会的广阔画面，看到农民群众对农奴制的诅咒和仇恨，对资本主义势力的震惊和恐惧。

从上面的分析中我们可以看出：托尔斯泰通过塑造三种人物形象，揭示出三种社会矛盾，表现出当时社会基本矛盾的激化、阶级关系的变化和经济结构的更替这些时代的根本特点，从而广阔地勾勒出一幅无与伦比的俄国社会生活的"中心图画"，有力地展示了1861—1905年这一历史时期内，俄国农奴制崩溃、资本主义崛起的历史发展的总趋势。

(二) 现实主义创作揭示社会生活的深度

列宁在评价托尔斯泰的创作时指出：作为"一位真正伟大的艺

---

① 《列宁全集》，中文2版，第20卷，142页，北京，人民出版社，1989。

术家""他在自己的作品中至少会反映出革命的某些本质的方面"①。对列宁的这个著名的论点，应当怎样解释呢？我们应当领会这个著名论点的精神实质：其一，对列宁的这个著名论点，不应作狭义的解释，因为文艺与生活的关系包含着文艺与革命的关系，所以"至少反映出革命的某些本质的方面"首先应阐释为至少反映出生活的某些本质的方面。其二，列宁认为，生活或革命的"本质"是有"某些方面"的，即是说，不是单一的，而是可以分析的。列宁对"本质"的这种理解，对我们把握生活和革命的"本质"具有深刻的思想启示。其三，列宁对作家和作品反映生活和革命的"本质"，没有提出苛刻的要求。他认为，即使对"一位真正伟大的艺术家"来说，也只能反映出生活和革命的"本质"的"某些"方面，因而不能企望一般作家完整地反映出生活或革命的"本质"或表现出生活和革命的"本质"的一切方面。对文艺反映生活或革命的"本质"应提出切合实际的合理的要求。

然而，托尔斯泰对当时俄国社会生活的揭示是广阔的、多方面的，带有比较完整的特点。列宁曾指出："他在自己半个多世纪的文学活动中创造了许多天才的作品，在这些作品中，他主要是描写革命以前的旧俄国，即1861年以后仍然处于半农奴制下的俄国……在描写这一阶段的俄国历史生活时，列夫·托尔斯泰在自己的作品里能提出这么多的重大问题，能达到这样巨大的艺术力量，从而使他的作品在世界文学中占有第一流的地位。"② 他还指出：托尔斯泰是"曾经以巨大的力量、信念和真诚提出许多有关现代政治制度和社会

---

① 《列宁选集》，3版，第2卷，241页，北京，人民出版社，1995。
② 《列宁全集》，中文2版，第20卷，19页，北京，人民出版社，1989。

制度的基本特点问题的思想家"①，"托尔斯泰以巨大的力量和真诚鞭笞了统治阶级，十分鲜明地揭露了现代社会所借以维持的一切制度——教会、法庭、军国主义、'合法'婚姻、资产阶级科学——的内在的虚伪"②。根据列宁的这些精辟分析，我们不仅从这位"与世界大文豪齐名的"作家的"许多最卓越的艺术作品"中，看到了俄国农奴制崩溃、资本主义生长这一历史急剧转变时期社会基本矛盾的激化、社会阶级关系的变化和社会经济结构的更替等各种复杂过程，而且从这位天才艺术家以史诗般广阔的规模反映出来的许多迫切的重大问题中，看到了俄国社会生活的某些本质方面。托尔斯泰极其深刻地揭示了革命前社会基本矛盾在经济、政治、法律、宗教、道德、教育、妇女等诸多领域中的表现，展现了旧俄国各种社会制度的阶级本质。

托尔斯泰的创作揭露了旧俄国经济制度的本质。《一个地主的早晨》《战争与和平》《安娜·卡列尼娜》和《复活》等作品都对罪恶的农奴制进行了无情的揭发和愤怒的抗议。作者以深沉的情感和同情的态度表现了农奴制重轭下贫困农民的悲惨的生活，尖锐地指出贵族地主的土地所有制是贫苦农民痛苦和不幸的根源。《复活》里的聂赫留朵夫终于认识到"农民的真理"：老百姓赤贫的主要原因是"唯一能够养活他们的土地，都给地主从他们的手里夺去了"，要想改善他们生活的情形，必须"把他们所迫切需要的、原先从他们手里夺去的土地，还给他们"。"土地不能成为什么人的财产，它跟水、空气、阳光一样"，可是，"地主们却跟狗占住马槽一样，自己既不会利用土地，又不肯让会利用土地的人去利用土地"。托尔斯泰同情

---

① 《列宁全集》，中文2版，第20卷，39页，北京，人民出版社，1989。
② 同上书，71页。

聂赫留朵夫的紧张的思想探索，因此，聂赫留朵夫的发现实际上代表着作者的主张。这位伟大的旧俄国农奴制度的揭发者曾在《当代的奴隶制度》一文中公然对贫苦农民所遭受的非人待遇提出强烈的控诉，反对给农民"带上镣铐，折磨他们，像对待牲畜一样强迫他们从事劳动，像对待夏天的苍蝇一样随意把他们打死"。但托尔斯泰却想在保全俄国宗法制统治的基础上实现改良计划。这种乌托邦式的空想是行不通的，不能从根本上解决农民的土地问题，改变农民贫穷和无权的奴隶地位。

托尔斯泰的创作无情地抨击了旧俄国的政治制度的本质。他深刻揭露了沙皇俄国的国家机器和官僚机构的腐败和罪恶。《安娜·卡列尼娜》通过描写以卡列宁为代表的官僚集团、以莉蒂亚·伊凡诺夫纳为代表的"慈善事业"集团和以培脱西·特维斯卡雅公爵夫人为代表的腐化堕落集团的表演，撕下了罩在他们头上的虚伪的面纱，揭露了这些败类的腐败、庸俗、欺诈和野心。官场丑闻，触目惊心；贪赃枉法，贿赂成风。卡列宁是沙皇官僚制度的典型的代表人物。"他不是人，他是政府的机器。"他的勃勃野心罩上了文雅的丽服；他的冷漠、机械和麻木披上了理性的盔甲；他的官僚主义的思想方法、文牍主义的规章戒律，达到十分顽固和荒谬的程度。《复活》通过安排营救玛丝洛娃的情节，让聂赫留朵夫以目击者的身份，拜访省长、律师、前国务大臣等，亲眼看到整个沙皇官僚制度的残暴、凶狠和腐化。整个彼得堡政权机构是由"阿谀逢迎"的骗子和"镇压人民"的刽子手所组成的。但托尔斯泰对沙皇政治制度的揭露"是用宗法式的天真的农民的观点进行批判的"，因而，不可避免地带有局限性。

托尔斯泰的创作以农民的义愤揭露了旧俄国的法律制度的本质。特别是在《复活》中，作者通过玛丝洛娃的悲惨遭遇，尖锐地谴责了沙皇专制的暴力机关——法庭、监狱、法官、整套法律制度的黑暗、昏聩和伪善，揭露了吃人的政治、法律制度的种种罪行。小说通过玛丝洛娃案件的审判和监狱中大量的冤案，触目惊心地说明了旧俄国司法机关的残忍和荒谬。正如作者所比喻的那样：统治者凌虐人民像对待落网的鱼一样，凡是落网的，统统给拖到岸上来！然后，合乎需要的大鱼被挑出来；小鱼被丢弃在岸上没人管，听凭它腐烂和干枯。法庭官吏是一群荒淫无耻、凶狠而又伪善的魔鬼，他们玩忽职守，草菅人命，使监狱成为无辜的老百姓的地狱。托尔斯泰喊出了人民的声音："真理跑到狗那儿去啦。"他引用了美国作家托洛的话："在不公正的任意监禁人们的政府下面，正人君子的真正的去处也是监狱。"他塑造的探索者的形象聂赫留朵夫也作出了同样的结论："对了，眼下在俄国，适合正直的人的唯一的地方，正是监狱。"而工人、下层人民和革命者那里"才是真正的上流社会"。托尔斯泰通过聂赫留朵夫的巡视和观察清醒地认识到沙皇法律制度的阶级本质："所有这些人的被捕、被监禁、被流放，其实并不是因为他们侵害了什么正义，或者犯了什么法，只不过因为他们是障碍，妨碍官吏和富人享用他们从老百姓那里搜刮来的财产罢了。""依我的看法，法律只不过是一种工具，用来维持那对我们的阶级有利的现行的社会制度罢了。"

托尔斯泰无情地揭露了作为沙皇专制制度的精神支柱的官方教会的阶级本质。《复活》描写监狱教堂举行祈祷仪式的场面，辛辣讽刺了官方教会的伪善和欺骗。托尔斯泰对官方教会的尖锐的揭露和批判激怒了沙皇政府，使它感到恐惧，下令审查机关把小说描写监狱教堂仪式的整个第三十九章砍得只剩下五个字："礼拜开始了。"同时开除了托尔斯泰的教籍。作者虽然提倡一种"净化"的宗教，但他愤怒地抨击了官方教会的残酷和伪善，看到他们一边虔诚地吟诵着神圣的教规，一边却在用皮鞭打人；一边行刑，一边拿着十字架让受伤的兵士亲吻。作者提出，官方教会为罪恶的政府的政治压迫披上神圣的外衣，充当维护沙皇统治的工具，实际上是沙皇政府用来与暴力镇压相配合，从思想上麻痹和欺骗人民任其蹂躏和宰割的精神毒药。

此外，托尔斯泰还对旧俄国的道德问题、教育问题、妇女问题、恋爱婚姻和家庭问题都作了广泛的探索与深刻的揭示。我们从这位天才艺术家所描绘的这幅"无与伦比的俄国生活的图画"里，清晰地看到了农奴制崩溃、资本主义生长时期的俄国社会的历史性转变，认识到旧沙皇俄国社会生活的某些本质方面。

（三）艺术表现的广度和深度取决于艺术认识的广度和深度

列宁赞扬"托尔斯泰非常熟悉乡村的俄国，熟悉地主和农民的生活。他在自己的艺术作品里对这种生活作了世界最优秀的文学作品中才有的十分出色的描绘"[1]。列宁的话深刻地阐明了艺术认识和艺术表现的关系。艺术认识是艺术表现的前提；艺术表现是艺术认识的展示和呈现。艺术认识的深度和广度决定艺术表现的深度和广度。正如列宁所分析的那样，托尔斯泰之所以能够成为"天才的艺术家"，"创作了无与伦比的俄国生活的图画"，首先因为他极其熟悉俄国社会的生活。作家只能写他所熟悉所相信所为之激动的事物。托尔斯泰不仅极其熟悉他所描写的对象，而且他充满着最深沉的感情和最强烈的愤怒，以巨大的力量、信念和真诚以及勇于追求探索的精神渗透到他所表现的生活、人物和事件中，这使他对这种生活、人物和事件描绘得这样出色，堪称世界文学宝库中的杰作。托尔斯

---

[1] 《列宁全集》，中文2版，第20卷，40页，北京，人民出版社，1989。

泰首先是伟大的农民思想家，同时又是以描写农民生活著称于世的艺术大师。他对俄国社会的纵深剖析与在各领域所作的令人惊服的沉思和探索而凝成的思想成果，都生动和谐地熔铸于他塑造的杰出的艺术形象里和广阔的生活画面中。

列宁指出，托尔斯泰创作的最大特点"是最清醒的现实主义"。托尔斯泰发扬和继承了俄国批判现实主义文学的优良传统。他的现实主义之所以"最清醒"，首先在于他的作品"真实"。列宁论托尔斯泰的文章中多次强调并肯定托尔斯泰的创作"以巨大的真诚"，"对社会上的撒谎和虚伪提出了非常有力的……抗议"①。正如托尔斯泰自己所说的："在生活特别是在艺术方面，只有一件事情是必要的……这便是不能撒谎。生活中的谎言是丑恶的。"艺术里的谎言也会"像粉末一样""毁坏各种现象之间的一切联系"。卢那察尔斯基认为，托尔斯泰的创作风格主要是真实和朴素。因为"他接近农民的真理……渴望创造真实而严肃的、没有任何粉饰的艺术……照他的意见，朴素才是艺术中至高无上的瑰宝"②。托尔斯泰反对俄国颓废主义的创作倾向，嘲笑他们的作品是"卖假药、瞎胡诌""毫无意义的舞文弄墨"。

托尔斯泰的"最清醒的现实主义"的突出特点是大胆地"撕去一切假面具"。这既是托尔斯泰从对俄国现实生活的观察中所得出的结论，又是他用来认识和表现俄国现实生活的方法。沙皇专制制度下的一切事物，美和丑、真和假、善和恶、光明和黑暗，都是颠倒的。托尔斯泰从果戈理手中接过讽刺、嘲笑、戏谑等武器，无情地

---

① 《列宁全集》，中文 2 版，第 17 卷，182 页，北京，人民出版社，1988。
② [俄]卢那察尔斯基：《论俄罗斯古典作家》，298 页，北京，人民文学出版社，1958。

揭露出俄国上层社会"被掩盖在美色的豪华里"的"罪恶","被掩盖在诗意和美感的外衣里"的"兽性"。托尔斯泰把冒充伟大的渺小、扮作高尚的卑鄙、视为进取的寄生和腐败,都撕得粉碎。正如列宁所指出的:"托尔斯泰以巨大的力量和真诚鞭笞了统治阶级,十分鲜明地揭露了现代社会所借以维持的一切制度——教堂、法庭、军国主义、'合法'婚姻、资产阶级科学——的内在的虚伪。"这位思想深邃、目光锐利的作家令人叹服地拨正了统治阶级千百年来借以愚弄人民的邪说和谬论:工厂主说"工人偷东西",托尔斯泰认为恰恰相反,是工厂主借了压低工资偷工人的东西;农奴主说"是农民抢劫",托尔斯泰却指出,正是"政府通过它所有的官吏借了抽税不断地抢劫"农民。这是多么深刻的见解!

为了"撕去一切假面具",达到"最清醒的现实主义",托尔斯泰让他笔下的主人公或以探索、追求的精神去"寻根问底",或着力表现被损害的人物的命运,揭示造成不幸和痛苦的根源,或以鲜明的对比手法,画出世上两个彼此悬殊尖锐对立的营垒,使真善美和假恶丑形成强烈的对比。《战争与和平》中的彼尔·别竺豪夫、安德烈·保尔康斯基,《安娜·卡列尼娜》中的康·列文都作为探索者的形象,对俄国社会的许多重大的问题作了痛苦而又紧张的思考,一定程度上发现了"农民的真理",多少体现着作者的观点和态度。

托尔斯泰通过表现贵族妇女安娜和平民女性玛丝洛娃的不同遭遇,从独特的角度和侧面有力揭发了俄国上流社会的卑鄙、残酷和罪恶。托尔斯泰善于用鲜明的对比手法,尖锐地展示出俄国社会的贫富悬殊和不可调和的阶级对立,豁然画出两个相互敌对的世界:一方面是腐朽寄生的龌龊的世界,统治阶级用假面罩住了罪恶,用官僚主义的法典和制度扼制着人民;另一方面是劳动者的苦难的世界,他们忍受着无权和饥饿的痛苦,经受着被欺凌被摆布的命运。

作者的对比手法，揭示了那个时代的阶级冲突，展现了两个世界对抗的本质。当聂赫留朵夫表示"悔罪"向玛丝洛娃"求婚"时，玛丝洛娃回答道："你是说打算跟我结婚？那是万万办不到的，我情愿上吊。""我是犯人、窑姐儿，您呢，是老爷、公爵。您用不着跟我打交道，免得玷辱了您。""你打算用我来救你自己，你在这个世界里拿我玩乐还不算，又要用我来救你自己，好让你能上天堂！我讨厌你——你那眼镜，你那肮脏的胖脸！去，去！"托尔斯泰在揭露旧俄国的阶级对立以及由于阶级对立造成的不同阶级的思想、情绪、意志、情操和性格等的不同方面，达到了批判现实主义艺术的巅峰。

托尔斯泰创作了"无与伦比的俄国生活的图画"。他的现实主义不但"最清醒"，而且具有史诗般广阔的性质。他的创作壮阔、深邃、精美，力图从时间和空间的结合上展现当时俄国的社会风俗画，表现一系列重大的社会问题，展示农奴制崩溃、资本主义生长时期俄国社会基本矛盾、阶级关系、经济结构的历史性转变。他的现实主义为更深刻、更广阔地反映现实生活提供了许多宝贵的启示。他笔下的人物都积极投入时代斗争的狂澜，形象精湛卓绝，结构复杂而宏伟，情节尖锐曲折，心理描写精深透辟，以惊人的丰富内容和高超的艺术技巧，充实了批判现实主义的文学宝库。

三、列夫·托尔斯泰是俄国革命的镜子

列宁称赞"列夫·托尔斯泰是俄国革命的镜子"，肯定他的作品"至少会反映出革命的某些本质的方面"[①]。列宁是从文艺与政治的关系，特别是直接从文艺与革命的关系上来分析、研究和评价托尔

---

① 《列宁选集》，3版，第2卷，241页，北京，人民出版社，1995。

斯泰的作品的。为了把这种分析、研究和评价引向深入，列宁十分注意从俄国革命的性质、革命的动力这个角度去分析他的作品。

(一) 托尔斯泰的作品一定程度上反映了俄国革命的性质和特点

列宁指出："俄国革命按社会经济内容来说是资产阶级革命"①，"按其社会内容来说是资产阶级民主革命"②，俄国"革命的一个主要特点是：它是资本主义在全世界非常高度发展并在俄国比较高度发展的时期的农民资产阶级革命。它之所以是资产阶级革命，是因为它的直接任务是推翻沙皇专制制度、沙皇君主制度和摧毁地主土地占有制，而不是推翻资产阶级的统治。……它之所以是农民资产阶级革命，是因为客观条件把改变农民的根本生活条件的问题，把摧毁旧的中世纪土地占有制的问题，把给资本主义'清扫土地'的问题提到了第一位，是因为客观条件把农民群众推上了多少带点独立性的历史行动的舞台"③。

农民资产阶级革命的核心和基本内容是土地问题。俄国农奴制度的残余渗透在社会生活的各个领域。"农奴制的残余表现在什么地方呢？最主要和最明显的表现是：在俄国这个以农业为主的国家中，这个时期的农业是由破产的、贫困的农民经营的，他们用陈旧的和原始的方法，耕种1861年为了地主利益而分割的旧时农奴制的份地。另一方面，农业又是由地主经营的，他们在俄国中部用农民的劳动、农民的木犁和农民的马匹来耕种土地，而农民所得的代价是使用一些'割地'、割草场和饮马场等等。实质上，这还是旧的农奴

---

① 《列宁全集》，中文2版，第15卷，83页，北京，人民出版社，1988。
② 《列宁全集》，中文2版，第28卷，318页，北京，人民出版社，1990。
③ 《列宁全集》，中文2版，第20卷，20页，北京，人民出版社，1989。

制经济制度。这个时期的俄国政治制度也彻头彻尾体现了农奴制精神。这既可以从1905年开始初步变动以前的国家制度中看出来,也可以从贵族土地占有者对于国事具有绝对影响中看出来,还可以从那些主要也是由贵族土地占有者出身的官吏,特别是高级官吏拥有无限权力中看出来。"[1]

列宁的论述表明,清除俄国农奴制度的残余以及在各方面的表现是俄国农民资产阶级革命的关键。托尔斯泰虽然不完全理解俄国革命的性质和特点,虽然不主张用革命暴力的手段推翻他所憎恶的沙皇专制制度,但他的创作却极其真实地表现了俄国农民对土地的要求,对地主贵族土地占有制的不满和诅咒,对消除农奴制残余的热切的愿望。事实上,不管他自己是否强烈地意识到这一点,他的学说和作品中的批判的民主主义的思想成分,都一定程度上反映着俄国农民资产阶级革命的根源、性质和特点。

托尔斯泰的学说和作品中对俄国"农民资产阶级革命"的基本问题——土地问题的探索和表现大体上分为两个阶段。在他的世界观尚未转变到宗法式的农民立场上之前,托尔斯泰主要是以贵族土地所有者的身份,开始敏感地觉察到农奴制的腐败的趋向,在保全俄国宗法制农业制度和经营方式的前提下,寻求改良的出路。他反对官方的"农业改革",认为这种把戏实际上是一种欺骗,虽赐予农民一点份地,却要向他们收取大量的赎金,目的仍然是为了保护和满足土地所有者的私利。托尔斯泰曾在给赫尔岑的信中说:"这一切都是'老爷们'干的勾当。""即使一个有点学问的农奴主也看得出,其中除了许诺之外别无他物。"但作为贵族的托尔斯泰解决农奴制问题和农民土地问题的立脚点与着眼点主要不是被剥削者,而是

---

[1] 《列宁全集》,中文2版,第20卷,39—40页,北京,人民出版社,1989。

拥有土地和握有权柄的贵族，从道德自我完善的角度，说教和劝诫那些变得粗暴蛮横的地主。托尔斯泰痛惜自己阶级的腐败和沉沦，他说："这些人是我所可怜的，也正是为了他们，我才希望解放农民。"从《战争与和平》到《安娜·卡列尼娜》都表现了作者在解决农民问题上的种种尝试，都反映了作者在消除农奴制残余、探索俄国农业道路问题上的痛苦而又严肃的思考。《战争与和平》中的彼尔·别竺豪夫视腐化而又专横的农奴主和农奴制为"横行世上的恶势力"，主张从专制者的手中拯救"牺牲者"。遵照这种信念，他在基辅的几处领地实行农奴解放，宣布大规模改善农民生活境况的计划。安德烈将彼尔的这种设想首先付诸实施：把一处庄园上的300个农奴全部改为自由农，并用租赋制来代替徭役制。托尔斯泰通过塑造他的这些贵族阶级的理想人物，表现了历史变革的趋向，也曲折地表达了宗法式农民改变自己生活地位的要求和愿望。同时，作者还塑造了农民卡拉达耶夫的形象。托尔斯泰从开明的贵族所希望有的那种农民的祈求出发，把这个农民的性格写成安于自己的生活地位，屈服于传统的旧秩序，不反对和贵族地主的合作的驯顺、敦厚、浑朴的人。托尔斯泰正需要这样"理想"的农民，既不伤害俄国宗法制的传统，又能服从开明贵族对俄国农业经营和管理的改革。从卡拉达耶夫身上，看不到俄国农民自下而上的革命要求。《安娜·卡列尼娜》表现了俄国农奴制崩溃和资本主义崛起的动荡的时代气氛。由于贵族阶级受到资本主义势力日甚一日的冲击，安闲的平静的贵族社会笼罩着一种惶恐不安的气氛。小说开篇说："奥布浪斯基家里，一切都混乱了。"这是对整个社会的概括。因为作品所表现的时代，用列文的话来说："一切都颠倒过来"。托尔斯泰式的英雄人物列文既看到了腐败的农奴制的崩溃的不可挽回之势，又想抵制资本主义对俄国的侵入和冲击，在维护和保全俄国宗法制传统与不放弃地主土地所有制的条件下,探求俄国独特的农业道路,力图改革俄国农业的经营方式和管理制度。在他看来,资产阶级是可怕的敌人;贵族已腐朽,不配有更好的命运;工人阶级的前途他既看不见也不能理解。他只能从"俄国农民"的身上寻找出路,自己也做个农民,"和农民同样以股东的资格参加农业经营",不过要充当他们的"总裁";把农民组织起来,分工耕种和管理土地;将收成对半分,以刺激农民的积极性,促进农业的发展;通过与农民的合作实现"人人富裕",实现一场"不流血的革命";"先从我们的小小的一县开始,然后及于一省,然后及于俄国,以至遍及全世界"。托尔斯泰通过他的理想人物列文为俄国农业设计的改革方案只不过是一种空想,这为后来俄国历史的发展所证实。

当托尔斯泰的世界观发生转变之后,他开始站在宗法式农民的立场上,用宗法式农民的眼光看待不平等的社会现象,得出了否定贵族地主的土地所有制的结论。《复活》通过安排聂赫留朵夫到自己的和他姑姑的庄园去处理农产的情节,令人酸楚地表现了农民赤贫和简陋的生活,以沉郁的笔触勾勒了一幅幅惨痛的生活图画,从伛偻的老太婆到四处讨饭的妇女,从没有血色的婴儿到受罚的怀孕的母亲……到处都是"顶糟的生活"。农民受到任意摆布、蹂躏和迫害,忍受着被"搓成绳子"那样的命运。作者笔下的农民认识到土地私有制是"造孽",明确提出对土地的要求。作者通过聂赫留朵夫这个探求"农民真理"的"忏悔者"之口,阐明了废除土地私有制的进步主张。托尔斯泰清醒地认识到从劳役制到租赋制,只不过是"奴役方式从苛刻到温和的一个变化"罢了,正如他在《当代的奴隶制度》一文中所指出的,"像狱吏给囚徒把锁链从脖子上换到手上,从手上换到脚上,或者是给他解下锁链,但却锁紧牢笼",并没有从根本上改变农民受压迫被奴役的地位。"老百姓赤贫的主要原因"是

"唯一能够养活他们的土地,都给地主从他们的手里夺去了"。"改善他们的生活情形的唯一可靠的方法"是"把他们所迫切需要的、原先从他们手里夺去的土地,还给他们"。聂赫留朵夫终于"认定占有土地是罪恶,所以我情愿交出来",并从此"明白自己不是主人,而是仆人"。这样,来自农民方面有明确的土地要求,来自贵族方面有情愿交出土地的善行。他们多半像聂赫留朵夫那样通过不断的道德上的"忏悔""赎罪"和"自我完善",按照印在"良心上的主的意志"而作出抉择。托尔斯泰学说和作品中的这些思想与主张虽然明显地包含着"不以暴力抵抗邪恶"的消极因素,但正如列宁所指出的,作家以清醒的现实主义,追根究底,找出群众灾难的真实原因,揭示了私有财产及统治阶级靠剥削劳动人民而获得财富的不断累积是人民不幸和痛苦的根源,从而真实地反映了消除农奴制、废弃土地私有、解决农民土地问题的历史趋势,一定程度上表现出俄国革命的性质和历史特点。

(二) 托尔斯泰的作品一定程度上表现了俄国革命的力量和弱点

列宁指出:"托尔斯泰的学说反映了直到最底层都在掀起汹涌波涛的伟大的人民海洋,既反映了它的一切弱点,也反映了它的一切长处。"[①] "在托尔斯泰的作品里,表现出来的正是农民群众运动的力量和弱点、它的威力和局限性。"[②]

托尔斯泰是这样表现俄国革命的力量的。他对国家、对警察和官方办的教会的那种强烈的、激愤的而且常常是尖锐无情的抗议,表达了原始的农民民主的情绪,在这种原始的农民民主要求里积累

---

① 《列宁全集》,中文 2 版,第 20 卷,71 页,北京,人民出版社,1989。
② 同上书,20 页。

了农民群众由于几世纪以来农奴制的压迫，官僚的横暴和劫掠，以及教会的伪善、欺骗和诡诈而发出的极大的愤怒和仇恨。他对土地私有制的毅然决然的反对，表达了一个历史时期的农民群众的心理。"几百年来农奴制的压迫和改革以后几十年来的加速破产，积下了无数的仇恨、愤怒和生死搏斗的决心。要求彻底铲除官办的教会，打倒地主和地主政府，消灭一切旧的土地占有形式和占有制度，清扫土地，建立一种自由平等的小农的社会生活来代替警察式的阶级国家"，"作为俄国千百万农民在俄国资产阶级革命快要到来的时候的思想和情绪的表现者，托尔斯泰是伟大的"①。我们可以把列宁的这些论述归纳为如下几点。第一，托尔斯泰的作品表现了对沙皇统治的自发的反抗和愤怒的情感，表达了农民民主的情绪、心理和要求。俄国农民曾用"暴动"来回答1861年的变革，但遭到了残酷的镇压。此后，俄国农民运动处于低潮和沉寂时期。《复活》塑造的革命者形象都不同程度地表现了对沙皇统治者的仇恨和反抗。由于农村两极分化的加剧，贫苦农民的悲惨生活已经达到了无法忍受的程度。托尔斯泰"对农民境况不佳常感忧虑"。他的作品广泛地展现了破产的俄国农村中贫苦农民的赤贫和简陋的生活，表达了他们对罪恶的农奴制度的不满和摆脱被压迫被剥削地位的愿望。《复活》中一个老人诅咒说："他们把我们搓成绳子啦。这比当年的农奴的日子还要糟哟。"当聂赫留朵夫表示要无偿地交出土地时，饱经忧患、富有斗争经验的农民根本不相信，他们猜疑并警惕着他们的东家又要施展更阴险狡诈的阴谋。这一事实表明了俄国农村中深刻的阶级对立。第二，托尔斯泰的作品反映了消除农奴制残余的历史趋势，明确地提出了农民对土地的要求。《复活》里的农民说："我们所要抱怨的，

---

① 《列宁选集》，3版，第2卷，243页，北京，人民出版社，1995。

只是缺少土地"，"少得不够维持生活"。他们认为贵族的土地所有制是"造孽"，是酿成他们生活悲剧的根源。托尔斯泰笔下的贵族人物，从彼尔·别竺豪夫、安德烈到列文、聂赫留朵夫都越来越清楚地看到农奴制残余的弊端，看到贵族土地私有制的颓势。聂赫留朵夫终于"认定占有土地是罪恶"，决定无偿地把土地交还给农民。托尔斯泰最后能转到宗法式农民的立场上，表现贵族阶层中分化出来的人们向"农民真理"靠拢，深刻地反映了俄国农民革命运动的冲击力量。第三，托尔斯泰的作品表达了俄国农民妄图"建立一种自由平等的小农的社会生活来代替警察式的阶级国家"的政治理想。列宁曾指出，托尔斯泰的学说和作品中有着"属于未来的东西"，即某种空想的社会主义成分。这不仅表现在托尔斯泰塑造的普通农民对民主主义和基督教无政府主义的企望里，表现在托尔斯泰笔下的理想人物列文所设计的贵族和农民协调合作、共同经营农业的方案中，而且表现在托尔斯泰刻画的革命者对未来的政治制度的追求上。农民出身的"革命者"纳巴托夫仅仅幻想"有了足够的土地，不再会有贵族和官僚"的社会制度，但建立这样的社会制度"不应该摧毁整个大厦，只应该略略变一变这幢他深深喜爱的、美丽的、坚固的、古老的大建筑物的内部装置罢了"。这种以"不摧毁整个大厦"只改变"建筑物的内部装置"而建立起来的"自由平等的小农的社会生活"的政治理想，既表现了俄国农民革命的力量，也反映了它的弱点。

那么，托尔斯泰所表现的俄国革命的弱点是什么呢？作为俄国宗法式农民思想家的托尔斯泰是俄国宗法式农民的先知，具有他们的一切优点和缺点。由于他在反对黑暗腐败的农奴制和新崛起的资本主义势力的斗争中接近了农民，他能够从农民的苦难着眼，对损害、折磨农民的现实制度和传统观念痛加批判，表达宗法式农民对新社会生活方式的追求。但这种批判和追求是从宗法制农民的立场和观点出发的。正如列宁所指出的:"追求新的社会生活方式的农民,是用很不自觉的、宗法式的、宗教狂的态度来看待下列问题的:这种社会生活应当是什么样子,要进行什么样的斗争才能给自己争得自由……农民过去的全部生活教会他们憎恨老爷和官吏,但是没有教会而且也不可能教会他们到什么地方去寻找所有这些问题的答案。"① 根据列宁的分析可见,托尔斯泰所表现的俄国革命的弱点主要表现在两个方面:一是革命农民所追求的新的社会生活应当是什么样子,并不明了,并不清楚。这个问题,我们前面论及,这里不再赘述。二是为了谋求这个自己还不太清楚的新的社会生活,究竟应当采取什么样的斗争手段。托尔斯泰笔下的农民虽然多半极度憎恶旧秩序,深切感受到现实制度的一切重担,但他们的憎恨不够自觉,他们的斗争不够彻底,表现出一种空谈、诉苦、希望、祷告等消极心理。这种独特的农民式的奥勃洛摩夫性格使他们陷于因循、犹豫、不切实际的妄想之中,不善于把自己组织起来,不善于真正切实改善自己的生活地位。《战争与和平》中的农民卡拉达耶夫是一个对地主顺从屈服、平庸敦厚的典型;《安娜·卡列尼娜》中的农民也缺乏发自内心的强烈的改善自己生活境况的愿望,像普拉东那样的农民,企望"正直地,按照上帝的意旨","为了灵魂而活着";《复活》中的农民,少数人深深埋藏着对地主的仇恨,思想机敏,富有斗争智慧,敢于公开申明与东家相对立的主张,甚至顶撞管家,但多数人还是只限于发出对命运的诅咒和叹息,或敬畏地主的威严,或感戴贵族的恩赐,有的流露出求生的欲望,有的发出悲观、绝望的呻吟和哀鸣。即使从托尔斯泰塑造的农民革命家纳巴托夫的思想

---

① 《列宁选集》,3 版,第 2 卷,243—244 页,北京,人民出版社,1995。

和行为里，也看不出农民革命的战斗锋芒，看不到以革命暴力手段捣毁旧世界建立新生活的试练和预演。至于托尔斯泰的贵族阶级的理想人物列文等人所设计的以阶级合作为前提的乌托邦农业改革方案正是与俄国农民革命采取暴力革命手段相抵触的，正是与托尔斯泰的"不以暴力抵抗邪恶"的反动说教相符合的。列宁曾对托尔斯泰作品中所反映出来的这些俄国革命的弱点作过精辟的分析，深刻地揭示了这位作家的作品中所表现的俄国革命的这些弱点的社会根源。列宁指出："托尔斯泰的思想是我国农民起义的弱点和缺陷的一面镜子，是宗法式农村的软弱和'善于经营的农夫'迟钝胆小的反映。"① 同时说明农民的"耽于幻想、缺乏政治素养、革命意志不坚定"②。在列宁看来，托尔斯泰作品中表现的农民和农民革命的弱点，不过是对现实生活中存在着的农民和农民革命的弱点的真实反映。列宁指出："在我国革命中，有一小部分农民是真正进行过斗争的，并且也为了这个目的多少组织起来了；有极小一部分人曾经拿起武器来打击自己的敌人，消灭沙皇的奴仆和地主的庇护者。大部分农民则是哭泣、祈祷、空谈和梦想，写请愿书和派'请愿代表'。这真是完全符合列夫·尼古拉耶维奇·托尔斯泰的精神！"③ 1905—1906年的士兵起义也是如此。俄国士兵曾举起武器，暂时夺得部分权力，可是杀了几个可恨的军官后，便动摇、妥协了，"同当局进行谈判，然后站着让人枪毙，躺下让人鞭笞，重新套上枷锁，——这一切都完全符合列夫·尼古拉耶维奇·托尔斯泰的精神"④！

从上面的分析中可以看出，一方面托尔斯泰深刻揭示了俄国革

---

① 《列宁选集》，3版，第2卷，244页，北京，人民出版社，1995。
② 同上书，245页。
③ 同上书，244页。
④ 同上书，245页。

命的根源、性质和特点,真诚地表达了俄国农民的革命要求,另一方面又狂热鼓吹"不以暴力抵抗邪恶"的反动说教,抵制、取消革命。这样,托尔斯泰便成为"革命"的"不革命"家或"不革命"的"革命"家。

四、列宁对托尔斯泰世界观和创作的分析

列宁从辩证唯物论的反映论观点出发,强调生活对托尔斯泰的作品、观点、学说的决定作用,同时强调世界观和创作的一致性,着重分析了托尔斯泰世界观的转变、矛盾及其根源。

(一)托尔斯泰世界观的转变

列宁指出:"乡村俄国一切'旧基础'的这种急剧地被摧毁,使他对周围所发生的事情加强了注意,加深了兴趣,从而使他的整个世界观发生了变化。"① 列宁的这个分析既阐明了托尔斯泰世界观转变的外部条件,同时也揭示了托尔斯泰世界观转变的内在根据。

从外因方面看:19世纪80年代初,宗法制俄国的"旧基础",在资本主义势力日甚一日的侵袭、渗透和冲击下,"无可挽回地在大家眼前崩溃了",资本主义秩序开始确立。俄国社会的这种巨大变革,给托尔斯泰以深刻的震慑和教育,使他有可能看到贵族社会的腐朽和颓败,看到宗法式农民的贫苦和灾难。他对崛起的资本主义不但不理解,而且对当时以原始积累的形态出现的资本主义造成农民和贵族的破产充满着仇恨。贵族阶级没落了,资产阶级使他感到恐惧和仇恨,伟大的农民运动逐渐强化了托尔斯泰学说中的民主主

---

① 《列宁全集》,中文2版,第20卷,40页,北京,人民出版社,1989。

义的思想成分。80年代初，托尔斯泰最终与地主、贵族阶级决裂，从上层地主贵族的世界观转变为宗法式农民的世界观。

从内因方面看：从出身和所受的教育来说，托尔斯泰是属于俄国上层地主贵族的。但他接近农民，接近俄国民主主义运动，一直以炯炯目光注视着俄国的现实和人民的命运。托尔斯泰从开始创作活动到生命的最后一息，几乎60年之久，始终充满着活力，表现出顽强不懈的追求、探索的精神。他参观、访问、调查、研究、综合、分析，逐步积累了批判的民主主义的思想因素，使他的贵族地主阶级的世界观的地盘日趋缩小。面临着农奴制崩溃、资本主义崛起的历史趋势，"任何一个稍微正派一点、稍微动动脑筋、稍微诚实一点的人，都不会去保全这些'旧基础'，都认为那只是可诅咒的过去的残余"①。托尔斯泰在总结自己思想斗争的历程时说："1881年这个时期，对我来说乃是从内心上改变我的整个人生观的一段最为紧张热烈的时期。"② 为了寻求"宗法式农民的真理"，托尔斯泰虚心地向先辈思想家们学习。当他第一次读完卢梭作品的时候，简直感动和喜欢得战栗起来，此后有一段时期内，他身上不再挂十字架，却佩戴一枚小小的卢梭头像。卢梭认为私有财产的制度是社会的祸根；资本主义的文明、科学、艺术、技术的发展不仅没有给人们带来幸福，反而给人们造成赤贫和灾难，同时使社会道德沦丧，伤风败俗，城市更加腐败透顶；只有在淳朴的农民身上，还可以找到公平和优良的古风的遗迹……卢梭的这些思想和托尔斯泰的探索有相通之处。叔本华的哲学助长了托尔斯泰世界观中的悲观主义的成分，但也增

---

① ［俄］卢那察尔斯基：《论俄罗斯古典作家》，287页，北京，人民文学出版社，1958。
② 转引自［俄］贝奇柯夫：《托尔斯泰评传》，392页，北京，人民文学出版社，1959。

强了托尔斯泰辩证思考的能力。书本上没有现成的有效的答案,为了寻求宗法式农民的真理,摆脱贵族的悲观和绝望的情绪,托尔斯泰开始转向农民,逐步抛弃了贵族阶级的"闲散、饕餮、恶毒"的寄生生活,急剧地改变着自己的生活习惯,开始走上"自我完善"的道路。生活地位的某些改变,使托尔斯泰能以宗法式农民的眼光看待俄国现实生活发生的巨大变革。激烈的民主运动的冲击和影响,人民对剥削者、掠夺者的社会体制的愤恨与对资本主义侵袭和渗透的日趋猛烈的反抗,由饥荒引起的人民的灾难、痛苦和不幸……所有这一切因素,都增强了托尔斯泰世界观中批判的民主主义成分,使他逐步抛弃了贵族地主的传统观念,成为俄国宗法式农民的思想家。

托尔斯泰世界观的转变是他的世界观中的两种思想因素相互斗争的过程和积极成果。他的世界观中的贵族的思想因素和农民的思想因素的内在矛盾是俄国社会中的基本矛盾——农民与地主间的矛盾在这位作家意识中的反映。由于主观和客观条件的影响,由于内因和外因的作用,托尔斯泰世界观中的宗法式农民的思想因素不断增长而最终取得胜利,而他的世界观中的贵族地主的思想因素逐渐削弱而遭到排斥,托尔斯泰从上层地主贵族的世界观转变为宗法式农民的世界观。虽然这位伟大作家的世界观中的内在矛盾并没有消失,又相继出现了宗法式农民世界观中内部所固有的种种新的矛盾,但较之于托尔斯泰转变前的世界观已有质的不同。

当托尔斯泰的世界观转变到宗法式农民的立场上来之后,他能够比较自觉地用农民的眼光观察各种重大的社会问题,从而使他的作品、观点和学说呈现出新的面貌,打上了宗法式农民的鲜明的印记。这种新的思想上的升华或飞跃反映在托尔斯泰对待一系列重大社会问题的态度上,反映在对待私有财产和生产资料私有制的态度上。托尔斯泰明确指出：私有制是世上一切邪恶的根源，由于它的存在，战争和刑罚因而发生，法庭和牢狱因而筑建，千百万人也因而死于非命。他呼吁不要再崇拜财产的偶像，只有这样，才能使保卫财产的机构失去作用。少数拥有资产的人如能放弃财产而从事劳动，人们便可以和谐相处。这虽是乌托邦式的幻想，却反映出托尔斯泰对私有财产制度的憎恶和摆脱以及铲除私有财产制度的强烈愿望。反映在宗教问题上，托尔斯泰于19世纪80年代初，丢下小说的写作，集中精力和时间，专门探索宗教方面的问题。他参观了教堂和修道院，跟神父和主教们谈话，终于得出了对官方教会的极端否定的结论，认为官方教会"是一连串的谎言、残忍和欺骗"[①]。他还在《教条神学批判》这篇论文里，对正教作了辛辣的讽刺和嘲笑，揭露主教们"非常荒谬、自信，不学无术，满身绸缎呢绒，挂着镶着宝石的圣母像……专门在举行这种那种圣礼的幌子下欺骗和掠夺人民"。

特别需要指出的是，托尔斯泰世界观的转变对他的创作态度和创作倾向产生了积极的影响，给他的创作道路和他的作品的面貌带来了根本的变化。从此，托尔斯泰"无法兴致勃勃地为老爷们写作，他们的心是无论怎么也打不动的：他们既有哲学，又有神学，又有美学，他们就用这些东西当作铠甲来抵挡任何必须遵从的真理。……可是只要我一想到，我是正在为阿法纳西或者甚至是为达尼拉和伊格纳特（都是雅斯纳雅·波良纳的农民——引者注）以及他们的孩子们写作，那么我就马上会变得精神奋发而渴想写作了"[②]。

[①] 转引自［俄］贝奇柯夫：《托尔斯泰评传》，384页，北京，人民文学出版社，1959。

[②] 同上书，417页。

托尔斯泰的世界观转变后,"以农民的眼光看事物",努力发掘农村和农民的题材,追求新的内容,并探索新的表现形式,力求真实、简朴、通俗,表现出文学理论上明显的革新的趋向。托尔斯泰的世界观转变后,多半不再到贵族地主当中去寻找正面人物了,不再去塑造类似娜塔莎、吉提那样迷人的贵族妇女的形象了,如写也往往是为了表现这类人物外貌的欺骗性。

(二) 托尔斯泰世界观和创作中的矛盾

列宁深刻指出托尔斯泰的世界观所包含着的显著矛盾:"托尔斯泰的作品、观点、学说、学派中的矛盾的确是显著的。一方面,是一个天才的艺术家,不仅创作了无与伦比的俄国生活的图画,而且创作了世界文学中第一流的作品;另一方面,是一个发狂地信仰基督的地主。一方面,他对社会上的撒谎和虚伪提出了非常有力的、直率的、真诚的抗议;另一方面,是一个'托尔斯泰主义者',即一个颓唐的、歇斯底里的可怜虫,所谓俄国的知识分子,这种人当众拍着胸脯说:'我卑鄙,我下流,可是我在进行道德上的自我修身;我再也不吃肉了,我现在只吃米粉饼子。'一方面,无情地批判了资本主义的剥削,揭露了政府的暴虐以及法庭和国家管理机关的滑稽剧,暴露了财富的增加和文明的成就同工人群众的穷困、野蛮和痛苦的加剧之间极其深刻的矛盾;另一方面,疯狂地鼓吹'不'用暴力'抵抗邪恶'。一方面,是最清醒的现实主义,撕下了一切假面具;另一方面,鼓吹世界上最卑鄙龌龊的东西之一,即宗教,力求让有道德信念的神父代替有官职的神父,这就是说,培养一种最精巧的因而是特别恶劣的僧侣主义。"①

---

① 《列宁选集》,3 版,第 2 卷,242 页,北京,人民出版社,1995。

列宁极为精湛地剖析了托尔斯泰世界观和创作中的矛盾，指明了它的利弊，揭示了托尔斯泰世界观的双重性或两面性：一方面，托尔斯泰是从统治阶级和压迫者身上撕下了一切假面具的无情的暴露者，是对他那个时代所有的政治、宗教、社会制度和经济体制的伟大的批判者，是对社会生活中的种种谎言和伪善的激烈的抗议者；另一方面，他又是"道德上的自我修身"的提倡者，是"最精巧的因而是特别恶劣的僧侣主义"的鼓吹者，是"不以暴力抵抗邪恶"的宣扬者。

列宁指出，托尔斯泰"否定土地私有制，结果却不去集中全力反对真正的敌人，反对地主土地占有制和它的政权工具即君主制度，而只是发出幻想的、含糊的、无力的叹息"①。这些"幻想的、含糊的、无力的叹息"主要指"道德上的自我修身""向'精神'呼吁""宿命论""悲观主义"等等。抽象的道德说教，充斥在托尔斯泰的全部作品中。托尔斯泰不懂得道德观念是历史的、阶级的范畴。事实上，抽象的超阶级的道德只是一种幻想。作为"永恒的"道德原则的说教者，托尔斯泰狂热提倡"积极的美德"，并力图以艺术形象加以呈现，他把"道德上的自我修身"有时称为"道德净化"，有时称为"精神上的出浴"，有时称为"灵魂的扫除"。托尔斯泰力图以道德说教为手段，解决社会争端，平息阶级矛盾，调节人与人之间的关系，以维系正常的社会秩序。他天真地认为，只要每个人都做合乎抽象的道德原则的好人，成为思想纯洁的典范，便能在反动、腐败、贪婪、残酷的环境中保持正直、卓绝，忠于高尚传统，思想健全而无所偏袒。托尔斯泰尽管尖锐地揭露和批判过沙皇俄国的专制制度，但他却不把主要的注意力放在对沙皇俄国的专制制度的改

---

① 《列宁全集》，中文2版，第20卷，23页，北京，人民出版社，1989。

变上，而放在社会成员本身的道德方面的自我修身上。《安娜·卡列尼娜》里的列文对统治阶级的虚伪造作，对社会的不公平作了揭发和抗议，但他却不肯与现有的社会和经济制度进行坚决的斗争，反而钻进"道德上的自我修身"的圈子里。《复活》中的聂赫留朵夫经过"道德上的自我修身"，终于认识到侮辱、遗弃玛丝洛娃"有罪"。为了表示"赎罪"，他决定和玛丝洛娃结婚。他从《马太福音》得到启示，精神上"复活"了；玛丝洛娃由于受到良心上的感召，也从堕落中获得了生活的"新生"，又爱上了聂赫留朵夫，只是出于自我牺牲精神，决定嫁给一个被流放的"革命者"，玛丝洛娃也在道德上"复活"了。小说告诉人们：只要侮辱者和被侮辱者、害人者和被害者都进行"道德上的自我修身"，便可以化仇为爱、变敌为友。这是极其有害的思想毒素。《复活》还宣扬聂赫留朵夫这些地主老爷居然可以通过"道德上的自我修身"，"认定占有土地是罪恶"，用不着施以革命手段，可以"情愿交出来"，老百姓欣喜地发出"这敢情是好事"的赞叹声。托尔斯泰把"道德上的自我修身"作为包医社会痼疾、针砭时弊、解除一切苦难的灵丹妙药，这只不过是一种和着蜜糖的砒霜。这种"道德上的自我修身"的说教只能起到调和阶级矛盾、抹杀阶级斗争、维护统治阶级的旧秩序、抵制和反对社会革命的反动作用。

列宁指出：托尔斯泰"一方面反对官方办的教会，另一方面却鼓吹净化了的新宗教，即用一种净化了的精制的新毒药来麻醉被压迫群众"[①]，"力求让有道德信念的神父代替有官职的神父"，"培养一种最精巧的因而是特别恶劣的僧侣主义"。

托尔斯泰是宗教改革家。他从小虔信官方的宗教，甚至连打牌、

[①] 《列宁全集》，中文2版，第20卷，23页，北京，人民出版社，1989。

失眠都要祈求上帝。后来，他由于看到官方教会的种种罪恶和伪善，才逐渐地对官方教会崇拜的上帝起了疑心。他开始追求一种经过改造和净化的基督教，在很大程度上从农民那里借取一个新的上帝，与官方宗教的上帝相抗衡。这个新的上帝，表现了小私有者和睦共处的虚幻的观念和挚爱的愿望。托尔斯泰提倡这个净化了的上帝的意图，无非是劝诫人们根据正义来生活，在爱里面生活。他改革后的新宗教，尽管还脱不尽神秘的色彩，但已不拘仪式。托尔斯泰最讨厌官方教会的祈祷把戏，他曾表示"宁愿让恶狗把我的孩子撕成碎片，也不愿叫神父来替他举行妖术式的仪式"。

托尔斯泰在宗教问题上的探索和革新经过了漫长的发展过程。在《战争与和平》中，托尔斯泰模糊地提出"整体"这个观念。"整体"实际上是他心目中的"上帝"的抽象而又神秘的提法。这个"整体"或上帝成为他的小说中的人物追求的崇高的目标，成为衡量一切是非、善恶、美丑的唯一准绳。"整体"是"全民思想"和"生活规律"的代表。触犯"整体"的人，不过是一根可怜的小草罢了。拿破仑尽管统治了列国，但他的自私、骄横和野心与那个主宰人类的"整体"相悖谬，所以他仍然是一个荒唐而可笑的蠢人。多少带有自我写照性质的安德烈从痛苦和磨难中深切地体验到：贪婪的欲望、对荣誉的渴望、对个人幸福的追求都是不符合"整体"的要求的。农民卡拉达耶夫对"整体"感受最深。在他看来，只有作为"整体"的一个有机的部分，生活才是有意义的。屈从于"整体"的意旨，遵照上帝的训示而行动，这是卡拉达耶夫主义的核心。彼尔·别竺豪夫经过风波的试练和战斗的洗礼，得出这样的结论："应该赞美生活，服从它的规律。"只有用说教的方法才能拯救人们；服从上帝的意志，可以使世界趋于美和善；真理意味着友好，人们不应该相互斗争；跟上帝和好是人生的目的，这必须用爱和自我牺性的精神来获取。这些抹杀阶级对立、抵制阶级斗争的带有神秘色彩的种种说教,显然是十分有害的。在《安娜·卡列尼娜》里,托尔斯泰的理想人物列文,由于受到正直的农民弗克尼奇的影响,居然从对社会问题的探索转向对宗教问题的探索。他试图在宗教中找到使他困惑苦恼的许多问题的答案。由于列文设想的地主和农民之间建立社会协调的乌托邦计划破产,他潜心于宗教,作为无力解决的社会问题的避风港。列文开始"为他的灵魂正直地,按照上帝的意旨活着"。托尔斯泰把基督教理想化了,视为人们精神提高和道德净化的源泉。他号召理智让位于良心,知识从属于信仰,把宗教当作"永恒的真理",善良正直的人们应争当"皈依上帝"的宗教伦理的典范。在《复活》中,托尔斯泰以尖锐的笔锋、愤怒的情感,撕去了官方教会的虚伪的假面,暴露了统治阶级的精神压迫机构的残忍、欺骗和种种罪恶,把他的现实主义艺术推向高峰。同时,托尔斯泰鼓吹的"净化了的新宗教"也随之达到顶点。托尔斯泰通过描写聂赫留朵夫的"赎罪"和"新生",表现他对基督教的爱的王国的追求和崇拜。托尔斯泰把《马太福音》中规定的条文,如"人不但不可以'以眼还眼',而且在这半边脸挨打的时候,应该送上那半边脸去","人不但不可以恨仇敌,或者跟仇敌打架,而且要爱仇敌,帮助仇敌,为仇敌效劳"等视为上帝的意志,只要人类执行这些条文,便会建立起人间的"天国",达到"最大的善"。托尔斯泰显然是从抽象的人性出发,把严峻的社会问题化为抽象的道德问题和神秘的宗教问题来处理。他的这些宗教说教只不过是想"让有道德信念的神父代替有官职的神父",实际上是一剂毒害革命人民意识、"麻醉被压迫群众"的"新毒药"。

列宁指出:托尔斯泰一方面无情地批判了资本主义的剥削,揭露了政府的暴虐以及法庭和国家管理机关的滑稽剧,暴露了财富的增加和文明的成就同工人群众的穷困、野蛮和痛苦的加剧之间极其深刻的矛盾；另一方面，疯狂地鼓吹不用暴力抵抗邪恶。列宁还指出：反对农奴制的和警察的国家的斗争，反对君主制度的斗争，在他那里竟变成了对政治的否定，形成了对恶不抵抗的学说，结果完全避开了1905—1907年的群众革命斗争。根据列宁上面的分析，我们不难看到：托尔斯泰正确地揭示了革命的根源，却荒谬地否定了革命的手段；托尔斯泰对沙皇俄国专制制度和资本主义剥削所作的无情的批判，必然引出改变现实的结论，但他却热烈地鼓吹"不用暴力抵抗邪恶"的反动说教，回避、抵制、反对用革命暴力粉碎反革命暴力，捣毁旧的国家机器；他通过对旧世界的揭露和批判引出革命，又通过否定暴力而取消革命……托尔斯泰的学说徘徊在革命的十字路口上，构成了他的世界观中的革命因素和不革命或反对革命的因素的深刻矛盾。托尔斯泰的革命性实际上是宗法式农民的革命性。他紧紧抓住农民的真理，从农民的利益和愿望出发，竭力攻击腐败的贵族地主和贪婪的资产阶级。他对宗法式农民的消极、落后、怯懦十分敏感，看不到宗法式农民的革命本能、革命潜力以及由农民起义汇成的波涛汹涌的革命浪潮。因此，他不相信任何革命，只主张道德和宗教的革命、非暴力的革命等等这种"不革命的革命"。他对旧世界的庄严抗议，他对专制制度的批判掺杂着"不用暴力抵抗邪恶"的庸劣说教。

托尔斯泰对革命的这种矛盾的观点和态度，突出地反映在对1905—1907年群众革命斗争的关注上。他一方面赞扬这场革命，一方面又回避这场革命，甚至公然反对这场革命施用暴力手段。托尔斯泰不仅不赞同革命的暴力手段，而且还反对建立新政权的革命目标，正如列宁所指出的，他实际上鼓吹一种"抽象的'基督教无政府主义'"。托尔斯泰认为："现存的秩序是建立在粗暴的暴力基础上的；而生活的理想，则是由人们的团结一致所构成的，这种团结是建立在合乎理性的和谐的基础上的，是被习俗所肯定的。"在他看来，为了在人间建立起和睦友爱的"天国"，必须废弃靠野蛮的暴力支持着的作恶多端的政府，"消灭政府的唯一手段不是暴力"，而是揭露政府的欺骗，使人们普遍认识到政府是不仁慈不道德的机关，从而都不约而同地通过拒绝参与政府的活动，使这种暴力机关自行垮台。正如托尔斯泰在《当代的奴隶制度》一文中所指出的，"要想使人们摆脱掉恶劣的社会制度，也只有一种方法，即禁止暴力，铲除灾难的原因，禁止个人的暴力，禁止鼓吹暴力，禁止对暴力进行辩护"，"用暴力消灭奴隶制度的一切企图，都像是以火灭火，或者以水治水"，"凡动刀的，必死在刀下"，正如因酗酒而患病，为了去掉病必须不再饮酒一样，为了摆脱暴力造成的灾难，也应当废弃暴力本身。

托尔斯泰为了"建立一种自由平等的小农的社会生活来代替警察式的阶级国家"，却提出了非常天真幼稚的，而且实际上极为荒谬的方法。他狂热鼓吹"不用暴力抵抗邪恶"的反动说教，对日趋高涨的俄国革命运动无疑是十分有害的。

（三）托尔斯泰世界观和创作中的矛盾的社会阶级根源

列宁指出："托尔斯泰的观点和学说中的矛盾并不是偶然的，而是19世纪最后30多年俄国实际生活所处的矛盾条件的表现。"[①] "托尔斯泰学说不是什么个人的东西，不是什么反复无常和标新立异的东西，而是由千百万人在相当长的时期内实际所处的一种生活条件

---

① 《列宁选集》，3版，第2卷，243页，北京，人民出版社，1995。

产生的思想体系。"① "托尔斯泰的观点中的矛盾，不是仅仅他个人思想上的矛盾，而是一些极其复杂的矛盾条件、社会影响和历史传统的反映，这些东西决定了改革后和革命前这一时期俄国社会各个阶级和各个阶层的心理。"② "他的批判是用只有天才艺术家所特有的力量表现了这一时期的俄国，即乡村的、农民的俄国最广大人民群众的观点的急剧转变。"③ 根据列宁的这些分析，我们看到，托尔斯泰的学说、观点和作品及其表现出来的世界观的矛盾都是当时俄国的"实际生活""矛盾条件""社会影响"和"历史传统"的反映。存在决定意识。从1861年到1905年，俄国社会生活动荡，经济结构更替，阶级关系变化。由于农奴制崩溃、资本主义崛起的历史趋势的感召和激发，托尔斯泰作为贵族阶级中敏感的神经，觉察到时代的去向，醒悟到自己的阶级不配有更好的命运，转变到宗法式农民的立场上来，开始以宗法式农民的眼光观察事物，对贵族地主的腐败和资本主义的贪婪，对专制制度、官方教会、法律机关的残酷、虚伪、黑暗、腐化和种种罪行进行了尖锐的批判和愤怒的控诉。所有这些，构成了托尔斯泰世界观中的进步因素。

托尔斯泰作为宗法式农民的思想家，他的世界观及其矛盾并不只是属于他个人的，而是属于他的时代的，属于整个宗法式农民的。托尔斯泰的作品、学说和观点反映了俄国宗法式农民对剥削者和压迫者的愤怒与仇恨，表达了他们渴望改变悲惨的社会地位和贫苦的生活境况的革命的情绪、愿望和要求，同时也明显地反映出俄国宗法式农民的种种弱点。"托尔斯泰如此忠实地反映了农民的情绪，甚

---

① 《列宁全集》，中文2版，第20卷，103页，北京，人民出版社，1989。
② 同上书，23页。
③ 同上书，41页。

至把他们的天真,他们对政治的疏远,他们的神秘主义,他们逃避现实世界的愿望,他们的'对邪恶不抵抗',以及他们对资本主义和'金钱势力'的无力诅咒,都带到自己的学说中去了。"① 可见,托尔斯泰作品和思想中的深刻矛盾,说到底,是以千百万宗法式农民的生活条件为基础的。托尔斯泰的世界观内部的双重性恰好反映了宗法式农民本身的双重性和他们对革命的双重性:"托尔斯泰反映了强烈的仇恨、已经成熟的对美好生活的向往和摆脱过去的愿望,同时也反映了耽于幻想、缺乏政治素养、革命意志不坚定这种不成熟性。历史条件和经济条件既说明发生群众革命斗争的必然性,也说明他们缺乏斗争的准备,像托尔斯泰那样对邪恶不抵抗;而这种不抵抗是第一次革命运动失败的极重要的原因。"② 列宁不仅从托尔斯泰所处的俄国社会生活条件去阐述托尔斯泰主义的根源,而且还从"社会影响"和"历史传统"等方面论述托尔斯泰主义形成的原因。托尔斯泰的时代,虽然生活已经"都颠倒过来",但"群众是在这个旧制度下教养出来的"。列宁曾指出,这些宗法式的农民还在吃母奶的时候便受到旧社会的影响,"接受了这个制度的原则、习惯、传统和信仰,他们看不出也不可能看出'开始形成'的新制度是什么样子,是哪些社会力量在'形成'这种新制度以及怎样'形成'这种新制度,哪些社会力量能够消除'变革'时代所特有的无数特别深重的灾难"③。相反,宗法式农民在这种"安排"给他们带来的破产面前感到困惑不解,于是产生"悲观主义、不抵抗主义、向'精神'呼吁"等软弱心理,这一切完全符合托尔斯泰主义的精神。亚历山

---

① 《列宁全集》,中文2版,第20卷,41页,北京,人民出版社,1989。
② 《列宁选集》,3版,第2卷,245页,北京,人民出版社,1995。
③ 《列宁全集》,中文2版,第20卷,102页,北京,人民出版社,1989。

大二世被民意党处死以后，革命陷于低潮，反动势力的残酷镇压，大大削弱了社会上的革命力量，助长了"不抵抗主义"哲学的风行，加强了俄国宗法式农村里某些政治势力企图寻求"拯救"的气氛。托尔斯泰主义正是在这样的历史条件下形成的。东方和亚洲的"历史传统"也对托尔斯泰主义的产生起着重要作用。托尔斯泰经常用"整个的所谓东方"，"静止不动"，仿佛在"人类一般规律"之外，来为自己的学说作论证。列宁指出："托尔斯泰主义的现实的历史内容，正是这种东方制度的即亚洲式制度的思想体系。"1905年的俄国革命使东方的静止状态开始结束，同时成为"托尔斯泰主义的历史终点"①。1905年后，俄国无产阶级革命的伟大时代来了。作为俄国农奴制崩溃、资本主义生长时代的托尔斯泰主义开始成为历史。

列宁对托尔斯泰的世界观的转变、世界观的矛盾及其根源的深刻的分析，为我们用辩证唯物主义和历史唯物主义的观点和方法研究作家的思想与创作提供了光辉的范例。

五、列宁论托尔斯泰的观点和方法

开展文艺批评和继承文学遗产，两者具有密不可分的联系。继承文学遗产，是通过开展文艺批评来实现的。离开文艺批评，继承文学遗产便成为一句空话；相反，离开对文学遗产的继承，也势必会使文艺批评失去应有的意义和作用。事实上，正确开展文艺批评是正确继承文学遗产的前提。因此，列宁十分尊重开展文艺批评和继承文学遗产的辩证法，在评论托尔斯泰的思想和创作中，力图把开展马克思主义的文艺批评和批判地继承托尔斯泰的文学遗产紧密

---

① 《列宁全集》，中文2版，第20卷，103页，北京，人民出版社，1989。

地结合起来。

（一）开展马克思主义的文艺批评

马克思主义的文艺批评是无产阶级领导文艺的方法之一，是文艺战线进行斗争的方法之一，也是促进文艺繁荣发展的方法之一。

列宁对托尔斯泰的评论，是坚持马克思主义的革命的战斗精神和批判精神的杰出范例。当时俄国文化、文学艺术界围绕着托尔斯泰所进行的论战，大大超出了文学评论的范围，实际上是一场政治思想战线上的严重斗争，是一次革命力量与反动势力的角逐和较量，关系到当时俄国两种命运的决战。从沙皇政府的反动文人、资产阶级自由派到孟什维克"取消派"和"召回派"都毫无例外地通过吹捧托尔斯泰学说中的落后、反动的部分，来表达他们反动的政治主张；通过宣扬以"道德上的自我修身"和"不用暴力抵抗邪恶"等反动说教为主要内容的托尔斯泰主义来毒害人民的革命意志，瓦解群众的战斗意志，解除无产阶级的思想武装，以对抗、抵制俄国革命的红色风暴。一切反动势力，都协力煽起一阵评托尔斯泰"热"，掀起一场颂扬反动的托尔斯泰主义的大合唱，向马克思主义和无产阶级革命猖狂挑衅。是斗争，还是调和？是前进，还是后退？是革命，还是妥协？是用暴力革命摧毁旧的国家机器，还是保全或维护沙皇俄国的专制制度？面临着这种关系到革命的道路和前途的重大问题，需要作出严肃的回答。为了粉碎形形色色的破坏和瓦解无产阶级革命的反动谬论，为了进行无产阶级革命的思想发动和舆论动员，列宁高度自觉地将开展马克思主义的文艺批评同真正先进的、彻底革命的阶级的运动汇合起来，向一切反对马克思主义和无产阶级革命的反动思潮发动了反击。列宁操起带有鲜明的政论特色的文艺评论的武器，廓清了反动势力假手评价托尔斯泰散布的层层迷雾，消除了反马克思主义者为无产阶级革命和无产阶级专政设置的重重障碍，为无产阶级革命在俄国的胜利发展，吹响了进军号。

列宁对托尔斯泰的评论，是党性和科学性、革命精神和求实精神相结合的光辉典范。列宁运用马克思主义的立场、观点和方法，对托尔斯泰所处的时代，对托尔斯泰时代的社会生活条件、政治经济结构、阶级关系与阶级斗争的形势和趋势，对托尔斯泰的作品反映生活的广度和深度，对托尔斯泰的世界观的转变及其阶级的社会的根源，对托尔斯泰主义产生的土壤和它的反动性、欺骗性与危害性以及它作为一种反动的思想体系的历史的"起点"和"终点"，都进行了令人信服的科学的分析，得出了正确的结论。

列宁不仅十分重视从政治上对托尔斯泰的思想和创作进行透彻的剖析，而且非常注意对托尔斯泰的作品进行艺术上的评论。艺术是通过自己的特点来为一定的政治服务的。这要求文艺评论应当透过对作品的艺术分析作出对作品的政治评价，并力图将对作品的艺术分析和对作品的政治评价有机地结合起来。列宁对托尔斯泰的作品进行政治评价时，非常注意艺术的形象性和注重艺术的情感特点。他把托尔斯泰比作俄国革命的"镜子"；称赞托尔斯泰的创作勾勒了一幅"无与伦比的俄国生活的图画"；引用《安娜·卡列尼娜》里列文的话"一切都颠倒过来"形象地说明托尔斯泰时代的历史性转变；摄取士兵们"突然发亮"的"眼睛"，生动传神地形容穿起军装的庄稼汉对土地的深情……这些足以说明列宁十分注意艺术的形象性特点。列宁还非常强调托尔斯泰创作中情感因素的作用。他不止一次地指出托尔斯泰是带着强烈的情感进行创作的，称颂他的作品"对社会上的撒谎和虚伪提出了非常有力的、直率的、真诚的抗议"，"满怀最深沉的感情和最强烈的愤怒"对资本主义进行了"不断的揭露"，"用非凡的力量表达被现存制度所压迫的广大群众的情绪，描绘他们的境况，表现他们自发的反抗和愤怒的情感"，反映了他们"强烈的仇恨"。因此，列宁称誉托尔斯泰是"千百万农民在俄国资产阶级革命快要到来的时候的思想和情绪的表现者"。可见，列宁对托尔斯泰的评论，不仅是"政治"的，而且是"文艺"的，是真正的马克思主义的文艺评论。

（二）批判地继承托尔斯泰的文学遗产

列宁评论托尔斯泰时指出："俄国无产阶级正在接受这份遗产，研究这份遗产。"① 马克思主义者对待文化遗产，应采取批判继承、古为今用的正确态度。这既反映了文化发展的客观规律，也体现了无产阶级和人民群众的利益、要求和愿望。对文化遗产，采取只批判不继承、全盘否定的虚无主义态度或者采取只继承不批判、全盘肯定的复古主义的态度都是错误的。

列宁在对待托尔斯泰的文学遗产问题上，曾与以上两种错误倾向作过坚决的斗争。一方面，列宁有力驳斥了资产阶级自由派和孟什维克打着纪念与悼念托尔斯泰的幌子，把托尔斯泰视为圣人，对托尔斯泰全盘肯定的种种谬论，揭穿了这些马克思主义的敌人对托尔斯泰的文学遗产只继承不批判的罪恶用心是通过鼓吹反动的托尔斯泰主义对抗和抵制无产阶级革命；另一方面，列宁还在十月革命以后，批判了以波格丹诺夫为代表的"无产阶级文化派"声称要"扔掉普希金、托尔斯泰和其他一切作家"的只批判不继承，对文化遗产采取全盘否定的虚无主义的错误倾向。

托尔斯泰的思想和创作是复杂的，充满矛盾的。他的学说和作品中既有积极的、进步的内容，也有消极的、反动的因素。是继承

---

① 《列宁全集》，中文2版，第20卷，25页，北京，人民出版社，1989。

托尔斯泰的思想和创作中积极的、进步的部分，批判其消极的、反动的因素，还是抹杀托尔斯泰的学说和作品中积极的、进步的部分，宣扬其消极的、反动的毒素？对此，当时俄国的不同阶级有不同的回答。从沙皇政府的反动文人、资产阶级自由派到孟什维克"取消派"和"召回派"都从自己阶级的政治利益和要求出发，竭力抹杀、反对托尔斯泰的学说、观点和作品中积极的、进步的方面，大肆吹捧托尔斯泰的思想和创作中消极的、反动的方面。他们为了保全摇摇欲坠的沙皇专制统治或维护旧秩序，对抗、抵制无产阶级革命，狂热鼓噪以"笃信基督""道德上的自我修身"，特别是"不用暴力抵抗邪恶"为主要内容的反动的托尔斯泰主义。正如列宁批判资产阶级自由派时所指出的，自由资产阶级之所以"不能直接而明确地评价托尔斯泰对国家、教会、土地私有制和资本主义的看法"，不能触及或者故意回避托尔斯泰的思想和创作中这些积极的、进步的内容，不是"因为书报检查机关妨碍它们这样做"，而是由于"托尔斯泰的每一个批评意见，都是给资产阶级自由主义的一记耳光"，是因为"托尔斯泰无畏地、公开地、尖锐无情地提出了我们这个时代最迫切、最该死的问题，光是这些问题的提出就给了我国自由派（以及自由主义民粹派）政论界千篇一律的空话、陈腐的谬论以及闪烁其词的'文明的'谎言以当头一棒"①。可见，托尔斯泰观点中积极的、进步的因素同资产阶级自由派的谬论妄说是完全抵触的。他们必然回避、掩盖、抹杀、反对托尔斯泰思想和创作中积极的、进步的内容，而只好居心叵测地诡称托尔斯泰是"伟大的良心"。列宁严厉斥责说："在我们今天这样的时候，任何想把托尔斯泰的学说理想化，想袒护或冲淡他的'不抵抗主义'、他的向'精神'的呼吁、

---

① 《列宁全集》，中文2版，第20卷，24—25页，北京，人民出版社，1989。

他的'道德上的自我修身'的号召、他的关于'良心'和博'爱'的教义、他的禁欲主义和寂静主义的说教等等的企图,都会造成最直接和最严重的危害。"①

列宁用辩证唯物主义和历史唯物主义的观点和方法对托尔斯泰的文学遗产进行了科学的鉴别和分析,肯定其中好的、积极的、进步的、有益的、具有批判的民主主义的思想内容,加以批判地吸收和继承;否定其中坏的、消极的、反动的、有害的、麻痹和腐蚀群众的思想意识的精神毒药,并坚决予以扬弃和废止。列宁严肃剖析了托尔斯泰主义的反动实质,指出"作为一个发明救世新术的先知,托尔斯泰是可笑的,所以国内外的那些偏偏想把他学说中最弱的一面变成一种教义的'托尔斯泰主义者'是十分可怜的"②。无产阶级必须抛弃托尔斯泰主义的反动说教,并戳穿一切反动势力利用反动的托尔斯泰主义对抗无产阶级暴力革命的罪恶阴谋。同时,列宁教导俄国人民,不要因为托尔斯泰学说中有着能为资产阶级所利用的反动因素,便拒绝继承这份遗产。他号召无产者应从托尔斯泰的批判的民主主义的思想成分中吸取革命的教训和革命的力量。

列宁对托尔斯泰的分析和评价,具体地、突出地体现了马克思主义对待文化遗产的批判继承、古为今用的要求,为我们树立了正确开展文艺批评、继承文化遗产的榜样。

(三) 列宁论托尔斯泰的观点和方法

列宁评论托尔斯泰时指出:"只有从社会民主主义无产阶级的观

---

① 《列宁全集》,中文2版,第20卷,104页,北京,人民出版社,1989。
② 《列宁选集》,3版,第2卷,243页,北京,人民出版社,1995。

点出发，才能对托尔斯泰作出正确的评价。"① 列宁极其精确地运用马克思主义的基本观点，评论托尔斯泰的思想和创作，具有深刻的方法论的启示。

第一，列宁用辩证唯物主义的反映论科学地阐明了托尔斯泰的世界观、创作和生活的关系，正确揭示了托尔斯泰的世界观和创作的客观内容与社会根源。

列宁十分注意从托尔斯泰所处时代的社会生活条件去分析他的作品。他认为托尔斯泰的作品是对俄国农奴制崩溃、资本主义生长时期的现实生活的反映，尤其强调当时俄国的政治生活对托尔斯泰创作的重大影响。他非常重视俄国的社会变革、政治经济结构的更替、阶级关系的变化、历史发展的总趋势给托尔斯泰创作带来的深刻变化。托尔斯泰的创作的客观内容和社会根源，归根结底，是由托尔斯泰所处的时代的历史条件决定的，是由托尔斯泰所认识到的社会生活的广度、深度决定的。

文艺反映生活必须通过作家的头脑，经过作家的世界观的折射。列宁十分重视作家的世界观对创作的这种作用。但列宁并没有脱离生活对世界观的决定作用来谈世界观对创作的"决定作用"，相反，在他看来，世界观和创作都是由生活本身决定的，世界观中的思想因素和倾向同创作表现出来的思想因素和倾向是一致的。列宁多次将托尔斯泰的学说、观点、思想、世界观和创作及作品放在并列位置上，当作同一系列的词或概念来使用。列宁并没有强调世界观和创作的矛盾。在他看来，创作的矛盾或作品的思想内容与倾向的矛盾只不过是作家世界观中的内在矛盾的表现和流露，世界观中的反动的落后的思想因素和作品中的反动的落后的思想内容是一致的，

---

① 《列宁全集》，中文2版，第20卷，24页，北京，人民出版社，1989。

世界观中的进步的积极的思想因素和作品中的进步的积极的思想内容也是一致的，而托尔斯泰的世界观和创作中的这种矛盾，归根结底，仍然是由生活本身的矛盾决定的。

列宁以彻底的辩证唯物论的反映论，深刻地揭示了托尔斯泰世界观和创作中消极反动的思想因素产生的现实的阶级根源和社会根源。列宁面对托尔斯泰的世界观和创作的矛盾的全部复杂性，面对以"笃信基督""道德上的自我修身"和"不用暴力抵抗邪恶"为中心内容的反动的托尔斯泰主义，并没有采取简单化的态度。列宁认为，为了彻底否定这些思想毒素，必须铲除滋生这些思想毒素的土壤和条件。列宁指出，这些消极的反动的东西的出现不是偶然的：对托尔斯泰所处的时代和历史条件来说，它是俄国现实生活各种复杂的社会矛盾的反映；对俄国的历史传统和社会影响来说，它受到东方的亚洲的国家体制的封闭、落后、保守、寂静主义等传统习惯和历史惰性的影响；对俄国革命而言，它是俄国革命的弱点的表现；对宗法式农民而言，它是俄国宗法式农民的"缺乏斗争的准备""耽于幻想、缺乏政治素养、革命意志不坚定"的反映，"是宗法式农村的软弱和'善于经营的农夫'迟钝胆小的反映"，是天真的耽于幻想的农民受到打击后产生的悲观绝望情绪的反映。因此，列宁指出，托尔斯泰主义，包括"悲观主义、不抵抗主义、向'精神'呼吁，是这样一个时代必然要出现的思想体系"[①]。

列宁以彻底唯物主义的科学态度，对托尔斯泰的思想和创作中的消极因素，给予辩证唯物论的反映论的解释。这对我们如何对待错误的、唯心主义的思想、观点和学说，具有普遍的指导意义和深刻的方法论的启示。

[①] 《列宁全集》，中文2版，第20卷，102页，北京，人民出版社，1989。

第二，列宁善于用历史唯物主义观点分析古典的作家和作品。

列宁在批判地继承托尔斯泰的文学遗产时，力图从纵的方面，从历史发展的过程和联系中，把托尔斯泰的学说和作品自觉地放入"一定的历史范围内"，予以一定的历史地位；对它的历史内容和它所产生的历史作用作出准确的历史评价。以此为基础，本着古为今用的原则定其取舍。

列宁指出："对托尔斯泰观点中的矛盾，不应该从现代工人运动和现代社会主义的角度去评价（这样评价当然是必要的，然而是不够的），而应该从那种对正在兴起的资本主义的抗议，对群众破产和丧失土地的抗议（俄国有宗法式的农村，就一定会有这种抗议）的角度去评价。"① 这里，列宁深刻指明了对托尔斯泰的历史评价和现实评价的辩证关系。

列宁善于把对托尔斯泰的历史评价和现实评价有机地结合起来。从历史评价的角度看：列宁首先给托尔斯泰的思想和创作中的进步因素以高度的评价，称赞他是沙皇专制制度的"强烈的抗议者、激愤的揭发者和伟大的批评家"，是"曾经以巨大的力量、信念和真诚提出许多有关现代政治制度和社会制度的基本特点问题的思想家"②。其次，列宁指出，反动的托尔斯泰主义危害了1905年的俄国革命。"由于完全不能理解现代历史的进程"，托尔斯泰对旧世界的批判不时发出"幻想的、含糊的、无力的叹息"，产生悲观和绝望。而"绝望是那些不了解产生邪恶的根源、看不见出路和没有能力斗争的人的特性"③。因为托尔斯泰以类似民粹派那样的冷漠态度对资

---

① 《列宁选集》，3版，第2卷，243页，北京，人民出版社，1995。
② 《列宁全集》，中文2版，第20卷，39页，北京，人民出版社，1989。
③ 同上书，41页。

本主义在俄国的崛起"闭起眼睛来，不去考虑"，甚至把资本主义在俄国的发展排除在人类历史发展的一般规律之外，沉迷于封建宗法式小农经济体制的幻想中，从而给他的学说涂抹上一层浓重的封建社会主义的乌托邦色彩。

列宁指出：即使是托尔斯泰学说和作品中的积极的进步的思想成分，他的思想和创作中的批判的民主主义的进步因素，随着历史的发展，无产阶级革命斗争的日趋深入，它的有益的作用也必然会越来越显得微弱和有限。正如列宁所指出的："托尔斯泰的空想学说正像许多空想学说体系一样，是具有批判成分的。但是不要忘记马克思的深刻的见解：空想社会主义的批判成分的意义'是同历史的发展成反比的'"，随着工人阶级，即"正在'形成'新俄国和消除现代社会灾难的那些社会力量的活动愈发展，它们的活动愈具有确定的性质，批判的空想社会主义就会愈迅速地'失去任何实践意义和任何理论根据'"[①]。

从现代工人运动和现代社会主义的角度看，列宁指出，"作为一个发明救世新术的先知，托尔斯泰是可笑的"。因为托尔斯泰的"救世新术"，即他的以"不用暴力抵抗邪恶""道德上的自我修身"为主要内容的反动的托尔斯泰主义只能起到抵制无产阶级革命、保全他所憎恶的沙皇专制制度的反动作用。托尔斯泰将严峻的流血的政治问题归结为、转换成一个温和的道德说教问题，这不仅天真幼稚，而且荒唐可笑。所以，列宁从革命利益出发，指出"国内外的那些偏偏想把他学说中最弱的一面变成一种教义的'托尔斯泰主义者'是十分可怜的"[②]。

[①] 《列宁全集》，中文 2 版，第 20 卷，103—104 页，北京，人民出版社，1989。
[②] 《列宁全集》，中文 2 版，第 17 卷，185 页，北京，人民出版社，1988。

但列宁明确指出:"决不应该由此得出结论说,这个学说不是社会主义的,这个学说里没有可以为启发先进阶级觉悟提供宝贵材料的批判成分"①,"俄国无产阶级要向被剥削劳动群众阐明托尔斯泰对国家、教会、土地私有制的批判的意义,——这样做不是为了让群众局限于自我修身和对圣洁生活的憧憬,而是让他们振奋起来对沙皇君主制和地主土地占有制进行新的打击"②。

列宁对托尔斯泰的历史评价和现实评价相结合的历史唯物主义的观点和方法,为我们用来批判各种反历史主义的错误倾向,提供了理论根据。

第三,列宁熟练地运用唯物辩证法分析托尔斯泰的思想和创作,批判了各种政治势力评价托尔斯泰时所贩卖的唯心主义形而上学的谬论。

列宁在批判地继承托尔斯泰的文学遗产时,不仅从纵的方面,从历史的发展的过程和联系中,对托尔斯泰的思想和创作的历史内容与它所产生的历史作用作出准确的评价,而且还从横的方面,用辩证分析的方法,对托尔斯泰的学说和作品一分为二,区分出好坏优劣,鉴别出糟粕和精华,决定其扬弃和继承。

列宁首先对托尔斯泰的学说和作品一分为二。正如我们上面所谈的,列宁一方面指出托尔斯泰的学说、思想、世界观和创作的积极的进步的方面,阐明托尔斯泰对沙皇政府、官方教会、政治法律制度、农奴制度的尖锐的批判,对资本主义的无情的揭露,对农民和工人的悲惨处境的深切的同情……肯定了这些批判的民主主义的思想因素对俄国革命的积极作用和进步意义。列宁另一方面也阐明

---

① 《列宁全集》,中文2版,第20卷,103页,北京,人民出版社,1989。
② 同上书,25页。

了托尔斯泰的学说、思想、世界观和创作中所宣扬的以鼓吹"净化了的新宗教""道德上的自我修身""向'精神'呼吁""禁欲主义""寂静主义",特别是"不用暴力抵抗邪恶"等反动的思想成分为基本内容的托尔斯泰主义对俄国革命的危害。

  列宁不仅指明了托尔斯泰的思想和创作的双重性,而且揭示了产生这种双重性的根源。列宁认为托尔斯泰的世界观和创作中的思想内容与倾向的矛盾的双重性不是凭空产生的,具有深刻的阶级的、政治的、社会的根源。从阶级根源来看,托尔斯泰作为俄国宗法式农民的思想代表,他的学说和作品既反映了他们的革命的情绪、要求和愿望,也表现了他们的狭隘、保守、软弱和怯懦。列宁认为,俄国宗法式农民中,只有极少数人敢于拿起斗争的武器,向压迫他们的仇敌冲杀,而大多数农民还是耽于幻想,因斗争的残酷和挫折而陷于悲观失望,在祈祷和自我麻醉中忍受着非人的生活的折磨。托尔斯泰主义正是这部分农民思想和情绪的反映。从政治根源来看,托尔斯泰的学说和创作,既反映了俄国革命的有力的方面,也表现了俄国革命的弱点。托尔斯泰当时面对的俄国革命是以宗法式农民为动力的资产阶级民主革命。俄国宗法式农民作为这次革命的主体和基本动力,他们的思想的积极方面和消极方面、优点和弱点、革命性和妥协性及软弱性都必然在革命过程中反映出来,也必然在托尔斯泰这面"俄国革命的镜子"中展示出来。从社会根源来看,俄国本来是长期处于停滞状态的所谓"东方国家",千百年封建君主专制、经济结构的封闭保守和历史传统观念的影响,为托尔斯泰主义的产生提供了合适的土壤。因而,悲观主义、不抵抗主义、向"精神"呼吁,是这样一个时代必然要出现的思想体系。列宁指出:"托尔斯泰主义的现实的历史内容,正是这种东方制度的即亚洲式制度的思想体系"的艺术反映。

列宁坚持"两点论",用辩证分析的方法研究托尔斯泰的思想和创作,对各种政治势力评价托尔斯泰时所散布的形而上学谬论进行了有力的驳斥。由于各种政治势力抱有不同的政治目的,都不能对托尔斯泰的学说和作品进行全面的辩证分析,总是搞好即好、坏即坏的"一点论"。以波格丹诺夫为首的"无产阶级文化派"把托尔斯泰的文学遗产看得一无是处,全是糟粕,像对待垃圾那样完全"扔掉";某些资产阶级自由派无视托尔斯泰学说和作品中的有害的毒素,从实用主义的立场和观点出发,回避、掩盖、抹杀托尔斯泰学说和作品中对他们不利的部分,竭力吹捧托尔斯泰的思想和创作中对他们有利的部分,以对抗无产阶级革命;孟什维克的"取消派"和"召回派"与资产阶级自由派相呼应,也把托尔斯泰的文学遗产中的糟粕当作精华,狂热鼓吹反动的托尔斯泰主义,反对无产阶级用暴力革命摧毁旧的国家机器,建立新的政权。可见,所有这些反动的政治势力,由他们的阶级偏见和阶级利益所决定,不可能掌握革命的辩证法,对托尔斯泰的思想和创作进行全面正确的评价。

第四,列宁坚持文学的党性原则,用无产阶级的政治观点,阐明托尔斯泰的学说和作品的政治倾向,正确评价它对俄国无产阶级革命的意义和作用。

列宁指明了托尔斯泰学说、思想、观点和作品的政治实质。托尔斯泰的世界观转变后,成为俄国宗法式农民的思想家,他的学说和作品中的政治倾向是体现俄国宗法式农民的利益和要求的。

无产阶级出现以前,农民是俄国的唯一革命的阶级。托尔斯泰作为宗法式农民的思想的代表,总是站在这个先进阶级的立场上,力图用宗法式农民的眼光观察生活中的阶级关系和政治情势。他的学说和作品的政治倾向是通过对俄国当时的不同阶级或政治力量的不同态度表现出来的。

托尔斯泰代表千百万宗法式农民对腐败和日趋崩溃的农奴制的尖锐批判，对没落腐朽的贵族地主阶级的无情的揭露，不仅有利于宗法式农民，而且有利于他所憎恶的资产阶级，因为这种揭露和批判客观上起到为资本主义发展扫清道路的作用；同时，也有利于托尔斯泰根本不了解的无产阶级，因为宗法式农民的自由和解放，无疑会壮大无产阶级革命同盟军的阵容，农奴制的崩溃，加速了资本主义的发展，使社会阶级矛盾更趋简单化、明朗化，有可能使无产阶级经过登上历史舞台的斗争的锻炼，变得更加强大和成熟。托尔斯泰对贵族社会的旧的生产关系和政治制度的批判对无产阶级革命肃清农村的封建主义残余，也具有宝贵的参考价值。可见，托尔斯泰对俄国农奴制的批判，不管从什么意义上说，都是有进步意义的。

托尔斯泰对资本主义的愤怒的控诉和强烈的抗议，对启发俄国的农民和工人的革命思想，对激发俄国无产阶级革命，具有重要的意义。刚刚开始形成的资产阶级制度，对当时俄国的广大农民来说是不熟悉的、陌生的、不了解的。"托尔斯泰模模糊糊地看到的这个'刚刚开始形成的'资产阶级制度是一个像英国那样的吓人的怪物"。"他像民粹派一样，闭起眼睛，根本不愿意看到，甚至拒绝去想在俄国'开始形成'的东西正是资产阶级制度"①。托尔斯泰由于受到宗法式农民的狭隘眼界和作为贵族的思想残余的局限，几乎全然没有注意到资本主义的优越性和进步性，倒是极其敏锐地觉察到资本主义的贪婪、疯狂的野心和制造种种灾难与不幸的罪恶。对资本主义的憎恶和仇恨，是托尔斯泰的基本社会道德情操。在托尔斯泰看来，资产阶级的全部物质文明和精神文明都不过是用来奴役和剥削人民的精巧的手段。托尔斯泰的学说和作品中渗透着对资产阶级这种

---

① 《列宁全集》，中文 2 版，第 20 卷，101 页，北京，人民出版社，1989。

"进步"的愤懑和反抗情绪,但缺乏评价这种"进步"的科学态度和历史观点。这可能对群众产生有害的影响。对此,列宁指出:"俄国无产阶级要向群众阐明托尔斯泰对资本主义的批判,——这样做不是为了让群众局限于诅咒资本和金钱势力",不在于鄙夷地摈弃资本主义的"进步","而是让他们学会在自己的生活和斗争中处处依靠资本主义的技术成就和社会成就,学会把自己团结成一支社会主义战士的百万大军,去推翻资本主义"①。

列宁认为:在托尔斯泰的遗产里,"还有着没有成为过去而是属于未来的东西"②。托尔斯泰的作品不仅强烈地表现了宗法式农民对"成为过去"的旧制度旧秩序的愤怒和仇恨,而且朦胧地反映了他们自发地渴望从阶级压迫的重压下解放出来并"在狭小的范围内寻求美好的生活"的憧憬和追求。托尔斯泰写道:"一切好的,为人民需要的作品并不仅是追求过去,而是要指出未来。"他认为文艺反映生活时应当揭示人生的理想。这种理想的王国,不可以用暴力来夺取,只能用爱的力量来建造。因此,这种理想不过是基督教社会主义,实质上是把封建宗法制理想化神圣化为封建社会主义。托尔斯泰主义的乌托邦的反动本质,随着无产阶级登上历史舞台和俄国无产阶级革命的发展,越来越显得荒谬和有害。

然而,列宁深刻揭示了托尔斯泰这位伟大的思想家和艺术家"同他显然不了解的、显然避开的革命"之间的内在联系,阐明了托尔斯泰的思想和创作对旧世界的掘墓人无产阶级的革命斗争所具有的重大意义。列宁强调托尔斯泰的艺术作品的认识作用。他指出:"俄国工人阶级研究列夫·托尔斯泰的艺术作品,会更清楚地认识自

---

① 《列宁全集》,中文 2 版,第 20 卷,25—26 页,北京,人民出版社,1989。
② 同上书,25 页。

己的敌人；而全体俄国人民分析托尔斯泰的学说，一定会明白他们本身的弱点在什么地方，正是这些弱点使他们不能把自己的解放事业进行到底。为了前进，应该明白这一点"，"只有当俄国人民懂得，他们要求得美好的生活，不应该向托尔斯泰学习，而应该向无产阶级这个托尔斯泰所没有了解其意义的、唯一能摧毁托尔斯泰所憎恨的旧世界的阶级学习，只有这个时候，俄国人民才能求得解放"[1]。

学习列宁评论托尔斯泰的文章，对我们提高用马克思主义的立场、观点和方法分析、研究古典作家作品的能力，树立革命性和科学性相结合的马克思主义学风，批判一切反马克思主义的思潮，都具有普遍的指导意义。

（原载《马列文论研究》1983年第2期）

---

[1] 《列宁全集》，中文2版，第20卷，72页，北京，人民出版社，1989。

第二辑

文艺理论研究

试论文学的系统本质

研究文学的本质规律,是文艺理论家的职责。一段相当长的时期内,从西方到当代中国学界涌起了一股"反本质主义"的声浪。这种社会文化思潮是对极端的、僵硬的、教条的本质主义的反拨和挑战。然而,"反本质主义"决不会消解研究文学的本质规律的正当性和必要性,更不会颠覆文学研究的意义和价值。问题的关键在于怎样正确理解文学的本质和本质主义。

一、把握文学本质的四个向度

真正完整地深刻地理解文学的本质规律是很难的。具体到每个学者,虽然无法穷尽文学的真理,但往往会在追求文学真理的长河中,增添某些新的因子。应当珍惜学术前辈们对文学的本质规律认识的理论成果,充分肯定其中有价值、有意义、有先进思想成分的合理内核,尊重他们的劳动和智慧,爱护人类思想发展史上那些宝贵的思想资源和精神财富,立足传统,锐意创新,在以往既有的基础上把对文学的本质规律的理解不断推向前进。

真理的发展是伴随着时代的变迁和历史的转折,不断解构和建构的深刻的、漫长的，表面上看来好像是循环往复，实际上却是螺旋式上升的过程。解构那些僵化的、背时的、陈旧的理论界说，往往是思想解放运动的前提条件。从这个意义上说，新的文艺观念取代或部分取代旧的文艺观念是正常和合理的事情。因为，只有破除旧的思维模式，才能为新文学的生长开辟道路。所谓新陈代谢，吐故纳新，一切都必然因时代演进和社会转型的需要而发生相应的变革。

应当承认文学本质和一切事物的本质一样都是可分的。至少可以从四个向度上把握文学的本质：从文学的横向上，开拓文学本质的广度，展现文学的"本质面"；从文学的纵向上，开掘文学本质的深度，展现文学的"本质层"；从文学的流向上，驾驭文学本质的矢度，追寻体现文学发展趋势的"本质踪"；从文学的环向上，拓展文学的内在和周边的关系，从而把握文学的"本质链"。文学的本质是可以划分为多方面、多层次的，同时又是流动的、变化不居的，在相互制衡的内在的和周边的关系上不断变异，获得新质。不论是从广度、深度、矢度和圆度上，换言之，不论是从横向、纵向、流向还是环向上，都应当对文学本质作开放的理解和系统的阐释。

真理是全面。对一般的理论界说而言，所包容的对象本质的全面性都是有限的。当文学的内容在广度上有了新的拓展，旧的界说因为不可能包含和预示文学的新质，产生解析文学的片面性和偏执性，从而失去阐释的有效性。人们对文学的认识同样是从片面到全面。获得片面深刻的真理已经实属不易，更应当尽可能地吸纳和整合这些片面深刻的真理，使之上升为相对全面深刻的真理。

真理是深度。文学的本质在纵深的向度上同样是可分的。文学同样存在着一级本质和二级本质，乃至呈现出无穷无尽的递进式的层次性，有待学者们去进行不断的发掘和钻探。由于对文学本质的理论界说是在具体的时间和空间内给定的,当文学的蕴涵在深度上一旦有了新的发现,必然会产生解析文学的表面性和肤浅性,从而使对文学本质的旧的理论抽象,失去了阐释的有效性。

真理是过程。本质主义对事物的内部联系的把握不可能成为恒久的真理。文学是随着时代的发展而发展的,一旦文学的意义在矢度和流向上有新的演变,这种本质主义的理论概括必然会产生解析文学的凝固性和保守性,甚至变成一种僵化的背时的理性,从而失去阐释文学的有效性。对文学的本质界说,只能勾画出一种既相对稳定又不断变化着的边界,随着时代的变迁、历史的发展、社会的转型和文化环境的变异,必然会发生相应的变通。如抗日战争时期,从当时的历史任务和革命需要出发,中国共产党的领袖人物提出"文艺为政治服务"的口号。这个口号在当时中国人民濒临亡国灭种的空前危机的历史条件下,着重强调文艺的政治属性、政治本质和政治功能是适时的和积极的。新中国成立后,随着时代的发展,应当实现从"以阶级斗争为纲"到"以经济建设为中心"的历史转折。与这个伟大的历史转折相适应,为了促进社会的转型和经济的发展,用"文艺为人民服务,为社会主义服务"的新提法取代"文艺为政治服务"的口号,同样是正常的和合理的。可见,文学的本质总是伴随着时代的变迁而演进,伴随着历史的发展而转换,伴随着社会的转折而嬗变。文学的本质同样是流动的。对现象的理论概括,必须进行动态的把握,跟踪真理发展的过程和捕捉发展过程中的真理。真理和对真理的追求与认定都应当是与时俱进的。必须破除和摈弃对本质的僵化的理解和教条主义的解释,但同时又要注意防止和克服采取虚无主义的态度,不加分析地消解和颠覆一切对事物的本质规律的理性界说。

真理是关系。马克思主义经典作家把人的本质界定为一切社会关系的总和。其实，推而广之，世界万物都可以说成是联系性和相关性极强的所属关系的总和。文学和文学的本质都存在于关系中，都通过关系而存在，都在关系中深化、在关系中完善、在关系中发展，表现为各种关系因素的"合力"的相互激荡、相互拉动、交互作用，呈现出类似"平行四边形"那样的复杂形态。与文学本质相联结的诸多关系，制约着甚至决定着文学的系统本质，形成文学本质的多维结构。既往的本质主义界说总是停留在对文学的内部联系的单纯的孤立的把握上，现在看来是远远不够的。当文学的内部关系与周边关系发生了新的变化和有了新的发现，传统的本质主义界说无法驾驭文学的复合型的系统质，一定会产生解析文学的封闭性和禁锢性，从而失去阐释文学的有效性。文学和文学的本质同样是具有间性的。这正是对文学和文学本质进行跨学科研究的重要学理根据。文学的本质不仅是全面的、深层的、流动的，而且是系统的、相对的、开放的。

二、探讨文学本质的六大学理系统

根据笔者的研究和理解，通观整个文学思想史，举其要者加以归纳，可以概括出如下一些文论思想的学理系统：研究文学与自然的关系，探讨文学的自然属性或自然本体或自然本质，可以求索出各式各样的自然主义的文论学理系统；研究文学与社会历史的关系，探讨文学的社会历史属性或社会历史本质，可以总结出各式各样的历史主义的文论学理系统；研究文学与人的关系，探讨文学的人学属性或人文本质，可以提炼出各式各样的人本主义的文论学理系统；研究文学与审美的关系，探讨文学的审美属性或审美本质，可以概括出各式各样的审美主义的文论学理系统；研究文学与文化的关系，探讨文学的文化属性或文化本质，可以抽象出各式各样的文化主义的文论学理系统；研究文学自身的内部关系，探讨文学的语言形式符号属性或语言形式符号本质，可以总括出各式各样的文本主义的文论学理系统。

（一）关于自然主义的文论学理系统

这里所说的自然主义不是指作为文学流派的自然主义，而是指由于解释人与自然、文与自然的关系所产生的各式各样的生态主义的理论、观念和方法。大自然是人类的母亲。大自然哺育了人类，人类也要赡养、善待和敬重母亲。实际上，人类是与大自然同生存和共命运的。自文学起源以来，不论是在神话传说里，还是在中国古代的《诗经》、唐诗和宋词中，都充盈着对人与自然的和谐关系的讴歌。只是还没有通过对此类创作的审美经验的归纳，概括出成熟的自然主义或生态主义的文论学理系统。现代社会以来，资本的运作和科技的发展，以神奇的力量给世界带来了翻天覆地的巨变。同时，这些前所未有的成就，又是以对自然生态的破坏和道德的沦丧为代价的。马克思曾经指出："在我们这个时代，每一种事物好像都包含有自己的反面。我们看到，机器具有减少人类劳动和使劳动更有成效的神奇力量，然而却引起了饥饿和过度的疲劳。财富的新源泉，由于某种奇怪的、不可思议的魔力而变成贫困的源泉。技术的胜利，似乎是以道德的败坏为代价换来的。随着人类愈益控制自然，个人却似乎愈益成为别人的奴隶或自身卑劣行为的奴隶。甚至科学的神圣光辉仿佛也只能在愚昧无知的黑暗背景上闪耀。我们的一切发现和进步，似乎结果是使物质力量成为有智慧的生命，而人的生命则化为愚钝的物质力量。现代工业和科学为一方与现代贫困和衰颓为另一方的这种对抗，我们时代的生产力与社会关系之间的这种对抗，是显而易见的、不可避免的和无庸争辩的事实。"① 伴随着现代化历史过程中出现的日甚一日的自然生态、人的生态和文化生态的恶化和危机，无论是"自然中心论者"，还是"人类中心论者"，尽管见解不尽相同，但都这样那样地关注人与自然的生态关系。从自然主义视阈，强化和优化对文学与自然的生态关系的研究，是完全必要和非常适时的。自然生态学、社会生态学、人文生态学、文化生态学，乃至文艺生态学勃然兴起。思想家和艺术家们以净美澄明的旋律、清新淳朴的格调和温馨芬芳的乐章，谱写着新时代的田园交响曲。在文学创作和文学研究中，洋溢着觅绿、看绿、悟绿、爱绿和颂绿的深情厚谊。通过文学创作和文学研究呵护自然生态，赞美人的生态与自然生态的和谐，促进文学和文学研究生态的良性循环。以人与自然、文学与自然的生态为对象，创立文艺生态学，建构自然主义的文论学理系统，已渐具雏形，取得了明显的实绩。

（二）关于历史主义的文论学理系统

从历史视野，研究文学与一定时代的社会历史的关系是人类思想史上的一个重要的学术传统。学术思想史上，曾经长期存在着强大的社会历史学派。历史主义的文论和历史主义的理论是紧密联系着的。大体上有三种历史主义的理论，同时相应地存在着三种不同的历史主义的文论。第一种是传统的历史主义。这种历史主义衍生出两个相互关联的分支：有的侧重于强调经济因素决定文艺的发展，像一些苏联学者所主张的那样，从总体上把文艺视为社会经济生活和物质生产的机械的等价物和简单的分泌物；有的倾心于宣扬意识因素制约文艺的发展，从孔德实证主义始，到斯达尔夫人，再到泰

---

① 《马克思恩格斯选集》，2 版，第 1 卷，775 页，北京，人民出版社，1995。

纳的《艺术哲学》,多半都把文艺看作是一定历史条件下的社会意识、民族心理、文化精神、风俗习惯的产物。第二种是新历史主义。这种新历史主义文论的基本特征是通过对语言的标示、叙述和转换,把史实变成史书,把历史存在变成历史观念和历史意识,把历史事件和历史人物变成历史故事和对历史故事的语言叙述,通过不适度地强调书面文本和历史文本的互文性,达到重塑和改写历史的目的。这种新历史主义对修正和补充被正史歪曲、误读和疏漏了的历史是有意义的。但同时使"造史"和"戏说"几乎成为一种时尚。新历史主义文论表现出被放大了的主观因素、政治色彩和浓郁的意识形态性。这种新历史主义的文论表面上看来是注重和回归历史,但通过对历史文本的书写和阐释,自由驰骋主体的自我意识,形成书写主体、解释主体和研究主体的历史意识与文化精神借助文本向历史领域的自我辐射和自我扩张。第三种是马克思主义的历史唯物主义。马克思主义的历史唯物主义关于社会结构的理论仍然具有蓬勃的生命力。历史唯物主义认为,观察一切问题,都要有历史意识,不能脱离具体的时空条件的制约。从历史主义角度研究文学的社会历史属性或社会历史本质,永远是一个真问题和新问题。形象地说,历史是一株根,历史是一条河。只有把文学与文学所反映的内容和表现的情感,放到一定的历史条件下、历史范围内、历史结构里和历史过程中,才能得到正确的理解和深刻的阐释,才能寻觅出所谓"根源的根源"。从归根结底的意义上说,文学的内容和特征,都是源于一定历史结构和一定历史条件下的社会生活。因此,人们才能从文学艺术的画面中,看到有时代感的历史面貌、文化景观和世俗风情。我们应当承接和吸纳传统历史主义与新历史主义的合理内核,丰富和发展马克思主义的历史唯物主义的文论学理系统,重新建构文艺社会学的理论基础和框架体系。

(三) 关于人本主义的文论学理系统

"文学是人学"。文学的人学内涵可谓博大精深。有各式各样的与人本主义的人学理论相对应的人本主义的文学理论。第一种是先期的、古典的、传统的人本主义、人道主义、人文主义的人学理论。这种人本主义的理论主要指自文艺复兴以来，经启蒙运动时期，到法国资产阶级大革命后逐渐形成和完善起来的实质上是以市民社会的"人"为核心的人学理论。这种人学理论以标榜自由、平等、博爱以及具有普遍性和抽象性的人性与人权为尺度。这种人本主义理论尽管带有一定的虚假性，但它以提高人的地位和尊严为旨趣，作为对维护封建专制的君权与神权的抗争和反叛，促进了社会的进步和与之相应的人的解放，起到了积极的历史作用。第二种是新人本主义的人学理论。这种新人本主义的人学理论主要是20世纪以来，特别是两次世界大战后兴起的一种以非理性主义为特色、为基础、为灵魂的人本主义。这种人学理论在现代主义和后现代主义的文艺作品中得到了突出表现，着重描写世界的冷酷、无序和迷乱，揭示社会和人的严重的畸变和异化，凸显世界和人生的荒诞主题。新人本主义和先期的、古典的、传统的人本主义简直具有天壤之别。第三种是马克思主义的人学理论。相当长的时期内，西方学界的某些论者对马克思主义的人学理论的看法，存在着盲视、曲解和误读。阿尔都塞认为，马克思只强调史的学说，而忽视人的理论，认为马克思主义只把历史理解为"没有主体或目的的过程"。萨特断言，马克思主义是"见物不见人"，是他发现了所谓"人学的飞地"。所有这些看法都是不符合实际情况的。马克思主义的人学理论的最大优点和特点正在于不是脱离社会和历史来抽象地谈论人，而是自觉地从与社会、历史和现实生活的联系中来考察人，认为只有社会进步和历史发展，才能使人获得相应的提高。马克思主义有比较系统和深刻的人学理论，诸如关于从"类""民族""阶级""阶层""族群""集团"的视阈考察人的理论，关于研究人的主体性和客体性的理论，关于论述人的个体性和群体性的理论，关于阐释人的认知关系和价值关系的理论，关于探讨人的生存状态、生存方式和生命活动的理论，关于研究自然的人化和人的自由自觉的有意识活动的理论，关于论证人通过实践改变环境和创造世界的理论，关于论述人的异化和人的解放的理论，关于表述人的全面自由发展的理论等，都为建构文艺的人学提供了丰富的理论资源。我们应当承接和吸纳传统的人本主义和新人本主义的人论思想的合理内核，努力创造出以马克思主义为指导的人本主义的文论学理系统。

（四）关于审美主义的文论学理系统

审美主义的文学理论是各式各样的。现实主义的美学理论侧重于对处于审美关系中的审美对象的审美属性的展示，倡导文艺创作从自然美到社会美和人的美，都力求通过再现的方式，进行全景式的鸟瞰或精美的细部刻画。浪漫主义的美学倾心于对处于审美关系中的审美主体凭借对象的审美属性对自我的情感、意志、思想、欲望、爱好、心态、趣味、情致，乃至精神意向和价值取向的表现、抒发、辐射和扩张。形式主义的美学多半从文本的形式方面，探讨作品的形式因素的审美构成和审美特质，但往往表现出一定程度上脱离作品的内容，封闭孤立地推崇文本形式因素的极端化倾向。现代主义的美学的主要特征表现为对资本社会的批判，通过对人的个体化、主观化、内向化的开掘和拓展，揭露现实生活的异化、丑恶和荒诞，抨击现代社会和精神文明的危机。其中对人的生态、心态和人的命运，不乏深层的动人心魄的描写，但慑于强大的政治和物质力量，往往表现出软弱和无奈，流露出悲观主义和虚无主义的倾向。后现代主义美学很大程度上已经把文学转化为一切具有文学性的泛文学，通过对文学的泛文化研究，走向对一般的社会文化现象的关注。后现代主义的美学理论带有非理性主义的思想特征，作为对形式主义美学和现代主义美学的反驳，通过"向外转"，热衷于对日常生活的审美化和审美的日常生活化的研究，一定程度上表现出试图用图像艺术取代语言艺术的精神意向。上述各种审美主义的文论学理系统既有差异、矛盾和冲突的一面，也存在着互渗、互补和互融的一面。应当从辩证联系中把握它们之间的相互关系的复杂性。马克思主义经典作家关于文学的起源的论述，关于文学是一种特殊的"意识形态的形式"①的论述，关于作为衡量创作和作品的最高标准的"美学和历史的观点"②的论述，关于文艺是"掌握世界"的"专有的方式"③的论述，关于文学是"按照美的规律来构造"④的论述，关于文艺是一种"特殊的精神生产"⑤的论述，关于艺术美源于生活美、高于生活美的论述，关于对与文学相关的社会哲学文化思潮的论述等，为整合上述各种形态的美学理论，建构更加科学的、完整的审美主义的文论学理系统，提供了重要的学理支持。

（五）关于文化主义的文论学理系统

这里所说的文化主义泛指一切文化研究和文化批评的理论、观

---

① 《马克思恩格斯选集》，2版，第2卷，33页，北京，人民出版社，1995。
② 《马克思恩格斯全集》，中文1版，第4卷，257页，北京，人民出版社，1958。
③ 《马克思恩格斯选集》，2版，第2卷，19页，北京，人民出版社，1995。
④ 《马克思恩格斯全集》，中文1版，第42卷，97页，北京，人民出版社，1979。
⑤ 同上书，121页。

念和方法。20世纪末期,全球范围内掀起了强劲的社会文化思潮。影响最大的文化理论当推法兰克福学派的社会文化批判理论。社会文化批判理论的成员多半是德国法兰克福学派的西方马克思主义者和他们的传人。社会文化批判理论呈现着非常复杂的多极化的学理结构和精神意向。有的触及社会和实践层面,有的则潜入或辐射到人的文化、心理和意识领域。应当说,这些西方马克思主义的学理是新历史条件下带有鲜明政治色彩和颇具"革命倾向"的思想。社会文化批判理论强化了人文科学的批判功能,力图从诸多方面揭露和抨击被福利措施制造出来的幸福假象所掩盖着的压抑和扭曲人性的社会现实。霍克海默和阿多尔诺指出,当代启蒙失去了历史的进步性和合理性,已经沦为欺骗和愚弄群众的舆论工具。尽管他们的批判意识附着上一层悲观主义的迷雾,同时不加分析地反对生产力的发展和科技理性的高扬所带来的负面作用,表现出一定的局限性,但他们抵制和声讨极权主义的专横与科技理性的泛化对人的伤害则无疑是正确的。他们指出,现实生活中的那些精确的信息和经过精密设计的消遣用品的大量出现,正在使启蒙退化为神话,造成了意识形态的衰退。这些激进的西方马克思主义者通过倡导"否定辩证法",主张用事物的差异性和冲突性,反对"虚假的同一性"。马尔库塞发现和论证了被异化规律支配的物质力量与物化世界对人的压抑和扭曲。他创立的"单面社会"中的"单面人"的理论与他把社会文化批判理论同弗洛伊德的精神分析理论相融合而建构和宣扬的"新感性"理论,都产生了不可忽视的影响。

　　社会文化思潮传入中国后,虽然不同于英国伯明翰大学文化研究中心的文化研究,也不排斥法兰克福的社会文化批判研究,但主要表现为广义的大众文化研究。从文化视野研究文学,逐渐成为一种时尚。文化向文学的扩展和文学向文化的转向,开始成为当代中国学界的热点和闹区。

由于大众文化和大众文化研究是在西方后现代社会环境和语境中产生与发展的，因此带有十分明显的后现代主义和解构主义的思想特征。后现代主义和解构主义的语境与叙述中的文化研究理论，强调此类文化的怀疑、解构和批判功能，可以激活人们的思维方式，有利于消解那些应当消解的东西，有助于从精神和舆论层面破除不合理的和压抑人的思想与体制。但这并不意味着会对全球化时代的西方后工业社会的经济运作和科技发展产生什么实质性的影响。借用美国的一位当代著名的后现代主义的哲学家理查德·罗蒂的话来说："后现代主义因其建设性的薄弱在美国并未占据主流地位，而中国却将后现代主义奉为圭臬。"这是值得当代中国学者深思的。由于解构主义和后现代主义笼统地颠覆一切理性、规律和权威，有时又采取实用主义的态度，排斥异质性、差别性、个别性，倡导美国模式的同质性、标准化和一体化，推行全球化的普世主义，打着多元主义的旗帜，否认不同国家的历史发展的不平衡性，实际上宣扬使不同民族和地域的人们屈从美国模式，推行一统天下的霸权主义。这种把历时态过程转换为共时态存在的思维方式，消解了有差异和有深度的历史感。带有非理性、平面化和无深度的特征的后现代主义的文化研究理论，抹平了文化与文学的界限，并企图以图像文化取代语言艺术。正确对待解构主义和后现代主义对文化研究的影响，创立崭新的文学文化学，建构富有理论深度的文化主义的文论学理系统，是完全必要的。

（六）关于文本主义的文论学理系统

文本理论主要指各式各样的关于语言、语义、形式、符号、韵律、隐喻、结构、叙述、接受、阐释的模式、理论、观念和方法。

20世纪以来，西方的文本主义文论得到了极大的发展。有的学者把走向文本研究视为西方文论发展的必然趋势和逻辑结果，从"社会中心论""作者中心论"演进到"文本中心论"，然后又从"文本中心论"走向"读者中心论"，都集中于对文本构成因素的认定和解析。有的文学理论家从对文学的外部规律的探讨转向对文学的内部规律的审视。从俄国形式主义，到东欧的结构主义，再到英美新批评派，都热衷于对文本自身的研究，产生了各式各样的关于文本的形式理论、语言符号的结构和解构理论。这些文本理论显得分散，甚至充满着差异、矛盾和冲突，缺乏有机化、系统化和一体化的架构与整合。从注重文本，走向崇拜文本，造成对文本进行封闭孤立的研究的倾向。后现代主义、后结构主义、解构主义的出现实际上是对凝固的、僵硬的、绝对化和极端化的文本主义文论的背弃和反弹，导致"文本中心论"的式微和"读者中心论"的兴起，随即产生了论证"读者中心论"的一系列新的文本主义文论，诸如接受美学、解释学和读者反应理论等。只强调形式因素，忽视历史因素、人文因素、文化因素和审美因素，进行孤立封闭的文本研究，显然是不科学的，也是行不通的，最后还是要走向开放。语言符号形式向人的生命情感开放，如出现了苏珊·朗格的情感符号主义；文本的结构和模式向社会、历史、政治、种族和性别开放，如出现了多种形态的新历史主义、文化诗学、文化殖民主义与反文化殖民主义、女权主义和不同种类的新马克思主义等。"语言学转向"后，有的学者把语言的作用推向极端，竟然认为不是人说语言，而是语言说人，甚至把语言视为上帝。其实，对人造的世界来说，人的社会实践，才拥有至高无上的权威。应当区分语言的第一性意义和第二性意义。首先是劳动创造了人和人的语言，只能在反作用的意义上肯定语言和语境对人的心理、意识、性格、素质的培育和塑造的功能。

综上所述，自然主义的文论学理系统、历史主义的文论学理系统、人本主义的文论学理系统、审美主义的文论学理系统、文化主义的文论学理系统和文本主义的文论学理系统，都是文学的系统本质中不可或缺的组成部分，构成一个有机的生命共同体和活性的生态循环圈。它们或同时出现、各呈风采，或交替突出、轮番表演，都应当进行共时态和历时态研究。从整体的学理体系的框架中，在恰当的位置和所属的坐标点上，着重研究文学的系统本质的某一层面，或着重探讨文学的自然属性和自然本质，或着重探讨文学的社会历史属性和社会历史本质，或着重探讨文学的人学属性和人文本质，或着重探讨文学的审美属性和审美本质，或着重探讨文学的文化属性和文化本质，或着重研究文学自身的内部规律、探讨文学的语言形式符号属性或语言形式符号本质，都是需要的。同时要特别注重培育和发现文学本质的新的方面、新的层次、新的领域、新的关系和新的发展，与时俱进，确立文艺理论的创新机制。

文学系统本质中的各种学理之间的相互关系，不是平列的、均衡的。从文学产生的根源来说，归根结底，文学和文学的本质是人的历史过程和社会实践活动包括审美实践活动的产物。从文学自身的本性和特征来说，文学的本质是审美的；文学的自然属性、文学的社会历史属性、文学的人学属性、文学的文化属性、文学的文本属性和语言形式符号属性，都是通过文学的审美的内容和方式，负载和展示出来的。但由于时代语境和历史条件的不同，文学的系统本质中的某一方面或某些方面可能得到凸显。如历史转折和战争年代，一定会强调文学的社会历史本质，特别是强调文学的政治属性；当人与自然的关系面临危机状态，一定会强调文学的自然本性；当人的生存和发展问题变得十分突出，一定会强调文学的人学本质；当社会的文化建设成为重要的历史使命，一定会强调文学的文化属性，如此等等。从文学的价值功能系统和文学的本质系统的有机联系来说，文学应当通过审美、教育、认识和娱乐等功能，善待自然，美化和优化人与自然的生态，推进社会文明，培育和提高人的思想文化素养，文学的最终的价值关怀和最高的功能目标应当有利于实现社会的全面进步和人的全面自由发展。

近年来，对文学的审美时尚化研究日趋炽烈。有些学者甚至主张用被泛化了的文化研究或用被世俗化了的审美时尚化研究取代文学研究，以促进日常生活审美化和审美日常生活化的发展。与此相呼应，出现了文学的"危机论""消亡论""边缘论"等观点。全球化背景下的整个世界范围内的资本运作和科技手段的不断尖新，使各国一定程度上相继进入了信息时代、数字时代、视像时代，受技术性和文学性的触发与濡染，加速了文学大众化的历史进程。大众文化凭借大众媒介的宣传鼓动作用，调动大众受众的消费欲望，使大众文化产品拥有更多的市场份额，创造出更大的诱人的经济效益，使严肃的文学家和文学作品捉襟见肘，陷入困境。这里还关涉到一个深层的实质性问题，即文化话语权力的占有和再占有、文化资本的分配和再分配。由于资本的扩张、市场的指挥、科技的支撑、权力的运作、利益的驱动和需要的刺激以及后现代主义社会文化思潮的推波助澜的综合作用，大众文化拥有不可遏制的强势。

这种文化背景下的文学研究面临着空前的挑战与机遇。有的文艺理论家，特别是一些青年学者，主张介入文化研究，呼吁文学研究应当"越界"和"扩容"，注重研究审美的日常生活化和日常生活的审美化。从文艺理论的学术阵容中，分流出来一部分学者，专门从事对大众文化的研究是必需的。从文学视阈研究文化现象，或从文化视阈对文学进行文化研究，或对大众文化进行文学研究，或关注大众文化的文学性研究，提高日常生活审美化和审美日常生活化的文学品位和文化水准，是完全必要的。但同时要防止把语言艺术变成视觉艺术。文学研究开放边界，向大众文化、影视文化、图像文化、数字文化延伸和拓展存在着一个"适度"的问题。任何一个学科，都有自身相对独立的主权和相对稳定的领域。它的权力和疆土，理应受到尊重。"越界"是对的，但不适度地"越界"，可能会形成"侵犯"；"扩容"，也是对的，但无限制地"扩容"，又可能会变成"吞并"。一切有志于发展学术事业的人，不要只是热衷于在文学的相邻边界区域跑马圈地，随意扩展文化研究的疆土，更应当在文学自身的领域内深耕细作，不断地向纵深发掘和钻探，寻求学理的拓展与创新，取得有时代感和震撼力的学术成果。

三、实践・对话・综合・创新

实践不仅是检验真理的唯一标准，同时更是催生真理的唯一源泉。实践出新知，实践出新论。文学研究只有面对一定时代和历史条件下的社会实践和文学实践，回答当今文艺创作、文艺批评、文艺思潮中所存在的问题，才能与时俱进，不断出新。任何时代的理论创新，都是对所属时代的文艺实践进行理论概括的产物。柏拉图和亚里士多德的文艺思想，是对古希腊的文学现象的理论叙述。18世纪的德国的古典美学，是对当时的精神产品的哲学阐释。马克思、恩格斯的文艺思想是对巴尔扎克等作家的作品进行理论提升的产物。列宁的文艺思想是对托尔斯泰等作家的作品进行理论评述的产物。中国共产党几代领导人的文艺思想是对当代中国的文艺实践进行理论总结的产物。一种学理观念的产生、演变和深化，都是与一定时代和一定历史条件下的社会实践和现实生活中所提出的问题紧密相关的。如文艺生态学的勃兴，显然是由于自然生态的恶化引发的。

人们对向自然界进行"杀鸡取卵"式的索取和"竭泽而渔"式的发掘,表现出深深的忧患意识和危机意识,从拯救自然和拯救人类的高度,重新思考人与自然和文学与自然的生态关系。再如大众文化和大众文化研究的强化和泛化,显然是与信息视像时代的来临和电子媒介革命紧密相关的。可见,学术领域的扩界和学术思想的发展,大体上总是与时代的演变同步的。应当特别强调的是,中国当代的文艺理论工作者,为了继往开来,必须关注西方文论本土化实践过程中的成绩和问题,关注中国古代文论现代转化实践过程中的成绩和问题,关注马列文论中国化实践过程中的成绩和问题,进行学理上的整合与创新。

正确地开展学术对话是理论创新的重要机制和有效途径。学术对话应当具有世界视野、民族情结和当代意识。要强化和深化古今中外学术的互释与融通。学术对话和学术交流,可以集中学者的集体智慧,取长补短,是实现学理上优化组合的最佳平台。既然真理是全面,真理是深度,真理是过程,真理是关系,既然真理是开放的、多元的、流动的、相对的,那么追求真理的人们理应像真理一样谦虚和淳朴。然而,真正做到平等的友好的学术对话并不是一件很容易的事。进行正常的有效的学术对话,需要学者风度,需要使用学术语言,遵从必要的学术规范和学术伦理,需要对话者的诚挚的愿望和人格的境界。事实上,不论是自然主义的文论学理系统、历史主义的文论学理系统、人本主义的文论学理系统、审美主义的文论学理系统、文化主义的文论学理系统,还是文本主义的文论学理系统,都具有相对的和有限的合理性。不管是什么样的文论的学理和观念都是在整体的学术框架中自己所属的位置和坐标点上,才具有存在和发展的空间。任何一种真理,如果超出了自己的合理界限和适用范围,推至极端,上升为涵盖一切、主宰一切的文艺观念,则可能走向荒谬。时代呼唤着出现百科全书式的智者和哲人。事实上，学者们总会有专攻，可以充分发挥自己的学术专长，把文学的系统本质的某一方面和层次的真理不断推向前进，但每个研究主体由于知识结构和理论水平的局限，不可能包打天下，成为主宰一切学理的"上帝"。我们应当运用宏观、辩证、综合、创新的思维方式，容纳百川，吸取精华，努力探寻各种学理之间的内在联系，树立追求和服从真理的平等的对话精神。

新世纪文论的发展趋势是既一体化，又多极化；既有趋同性，又有异质性；既呈现出越来越明显的全球性、人类性和世界性，又保持着鲜明的民族特色和地域特征。当代的文艺理论建构，既需要微观的分析研究，又需要宏观的综合研究。对文艺理论进行宏观的综合研究是必要的和可能的。古今中外，特别是20世纪以来，提供了可供综合研究的丰富的思想理论资源。以分析思维取胜的20世纪对文艺的各个层面的认识，进行了广泛而精深的拓展和开掘，取得了丰硕的研究成果，为对文艺进行宏观辩证的综合研究提供了可资概括的理论资源。如果说20世纪是侧重于分析的时代，那么21世纪则可能是，或必然是，或有必要是走向新的综合的时代。综合伴随着创新。人类思想史上，出现过几次学术理论思想的大综合和大创新，如古希腊时代的柏拉图和亚里士多德所主导的综合和创新，再如德国的古典哲学和古典美学，当时的学术大师康德、黑格尔、费尔巴哈，都从各自不同的视角、领域和方面，汇总和提升人类思想的精华，达到了前所未有的巅峰状态。紧接着是马克思、恩格斯通过对人类思想史上的一切有益的学术成果，特别是对德国古典哲学和德国古典美学的批判继承实现一次人类划时代的大综合与大创新。人类思想发展史的事实表明，只有大综合才能有总体性和全局性的大创新。

对各种文论学理系统进行综合研究时，应当特别强调和倡导实践理性的自觉意识。应当立足于社会历史实践、人的实践、审美创造与文学创作的实践理解和阐释各种文论学理系统及其相互关系。文学创作和文学研究都属于精神实践，不能等同于一般的社会实践。文艺观念是从文艺实践中概括出来的。社会实践是历史和人生的舞台。文艺只有表现社会实践，才能集中地反映历史、社会和人生。只有通过社会实践，改变社会环境，推动社会进步，促进历史转折，才能使人获得相应的自由、幸福和解放，逐步实现自身的全面自由发展。因此，作家、批评家、理论家必须强化和优化实践理性的自觉意识，通过审美手段和对文本语言的解释，启示和诱导人们感悟、体认只有依靠社会实践，才能从根本上改变自己的生态和命运的真理。现当代的西学文论中颇有影响的诗学、语言学、解释学、文化学等学科都在自身所属的学科领域内，取得了突出的成就，但似乎也存在着一个带有根本性的缺欠，即躲避和逃逸社会实践的倾向。文艺是一种精神活动，但不能把文艺所反映出来的关涉社会和人生的重大问题仅仅转移和停留于精神领域，企图通过对语言形式符号与文本的阐释和解构，达到从根本上变革现实的目的。这虽然能从舆论层面上对改变社会环境和人生状态有所助益，但文化批判、语言批判、诗学批判都不能从根本上取代对社会生活的实践批判。从这个意义上说，所有这些崇拜语言的解构和批判的学说与观念绝对不能从根本上达到解构和颠覆社会历史结构的目的，不能真正解决社会和人生的问题，一定程度上都带有假定的、空幻的和浪漫的乌托邦性质。因此，我们应当高举实践的旗帜，只有实践才拥有至高无上的权威。人所改变和创造的一切实际上都是通过各种方式（其中包括审美方式）呈现出来的新的实践理性的物化形态。正是这种被物化了的新的实践理性，既蕴含着新的认知理性、社会历史理性和人文理性，同时又是人文价值、社会历史价值和审美价值的感性实现。从这个意义上说，新的实践理性是一个具有根本原创性的总观念。

（原载《文学评论》2005年第5期）

综合思维与文艺学宏观研究

我在《文学评论》2005年第5期发表的《试论文学的系统本质》一文中，主张文学的本质是系统本质，提出研究文学本质有四个向度，即广度、深度、矢度和圆度；探讨文学本质有六大文论学理系统，即自然主义的文论学理系统、历史主义的文论学理系统、人本主义的文论学理系统、审美主义的文论学理系统、文化主义的文论学理系统和文本主义的文论学理系统。上述研究文学本质的向度和学理系统都是需要的和重要的。它们都各有所长与所短，各有魅力与局限。它们既拥有自身所属的理论领域、层面的自洽性和合理性，又可能由于随意超越自身所辖的理论的边界和范围暴露出自身的悖谬性和片面性。它们的关系是一种间性关系。它们的存在是一种有机的集合性和构成性的存在，恰似具有亲缘关系的家族式的联合体。只有倡导和运用有整体性的宏观辩证的综合思维方式，才能有利于取长补短，发挥各种文艺观念的综合优势，实现各种文论学理系统之间的协调性和复合性的价值与功能。

一、树立辩证综合的思维方式

理论思维是极其重要的。没有和缺少理论思维的民族是没有希望的。科学的理论思维和方法是思想家们对人们的长期的实践活动所积累起来的经验与体验进行推理和抽象的产物。这种理论概括能够更深刻、更全面地反映对象世界。没有正确的理论，不会有正确的实践和运动。思想和理念对文艺创作、文艺批评和文艺思潮乃至文艺研究都具有不可忽视的导引作用。厌恶理论的情绪是不正常的。不能因为一时还不能找到摆脱理论危机的出路，便抑制和取消对理论问题的研究。非本质主义和非理性主义消解对本质的僵化的、教条的、背时的理解是有意义的，但也不能以此为口实反对理论和理论研究本身。认为本质即现象或肯定现象即本质是同样荒谬的。对现象的研究不能取代对本质的研究，正是对现象的本质研究，能提升对现象的理解，而只有被理解了的东西，才能被深刻地感觉到。同理，对本质的研究也不能取代对现象的研究，对现象的研究可以不断揭开本质的新生面。因此，经验的、实证的、具有典型意义的个案研究是永远需要的。理论的泛化和过剩现象是存在的，但问题的主导方面则是学术的失语和理论的贫血。后现代主义对真理、理论、规律和信仰的消解，反本质主义与非理性主义对理论的抵制，已经营造了一种盲目又自信的消解理论的氛围。一些学者充当了理论的爆破手的角色，使文艺理论的疆土变成荒原、瓦砾与废墟，造成理论叙述的平面化和分散化。设置错乱的迷宫，使文艺研究的随意性和或然性大行其道。这实际上是一种理论的自戕运动。一些学者竟然以不屑于叙述理论、规律和真理为荣。正如鲁迅先生所指出的那样，视对象的本质和规律为约束，想脱离真理的根基，拔着自己的头发离开地球，天马行空，自由无碍，忘记了自己的身份和职责，丧失了正常的学术信仰、理论追求和文化操守。

不讲道理的路是行不通的。只讲小道理，不讲大道理，用小道理取代大道理，把小道理说成大道理；或者只讲大道理，不讲小道理，用大道理压抑和吃掉小道理，都是不妥当的。文艺理论与文艺批评同样要研究解决小道理和大道理之间的关系问题。通过分析思维和解构思维研究文艺理论与文艺批评的各种领域中的具体的方面、层次、关系和过程是永远不会终止的。特别是20世纪以来，西方现当代文论从不同视阈对文艺的局部研究，十分细腻而精深，取得了丰富的研究成果。这些"深刻的片面的真理"具有局部的合理性，但多半停留在语言层面，具有分散化、表面化和浅层化的特征。一些西方学者自觉不自觉地把自己营造的小道理说成大道理。他们都想当上帝，企图力压群芳，主宰一切，做学界霸主。这些以分析思维取胜的学人怀有水仙花般的自恋情结，孤芳自赏，带有执拗的自信性、自足的孤立性和强烈的排他性。他们的学术思想像"走马灯"那样不断变幻，花样翻新；像"万花筒"那样，使青年们头昏目眩，六神无主。无主导的多元酿成既繁荣又纷乱的局面。理解和把握各种合理的学术观点在整体学术思想的框架体系中的位置和坐标点，努力把这些"深刻的片面的真理"有机地系统化，依据它们学理上的内在联系，置放到一个宏大有序的理论框架之中，加以综合与创新，是中国当代学术界面临的任务。

  运用整体的综合思维方式，强化和优化文艺理论的宏观研究，对分析思维的优长与局限，特别是对解构思维的合理性和破坏性进行认真的梳理、鉴别和分析，是非常及时和完全必要的。分析研究和微观研究尽管取得了许多深刻的、相对的、片面的真理，但同时局限了人们观察问题的学术视野，使学者们的头脑划地为界，禁锢了从全局和整体上驾驭事物的宏观、辩证、综合的思维方式。这种思维方式把本来处于整体联系中的事物切割或分解成独立的领域，使事物的整体性和全局性的真理被遮蔽，造成盲点，陷入当局者迷和以偏概全的误区。一些经过反思的解构主义者，已经不同程度地认识到分析思维和解构思维的片面性和局限性，表现出"从解构走向重构"的意向，开始注重对事物的整体研究。

　　文艺学的知识建构，应当和文艺学的思维建构和价值建构联系起来。文艺学的知识建构主要是文学基础理论知识的建构。研究文艺学主要有两种思维方式，除分析思维方式之外，还有综合思维方式。只有运用整体的综合思维方式，对文学进行宏观的系统研究，才便于把握对象的全貌。这好比艺术家作画，既要有精美的细部，更要有宏伟的构图。我们之所以要运用综合思维方式，是由研究对象的性质决定的。马克思指出："具体之所以具体，因为它是许多规定的综合，因而是多样性的统一。"① 研究主体头脑中的"思想具体"和"思想整体"，都不过是对客体的"具体总体"的能动反映。分析思维把握对象的"具体"和"多样"，综合思维却能把握对象的"具体总体"和"多样性的统一"。我们可以运用这种大视阈的综合思维着眼于对象的整体和全局，对分析思维所取得的学术成果进行整合，经过梳理、筛选，辩证取舍，优化组合，对有益的学术资源加以重塑和提升，实现总体性的理论创新。综合创新是学术发展的重要途径。置身于新世纪的文艺理论界，面对20世纪以来以分析思维取胜的文学研究已经取得的灿烂辉煌的学术成果，应当有一些学者放眼和有志于运用整体的综合的思维方式，对文学进行宏观的、综合的、辩证的、多维的、跨学科的、全景式的研究，尽可能更加全面系统地把握文学的本质、价值和功能。如果说20世纪是以分析思维为主导的时代，那么新世纪则可能是，或必然是，或有必要是逐步走向新的综合的时代。应当运用综合思维，深入研究分析思维建构的各种文论学理系统之间的思想内涵、逻辑联系和间性关系，探

---

① 《马克思恩格斯选集》，2版，第2卷，18页，北京，人民出版社，1995。

讨各种文艺观念所包含着的道理之间的道理，形成各种道理之间的思想体系，建构文艺学的知识系统，以实现文艺学理论创新的系统工程。

二、强化和优化文艺学宏观研究

对文艺理论的思想资源进行整合梳理和宏观研究的路径不是单一的，而是多方面的、多层次的和多渠道的。

（一）对文艺理论的"国学""西学"和"马学"的整合梳理和宏观研究

从宏观视阈，研究中国古代文论的现代化（通称为现代转换）、西方文论的本土化和马列文论的中国化所取得的成果和所存在的问题，并对这三大理论资源进行整合梳理和宏观研究，对建构具有中国特色、世界意义和当代形态，即对建构具有民族性、世界性和当代性的文艺理论是至关重要的。

（二）对文艺理论的人本主义和科学主义两大思潮的整合梳理和宏观研究

人本主义和科学主义被称为现当代西方具有统领作用的两大社会文化思潮。学者们在阐释这两大社会文化思潮的时候，往往只注重它们之间的矛盾、对峙与冲突，很少看到它们之间的相互影响。事实上，这两大社会文化思潮之间既存在着对立的一面，也存在着互补的一面。对人本主义和科学主义两大社会文化思潮进行整合梳理和宏观研究，推动两者走向新的融合，追寻形成科学的人本主义和以人为本的科学主义之路径，对建构人文精神和科学精神相统一的文艺理论是颇为有益的。

（三）对文艺理论的科学研究和诗学研究的整合梳理和宏观研究

对文艺理论的科学研究和对文艺理论的诗学研究，是历史形成的文艺理论研究的两大派系。前者侧重于对现实主义文学的研究，强调文学与真的关系，纳入科学范畴；后者重视文学与情的联系，归入诗学领域。实质上，真与情是不能分割的。文艺理论作为科学形态要遵循事理逻辑，作为诗学形态要遵循情感逻辑。这两种逻辑是互激、互补、互动的。文艺理论的科学性和诗性是既悖立，又统一的，研究文艺理论作为科学的诗学特征和探讨文艺理论作为诗学的科学本质，促进文艺理论的思性和诗性的融通，对建构思性和诗性相统一的文艺理论是完全必要的。

（四）对文艺理论的人学理论和神学理论的整合梳理和宏观研究

一段相当长的时期内，人们对从神学视阈研究文艺理论是不重视的。对神学和宗教的看法是不全面的，往往强调其虚幻性，甚至欺骗性的一面。实际上，神学和宗教对善待世俗、教化人生和稳定社会具有重要的调解作用，神学多半是从神化和幻化的角度表达对人生的感悟。神学一定程度上是披着神学外衣的人学。我们没有权利冷落，相反，却负有责任关爱千千万万笃信佛祖、上帝和真主的善男信女们。探讨神学的文艺理论，并对人学的文艺理论和神学的文艺理论进行整合梳理和宏观研究，有利于吸纳其中有价值的理论资源，扩大文艺理论的学术空间，宣传马克思主义的思想和信仰。

（五）对现实主义的学术思想和文艺理论、现代主义的学术思想和文艺理论和后现代主义的学术思想和文艺理论的整合梳理和宏观研究

现实主义的文学理论、现代主义的文学理论和后现代主义的文

学理论，通常被理解为一个演变的过程，同时又可以理解为共生的关系存在，呈现出历时态和共时态交织互动的复杂形态。它们之间的思想内涵和价值功能是大异其趣的。表现在如下几个方面：从审美主客体的关系看，现实主义的文学理论强调主客体的统一性，现代主义的学术思想企图脱离客体性张扬主体性，后现代主义的学术思想实际上昭示和宣布了主体性与客体性的死亡；从它们的思想倾向和思想结构看，现实主义有理性、有理想、有信仰，现代主义主要表现为非理性、非理想、非信仰，后现代主义主要表现为反理性、反理想、反信仰；从它们对现实的态度看，现实主义通过对与之不相协调的现实的揭露、抨击和批判，有肯定、有追求，现代主义多半表现为一味地反叛现实，流露出悲观主义、虚无主义的情绪，后现代主义对社会现实和思想传统不予鉴别和分析，主要采取否定、消解和颠覆的态度。中国的当代学人应当根据本土的国情和历史发展的阶段性特征，对现实主义、现代主义和后现代主义的文艺理论和学术思想采取不同的应对策略。当代中国还是发展中国家，现代化的伟业尚未实现，处于不断生成的过程中。还带有前现代印记的当代中国要赶上西方现代工业社会和后现代工业社会的发展程度还要走相当遥远的路。但由于当代中国的经济发展的极端的不平衡性，在经济相对发达的地区，特别是在一些具有浓郁的现代化气息的大都市，已经滋生和弥漫着现代主义和后现代主义的思想文化学派氛围。为了中国的今天和明天，作为重要的参照和借鉴系统，必须正视、关注和研究这些正在滋生与蔓延的事实。但当代中国毕竟处于社会主义初级阶段，当代中国的国情制约着当代中国的文情。我们应当以前瞻性和开放性的眼光，关注现代主义和后现代主义思想的存在和发展，同时采取与当代中国国情相适应的文化策略，应当更加强调发展现实主义的优良传统，努力构建以现实主义为主导的文艺理论的思想体系。

（六）对文学的"社会中心论""作者中心论""文本中心论""读者中心论"的整合梳理和宏观研究

从"社会""作者""文本"和"读者"多方面地理解创作、作品、理论和思潮是有益的，能够体现出一种整体性和全局性的思维方式。但不能认为上述各种"中心"完全是后者取代和替换前者的关系。这些"中心"之间的关系不是一个吃掉一个、一个打倒一个的关系。有人说，"社会""作者""文本"和"读者"都死了。实际上，它们都活着。一种合作和对话的主体性，使它们共存着生命。各种"中心"所关注的因素和据之创造出来的理论，对自身所阐释的领域来说，都具有不可或缺的意义。"文本中心论"所宣扬的各种论述语言形式符号的理论对深化和细化对作品的体认是有价值的。如果把文本孤立起来，隔断它与社会、作者和读者的联系，则无异于"釜底抽薪"。实际上，社会因素、作者因素和读者因素都参与了作品的创造，或一度创造，或二度创造。对文艺观念的"社会中心论""作者中心论""文本中心论""读者中心论"进行整合梳理和宏观研究，有助于全方位地探讨各种"中心"之间的合力关系，有利于更加完整地论证文艺观念的系统特性，构建更加宏大的文艺理论的思想体系。

（七）对文艺理论几种最有代表性的文艺观念，诸如反映论、主体论、实践论、价值论和本体论的整合梳理和宏观研究

这几种最有代表性的文艺观念都是不可缺少的。它们之间的关系是不断深化的，但不是相互取代的。在尊重客体存在和主体创造的前提下，在自己所隶属的理论框架的位置上，都扮演着重要的角色。从反映论层面看，对外部世界的反映，包括对对象的逻辑反映和情感反映，永远是人类一切创造活动的基础，没有对真理的认知和真情的体验，主体的创造将失去源头，实践目标和价值取向将陷入盲目状态，文学本体将流于虚诞。从主体论层面看，创作主体必须通过实践，这样那样地反映社会生活，以认知和体验为依据，作出相应的价值选择，实现文学本体的构建。从实践论的层面看，实践作为主体的创造活动，首先通过反映形成文学作品的观念形态，然后再转化为物化形态，体现与反映相适应的价值取向，形成以实践论为依托的文学本体论。从本体论的层面看，创作主体对创作客体的反映的源泉是社会生活，它对形成文学本体具有第一位和第一性的重要意义，其他各种形态的本体论，包括主体本体论、实践本体论、价值本体论，以致语言形式符号本体论都具有相对独立的，实际上只是辅助和补充意义上的重要意义。任何一种本体论，都有自身的适用范围，如果随意超越自身的理论界限，可能会流于荒谬。如果客体论脱离了主体论，或主体论拒斥客体论，或实践论脱离反映论，或价值论超越了反映论、主体论和实践论，都会自觉不自觉地冲淡和消解文学的本体论意义。

　　狄德罗认为，美是关系。从引申的意义上说，真理也是关系。本文选取文学所面对的几大关系对文艺理论进行整合梳理与宏观研究。文学所面对的几大关系是：文学与社会历史的关系，文学与人的关系，文学与审美的关系，文学与文化的关系，文学自身的内部关系。与之相对应，实际上已经形成具有巨大影响的几大文艺理论学派，即文艺理论的社会历史学派、人学学派、审美学派、文化学派、文本主义学派或形式主义学派。

　　注重研究文学与社会历史的关系，是马克思主义文艺学的强项。运用历史唯物主义的观点和方法观察文学现象，对解释文学的根源、内容、性质、价值、功能和演变都具有十分重要的意义。一切学科都可以并已经归入历史,正如马克思、恩格斯所指出的:"我们仅仅知道一门唯一的科学,即历史科学。"① 只有把包括文学在内的所有精神现象放在一定的历史范围内、历史结构里、历史条件下、历史过程中,才能得到最彻底和最科学的解析。马克思、列宁认为像巴尔扎克、托尔斯泰等伟大作家的世界观和创作的矛盾,归根结底都是他们所处的历史条件和社会矛盾的产物。恩格斯指出"歌德在德国文学中的出现是由这个历史结构安排好了的"②。文学与人的关系置于历史唯物主义的框架里,研究文学与历史的人的关系,具有同样重要的意义。界定"文学是人学"是非常正确的。马克思主义的人学理论是相当丰富而深刻的。运用马克思主义的历史唯物主义的人学理论阐释文学现象同样是马克思主义文艺学的优势。强调文学与社会历史的联系和与社会历史的人的联系,才能充分体现科学发展观和以人为本的根本原则,实现文学的历史使命,有助于推动社会的全面进步和促进人的全面自由发展。20 世纪以来,现当代西方文论对文学自身的内部关系,从各式各样的形式主义,到结构主义、后结构主义,取得了丰硕的学术成果,深化和细化了对文学本身的内部规律的研究,但同时产生了比较严重的封闭的孤立的文本主义和形式主义倾向。欧美"文化转向"后,文化研究和对文学的文化研究几乎成为一种时尚。包括大众文化研究在内的文化研究,关涉到文学与社会历史、文学与作为精英的人和作为大众的人的关系,关涉到对主要是文本形态的社会历史的改写和重塑、对人的问题的

---

① 《马克思恩格斯全集》,中文 1 版,第 3 卷,20 页,北京,人民出版社,1960。
② 《马克思恩格斯全集》,中文 1 版,第 4 卷,254 页,北京,人民出版社,1958。

关注。为了重新构建文学的历史精神和人文精神,研究和借鉴文化学派的一些观点和方法是有益的。

上述有影响的文学理论中,审美学派的观点处于强势地位。在新时期以来出现的"改革文学"和"反思文学"大潮的席卷之下,当代中国文坛强调恢复文学的现实主义传统,强调文学的历史使命、社会责任和启蒙作用。20世纪80年代末,随着带有先锋派特征的现代主义实验小说的兴起,"新的美学原则"的确立和"审美意识形态论"的提出,标志着文学理论的审美学派的初步形成。选择从审美视阈研究文学,作为对片面强调文学与社会历史的关系,特别是片面强调文学与政治的关系,作为对庸俗社会学、直观反映论和在极左思潮主宰下的主流意识形态的冲击和反叛,起到了积极的历史作用。审美学派的文学理论作为思想解放运动的一翼,揭开了中国当代文坛的新局面。这是必须加以肯定的。任何学术观点都有自身的适用范围和界限。90年代后,审美学派的思想结构和走向发生了一些重要的变异。除少数人文知识分子坚守带有理想主义特征的人文精神外,主要表现为陷入"唯审美化""纯审美化"和"俗审美化"的误区。从抵制庸俗社会学、直观反映论和带有极左思潮特征的主流意识形态,到笼统地反对文学的社会历史因素,厌烦文学与政治的关系,不加分析地消解一切主流意识形态。有的学者把排斥社会历史因素和政治因素的"纯审美"视为主宰和衡量一切的标准,主张"过审美的筛子",出现了"作家排行榜"事件和"重写文学史运动",冷落、贬抑、排斥了一些曾经发生过重大的社会影响和历史作用的革命文艺作品。这种情况之所以发生,主要根源于缺乏历史唯物主义的理论素养,把审美标准绝对化和最大化,不是从"美学观点"与"史学观点"的结合上评价作家作品,而是脱离"史学观点"单纯孤立地强调"美学观点",特别表现为以"唯审美""纯审美"和"俗审美"的尺度来衡量和裁判作家与作品。审美中心主义和审美至上主义由于不适度地强调文学的审美属性，有意识无意识地诱发出一批批推诿社会职责、放弃历史使命、拒绝表现当今中国现代化伟大实践的作品。这些作品缺乏思想深度和伦理道德情操，往往在极端的个体化和欲望化的生理层面上打旋。近 30 年改革开放的伟大实践，已经和正在使当代中国发生翻天覆地的巨变，但令人遗憾的是，至今并没有产生宏大的史诗般的精品杰作。有的学者倡导的"最新美学原则"和实际上那种以弘扬审美中心主义为旨趣的"审美意识形态论"都对文学理论、创作和批评产生了一定程度的误导作用。20 世纪 80 年代崛起的"最新美学原则"宣言式地主张文学创作"不屑于做时代精神的号筒，也不屑表现自我感情世界以外的丰功伟绩"，"诗应该写潜意识的冲动"，"表现世界，是为了表现自己"，断然地把自我与时代和社会现实割裂、封闭起来。新世纪初出现的具有大众文化性质的泛审美主义的"最新美学原则"则强调追求感官刺激，企盼从欲望的释放中忘却和融化理想与信仰。这种与文艺的宗旨"对着干"的简单的思维方式，借口因为曾出现过庸俗社会学、庸俗政治学和压抑个性的弊病，便割断文学与时代、历史、社会和人民群众的血肉联系，走向纯粹的审美化和极端的个体化。

"审美意识形态论"的提出和初步论证，得到了相当多学者的认同。可以说，相对而言，较之于研究文学与社会历史的关系、研究文学与人的关系、研究文学与文化的关系，更加带有普遍性，越来越成为一种强势文论。"审美意识形态"是审美学派的文艺理念的核心观点和学理支撑。"审美意识形态论"从强调文学的审美属性出发，力图与马克思主义的意识形态理论相融通，在审美与政治、意识形态之间寻找契合点和平衡点，使审美与意识形态结合后，形成马克思主义意识形态理论的一种特殊形式，即审美意识形态，既可以保持文学的审美特性，又可以纳入马克思主义的意识形态理论范畴；既是审美的，又是意识形态的。这种审美意识形态以情感为中心，具有感性与理性、功利性与非功利性意识形态的差异性和普遍性相统一的特点。审美意识形态理论作为一种理论追求和学术探讨所表现出来的匠心和创意是值得充分肯定的。然而这种审美意识形态理论由于初建，学理阐释还显得不够严谨和坚实，还有待于提高学术思想的说服力和可信度。

从审美和意识形态的关系看，两者内涵的主导方面是很不相同的：审美是侧重于感性的，意识形态却是理性的，指国家和一定的族群、政治集团、社会势力的系统的思想体系和它们的意志的集中体现；审美一般并不表现出直接的强烈的功利性和政治倾向性，意识形态却具有直接的强烈的功利性和政治倾向性，负载着一定历史条件下的社会群体之间的鲜明的强烈的利益关系、政治关系、意志关系和带有指令性、系统性、牢固性的思想关系以及具有统领作用的实践层面和价值层面的导向关系。所有这些意向性关系都是审美所不能涵盖和充分体现的。任何事物都是既有差别性，又有共同性的，但表现出来的主导方面是有区别的。审美虽然具有差别性，但主要是以普同感为特征的；意识形态虽然具有人类的共通性，但问题的主导方面却主要表现为不同国家、政治集团、社会族群之间的利益和政治倾向的差异性的概念，随意颠倒和易置两者的思想内涵和理论功能是不妥当的。有的学者竟然置两者的区别于不顾，甚至宣扬越是审美的，越是意识形态的。此论实在令人费解。在充满差异、矛盾、冲突和对立的审美与意识形态之间寻求融合和统一之路，需要中介、桥梁和纽带，期待创立一种改造制作的学术机制。

从立论"审美意识形态"的理论与实践的关系看，主张和赞同"审美意识形态"的学者们，确实存在着言行一致性的问题。本来，审美意识形态理论的提出是对极左思潮、庸俗社会学和庸俗政治学的反拨的产物。有的学者从厌恶压抑人的社会政治状态走向反对文学所面对的一切社会政治因素。好像他们没有感受到改革开放以来当代中国的社会和政治的巨变，没有体验到现实的社会生活和政治生活中同样存在着宜人的美好的东西。因此，他们的观念和思维方式没有根本性的改变，总是因袭陈规，把审美视为绝对的好东西，而把政治视为绝对的坏东西，进而有意识或潜意识地把两者对立起来。在理论上，主要是阐释审美，不是论述意识形态，既没有通过意识形态来论证审美，更无兴趣通过审美来强调意识形态。在实践中，包括理论批评实践和创作实践，往往只倾心和钟情于审美，而冷落政治和漠视意识形态，或把意识形态审美化，甚至用审美去冲淡、消解和颠覆意识形态。

从立论"审美意识形态"的动机和效果的关系看，不容怀疑的是，立论"审美意识形态"的动机是好的，但这种理论所产生的实际效果是值得研究的。审美意识形态理论尽管考虑到审美的意识形态属性，但在文学研究、文学批评和文学创作中，意识形态属性多半被遗忘、被悬置、被架空，甚至被虚化、被消解、被颠覆。由于自觉不自觉地从"审美意识形态"中滤掉和剔除了意识形态的内容，实际上，这种冠以意识形态名义的审美中心主义和审美至上主义，诱发出大量"唯审美""纯审美"和"俗审美"的作品，使中国当代文坛的学术格局和创作结构不适度地向审美倾斜，一些社会性、政治性和思想性强的作品受到抑制和排斥，给社会主义文学的性质、功能和价值取向造成了一定的负面影响。

情感是"审美意识形态"的核心概念。有的学者认为，文学以审美为特质，审美以情感为中心。这种表述，是把文学、审美和情感完全混同起来了。从相关学科的关系来说，文艺学毕竟不是美学和文艺美学,只注重探讨文艺中的美,缩小了文艺学研究的范围,混淆了两者的界限,这是有意识无意识地把文艺学美学化和把文艺美学化了。实际上,文学中不只是有审美,文学中也不只是有情感。文学中的思想情感是多样的复合结构。从情感自身说,尽管情感是文学的主要特征,但对文学中的情感,应提出更高的要求。这种情感作为一定的人的社会情感和一定的社会的人的情感负载着一定时代和历史条件下的社会的和人的内容,具有无限的丰富性,不是只停留在潜意识的生理和欲望层面。文学中的情感应当是一种富有时代感的,能体现社会文明和人的文化素养的高级情感。文学中的情感非但不是排斥思想和意志的,反而与思想和意志发生着不可分割的联系。实际上,正如没有完全脱离情感的思想和意志一样,也不可能存在着完全脱离思想和意志的情感。康德对人的思想意识结构的"知""情""意"和"真""善""美"三分法,对分别和侧重探讨人的思想意识结构的某一方面是有价值的。这位哲学家的上述思想,已经雄霸学术界两个世纪。一些学者对管了他们多年的康德先生敬畏至深、崇拜至极,完全丧失了质疑和超越他的学术理念的自主性和创造性。他们把这位哲学家对人的思想结构的划分,当作不能怀疑的常规和不可触犯的律令,不敢越雷池一步。这种分析思维方式对人的思想意识结构进行切割与拆解,同时掩盖和遮蔽了人的情感与人的思想和意志之间的内在的总体复合性和整体有机性。不应当在本来是密切联系着的人们的思想结构之间筑起壁垒森严的高墙深壑。事实上,人的情感、思想和意志并非完全是彼此绝缘孤立的。人的情感、思想和意志的存在方式是共生互动的,是既统一又倾斜的关系。既可以沿用和传承传统的流行的以情感为中心的路径,把文学艺术理解为人的情感的表现;也可以在与情感的联系上,允许和提倡以认知、反映、思想为中心,恪守和发展"真实是艺术的生命"的原则,弘扬现实主义的优良传统,追求揭示时代精神、社会变革、意识到的历史内容和较大的思想深度,呼唤史诗般的宏大叙事;也可以充满情感,以意志为中心,表现为达到预期的伟大目标而奋斗的信仰、毅力和勇气。中国古代早有"诗言志"之说。尼采的哲学和美学的理论与实践实质上都是主张以意志为中心的,他心目中的具有强力意志的人是美的,而那些孱弱的人却是丑陋不堪的。马克思认为,人的产品与外部客观世界所发生的关系实际上都是"与你的意志的对象相符合的特定表现"①。文艺创作和作品还可以综合表现人的情感、思想和意志的合力与协调互动,更加完整地表现真善美,展示人的情感、智慧和意志的完美融合,追求合艺术性、合规律性与合目的性的和谐统一。以情感为中心,只是标示文学特质的主要模式,但不可视为具有强烈的禁锢性和排他性的唯一模式。如果忽视、脱离思想和意志,单纯孤立地强调情感的地位和作用,有可能诱发和导致文学创作加剧世俗的欲望化,忽视、抑制和降低文艺作品的思想深度与道德水平。

三、当代中国文艺理论的生态与格局

既然文学的本质是系统本质,那么各式各样的文艺观念都只是反映了文学本质的某一方面、层次、关系和过程等。以文学的某一领域作为研究对象是必要的,但进行理论概括所得出来的结论,均属文学的局部真理。这种文学的局部真理往往是片面而又深刻的。作为学者们的心智成果,理应视为宝贵的思想财富,加以珍惜和吸

---

① 《马克思恩格斯全集》,中文1版,第42卷,155页,北京,人民出版社,1979。

纳。全面的深刻的真理，总是由片面的深刻的真理构成的。不对这些片面的深刻的真理进行整体性的综合梳理和宏观研究，包容性更大的文艺理论的框架体系是无法形成的。每一种文艺观念，都在自己所属的位置上具有学术思想的合理性，一旦超越了自身的界限和适用范围，一定会走向偏执和荒谬。因此，对复杂的研究对象不要定于一尊。我们不禁这样提问：究竟谁是文学的尊神，是社会学，是人学，是文化学，还是美学？是这些学科的轮流执政，还是这些学科疆土的诸侯割据？欲使一门学科当尊神的想法和做法是行不通的。历史的经验值得注意。曾经让社会学当"尊神"，绝对化后，产生庸俗社会学和庸俗政治学；曾经让人学当"尊神"，绝对化后，造成抽象的人性论和泛爱的人道主义；现在又有人主张"文学消亡论"，企图让文化学当"尊神"，实际上文化学是征服不了文艺学的；还有一些学者忽视与相关学科的有机联系，想把"审美"拥上文学"尊神"的宝座，定"审美"一尊，搞"审美"的"大一统"。不管是以"审美"拒斥文学中的社会历史内容、人学内容、文化内容，还是想方设法用"审美"将上述诸多因素"融为一性"或"合成一体"，都并不意味着会对文学中的多种因素的客观存在发生什么实质性的改变。把一个研究对象中的一种因素同相关的其他因素割裂开来，剥离、抽取和孤立出来，加以绝对化和最大化，提升为蕴含一切、统摄一切的母概念，是有悖于事物存在和对事物的解释的多样性原则的。审美学派的观点是有道理的。社会历史学派的观点、人学学派的观点和文化学派的观点同样也是有道理的。我们应当运用整体的宏观辩证的综合思维方式，更加全面系统地把握文学的性质、功能和价值。对作为整体性存在的多维的复杂事物，是不能"归为一统"的。不是"一统"比"系统"好，也不是"系统"比"一统"好。"系统"中有"一统"的位置，但用"一统"去"统"

"系统",无异于让"审美"穿上"皇帝的新装"。实际上,文艺社会学、文艺人学、文艺文化学和文艺审美学,谁也"统"不了谁,谁也吃不掉谁。文学是以审美为特征的,但从根源、内容、性质、功能和价值来说,社会历史的、人文的与文化的属性和因素显得更为重要。它们之间的关系只能是多元共生的关系。唯有这样,才能保持和发展文艺理论的和谐有序的生态环境。当代中国的文艺理论的生态和格局应当是一体、主导、多样的和谐有序的有机结构。这种学术秩序和学术结构,表现为有主旋律的多声部合奏。既然文学是一体的多维的复合结构,整体性、主导性和多样性的原则都应当得到守护和尊重。

加强宏观辩证的综合研究,建构宏观文艺学的思想体系,只是对进一步扩展文艺理论研究空间和研究思路的一种构想。应尊重和吸纳"深刻的片面的真理",充分肯定分析思维和专门的学科研究所取得的有价值的学术成果。综合思维和分析思维、跨学科研究和专门的学科研究并存。它们之间的关系不是相互替代的关系。多元共生不意味着可以搞指导思想的多元化,推行以点代面、以偏概全的多中心主义和公说公有理、婆说婆有理的相对主义。应当承认,文艺思想是有大道理、主道理和小道理之分的。虽然"沧海"不能脱离"一粟",但总不能把"一粟"说成是"沧海"。面对构建富有战略意义的宏观文艺学这样一种巨大的学术工程,研究主体的知识结构和理论学养还是显得不够渊博,需要进一步拓宽和加深。学者们应当具有更加广阔的视野、开放的心态、宏大的气度,百科全书式的知识结构、观念方法和整体综合的思维方式与能力。唯有这样,才能从容应对现当代西方文论的"各种转向",才能从整体和全局上把握,诸如分别强调文学与哲学、文学与社会历史、文学与人、文学与政治、文学与种族、文学与文化、文学与心理、文学与性别、文学与语言、文学与身体之关系的各式各样的文学观念和文学形态。凡是有价值、有意义、有合理性或真理性的文艺观念，都拥有自身的生存和发展的权利，都拥有维护自身生存和发展的话语权。凡是有生命力的思想，都是不会消失的。它们总是以改变了的新形态仍然和继续"在场"。各种文艺观念之间的关系都不是或至少不可能完全是互相取代的关系。它们之间的关系实际上是互生、互动、互补和互释的关系。它们之间的关系同样应当是一种"以邻为善""以邻为伴"的睦邻关系。不应当把对文学的理解和界说定为一尊，尤其应当防止和克服想以"一己之见"收编所有文论思想的不切实际的幻想。追求真理的人们应当拒绝偏见和平庸，相互成为学术上的挚友和诤友。学者们要充分发挥自己的学术专长和优势，但同时应当尊重他人的研究视阈和思路。

运用整体的综合的辩证思维，对文学进行宏观研究，本着"以我为主，为我所用，辩证取舍，择善而从"的原则，通过逐步建构文艺学的综合思维和知识体系，创立大文艺学、宏观文艺学和战略文艺学的构想，作为一种倡导，或许带有一点文学想象和学术乌托邦的意味，但这种宏观研究是建筑在分析思维所取得的坚实的学术成果的基础之上的，并非搞什么"大一统"。通过运用整体的综合思维对文学进行宏观研究，以期实现文艺理论的大发展和大创新，需要几代人的集体智慧，必然要经历一个艰辛的、深刻的、漫长的历史过程。这一天是终究会到来的，我们热切地期待着。

（原载《文学评论》2007年第2期）

开放的循环圈
——论文艺理论研究的"学术轮回"现象

学术思想的发展往往不是笔直的,而是通过迂回曲折和螺旋式上升的复杂过程,不断为自己开辟前进的道路。我们发现,学术研究经常出现一种周期性的回归现象、轮回现象、钟摆现象。一种道理说过头了,又回过头来重新表述,虽然所论问题不能视为低水平的简单重复,但毕竟出现了与曾经发生过的此类现象的历史形态的相似性。如从自然本位到人本位,再从人本位到自然本位;从"天人合一"到"天人对立",再从"天人对立"到"天人合一";哲学的根本目的从说明世界到改造世界,再从改造世界到解释世界;从空想到科学,再从科学到空想;从传统到反传统,再从反传统到一定程度上回归传统;等等。

一、文论思想的学术版图

根据我个人的研究,文学的本质虽然可以界定为一种特殊的社会审美意识形态的形式,但文学作为系统本质所体现出来的学理系统,存在于如下几大关系之中:表现为文学与自然的关系,通过对文学与自然的关系的研究，阐释文学的自然属性或文学的自然本质；表现为文学与社会历史的关系，通过对文学与社会历史的关系的研究，探讨文学的社会历史属性或文学的社会历史本质；表现为文学与人的关系，通过对文学与人的关系的研究，追寻文学的人学属性和文学的人学本质；表现为文学与审美的关系，通过对文学与审美的关系的研究，把握文学的审美属性或文学的审美本质；表现为文学与文化的关系，通过对文学与文化关系的研究，开掘和拓展文学的文化属性或文学的文化本质；表现为文学自身的关系，通过对文学自身的关系的研究，叩问文学或文本的语言符号形式属性或语言符号形式本质。以上这些关系和属性，实际上构成文学的系统本质，可以说，都是文学的系统本质中的有机的不可分割的组成部分。文艺理论研究的学术轮回和学术回归现象大体上呈现为上述几种文论学理系统或同时共存，或历时竞相出场、交替彰显和轮番表演，构成一个既相对稳定又不断变换着的开放的学术的路线图和循环圈。

从文学的自然本质和文学的人学本质的关系看，"人类中心论者"多半忽视和排斥文学的自然属性或自然本质，而"自然中心论者"往往贬抑和削弱文学的人学属性或人学本质。其实，自然的人化和人的自然化是紧密联系着的。人作为自然的高级生命体，既要与自然同生死、共命运，又要从自然界获取一定的或足够的生产和生活资料。人类要生存，一定要善待自然，并在合理的限度内向自然索取，以求得人类与自然的关系的和谐发展，否定人类正当需要的"自然中心论者"的文学观念和拒绝保护自然生态的"人类中心论者"的文学观念都是偏颇的。文学创作、文学批评和文学研究中的"人类中心论"与"自然中心论"的对峙和轮回仍然在不断变换地延续着。20世纪以来出现的以非理性主义为灵魂的新人本主义多半表现出或隐或显地反对文学的社会历史本质的倾向，而强调所谓

"互文性"原则的新历史主义则多半表现出通过夸大阐释主体的能动作用来干预、篡改和重塑历史的主观随意性的倾向。

文学观念中的社会历史因素、人学因素、文化因素都是通过文学中的语言形式符号表现出来的。语言形式符号是文学中的社会历史、人学和文化内容的载体,语言形式符号的结构、叙述和阐释对文学意义的创造和再创造、生成和再生成具有不可忽视的意义。然而,一旦文学的语言形式符号的属性和功能脱离了文学所表现的社会历史内容、人学内容和文化内容,就有可能完全蜕变为空洞和乏味的语言形式符号游戏。"形式决定论"和"语言至上论"是违背常理的。纯粹的文本主义、形式主义和结构主义是行不通的,最后还是要打破"形式的禁锢",捣碎"语言的牢笼",向社会历史开放,向人生开放,向人的生态和情感开放,向文化开放,实现从语言的形式因素向语言的认知功能的转换。

对文学的内部规律研究和对文学的外部规律研究都是同样需要的,文学的本质实际上表现为外部规律和内部规律的辩证统一。脱离外部规律的内部规律研究,或脱离内部规律的外部规律研究,都不会取得积极的有效的学术成果。我们发现一个十分有趣的现象:当西方研究文学的内部规律成为主潮的时候,中国学界正在陷入研究文学的外部规律的泥沼之中;反之,当中国学界处于研究文学的内部规律的热潮的时候,西方学者却完成了从研究内部规律向研究外部规律的转向,诸如新马克思主义、新历史主义、后殖民主义和女权主义都不约而同地把学术研究的主视野投向对社会、历史、人权、政治、种族和性别的探索。即便是晚年的德里达也十分关注历史和现实生活中的"存在—政治"因素,并企图通过解构同一性的政治观念,实现异质性的"再政治化"。而令人遗憾的是,这些因素却至今为一些厌烦和敬畏政治的当代中国学者不屑一顾,甚至深恶痛绝。从中西方学者尽管时空错位却轮番上演的对台戏中,可以使人十分清醒地感悟到研究文学的外部规律和研究文学的内部规律具有同等的必要性和重要性。这是一个颇具典型意义的发人深省的文化现象。

二、"学术转向"与"学术回归"

20世纪以来,西方思想界经历了几次重大的学术转向。这个转向,那个转向,把一些中国学者转得晕头转向。其实,从转来转去的现象中,总是可以寻觅出隐藏在和贯穿于各种转向中的有迹可循的规律性线索,并呈现出不同的新的样式和新的质态。

(一)关于人学转向

19世纪后期以来相继出现的意志主义、直觉主义、生命哲学、精神分析心理学、现象学、存在主义以及马斯洛的人本主义等等,都向以个体为核心的人本主义的人学思想转向。这次人学转向使西方现当代的人学思想发生嬗变,实质上演化为一种新人本主义的社会文化思潮。20世纪前半叶的人学理论多半以现代主义的文学创作为依托、为载体,同时又辐射到其他相关的人文社会科学领域。这种人学理论尽管对人的内部的精神疆域和心理世界进行了广泛的开拓和纵深的发掘,取得了前所未有的成果,弥补和充实了人学理论的空间,从而有助于丰富和深化对文学的人学本质的体认,但这种人学理论所描述的人,由于受到强大的外部力量的压制,面对社会现实,在不同程度上表现出畏惧、厌恶、躲避和逃逸历史的倾向,甚至坠入历史悲观主义和历史虚无主义的泥潭。因此,这次人学转向,包括带有新人本主义思想特征的学术思想、文学观念和文学作品，存在着明显的缺憾，主要表现为对18世纪以来盛行的以理性主义和理想主义为支撑的人本主义、人文主义、人道主义的改写和颠覆，以及对人的社会历史本质的或遗忘、或消解、或隐遁、或反叛。当然，这些缺憾能够启发人们去完整理解和把握文学的人学本质与文学的社会历史本质之间的复杂关系。

（二）关于语言转向

语言哲学的基本理念是把人的社会关系的共在方式转换为人的语言关系的共在方式，这种强调语言至上的人生哲学认为，人的任何共在方式都是通过语言的交流才得以实现的，根本没有与语言活动相分离的赤裸裸的生存活动，生命总是置身于语言之中，并通过语言得以展开。语言哲学通过神化语言的作用，轻松地用人的语言关系取代了人的社会关系，把人的物质存在和精神存在变成了人的语言存在，从对世界的实践批判蜕变和退化为对现象的语言批判。在维特根斯坦等语言学家看来，人们不必通过实践的物质力量改造世界，而只是把哲学理解为一种单纯的"语言批判"。这种对现实的语言批判，决不意味着会对压抑人的外部世界发生什么实质性的改变。连维特根斯坦晚年也意识到了这一点。他不再寻觅所谓的"理想语言"，放弃了通过语言批判来改变世界的奢望，而感悟到语言哲学只能对日常生活进行描述。随后，哈贝马斯提出的普遍语用学的任务是：确定并重建人们之间相互理解的普遍条件和人们之间彼此交往的"一般假设前提"。

维特根斯坦、罗蒂、哈贝马斯等人倡导的语言转向，无限夸大了语言的功能，强化了语言形式符号的结构、转换、叙述和阐释的作用，形成一种纯粹的封闭的形式主义和文本主义倾向。这次语言转向，几乎完全转向对文学的内部规律研究，而排斥对文学的外部规律研究，通过语言的魔毯，取代、消解或隐匿了文学的社会历史本质、文学的人学本质，甚至文学的审美本质和文化本质，视语言为造物主。这次语言转向完全颠覆了语言作为人的劳动和交际的产物与工具的性质，不是从第二性的意义上恰当肯定语言的作用，而是从第一性的意义上无限夸大语言的功能，甚至认为不是人创造了语言，而是语言创造了人；不是人说语言，而是语言说人。这种语言决定论的思想观念完全把语言和人的生活、社会存在和历史结构的关系搞颠倒了。

（三）关于历史转向

从20世纪80年代后期到90年代初期，后现代主义在欧美国家开始式微，但却在东方的思想界、文化界和文学界呈现出涨潮的势头。但正如佛克马在他主编的《走向后现代主义》一书的序中所说的，后现代主义与发达地区的现实状况是密不可分的，而在那些尚处于为温饱而奋斗的国度中，却是不得其所的。在如何看待启蒙理性和科技理性的问题上，发达国家与发展中国家表现出明显的时代错位和历史反差。其实，对发达国家来说，启蒙理性也并没有完全过时，至少还存在着正面和负面的双重性；对发展中国家来说，它却正是现代化历史进程中所最为需要的。"后现代转向"引发的"历史转向"，推动文学创作、文学批评和文学研究投向历史，对摆脱文学领域中的形式主义、崇拜语言符号的文本主义、纯审美主义和非历史主义具有积极作用。"历史转向"对新历史主义的勃兴起到了接生婆的作用。所谓名目繁多的"批判历史主义""文化唯物主义""文化诗学""历史诗学""历史唯物主义批评"等，实质上都是流行的"新历史主义"的不同表述。

文化转向分化为两股潮流。一是注入历史和投射历史，引发和催生出新历史主义的问世。通过文化转向带来的历史转向引导文学面向历史、政治、种族、性别,表现出强烈的意识形态性质。较之于形式主义而言,新历史主义表现出很强的学理优势。文学学科的森严壁垒开始被突破,走向开阔的跨学科研究。原先那种只局限于封闭的文本研究的文学观念开始向历史学、社会学、政治学、伦理学、人类学、民族学、精神分析学开放,拓展出多维的研究空间。文学理论的各种跨学科联系互渗、互融、互释、互动,形成阐释的通约性和连贯性。二是文学自身的审美特性和特殊规律的研究受到冷落,甚至表现出用文化研究排斥文学研究的倾向。文学理论发展的整体趋势是走向广义的文化研究和新历史主义文化诗学。新历史主义与文化研究相结合,表现出强烈的政治倾向性和意识形态性。文学理论转向文化研究,则更加关注意识形态、权力斗争、民族问题、文化特性,从政治视角对被视为不合理的社会制度及其政治思想体系和原则进行舆论批判。新历史主义面对历史语境,重新解读文学作品的意义,作为对文本中心主义文论学理系统的反拨和矫正,成为一种既不同于传统的历史主义,也不同于形式主义的新的文学观念和批评方法。正因为如此,新历史主义往往遭到来自各式各样的历史主义文论学理系统和各式各样的形式主义文论学理系统的双向夹击。这种历史转向对传统的历史主义,特别是对马克思主义的历史唯物主义表现出既有淡化、消解和颠覆,又有补充、丰富和重塑的双重性。

(四) 关于审美转向

审美转向同样是通过文化转向来实现的。大众文化和审美文化相融合,形成大众审美文化。大众审美文化向大众生活的渗透和扩展,加速生活审美化和审美生活化的进程,促使大众审美文化的消费化、时尚化和游戏化愈演愈烈,从而对文学,特别是经典文学、严肃文学、高雅文学、精英文学的生存和发展,制造出空前的困境和危机。这次大众审美文化转向,凭借科技的支撑、市场的运作、大众消费欲望的刺激、文化资本的占用和分配的角逐,以影视、图像的文本形式,覆盖和席卷大众生活公共领域与业余空间,其规模之大,来势之猛,锐不可当。美学和美学研究开始真正走出书斋,贴近大众,扩展了应用范围。这次大众审美文化转向好像是对古典的传统的唯美主义的戏弄、嘲讽、惩罚和反拨。我们曾记得以王尔德为代表的唯美主义为了守护文学艺术的纯洁、神圣和至尊,竭力反对审美的超功利化、超商品化、超实用化,而这次大众审美文化转向则与之相悖,实际上恰好推动审美向极度的功利化、商品化和实用化的方向进展。这次空前规模的审美文化的转向,给传统文学的生存和发展带来了深刻的危机,引发出一场复杂而又激烈的关于文学研究与文化研究的冲突和论战。

三、文学研究与文化研究的交叉和融通

伴随着传播媒介的变革,视觉文化和图像文化作为一种新形式的文本开始由边缘移向中心,占据越来越突出的位置。同时使对文学的跨学科研究和具有跨学科性质的文化研究成为一种趋势,使传统文学面临着空前挑战,陷入生存危机。在这种背景下,关于文学研究与文化研究的冲突和论战不可避免。

其实,如果对复杂的问题作简约化的理解,文学与文化的关系、文学研究与文化研究的关系既有矛盾和交叉的一面,又有统一和融通的一面。两者的关系不是,或至少不完全是相互取代的关系。换言之,文化研究的生存和发展,不应当以文学与文学研究的终结和

死亡为代价。同理，文学与文学研究的生存和发展，也无须以限制甚至扼杀文化研究的问世和历史性出场为前提。对文学的文化研究和对文化的文学研究都是必要的。正常的、合理的、积极的、有意义的和有价值的文学研究与文化研究都是不可或缺的。问题的关键是，应当区分和鉴别不同的文学研究与文化研究的性质、功能和价值内涵。

表面上看来，论战主要是在中国当代文艺理论界中的一些老辈学者和青年学者之间进行的，十分有趣和更为深刻的是在学门同谱的师生之间展开的。从老辈学者所持观点看，他们中间有的对文化研究，特别是对所谓"日常生活的审美化"，一概认为是低级和粗俗的东西而加以拒斥；有的则心态平和，比较宽容，但同样觉得，文化研究，特别是大众文化研究一窝蜂似的趋时赶潮，过于泛滥。这里，我们可以从关涉文学研究与文化研究，特别是注重"日常生活的审美化"的大众文化研究的几个重要的方面，对老辈学者和青年学者的基本观点和总体精神意向的相同与差异、互补与对峙作一个简明的对比分析。

（一）关于文学版图的改制和学术研究中心的转移

世纪之交掀起的大众文化研究，在老辈学者看来，有那么多的青年学者从文学研究的阵营走向大众文化研究领域，实际上引发了文学版图的重绘和学术研究中心的改轨，带来了学术队伍的分流与批评格局的重组。由他们亲自带动和培育起来的一些文论精英和学术新锐义无反顾地选择了大众文化研究。这种集体性的"学术大迁徙"，好比灿烂的星空中的明星纷纷坠落，化为流星。这只能使老辈学者感到隐痛和惋惜。而对青年学者来说，则有他们不同而正当的理由。他们中间，有的循着西方当代学界从文化研究转向历史研究的路径,表现出通过文化研究介入历史和干预现实的姿态,从意识形态视阈开展文学批评,带有比较强烈的政论性,进而发出重建文艺社会学的呼吁。这是应当鼓励的。有人不再满足于狭隘的书斋经院主义的治学方式,决意面向现实,拓宽学术视野,对文学和文化进行多方位和多层面的跨学科研究。这是应当肯定的。有人选择文化研究的动机是想通过文化研究,涉足文化产业,参与、推动和致力于作为综合国力一部分的文化"软权力"的建设。这是应当支持的。当然,也有一些人对文艺基础理论研究感到厌倦,耐不住长期"坐冷板凳"的清苦和"蚂蚁啃骨头"般的辛劳,知难而退,受利益驱动,转身投向"日常生活的审美化",愿做文化商海中的弄潮儿。

(二) 关于学术理性的守护与颠覆

文艺理论界的老辈学者多半都接受过系统的深入的马克思主义学说的陶冶和教育。他们有的是新时期以来新理性主义、审美理想和审美意识形态理论的首创者和倡导者。他们对受到以后现代主义为代表的各种非理性主义社会文化思潮影响的青年学者的学术思想不同程度地偏离和消解学术理性感到困惑和惊异。尽管有的青年学者并不一概地反对理性和理性主义,但其中相当多的人都把理性和理性主义视为压抑人的专横的思想枷锁。诚然,中国当代社会发展进程中,确实出现过僵化的教条的理性和理性主义所酿成的灾害,但不能因此排斥一切正确的有益于人的全面进步和社会的全面发展的理性和理性主义。由于解构主义思潮的弥漫,平面化、碎片化、无深度和情感零度几乎成为一种时尚。有的青年学者公然主张用"后现代真经"解决当代中国的社会问题和文学问题。还有的青年学者把审美完全引向人的生理层面和身体层面的感官享受与欲望宣泄,企图通过"感性的解放"消解和摆脱人的精神的信仰维度。所有这些言说,都逸出了学术理性的正常轨道。

(三) 关于学术精英身份的坚持与消解

一些学养深厚的老辈学者,作为当代中国社会中的比较优秀的人文知识分子,肩负着发扬和重建具有时代感的人文精神、民族精神与先进文化的社会责任和历史使命。他们对承载着人类思想精华的文学经典怀有呵护之心和充满爱慕之情。而相当多的青年学者受到"去精英化"和"去经典化"的侵蚀,已经变得世俗化了。

(四) 关于文学的性质、功能和价值取向的分层和多元化

大多数的老辈学者是赞同文学的性质、功能和价值取向的分层和多元化的,但还是主张要坚守文学的基本的、重要的和主导的价值目标。他们认为文学对培育和发扬民族精神,对推动先进文化的建设,对促进人的思想文化道德素质的提高和社会的全面发展具有不可替代的作用。他们并不认同把负有改造和重塑人的灵魂的使命的文学,全面地彻底地粗俗化、卑劣化和丑陋化,从而痛失人类的美好的"精神家园"。我们要看到包括"日常生活的审美化"在内的大众文化的两面性。凡是清新的、健康的、有益无害的,甚至是表现正当的欲望的文学,都有生存和发展的权利。同时,应当防止和克服大众文化的负面作用。不能把法兰克福学派,包括阿多尔诺、霍克海默、马尔库塞、本雅明对大众文化的警策性批判完全忘却。

文学研究开放边界,向大众文化、影视文化、图像文化和数字文化延伸,存在着一个"合理"和"适度"的问题。至少要防止用视觉艺术取代语言艺术,或把语言艺术变成视觉艺术。任何一个学科,都有自身的相对独立的主权和相对稳定的领域。它的权力和疆

土，理应受到尊重。"越界"是对的，但不适度地"越界"可能会形成"侵犯"；"扩容"也是对的，但无限制地"扩容"又可能会变成"吞并"。

四、"学术轮回"现象说明了什么

文学研究应当具有更加开放的宏阔的学术视野。文学的本质是系统本质。系统地存在和发展的各种文学形态好比一个博大精深的世界。只有运用宏观、辩证、综合的思维方式，才能把握文学和文学理论这样一种特殊的极其复杂的精神现象，只局限于一个点、一个层面、一个领域、一个狭隘的视角，是不会俯视和通观文学世界的全貌的。倘若把文学的局部真理提升为涵盖和统摄一切文艺观念的总范畴，肯定会陷入"盲人摸象""坐井观天""一叶障目"的迷误。绝对化的所谓"深刻的片面的真理"，是以掩盖和遮蔽相关性的、异质性的，甚至是以全面性的真理为代价的。世界万物都存在于关系中，并通过关系而存在，在关系中开拓，在关系中深化，在关系中发展。文学也是如此。各种文论学理系统之间同样存在着一种相互制约的间性关系。

文学系统本质的各种学理之间的关系，不是你死我活的关系，不是一种学理一定要吃掉另一种学理的关系。应当区分事物之间的可替代性与不可替代性的不同性质。上述所论的几大文论学理系统之中的各种形态都是不可替代的。各种文论学理系统都拥有自身独特的话语权力和生存发展空间。主张、信仰和崇奉各种不同的文论学理系统的学者们，要相互尊重，尊重各自的研究领域和学术专长，尊重各自的学术话语的权力和学理资源的价值。应当大力提倡包涵兼容的对话精神，把敬重和服从持不同观点的学者经过长期艰苦思想劳动所获得的真理性发现，作为一种学术伦理情操加以培育和弘扬。凡是具有不可取代的合理性的思想都是不可能被歼灭的。

学术研究、学术论争和学术发展过程中间往往出现一种带有规律性的现象，即如果强行压抑一种合理的文艺观念和批评模式，达到不能承受之重的时候，这种被冷落、被忘却的文艺观念和批评模式便会产生不可遏制的张力，形成反弹，又以新的姿态重复出现。一种道理说过头了，肯定要倒过来重新表述。把问题的某一面推向极端，加以绝对化，往往会激发出问题的另一面。真理再向前跨越一步，往往会变成谬误。这无异于用过头肯定自己的方式来否定自己，即所谓"自我捧杀"。想吃掉对方，实际上又恰恰不自觉地帮助了对方，以自身的片面和偏执授人以柄，使之作为反击的突破口，获得否极泰来和东山再起的良机。

几大文论学理系统所构成的路线图和循环圈决不是封闭的、凝固的，而是开放的、发展的。可以说，承接中有创新，旧质中有新变，积淀中有突破，循环中有开放。文学的外部条件与内部原因的推动和触发，不仅会使每一种文论学理系统逐步得到完善，不断获得新质，而且会使其中的一种或多种文论学理系统取得富有时代感的历史性发展。

各种文论学理系统是对文艺的外部规律和内部规律、普遍规律和特殊规律的理论概括的产物。作为规律形态的各种文论学理系统都是辩证地存在着、联系着和发展着的。我们应当运用发展和联系的观点来观察和研究上述各种文论学理系统之间的辩证关系。马克思、恩格斯曾指出，彻底的唯物主义都是辩证的，违反辩证法是不能不受惩罚的。"一点论""片面性""走极端""一个吃掉一个""一种倾向掩盖另一种倾向"，都是形而上学的顽症。只有运用辩证的观点，才能把握上述各种文论学理系统之间存在的辩证联系和发展的辩证过程。学术研究是追求真理的,真理往往表现为系统形态。对真理系统必须进行多视角、多方面和多层次的研究。真理又是相对的,是有边界的。各种文论学理系统只有在整个学理框架的自身所属的坐标点上,才是重要的和合理的,才是有价值的和有意义的。一旦超越了自己的界限和适用范围,随意取代和置换其他任何一种形态的文论学理系统,便会步入歧途,甚至会走向荒谬。要正确解析"学术轮回"现象,完整地把握各种文论学理系统之间存在和发展的辩证关系,实现文艺学的具有划时代意义的总体性的理论突破,关键在于树立宏观、辩证、综合、创新的思维方式。

(原载《文艺研究》2006年第2期)

本质主义解析与文学理论建构

滥觞并流行于欧美的反本质主义,作为与反权威、反中心、反稳定、反主流紧密相关的一种社会文化思潮,对检视与消解西方国家的社会结构和思想结构,具有可资参照的价值。这种社会文化思潮传入当代中国后,掀起一波又一波的反本质主义浪潮,成为一个被关注的理论热点和学术前沿问题。解析各式各样的反本质主义的合理性与局限性,不仅有利于文学理论的建构和发展,而且对发扬追求真理的科学精神,强化文学的思想深度和精神力量,提高文学的社会责任和批判精神,都是有益的。

一、马克思主义的本质观

马克思主义经典作家对本质问题有系统而深刻的论述。马克思主义的本质观,具备完整的框架体系和科学的基本理论。有的学者认为,马克思和恩格斯是反本质主义的。这种说法是不正确的,至少是不全面的。马克思和恩格斯不只是反本质主义者,他们首先或同时是科学的本质主义者。援用当代富有时尚感的学术话语来说,他们既是旧的本质理论和思想体系的解构主义者,又是新的本质理论和思想体系的建构主义者。实际上，这是一个问题的两个方面。考察他们关于本质的理论和态度，应进行具体分析。他们对那种僵化的、过时的、失去了历史的进步性和合理性的本质，高举革命的批判的旗帜，是揭露和抨击的，是倡导通过舆论，特别是通过实践的强有力手段加以改变的；而他们对那种有利于促进人的全面发展和推动社会的全面进步的本质，则是充分肯定的。他们努力探索自然界和人类社会存在与发展的内部联系和客观规律，进而驾驭和利用这些规律，为实现人的预期目的服务。马克思和恩格斯逐步体察和认识到，资本主义社会的所谓的"永恒理性"，包括它的"理性的王国"和"理性的社会"，"决不是绝对合乎理性的"。"这个永恒的理性实际上不过是恰好那时正在发展成为资产者的中等市民的理想化的知性而已。"基于"这个永恒的理性"的社会中，"富有和贫穷的对立并没有化为普遍的幸福"，"以前只是暗中偷着干的资产阶级罪恶却更加猖獗了，商业日益变成欺诈。革命的箴言'博爱'化为竞争中的蓄意刁难和忌妒。贿赂代替了暴力压迫，金钱代替刀剑成了社会权力的第一杠杆……总之，同启蒙学者的华美诺言比起来，由'理性的胜利'建立起来的社会制度和政治制度竟是一幅令人极度失望的讽刺画"①。

马克思和恩格斯为了追求更加合理的思想体系和社会制度，积极探索历史的发展规律和资本主义社会的隐秘，从而用新的本质主义理论取代旧的本质主义理论，为社会的进步和无产阶级的解放提供强大的科学的思想武器。恩格斯曾指出，马克思一生苦苦求索，发现了人类历史和市民社会的两大规律：一是阐明了历史唯物主义

---

① 《马克思恩格斯选集》，2 版，第 3 卷，722—723 页，北京，人民出版社，1995。

的根本原理，即"人们首先必须吃、喝、住、穿，然后才能从事政治、科学、艺术、宗教等等"；二是揭示了"现代资本主义生产方式和它所产生的资产阶级社会的特殊的运动规律"，即"剩余价值的发现"①。夺取政权时期的中国共产党的领导人发现了中国革命的特殊规律，即中国革命的实质是农民革命，中国革命战争的实质是农民战争，中国革命的动力是通过土地改革调动和激发农民的历史主动性，中国革命的路线是"农村包围城市"，中国革命的战略是"持久战"，中国革命的特点是以武装的革命反对武装的反革命，以期实现"枪杆子里面出政权"。正是这些独特规律的发现，使中国共产党赢得了中国革命的胜利。

马克思主义认为，本质、规律和真理都是蕴藏在客观事物之中的。恩格斯指出："历史进程是受内在的一般规律支配的。因为在这一领域内，尽管各个人都有自觉预期的目的，总的说来在表面上好像也是偶然性在支配着……但是，在表面上是偶然性在起作用的地方，这种偶然性始终是受内部的隐藏着的规律支配的，而问题只是在于发现这些规律。"② 马克思主义认为，事物和对象的本质的存在与发展是多维度和多向度的。

（1）本质是全面的，是全方位开放的。恩格斯肯定现实主义大师巴尔扎克的《人间喜剧》对当时法国社会的全景式描写，通过他所勾勒的当时法国社会，特别是巴黎上流社会的"中心图画"，"汇集了法国社会的全部历史"③。列宁评价伟大作家列夫·托尔斯泰的创作和作品时指出：这位现实主义的巨匠，作为"俄国革命的镜

---

① 《马克思恩格斯选集》，2版，第3卷，776页，北京，人民出版社，1995。
② 《马克思恩格斯选集》，2版，第4卷，247页，北京，人民出版社，1995。
③ 同上书，684页。

子",通过他所描绘的"无与伦比的俄国生活的图画","至少反映出革命的某些本质的方面"①。这位现实主义大师通过他的"世界文学中的第一流的作品",出色地完整地表现了俄国革命的性质、对象和动力,展示了当时俄国社会生活的经济、政治、宗教、法律、文化、家庭、婚姻等各个领域。恩格斯对巴尔扎克和列宁对托尔斯泰的论述,启发作家、艺术家应当通过自己的创作和作品,更加全面完整地反映生活,努力从空间的横向上拓展对象的本质面,向表现社会生活的深度进军。

(2) 本质是分层次的,是可以不断向纵深开掘的。列宁认为,对象或事物存在着"初级的本质到二级的本质"②,人们对对象和事物的认识必然经历着"从不甚深刻的本质到更深刻的本质"③ 的无限深化的过程。有的当代中国作家谈创作经验时说:"要潜心体验生活,挖一口深井。"此乃至理名言。有思想追求的文艺工作者应当自觉地向生活的深处钻探,从纵深向度上不断发掘对象的本质层,向反映生活本质的深度进军。

(3) 本质是流动的,是变化不居的过程。马克思主义认为,本质是相对稳定的,但又具有时间上的暂时性,本质不是凝固的、僵死的、一成不变的,而是发展变化的。发展变化是事物的辩证法。把辩证法应用于反映论,应用于认识的过程和发展,必然会认为"真理是过程"④。列宁认为:"不但现象是短暂的、运动的、流逝的,只是被约定的界限所划分的,而且事物的本质也是如此。"⑤ 对

---

① 《列宁选集》,3 版,第 2 卷,242—243 页,北京,人民出版社,1995。
② 《列宁全集》,中文 2 版,第 55 卷,213 页,北京,人民出版社,1990。
③ 同上书,191 页。
④ 同上书,170 页。
⑤ 同上书,213 页。

本质规律的研究将会恒久持续，永无穷期。有志向的作家、艺术家应当谱写反映时代变迁和历史转折的史诗般的宏大叙事，像巴尔扎克和托尔斯泰那样，从时间的流向上，表现所属时代的社会历史的转型、经济结构的更替、阶级关系的变革、文化内涵的嬗变，从容地捕捉与驾驭生活本质发展的轨道和踪迹。

（4）本质是一种深层的关系。从关系视阈界定事物和对象的内部联系，是学者们把握本质的重要途径。狄德罗认为"美是关系"。马克思把人的本质界定为"一切社会关系的总和"[1]。因此，马克思和恩格斯主张并赞成"真实地评述人类关系"，特别是应当真实地描写和表现人的"现实关系"[2]。真理是由现象的一切方面的总和以及它们之间的相互关系构成的。列宁认为："真理只是在它们的总和中以及在它们的关系中才会实现。"[3] 人和人与事物之间的联系，都通过关系而存在，都存在于关系中，在关系中发展，在关系中完善，在关系中更新。因此，只有从关系的环向上，才能不断揭示对象的本质链，发现和凸显事物的本质性关系的新生面。学术研究理应多维度、多角度、多视阈地拓展和展现对象本质的新方面、新层次、新踪迹、新趋势、新关系，使之对事物本质的探索不断形成新的发现和新的建构。

任何一种本质论都反映出对研究对象的一种体认和理解，都是对所涉及的研究对象的一种理论抽象和学理概括。当这些理论和学理所赖以依托的时代历史条件与社会文化语境还没有完全消失的时候，总会不同程度上具有这样那样的合理因子。取舍的标准应当确

---

[1]《马克思恩格斯选集》，2版，第1卷，56页，北京，人民出版社，1995。
[2]《马克思恩格斯全集》，中文1版，第2卷，246页，北京，人民出版社，1957。
[3]《列宁全集》，中文2版，第55卷，166页，北京，人民出版社，1990。

认究竟是什么样的本质。不能断论,凡反本质主义均好,凡本质主义皆坏。不能笼统地一概而论,把所有的理论、学理和理性都视为理障,都视为研究对象所蕴含着的真理的掩盖物和遮蔽物。学者们不能随意抛弃先贤们的心智成果。人们总不会脱离世界的文明大道,从头做起。没有理论思维能力的民族是没有希望的。一味地非理性化、非本质化、非理论化,可能会造成一个民族的认知能力和思维能力的退化与矮化。经验主义和实证主义是不可或缺的,但拒绝理论思维的确是不可取的。没有正确的理论,决不会有正确的行为和实践。理论,包括本质主义的理论,在思维层面能够更正确、更深刻、更完全地反映社会存在和历史发展过程。因此,我们在告别教条主义和绝对主义的本质主义理论的同时,更要创造和建构先进的科学的本质主义理论。

二、各种反本质主义的学理解析

各种持反本质主义观点的学者,几乎都毫无例外地把本质界定为像客观唯心主义者黑格尔所推崇的那种先验的形而上学的"实体"。但马克思主义对本质的理解,并不是黑格尔的那种先验的形而上学的"实体",或相当于康德所谓不可知的"物自体"。因此,应当把马克思主义的本质观与黑格尔和康德的本质论严格地区别开来。诚然,本质确实不是上面所说的"实体",但世界上根本不存在脱离实体的本质。实体是本质的家。本质与实体的关系,相当于我们人的灵魂与躯体的关系,没有灵魂的躯体和离开躯体的灵魂都是不可能的。正如不存在脱离本质的实体一样,也不存在脱离实体的本质。马克思主义的本质观认为,本质寓于现象的"实体"当中,并通过现象的"实体"表现出来。虽然本质不是先验的形而上学的抽象的

"实体",却存在于现象的"实体"之中,反映着客观对象相对稳定的内在联系和共同规律,可以通过人们的理论思维提炼和概括出来,形成关于本质理论的逻辑系统。规律是本质的现象或现象的本质。对事物的深层的本质规律的洞察,形成真理。探索规律,把握本质,追求真理,是一切理论家的天职。反本质主义的理论家解构和颠覆那些僵化的、过时的,失去了历史的合理性,阻碍社会进步和人的全面自由发展的本质主义固然功不可没,但理论家的主要职责是对事物和对象的本质规律加以发现并进行建构,不断拓展和开掘事物的本质规律的新方面与新层次,向反映与驾驭对象的本质规律的广度和深度进军。

(1)关于后现代主义和解构主义的本质主义理论。后现代主义和能够充分体现后现代主义精神的解构主义都是非理性主义的,实质上是最有代表性的反本质主义。

后现代主义和解构主义的正面意义与积极作用表现为:从舆论、语言和修辞层面批判、消解、颠覆最能体现资本主义性质的社会制度和主流意识形态,客观上起到思想政治同盟军的作用;宣扬怀疑精神,有助于催发和推动思想解放运动;力倡语言层面的变革,使人们可以获得假定性和幻想式的有限的自由与"解构的快感",所标举的"怀疑一切,怎么都行"的口号,尽管具有一定的不确定性和主观随意性,但有助于搅扰和消解专制性的体制与机制;对边缘的关注,有利于培育大众的民主意识和改善下层人民的生存状态;对现代化历史进程的反思,有利于启发我们正确全面地认识现代化的历史作用,对社会的健全发展具有超前的警示和借鉴意义。

后现代主义和解构主义的负面意义与消极作用是不可忽视的。对尚未实现现代化的发展中国家来说,后现代主义和解构主义与当代中国的国情和文情,存在着明显的时空错位和历史反差。后现代主义和解构主义的反本质主义主要表现为反理性，包括反认知理性和科技理性，这是需要研究的。在当代中国，为了推动现代化的历史进程，最需要认知理性和科技理性。问题的主导方面并不是认知理性和科技理性的膨胀压抑人，而是因为认知理性和科技理性的落后使人受压抑，阻碍历史和社会的发展。至于"反稳定、反中心、反权威"，也要作具体分析。反对压抑人的和阻碍历史发展的坚硬的超稳定性是必要的，但也不能同时连正常的稳定性也反掉了。反对大一统的中心和一言堂的权威是必要的，但也不能把合理的中心和权威也反掉了。一个民族和国家，没有中心和权威是不行的。后现代主义和解构主义通过把空间共时化与历史空间化，与中国古代的传统文化，特别是道家文化合谋，表现出抵制现代化进程和否定社会转型、历史变革的精神意向。由于后现代主义和解构主义具有很大的破坏性，从未成为欧美意识形态的主流，进而导致内部营垒的分化——以罗蒂和格里芬为代表的一翼，表现出对一味地怀疑、消解和颠覆本质的质疑，开始倡导从解构走向建构。这种后现代主义内部转向的新趋势开始引起学界的普遍关注。

（2）关于解释学和现象学的本质主义理论。尼采曾说："这个世界没有真理，只有解释。"各式各样的解释学，实际上都认为解释即真理，解释即本质。在一些解释学家的心目中，客观事物中并不存在着本质、规律和真理，而是解释主体为了满足和适应自身的主观需要，对对象进行解释的产物。这里必然产生一个解释的客观标准问题。有的解释既能考虑到主体的需要，又能符合对象的客观规律和本质属性；有的解释只考虑满足解释者的主观愿望和心理欲求，根本违反对象的客观规律和本质属性。因此，解释行为中恪守和实现以客体为基础的主客体的统一是至关重要的规则。由于受到一定时代和历史条件下的各种机缘的召唤与触发，适应人的新的需要，解释和对解释的重新解释往往能对事物的本质作出新的发现、新的重塑和新的建构，甚至可以开创一个新世界和新天地。如爱因斯坦对牛顿的超越是一个典型的例证。对事物的解释，应当有助于发现、深化和推进对客观真理的认识，而不是诱导人们遮蔽本质和背离真理。换言之，我们应当倡导正确的解释，拒绝胡乱的解释，确立和改善健全的思维方式与解释行为。

文学经典作为所属时代的现实生活的一面镜子，可以标示与展现出一定时代的历史结构和社会风貌。从一部经典作品或一个经典人物可以看一个时代。特别是那些史诗般的经典，往往以自身独特的杰出的思想性或艺术性，书写在人类的文化思想的历史上，具有恒久的意义，成为永不消失的精灵，世世代代铸塑着人们的魂魄和风骨。经典具有蓬勃的生命力，每当我们重温那些有感染力、说服力和震撼力的经典，仿佛聆听到天籁般的福音，承蒙着思想上的净化，沐浴着精神上的洗礼。是否爱护和珍惜经典，是衡量一个社会的文明程度的重要标志。诚然，经典的意义和价值，同样是随着时代的发展而嬗变的。对文学经典的改编，实际上是改编者对文学经典的再理解和再创造。经典实际上都是再创造者们心目中所接受、所希望、所利用，借以达到解释目的和获得解释价值的经典，通过改编，企图把经典"变得合于自己"。一方面，应鼓励改编者通过对经典的再创造，作出新的解释，使传统经典的生命得以延续和发扬光大，赋予新时代的新意义；另一方面，要尊重原创的经典，不可随意消解和亵渎经典，特别是涂抹神圣的英雄形象，或对反面人物加以正面描写，进行不适度的美化和诗化，以致改变这些人物的性格和本性，使之骤然"变脸"或"转身"，酿成是非、美丑、善恶、爱憎的错位和颠倒。

现象学特别强调人的意向性和意向的选择性，注重对现象的感性的认识或获得直观的本质。现象学关于对象行为和对象意识的构造理论,关于倾注主体意识的内在体验、感性直观和沉思的理论,关于通过感性直观解析现象和本质的关系的理论,关于"现象学还原"的理论,对重释和重构客体性与主体性的相互关系,都具有深刻的方法论启示。实际上,我们想获得对世界的真理性认知,没有正确的理论概括和逻辑抽象是不行的。其中,对"现象学还原"的本土化演绎和运用,使中国当代学者对"现象学还原"的内涵和功能的理解更加扩容,或还原为"关系",或还原为"事件",或还原为"经验",或还原为一定的社会文化语境中的"主体的建构力量",或还原为"人的愿望和需要"。"现象学还原"作为对僵化的、凝固的、过时的,已经不再适用发展了的新现象的旧本质的摆脱和遗弃,作为对"本质即现象"的反拨是有意义的。"现象学还原"让脱离了现象的本质重新回家,接受现象的检验和重审,权衡旧的本质界说还在何种程度上符合已经发展变化了的新现象的实际情况,从而作出更加确切的理论概括和逻辑规定。较之于抽象的本质而言,现象更加丰富和生动,任何理论概括都不能穷尽现象的全方位和全过程。因此,理论家们必须时刻关注不断变化着的新情况和新问题。然而,从现象上升为本质,从非理性上升为理性,毕竟是人类思维的进步,对现象作本质的说明,是思想先辈们辛勤劳动的心智成果,理应加以尊重,不宜轻易割舍。他们的本质论作为对现象的正确的理论概括,在一个相当长的时期内,是相对稳定和持续有效的。这些本质论并没有失去存在和发展的依据,还具有一定的合理性和进步性,也可以说,还有生气和活力,还可以给人们带来实际的利益和价值。认为"现象即本质",作为对僵化本质的反叛,是有价值的。但不能一概而论,不加区分地把一切本质都还原、驱赶和放逐到现象中去。这实际上是把所有本质和关于本质的理论都极端地现象化了。所谓"现象学还原",实际上又不同程度上从"本质即现象"跳到"现象即本质"。这种把本质极端现象化的企图和主张本质向现象的轮回,可能导致探索本质规律的追求、真理精神的消解和理论思维能力的弱化。

(3)关于经验主义和实用主义的本质主义理论。关注和总结文学经验是探索文学的本质规律、促进理论创新的重要途径。学者们都不会忘怀英国经验主义对人类思维发展的特殊贡献。这种经验主义并不排斥理性,与欧洲大陆的理性主义形成良好的互补互动关系。对事物的实证分析和对对象的理性把握都是不可或缺的。为了推动当代中国文艺理论的发展,必须研究和提升当代中国的文学经验。珍惜文学经验,实际上是尊重上一代文学家的创造性劳动。重视生动活泼的文学经验,并不意味着执迷和囿限于轻视理论思维的狭隘的经验主义与自然主义。恩格斯指出:"轻视理论显然是自然主义地进行思维,因而是错误地进行思维的最可靠的道路……连某些最清醒的经验主义者也陷入最荒唐的迷信中。"①

实用主义的本质观虽然具有一定的真理性,但从总体上说,是值得研究的。尽管真理的内容和形式具有主观性,但真理作为人们对于客观事物及其本质规律的正确认识,总是以一定的客体性或客观性为基础的。恩格斯说:"辩证法被看作关于一切运动的各个最普遍的规律的科学……辩证法的规律无论对自然界中和人类历史中的运动,或者对思维的运动,都必定是同样适用的。"② 实用主义的本质观认为"有用即是真理",或主张"有用的信念即是真理",强调

---

① 《马克思恩格斯选集》,2版,第4卷,300—301页,北京,人民出版社,1995。
② 同上书,365页。

真理和事物的本质规律对人的信念、需要、目的与愿望的依赖性、有用性和服从性。但事物本身所蕴含着的本质规律的客观性，对形成真理的客观性仍然具有重要的制约和决定的作用。因此，应当处理好真理的客观性和真理的主观性的相互关系。以真理的客观性拒斥真理的主观性，或用真理的主观性抵制真理的客观性，都是违反辩证法的。实际上，离开人对事物的本质规律的体认，或脱净和滤掉客观内容的真理都是不存在的。实用主义者把"有用"和"真理"完全等同起来是不妥当的。事实上，"有用"可能是"真理"，但"有用"不一定完全是"真理"。不能把真理的价值性和真理的客观性混为一谈，进而以真理的价值性取代真理的客观性。实用主义只强调客体对主体的需要和价值，但实现人的需要和价值，必须以科学的能动的反映论为基础。

"有用即真理"的信条，实际上把功利原则最大化和绝对化了。这种被膨胀了的人与对象的功利关系，对具有审美特性的文学艺术的适用程度是有限的。尽管普列汉诺夫曾考察过原始部落人把美界定为"有用"，尽管市场经济条件下的艺术生产的功利原则空前凸显，但审美领域中对"有用""功利"和"效用"的强调，要求合理和适度。笔者认为，"审美距离说"是有道理的。审美不但应与时间和空间保持一定的距离，而且与利益、功利和效用也要保持一定的距离。应当充分考虑到文学艺术的审美的本质、价值、功能和作用。纯审美、非功利固然不妥，但非审美、超功利离文学艺术的本质、价值、功能和作用更为疏远。文学的审美与实际的效用和人的利欲应当保持一定的距离，力免走向极端的实用主义化。恩格斯指出，旧唯物主义的历史观"本质上也是实用主义的，它按照行动的动机来判断一切"，"它认为在历史领域中起作用的精神的动力是最终原因，而不去研究隐藏在这些动力的后面的是什么，这些动力的动力是什么。不彻底的地方并不在于承认精神的动力,而在于不从这些动力进一步追溯到它的动因"①。

(4)关于多元主义和对话主义的本质主义理论。多元主义的本质主义是具有合理性的。它把文学的本质视为一种多维度或多向度的复合结构,对打破僵硬的本质一元论,解放思想,开拓和发掘文学本质的多层面颇有助益。但多元本质论存在着一个和主元本质论之间的关系问题。在文学本质的各种因素之中,必然存在着一个起支配作用的主导方面。换言之,文学具有本质的主导方面,或具有主导方面的本质。文学各种本质因素之间的相互关系,存在着矛盾的主导方面。矛盾的主导方面决定事物的性质,或者可以说,事物的性质主要是由矛盾的主导方面决定的。一方面,应当反对以不适度地强调文学本质的主导方面为借口,把文学的本质变成一种具有排他性、不能兼容的独元,甚而酿成文化专制主义和文化霸权主义。另一方面要特别防止与克服由于一味地消解和颠覆文学本质的主导方面,自觉不自觉地滑向企图完全摆脱主元,导致文学本质的多极化和文学指导思想的多元化。对文学的主导本质和对文学的指导思想的培育与建构,需要经过一个深刻的历史过程。一个国家和一个民族,没有主导的思想体系是不行的。逐步确立和发展真正代表与实现最大多数人民的利益、要求和意愿的主流意识形态及核心价值体系,是文艺工作者艰巨而光荣的历史使命。

哈贝马斯的交往理论和巴赫金的对话理论,对当代中国的青年学者影响很大。本土化的对话主义对文艺理论建构具有重要的催生作用和启发意义。重视主体与主体对话的间性关系,同时不能忽视主客体之间的对话的间性关系。文艺理论的建构,应当倾听实践的

---

① 《马克思恩格斯选集》,2版,第4卷,248页,北京,人民出版社,1995。

呼声。从文本解读中获取真理性体认,应以文学自身的本质规律的存在、演变和发展为基础。主客体之间的对话的间性关系,为主体之间的对话的间性关系提供依托和机缘。因此,务必处理好对话与原创的关系。对话对本质的建构和发展,固然具有重要的意义,但本质的发现和本质理论的原创,取决于不断深化的实践和科学研究活动。诚然,对话是可以产生真理的,但从基础和根源上说,还是实践出真理。有的青年学者为了强调对话对建构文学本质的作用,认为本质不是发现的而是建构的。应当说,本质首先是发现的,其次才是通过对话进行建构的。马克思和恩格斯发现了社会存在决定社会意识的规律,现代资本生产的剩余价值规律,辩证法从量变到质变、否定之否定、对立统一的规律,精神生产和物质生产不平衡规律。对话可以根据社会历史发展的新语境和人们的新需要对被发现的客观事物的本质规律加以深化、丰富、改写、重塑、再创造或再建构,以求得大多数人的共识,逐步成为人世间的公理。学术对话可以确立、协调、权衡真理的公信度和共识度,有助于从解释学视阈,展现事物的本质、规律和真理的间性关系,推动不同观念之间的共生与互动,改善学术的生态环境。但更应当强调实践的重要作用,只有实践,才能从源头上发现事物的本质规律,实现原创性的理论创新。

  对话是好的,也是难的。对话者需要具备深厚的学养和高尚的境界。对话的倡导者和参与者,都应当从我做起,身体力行。学者们祈盼多元对话,但实际的情形往往是面对多元却不能进行真诚有效的对话。平等地使用话语权力是对话者应当普遍遵守的公约。学者们应当力免顾盼自雄、唯我独尊的矜持和傲慢,更加自觉地防止和克服对话中的单边主义,以确保学术对话的正常进行和健全发展。

  本质、规律和真理都是蕴藏在客观事物之中的。恩格斯指出:

"历史进程是受内在的一般规律支配的。因为在这一领域内,尽管各个人都有自觉预期的目的,总的说来在表面上好像也是偶然性在支配着……但是,在表面上是偶然性在起作用的地方,这种偶然性始终是受内部的隐蔽着的规律支配的,而问题只是在于发现这些规律。"① 各种反本质主义的局限性和共同缺憾是忽视客观事物与对象本身的存在和发展着的本质属性及元素,从而淡化和消解了文学理论建构的客观依据。由于不适度地膨胀了通过解释进行文学理论建构的主观随意性,回避了对象的客观规律性和实践、体验、反映活动对建构文学理论的重要性。殊不知,实践是发现真理、拓展和挖掘对象的内在规律、实现本质理论创新的根本动力和源泉。反本质主义思潮反映出一种轻视、厌烦、抛弃本质和理论思维的倾向。然而,正如恩格斯所指出的:"一个民族要想登上科学的高峰,究竟是不能离开理论思维的。"② 恩格斯认为:"每一个时代的理论思维……都是一种历史的产物,它在不同的时代具有完全不同的形式,同时具有完全不同的内容。因此,关于思维的科学,也和其他各门科学一样,是一种历史的科学,是关于人的思维的历史发展的科学……思维规律的理论并不像庸人的头脑在想到'逻辑'一词时所想象的那样,是一种一劳永逸地完成的'永恒真理'。"③ 这里,恩格斯明明告诉我们,人类的理论思维,包括把握对象本质规律的理论思维,不是"一种一劳永逸地完成的'永恒真理'",而是一种"历史的产物","是一种历史的科学,是关于人的思维的历史发展的科学",可以把事物和对象的本质理解为一种流变不居的历史过程。

---

① 《马克思恩格斯选集》,2 版,第 4 卷,247 页,北京,人民出版社,1995。
② 同上书,258 页。
③ 同上书,284 页。

恩格斯还特别强调唯物辩证法作为思维方法和思维形式的重要性。他说："辩证法恰好是最重要的思维形式，因为只有辩证法才能为自然界中出现的发展过程，为各种普遍的联系……提供了模式，从而提供了说明方法。"① 一些学者不区分各种不同的哲学对本质和真理的不同理解，一股脑儿地把本质和真理都说成是客观唯心主义，如柏拉图和黑格尔等哲学家所倡导的那种先验的形而上学的理念，或将其抽象为脱离现象的"实体"，而完全遮蔽和掩盖了马克思主义对本质的科学界说，从而形成本质理论的盲点和误区。

三、解析本质主义与建构文学理论

辨析和研究本质主义问题，至少具有两方面的意义。一方面是有利于承接和弘扬马克思主义文艺理论主张文学艺术应当反映社会生活本质与历史发展趋势的优良传统；另一方面是有助于文学理论建构，进一步拓展和深化文学理论的学科建设。

无论是文学创作，还是文学理论，都应当坚持多样化的原则。文学作品应当关注社会民生百态，可以像"新写实小说"那样，表现普通老百姓的生活和命运，特别是下层大众的疾苦与艰辛。然而，具有经典性的史诗般的鸿篇巨制，应当通过塑造所属时代的典型人物，全景式地描绘时代变迁和历史风貌。文学艺术反映社会生活本质和历史发展趋势，是马克思主义经典作家倡导的优良传统。每当历史变革和社会转型时期，总会涌现出一批批具有超前意识的社会精英。他们体现着历史发展的走向，标志着与时代变迁相适应的全新的思想体系和社会制度的历史性出场。

---

① 《马克思恩格斯选集》，2版，第4卷，284页，北京，人民出版社，1995。

马克思和恩格斯的时代，同时存在着两种历史变革，一是以腐朽贵族为革命对象的资产阶级民主革命，二是以资产阶级为革命对象的无产阶级革命。马克思和恩格斯都是站在历史变革和社会转型一边的。马克思和恩格斯在评价黑格尔、歌德，特别是恩格斯在评价巴尔扎克和列宁评价托尔斯泰的创作与作品时，都揭露和抨击了颓败的封建专制制度，歌颂了他们所属那个时代经济结构的更替、阶级关系的变化、文化思想的嬗变，全景式地表现了从封建贵族的农奴制走向新兴市民阶级的共和制的历史变革和社会转型。恩格斯肯定巴尔扎克的《人间喜剧》用编年史的方式描写了新兴的资产阶级在各个领域取代腐朽的封建贵族的深刻的历史过程。列宁曾引用托尔斯泰的《安娜·卡列尼娜》中的农民改革家康·列文的话，来说明古老的俄罗斯大地上所发生的变革："'现在在我们这里，一切都颠倒过来，而且刚刚开始形成'，——很难想象还有比这更能恰当地说明 1861—1905 年这个时期特征的了。那'颠倒过来'的东西……是农奴制度以及与之相适应的整个的'旧秩序'。'那刚刚开始形成的'东西……正是资产阶级制度。"① 以中国共产党的领导人为代表的中国化的马克思主义文艺理论承接和弘扬了马克思列宁主义关于文学艺术反映社会生活本质和历史发展趋势的优良传统，主张"革命的文艺，应当根据实际生活创造出各种各样的人物来，帮助群众推动历史的前进……实行改造自己的环境"②。"我们的社会主义文艺，要通过有血有肉、生动感人的艺术形象，真实地反映丰富的社会生活，反映人民在各种社会关系中的本质，表现时代前进

---

① 《列宁全集》，中文 2 版，第 20 卷，100—101 页，北京，人民出版社，1989。
② 《毛泽东选集》，2 版，第 3 卷，861 页，北京，人民出版社，1991。

的要求和历史发展的趋势。"① 可见,马克思主义文艺理论和中国化的马克思主义文艺理论,倡导文学艺术反映社会生活本质和历史发展趋势这个思想是延续不断、一脉相承的。

探讨文学的本质与凸显文学的价值、功能和作用是紧密相关的。研究文学的本质是为了更加充分有效地发挥文学的价值、功能和作用。同时更重要的,是为了建构多种形态的文学理论。无论是对文学本质进行广度研究、深度研究、跟踪研究和关系研究,都是为了发展、丰富和深化文学理论的学科内涵,与历史发展和社会转型相适应进行思维变革,在尊重学术传统的基础上,进行理论创新,从一些重要的层面对文学本质进行全方位和全过程的研究,建构各种新的文学理论。笔者曾提出文学理论中存在着历史主义、人本主义、审美主义、文化主义、文本主义、自然主义等六大学理系统。研究文学与社会历史的关系,探讨文学的社会历史本质,可以建构新时代的文学社会学;研究文学与人的关系,叩问文学的人学本质,可以建构新时代的文学人学;研究文学与审美的关系,可以建构新时代的文学美学;研究文学与文化的关系,发掘文学的文化本质,可以建构新时代的文学文化学;研究文学自身的内部关系,考察与文学本质相关的形式语言符号、结构解构、叙述接受、解释重构等,可以建构新时代的各式各样的文学文本学;研究文学与自然的关系,重视文学的自然属性,可以建构新时代的文学生态学。对上述文学各种本质、属性或元素进行辩证综合的创新研究,可以建构新时代的宏观文艺学,如此等等。

一般而论,社会历史本质、人学本质和审美本质,都是文学本质的基本的重要方面。实际上,文学本质是社会历史本质、人学本

---

① 《邓小平文选》,1版,第2卷,210页,北京,人民出版社,1983。

质和审美本质的有机融合与辩证统一。文学理论属于人文社会科学或社会人文科学，都具有人文因素和社会历史因素或都具有人文本质和社会历史本质。脱离社会历史本质的人文本质或脱离人文本质的社会历史本质实际上都是不存在的。在对文学的人文研究和社会历史研究的关系问题上，理应主张和追求两者的有机统一。在两者的关系问题上，大体呈现出如下几种表现形态：一种是完美融合的理想形态。另一种是倾斜形态：或表现为与社会历史因素相联系，适度地向人文研究倾斜；或表现为与人文因素相联系，适度地向社会历史研究倾斜。还有一种是极端形态：或表现为脱离人文研究单纯地强调社会历史研究，陷入庸俗社会学或庸俗政治学；或表现为脱离社会历史研究孤立地夸大人文研究，滑向抽象的人性论。富有真知灼见和兼容精神的批评家、理论家应当追求表现人文精神与历史精神的完美融合的理想形态；允许和鼓励表现人文精神与历史精神的倾斜形态；尽可能地抑制表现人文精神和历史精神的极端形态，并注意汲取其中的合理内核。

从对文学本质的界定而论，认为"文学是社会生活的反映"或主张"文学是人学"这两种文学观念，体现了文学的社会历史本质和人学本质，因而都是正确的。从文学的价值取向来说，文学既要表现人文价值，又要表现社会历史价值。文学的审美价值只有体现人文价值和社会历史价值的完美融合才能更加富有意义。文学的最大、最高和最终价值是为了推动人的全面发展和促进社会的全面进步，尽可能完整地表现文学的社会历史精神和人文精神。早在新文化运动时期，我们的文学先驱和前辈们多半都是从文学与社会历史因素和文学与人文因素的关系这两方面来探索和追求文学的本质、功能及价值的。如有的主张文学为社会进步服务，体现历史精神；有的则主张文学为人生服务，凸显人文精神。从文学的人文性质、功能和价值看，文学应当努力培养人的现代意识，不断优化和改善人的生态，提高人的素质，满足人的权益，提升人的实践能力和创造精神，用先进的文化，先进的启蒙理性、科技理性和道德理性把人武装起来，以促进人的全面自由发展和社会的全面进步。人的建设是最根本的建设，同时要重视社会的建设，创构一个先进的合理的适合于人的全面自由发展的社会的制度、体制和机制。具有社会责任感和关注人类命运的文学理论家与批评家们应当自觉地为创建与维护、优化和美化人与人的制度说话发言，为推动社会的全面进步和人的全面自由发展制造舆论。人的发展和社会的发展是双向互动的，存在着彼此渗透和互补的间性关系。从宏观的视阈说，大体上是同步的；从微观的视阈说，又不可能是完全平行和均衡的。两者之间，往往发生差异、矛盾和冲突：有时人不好，阻碍历史的进步和发展，理应解放思想，改变人的陈腐的意识和观念；有时历史不好，压抑人，甚至窒息人的生存和发展，理应实施社会变革，解决生产力和生产关系的矛盾。好的社会历史状态，可以给人带来相应的自由、幸福和解放，把人拥上一个新的历史平台和新的生活空间。如抗日战争的胜利、人民解放战争的胜利和改革开放所取得的伟大成就，都历史地实现了人的自由、幸福和解放。对获得了自由、幸福和解放的人来说，这样的历史是温暖的，是肯定人的。

诚然，人与历史经常发生矛盾。当历史状态压抑人的生存和发展时，艺术家、理论家和批评家通过自己的作品和活动发扬批判精神，宣泄对历史的诅咒和不满。然而，人与历史的矛盾，实质上反映着社会历史结构中的人与人之间的矛盾。历史不是空洞抽象的，历史不过是人的有目的的实践活动的持续的过程。历史是人的历史，历史的背后站立着人。历史中物与物的关系表现着、掩盖着并可以转化为、还原为人与人之间的关系。这种矛盾的实质是物质资料和生活资料的生产、占有和分配关系，是财富、权力、利益的生产、占有和分配关系，正是这些因素的生产和再生产、占有和再占有、分配和再分配的严重失衡，引发出社会生活中的这一部分人和那一部分人之间的差异、矛盾，乃至产生激烈的冲突。只有建构一个合理的和谐的社会，对上述的财富、权力、利益的存在状态和结构关系进行强有力的调整，才能逐步实现社会的公平和正义，解决人与历史的矛盾，使人的发展与历史的发展趋于和谐状态。达到这样的理想境界需要经过一个深刻的漫长的历史过程。肩负历史使命感的作家、艺术家、理论家和批评家们应当培育与强化对人民高度负责的志向和操守，为人民立言，为社会的健全发展呼吁，使人的全面发展和社会的全面进步良性互动，通过不断的优化，渐趋和谐的理想状态。

文学的审美本质理应体现文学的社会历史本质和人学本质。文学的审美价值、功能、作用理应实现社会历史的价值、功能、作用和人文的价值、功能、作用。反过来说，社会历史和人文的本质、价值、功能、作用主要是通过审美的本质、价值、作用、功能来实现的。但各式各样的审美主义文论学理系统对审美因素与社会历史因素和人文因素的关系的理解是很不相同的：有的强调审美因素与社会历史因素和人文因素的有机融合，通过审美因素，表现社会历史因素和人文因素的辩证统一；有的只强调审美因素与人文因素相结合，一定程度上拒绝社会历史因素，导致文学的社会历史价值、功能、作用的淡化和消解；有的只强调审美因素与社会历史因素相结合，排斥人文因素，造成人文价值、功能和作用的弱化、低迷；有的则把社会历史因素和人文因素全然包蕴或溶解于审美之中，一定程度上消融了文学中的社会历史因素和人文因素的相对的独立性与自主性，把文学中的社会历史和人文的价值、功能、作用全然审美化了。

文化研究的崛起，对认识和理解文学的文化本质、价值、功能、作用，取得了历史性的突破。文学确实是一种文化现象。特别是大众文化和网络文学的爆热走红，对传统文学形成强劲的冲击。但是，文化与文学不是完全取代的关系，顶多是部分取代的关系，表现为大众文化和网络文学越来越拥有更多的受众、市场和占有更大的文化利益。包括网络文学在内的大众文化，对满足人们的不同层次的文化需要，培育人们的自由民主意识，营造和谐稳定的社会氛围是不可或缺的。对大众文化，存在着一个疏导和提升的问题。应当扶持清新的、健康的、有益的精神产品，力免极端低俗化和超功利化的势头疯长。适当抑制笼统地反主流和反本质主义的倾向，提高大众文化的文化品位，逐步创造大众文化的文化精品和文化经典。倡导文化精英介入大众文化，实现精英文化和大众文化的良性互动，有利于建构大众的、先进的、具有中国特色的民族文化。从文化视阈，研究文学的文化本质、价值、作用和功能，发扬文学的文化精神；通过文学的文化精神，表现文学的历史精神、人文精神和美学精神，从而把文学的社会历史本质、人学本质、审美本质和文化本质有机地结合起来。

四、叩问本质主义与深化文学批评

每个历史变革和社会转型时期，总会涌现出一批批具有超前意识的社会精英。他们体现着历史发展的走向，标志着与时代变迁相适应的全新的思想体系和价值体系的历史性出场。恩格斯曾对文艺复兴时期崛起的巨人形象给予了高度的礼赞。他说："这是人类以往从来没有经历过的一次最伟大的、进步的变革，是一个需要巨人而产生了巨人——在思维能力、激情和性格方面，在多才多艺和学识渊博方面的巨人的时代。"实现中华民族的伟大复兴的历史机遇，同样应当是一个需要巨人并产生巨人的时代。近年来随着一些学术泰斗的仙逝，学界的有识之士惊呼，当代的中国已经进入"无大师"的时代。这种语境下，强调深入系统地研究本质主义问题，不仅与文学理论学科建构紧密相关，而且对发挥文学理论学科的社会功能和提高文学理论学人的思想文化素质具有极其重要的意义。

首先，力倡追求真理的科学精神。无疑，文学是具有虚构性和假定性的。但文学正是通过这种虚构性和假定性，能够更加深刻地揭示人生的真谛和反映生活的真理。人们所求索的真理，不只是限于语言层面的对话和协商，而是力求通过实践进行科学探索，注重发现，追求原创。当代中国的一位学术大师倡导"说真话"。"说真话"是学术大师的基本素养，是能否成为学术大师的基本条件。叩问本质，探寻规律，弘扬理性，都是为了崇尚真实、真情和真理，揭露一切掩盖事实真相的谎言，反对经过各种包装的美妙诱人的"假话"，克服蛊惑人们离事物的本身、本性和本体越来越远的"大忽悠现象"，抵制虚浮的人气和虚假的社会风气。我们应当承接和发扬现实主义文学的优良传统，撕去一切假面，增强真意识和善意识，呼唤真诚、公平和正义，揭露一切"瞒和骗"的龌龊行径。文学是要表现真善美的，但善和美，都要以真为基础，脱离真的美是虚美，脱离真的善是伪善，脱离真的情是矫情。

其次，强化文学的思想深度和精神力量。作家、艺术家应当通过创造具有思想深度的作品，展现历史内容，表达人文内涵，宣扬思想精髓，揭示精神力量，启迪和培育人们的慧根智性，以纯正和修善世道人心。令人忧虑的是，近年来，一些创作和作品，缺乏有警醒的策动力和强大的穿透力与震撼力的思想，一定程度上造成了真意识和善意识的淡化、弱化与虚化。由于一味地反对精英化、经院化和专业化，倡导急功近利的实用性功利原则的膨胀，使文学从无功利跳到超功利。文学正在从"政治的婢女"蜕变为"经济的附庸",进而演化为"赚钱的工具"。利益原则和不健全的等价交换原则正在并已经渗透到文学艺术生产的各个领域。"夺钱斗争"高于一切。精神产品开始失去自身的主体性、独立性、纯洁性和神圣性。文学生产和交换过程中唯利是图的潜规则越演越烈,导致大众的心态失衡、人格分裂和价值畸变。富有良知的作家、艺术家、评论家、理论家应当自觉地抵制文化拜金主义的诱惑和侵蚀。

再次,高扬文学的社会责任和批判精神。关心中国时下文学创作的人们感受到,近年来,在社会经济政治层面,有思想深度和震撼力的、能引起轰动效应的作品少了,郑重的、严肃的、高雅的、令人仰慕的作品少了,叩问人生真谛和社会生活本质的作品少了;而贫血的、苍白的、病态的东西多了,由于片面地追求"快乐原则"和"利益原则",不适度地滑向游戏化和消费化,致使贫瘠、肤浅、无深度、平庸化和低俗化的作品多了。面对新时代的历史使命,当代中国的作家、艺术家、评论家、理论家一方面要推动和促进现代化的历史进程,另一方面要对前进道路上的艰难曲折有清醒的体认。文艺工作者既要充满信心,又要有忧患意识。面对一切违反真理、公平和正义的腐败、专制、丑恶的社会现象,作家、艺术家、评论家、理论家要有胆识和勇气,努力表现和倾注那些关乎人民、国家与民族的前途和命运的重大的深层次的社会矛盾,并揭示这些重大的深层次的社会矛盾所产生的土壤和根源。只有中国当代的作家、艺术家、评论家、理论家高扬文学的社会责任和批判精神,帮助人民认识解决社会矛盾、完善现实体制的有效途径和正确道路,才能有利于实现中华民族的伟大复兴,构建理想的和谐社会。

(原载《文学评论》2010 年第 5 期)

文艺中的人文精神和历史精神

在人文精神和历史精神的关系问题上,我们过去十分强调历史精神,要求文艺揭示社会生活的本质和历史发展的趋势。这是必要的、合理的。但在凸显文艺的历史精神的同时,由于不同程度地受到庸俗社会学和狭隘阶级论的影响,自觉不自觉地忽视或淡忘了文艺的人文精神。现在,我们的舆论特别弘扬人文精神,这几乎成为20世纪以来世界范围内人文科学的强音和主调。这种意向当然也是积极的、有意义的。但我们注意到,有些作家作品有意识无意识地将追求文艺的人文精神和揭示文艺的历史精神割裂、对立起来,甚至明显地流露出用人文精神诅咒、躲避、消解、反叛历史精神的强劲势头。笔者认为,这两种倾向都是值得研究的。文艺史实表明,世界上没有无人文精神的文艺,也不存在无历史精神的文艺,将文艺非人化、非史化都是不妥当的。

在文艺中的人文精神的普同性和差别性的关系问题上,也存在着理解和阐释上的偏执。人文精神尽管有普同性,但不是抽象的。应当辩证地把握人文精神的差别性和普同性的对立与和谐。从差别性中提炼出普同性,从普同性中发现差别性,从人文精神的普同性和差别性的既相激又互补、既相逆又互渗的双向复杂关系中体认与理解人文精神自身。不能不看到，人文精神的差别性，包括时代的、民族的、人群的和个体的诸多方面的差异，即便是处于大体相同历史条件下的人，由于社会地位、占有物质财富、金钱和权力的不同，在人生观、价值观和思想政治倾向存在着明显的差异，甚至有云泥之别。

在文艺中的人文精神的雅俗关系问题上不作认真的鉴别和区分，笼统地、情绪化地扬雅抑俗或褒俗贬雅也是不妥当的。事实上，雅既有能为广大读者层所能接受的俗雅，也有那种倡导纯审美的傲视一切的贵族化的高雅；俗既有粗俗、鄙俗、媚俗，也有那种正常的健全的雅俗。雅与俗既存在着对峙和冲撞的一面，也存在着交融和互渗的一面。雅与俗在合理的位置和界限内，都有自己生存和发展的权利。因为，整个文艺格局及其人文精神必然具有不同的层次性和多样性。

人文精神的核心内涵指人为了适应和改变自己的生存状态与追求发展前景而生发和表现出来的文明程度的总和，属于认知关系的价值关系的范畴。人的最基本的需要是生命自身的生产和再生产，人的最高目标与终极关怀是经过深刻漫长的历史过程所不断趋向的社会理想和人生理想。

文艺中的人文精神所呈现出来的状态和向度是曲折的。从总体和全局上看，自文艺复兴、启蒙运动、狂飙运动以来，特别是到第二次世界大战之后，尽管在诸多层面上人文精神的内涵被开掘和丰富了，但十分明显地表现出主观化、内向化、脆弱化，或者可以表述为堕落、滑坡、委顿、困惑、迷茫、焦灼、痛苦、孤独，从而产生病态和畸变，造成一定程度上和一定范围内的低级化与低能化。这大体上符合 20 世纪以来西方社会的文艺史实。人文精神颓败的历史根源是人同人的生存状态与人赖以活命和发展的现实生活及社会环境不相协调，是由此产生的心理上的失衡和病变在文艺中的投影。在相当长的一段时期内，文艺创作中的主要内容表现为诅咒和反叛现实、逃遁和拆解历史。这些文艺创作中所流露出来的人文底蕴或意向似乎是作家、艺术家们为摆脱不相协调的生活困境辟出的"种种逃路"，决不会对人们的现实的生存状态产生实质性或根本性的完善和变革。因此，这种人文主体性的功能是有限的，恰好表现出处于社会底层的中小知识分子代表或客观上代表处于社会底层的人群所发出的带有这样那样反叛情绪的不和谐音，反映出中小知识分子的脆弱、怯懦、绵善和幻想。

正常情况下，人文精神和历史精神是共态同步的。人文精神和历史精神宏观上是平衡的，微观上是不平衡的。在更多的情况下，人文精神和历史精神的运行并不总是呈现和谐状态，甚至往往会发生冲突。历史的发展和社会的进步有时是以人文精神的变异和滑坡、伦理道德的沉沦和堕落为代价的。这只是历史前进过程中所必然发生的一种短暂的过渡性现象。因此，诅咒和阻挡时代发展脚步的舆论与行为，实质上是一种昏昧愚钝的表现。

脱离历史谈人，或脱离人谈历史，都会自觉不自觉地滑向理论的误区。因为历史是人的历史，人是历史的人。人文精神是历史的人文精神，历史精神是人的历史精神。人是历史的主体和创造者，历史是人的实践活动的过程和成果，人是历史使命的承担者，历史是实践主体的人格化，是人文精神的载体和受体。人的目的性和历史的规律性的一致是实现两者统一与交融的契机和内在依据。一般地说，社会发展的上升期，两者表现出相伴而行、高扬突进的态势；当社会发展不健全或处于委顿、迷乱的没落期，容易产生两者的分裂和对抗。

20世纪以来，我们尽管应当考虑到不同地域和民族的社会发展程度的差异性，但从总体和全局上看，人文精神和历史精神的分裂与对抗日趋突出和强烈。人们往往把历史精神理解为生产力发展的要求。这种看法尽管说出了问题的主导方面，但还是显得过于简单和褊狭。历史精神和历史状态一样是全方位的。历史结构表现为三种形态：第一，物质形态，由生产力发展水平所提供的与科技手段所创造出来的资本和物质财富以及相应的物化世界；第二，制度形态，指制导和摄辖、管理整个社会的国家机器及一切所隶属的机构、体制和机能；第三，人文形态，人和人群的生存境况与发展前景。我们应当力图从历史结构和历史形态的相互关系中去寻觅人文精神与历史精神分裂和对抗的基因，探索人文精神被压抑被扭曲所造成的人的生存状态的困顿和危机。

人文精神对历史精神的反叛和抗争（积极的或消极的）都是人与历史结构和现实生活不相协调的产物，但不能理解为幻想脱离历史的善良的人对历史的这样那样的谴责和声讨，而应视为历史精神内部的人文形态、物质形态、制度形态的疏离和冲突。从人文形态和物质形态的关系而论，这主要表现为生产力的发展既历史地解放了人，增强和扩展了人的手段与技能，同时又在一定条件下使人成为单纯的生产工具、机器的附庸，受高超的科技成果的威慑和恫吓，成为人为物役的处于异化状态的"单面人"，被"商品拜物教""金钱拜物教"所形成的超验的物质力量摧残和作践。从人文形态和制度形态的关系而论，宜人的符合大多数人意愿和利益的国家机器、制度、机制、体制与技能可以维护和发展人的良性生态，如果出现了两者相悖谬相冲突的境况，国家的政权机构和体制则可能变成压抑、威慑、嘲弄人文精神的粗暴而强制的铁腕，侵犯和剥夺人们的正常的合理的民主生活，"权力拜物教"的强力意志压迫着人们的身心。通观整个西方 20 世纪以来的文艺的发展都是由于程度不同地受到"三大拜物教"(即"商品拜物教""金钱拜物教""权力拜物教")和"三大机器"(即"国家机器""战争机器""工业机器")的侵蚀与诱发才发生人文精神的堕落和畸变的。正是由于历史结构和历史形态中的不合理的因素才造成了人文精神的滑坡与颓废。

然而,如果我们只将人文精神的危机笼统地归结为历史结构和历史精神中的物质形态与制度形态本身则是表面的、肤浅的,甚至是幼稚的。从社会结构的物质形态看其与人文形态的关系,我们必须清醒地体察到,物的关系既掩盖着同时又表现着人的关系,或者说,物的关系只不过是从物的角度以物的形式反映出来的人的关系。世界的被物化或被物化了的世界仿佛是一门打开历史、人文之谜的感性心理学,是一本可以破译和解读的人与人之间的本质和内在联系的书。有些善良的空想的人道主义者的批判锋芒只指向社会结构的物质形态本身,甚至酿成人本主义和科学主义的对峙与冲突。须知,物质财富、科学技术本身是无罪的,关键在于财富的占有和分配方式,关键在于科技成果转化得是否合理,使用得是否有益、正确和适度。人类发现了核能,可以造福人类,也可以威慑和毁灭人类。解决问题的根本出路是财产、科技成果和权力的再分配与不同人群之间的社会地位的再调整。历史问题必须也可能还原为历史的人的问题,必然正义地提出合理地解决人对物的占有方式和分配方式。一般地笼统地谈论和控诉物对人的压抑是没有力度的。这种人文舆论不能说明如下基本事实:为什么生活在同一社会物质生活中的人,有的豪富,挥金如土,生态洒脱,近乎奢靡;有的穷酸,一贫如洗,生态困顿,以致不能满足活命的生理必需。因此,物对人的排挤和压迫只能理解为拥有巨额物质财富并转换为强大物质力量的人对处于社会底层的穷酸贫困的弱者的捉弄,是从物质关系表现出来的占主宰和起支配作用的人对物质力量缺乏的小人物的摆布。

从理论上看，人应当是社会和历史的主人，富于想象或幻想的文艺作品可以把人描绘成梦中的皇帝，但这丝毫不意味着睡醒以后他们作为社会底层的小人物的境况和命运会发生什么实质性的改变。

从历史结构的制度形态看其与人文形态的关系，诸如国家机构、体制、机制等作为一定的意识形态的载体和受体都带有程度不同的，甚至是十分强烈的政治倾向性与强制性。这种制度形态的物质力量体现着、推行着一定的人群、阶级、集团的政治经济利益和愿望。制度并非只是空壳和虚幻的形式。它的背后站立着人，展示着人与人之间的意欲指向，往往转换为代表当权者利益的政府官员和社会成员之间的功利关系。有的国体和政体本质上是反人民的，有的国体和政体本来是代表与体现大多数群众的意志和利益的，但一定条件下也会发生病变，或因为运行过程中的失策或失衡，或因发育的不成熟，存在着不健全、不完善的方面。所有这些制度形态的弊端不可能同进步的美好的人文精神相协调。官场中的腐败现象、钱权交易的丑恶行为是诱发人文精神趋于堕落和畸变的毒菌与腐蚀剂。笔者逐渐意识到，通过表现人和人与人之间的关系的变态和病态，呼吁财产和权力的再调整以及人的社会地位的再调整是20世纪的文艺潜话语与隐语境的核心，诸如现代西方的生存状态理论、异化理论、文化批判理论、审美乌托邦理论正是在这种历史和人文背景下产生的，并不可遏制地弥漫开来。维护这个历史阶段的物质形态和制度形态的传统的理性主义的旗帜开始褪色，逐渐失去了它的时代合理性和进步性，作为一种人文信仰的精神支柱已经败落和坍塌。正是在这样的历史和人文背景下出现了非理性主义对僵化、刻板、背时的旧理性主义的反叛和挑战。在一段相当长的时期内，非理性主义作为一种强劲的主导思潮成为人文精神的基本特征，对以新人本主义为核心内容与内在灵魂的非理性主义应作出全面的评估和剖析。从思想发展的角度看，它是对古典的传统理性的反弹和消解。从完善人格结构和意识结构的角度看，它是一种重要的发现和填补。从对社会进步作用的角度看，它撕去了神圣的假面，冒犯了权威，具有不可忽视的揭露和批判功能，同时张扬了丑恶、荒诞和迷乱。从对人文精神建构的角度看，它给被压抑，处于孤独、焦灼、痛苦中的小人物营造一个特殊的精神家园，使他们受伤的紧张而惊恐不安的心灵得到慰藉、安顿和憩息；同时又明显地表现出不可忽视的负面作用，导致人文精神的滑坡和颓唐、道德的失范、人的素质和性格力量的低级化与低能化。由于非理性主义反对一切理性，这种"弃水泼婴"的偏狭的态度，使非理性主义在摈弃僵硬的压抑人的理性的同时，竟把正确的、有益的、蓬勃着生气和活力的有价值的理性思维传统、科学的认知、历史的规律和人生的真谛都一起抛掉了。我们必须看到这种功过参半、是非互补的双重性，汲取非理性主义的合理内核，改制与重塑新时代的历史精神和人文精神相交融的新理性，这才是我们所应当采取和选择的创造性思维的新思路。

历史精神和人文精神的分裂与融合是彼此转换、相互推进的。分裂是对融合的相对的瓦解，融合是对分裂的相对的克服。人文精神和历史精神的融合既是理想的，也是现实的，只有经过一个深刻漫长的历史过程才能趋于更高水平上的实现。只有当人真正成为历史的主人，或只有当历史成为真正的人的历史，具体地说，只有消解和根除了历史存在过程中的人文精神同历史的物质形态和制度形态的矛盾、冲突、对抗，才能建构起健全的社会、健全的人生，方能产生健全的文艺。反言之，荒诞的、病态的、反叛的文艺只不过是畸变的社会和痛苦烦恼的人生在作家、艺术家"心镜"上的投影和折光。然而，历史精神与人文精神的矛盾、冲突和对抗又是不可能终止的，尽管它们的形式和内容伴随着时代的发展发生着相应的变异。从社会进步的角度看,人文精神和历史精神必须同样得到尊重,精神文明和物质文明的建设必须同样得到关注。但精神文明应当推动物质文明的发展,物质文明反转来又促进精神文明的高扬。当两者发生矛盾、冲突和对抗时,前者应当服从后者,因为尽管有时会付出高昂的代价或承受着像分娩般短暂的阵痛,但终归由于完成和实现了历史的转型与社会的变革,把人拥上了一个新的历史平台和一个新的生活空间。从文艺和文化发展的角度看,人文精神和历史精神的关系往往转换为人本主义思潮和科学主义思潮的关系,具体表现为对创作或作品的道德评价和历史评价的关系。人本主义思潮和科学主义思潮既有对立的一面,也有统一的一面,对文艺的道德评价和历史评价既有统一的一面,又有对立的一面。当两者发生冲突和矛盾时,应当以是否有利于社会的进步、历史的变革和符合人民的全局的根本的长远利益作为衡量与评估文艺创作和文艺理论的权威性尺度。

东方和西方、中国和世界文艺格局中的人文精神与历史精神既存在着相沟通的普同性,也存在着相阻隔的差异性。我国正处于历史大变动时期。党的改革开放政策的有效实施和社会主义市场经济的启动与运作给社会的进步和发展带来了希望。新的历史精神呼唤着中华民族以醒狮和巨龙的雄姿屹立于世界的东方。然而,我们必须清醒地看到处于社会主义初级阶段的社会主义市场经济的发育是初步的,是不健全和不成熟的。社会的物质基础还不够丰厚和强大,资金缺乏、生产力水平低下、科技成果转换为生产力的能力不尽如人意、教育滞后、人的素质不高,使得我们面对相当贫穷、落后的境况,鼓起沉重的翅膀,进行艰难的起飞。一切负有社会责任感和历史使命感的作家、艺术家应当凭靠自己真诚的艺术良知,响应中国当代历史精神的感召,用自己的理论和创作,通过呼唤健全的高尚的人文精神优化人的性格结构，促进社会的进步和历史的发展。令人忧虑的是，新时期以来尽管文艺出现了空前的繁荣，但一些疏离和悖谬历史精神与人文精神的文艺创作和文艺理论时有出现，甚至愈演愈烈。有些作品将生活平面化、庸常化、鄙俗化，有些文论倡导反中心、反神圣、反权威，主张非典型化、非英雄化、非理想化、非崇高化，甚至非文化化。诸如"后现代主义""后结构主义"等等理论尽管具有一定的批判功能和借鉴意义，但总体上同中国当代的历史精神和人文精神存在着明显的历史错位与现实反差。当然，我们也不必苛刻地责怪这些事实本身，而应挖掘和正视产生这些事实的现实土壤与根源。我们不能不重视外域思潮对文论家和创作家的影响。但外因只是条件，寻找与考察借以滋生和蔓延的内因才能获得清醒的体认。由于经济大潮的猛烈冲击和诱惑，金钱的杠杆一旦同权力结合起来，可以产生拜物教般的超验的魔力，使公平竞争的商品交换的原则遭到破坏，并借改革以营私，打着冠冕堂皇的旗号巧取豪夺，用文雅的合法的形式从事着违法的龌龊的丑恶勾当，成为败坏中华民族的人文精神、诱发离心力和涣散力的酵母剂。假手于文艺创作，撕下假面，暴露出其令人憎恶的尊容，再挥动起思想的解剖刀，剔除社会机体上的毒瘤，引起世人的警策和疗救的苦心，这完全是合理的义举。在长期的和平发展时期，由于缺少激动人心的借以表现正义感和英雄气概的历史风暴，以个体为本位的人生目标和价值观念有所滋长，主观的意欲不断扩张，英雄业绩和崇高精神被疏远，提升到群体自觉程度的意识形态被淡化。因追逐利益和金钱的贪欲的驱遣，提供感官享乐的大众文化爆热走红，给人以深刻启迪的史诗般的严肃文化受到冷遇。人文精神的变异、弱化和堕落是对当代中国历史精神的背离。我国总体上毕竟处于发展中的前工业社会，张扬虚无的世纪末情绪是缺乏历史的合理性和进步性的。通过文艺创作增强民族的凝聚力和向心力，调动、激发中华民族的自觉而雄健的人文精神，增强、坚定社会主义新人的理想、信念、崇高和悲剧精神，献身于伟大的社会变革，实现振兴中华的历史使命，理应成为当代中国文艺创作和文艺理论的强音与主调。败坏理想、崇高和悲剧精神是有过错的；虚假的理想、崇高和悲剧精神是可怜而又悲哀的。因此，去躲避和嘲讽理想、崇高和悲剧精神是不明智的；抛弃理想、崇高和悲剧精神的民族是没有希望、没有前途的。

（原载《文艺研究》1996年第1期，收入本书时稍作修改）

第三辑

文艺思潮研究

唯物史观与文艺思潮

坚持和发展历史唯物主义的基本原则,对导引文艺思潮,推动历史和社会的全面进步,促进人的全面自由发展,实现文艺学的理论创新,都具有重要的学术价值和现实意义。

一

文艺思潮作为一定时代和历史条件下的产物,总会带有一定的群体性、普泛性和倾向性。对文艺思潮的思想内涵、社会功能和历史作用,应当进行历史唯物主义的科学分析。

从历史内部的结构和发展过程来看,当代中国社会处于前现代因素、现代因素和后现代因素相互纠结、交叉重叠与多元并存的状态。改革开放后的当代中国正在摆脱几千年来封建宗法制小生产农经社会的生产方式,逐步实现现代化的历史使命。至于达到像西方那样高度发达的后工业社会,还是十分遥远的事,需要走相当漫长和艰辛的路。当代中国现实的发展道路是以全面实现小康社会作为全党和全民的宏伟目标。因此,对当代中国来说,超前的后现代主义和滞后的前现代主义,从全局和主导的意义上说,都不适合于其历史状态和社会现实。从当代中国的实际出发，我们有理由把当代中国的国情界定为从前现代向现代的过渡与生成。我们应当自觉地运用历史唯物主义的观点和方法，以是否有利于实现当代中国的现代化历史进程为尺度，作为衡量一切社会文化思潮和文艺思潮的富有权威性的最高标准，对一些带有复杂性或双重性的文化思想和精神现象采取"具体问题具体分析"的科学态度。

对当代中国来说，后现代主义社会文化思潮过于超前了。后现代主义从整体上作为西方后工业时代的社会文化思潮往往以反思现代性的面目出现，对发达的资本主义国家的现代化历史进程中所产生的那些压抑人的，包括思想、制度、体制方面的弊端加以消解和颠覆，是具有正义性和合理性的。其中以德里达为代表的一些后现代主义者作为西方社会的文化精英和拥有社会良知的人文知识分子，往往对他们所置身的那个社会的统治阶级采取不合作的反叛的姿态，对非人化的现实进行揭露和批判。从这个意义上说，这些左翼思想家是我们可以合作的盟友。他们的富有批判精神的见解对我们深入洞察资本主义世界的隐秘提供了可资参照的有价值的思想资料。但是他们的这种批判不是具有改变现实的革命作用的实践批判，而多半只是限于舆论呼吁，停留或徘徊在精神领域和语言层面上。他们无视资本主义社会的两重性，看不到资本主义社会的发展对人类文明所起到的重大的推动作用。他们高喊着"怀疑一切，怎么都行"的口号，笼统地不加分析地反对所有的信仰、理性、规律、真理、权威、中心，不适度地强调事物的非理性和存在的不确定性与不稳定性，往往导致极端的历史相对主义和历史虚无主义。这种带有一定的销蚀性和破坏性的历史观念不利于历史的健康发展，从整体和全局上并不适合于作为发展中国家的当代中国。后现代主义社会文化思潮通过强调历史的不稳定性和反思现代性抑制发展，当代中国却需要稳定和发展。后现代主义社会文化思潮强调消解和颠覆，可能有助于打破那些僵化的、过时的东西，启发人们解放思想、更新观念，有利于消解和颠覆那些应当消解和颠覆的对象。但后现代主义社会文化思潮一味地宣扬消解的信仰是值得研究的，而当代中国最需要坚定信仰，以增强人民的亲和力、向心力、凝聚力和战斗力，实现中华民族的伟大复兴。后现代主义社会文化思潮颠覆真理和规律，当代中国却需要解放思想、实事求是、与时俱进，追求理论创新，遵从真理，按着"客观规律办事"，推动建设工业化强国的宏伟事业，加速现代化的历史进程，如此等等。由于当代中国的经济发展很不平衡，应当正视一些高度发达的地区和城市的后现代主义的社会文化现象的滋生与蔓延，同时也应当注重防止和克服现代化过程中可能出现的负面因素，杜绝后现代主义所批判的非人化现象的重演，吸取这种社会文化思潮所提供的具有超前性和警示性的借鉴作用是完全必要的。然而正如美国著名的后现代主义理论家理查德·罗蒂所说的那样："后现代主义因其建设性的薄弱在美国并未占据主流地位，而中国却将后现代主义奉为圭臬。"后现代主义中以罗蒂和格里芬为首的一翼已经意识到只痴迷于无目标的解构是没有意义的，开始从解构转向建构。作为以建设为主旨的发展中国家的中国，如果完全不考虑与高度发达的西方社会的时空差异，大力推崇后现代主义社会文化思潮，无异为一种思想文化领域中的奢侈和超前消费。后现代主义落脚于当代中国的现实还显得水土不服，缺少生长的土壤和条件。从全局上说，这种社会文化思潮与当下的中国现实存在着巨大的时代反差和历史错位，从而失去了总体和主导意义上的合理性。

　　对当代中国来说，前现代主义社会文化思潮又显得有些滞后了。开始具备雏形并产生了较大影响的前现代主义社会文化思潮以"自然中心论"为依托,以前现代的自然经济和田园牧歌式的宗法制的社会模式为范本,以控诉和抨击现代化的工业革命所带来的弊端,如对所造成的环境污染、生态危机、人与自然和人与人的和谐关系的恶化为口实,宣扬一种自然文化主义和原始文化主义。这种社会文化思潮与主张回归自然的后现代主义社会文化思潮合谋,反思乃至抵制全球范围内的现代化的历史进程。反思现代化过程中所带来的负面作用是需要的。反思的目的是为了调整向自然进军的广度、深度和速度,使社会与历史朝着更加善待自然和更加合乎人性的方向健康发展,防止生态的恶化和人性的畸变,求得人与自然、人与社会、人与他人和人自身的和谐发展。但反思不能导致"因噎废食",而是应该从人民的福祉出发更加合理地促进现代化的历史进程,从而实现中华民族的伟大复兴。不能因为现代化的历史过程中出现了一些消极现象,便去反对现代化历史过程本身。这种"弃水泼婴"的态度是不可取的。这种原始文化主义的信奉者和倡导者们,把人类与自然视为一个"生命共同体",为了求得人和自然"和合",主张人与自然"浑然一体"的原始整体思维,曲解马克思主义的对立统一规律,反对所谓的"二元对立",乃至质疑马克思主义关于"人化自然"的理论,消解和否定人的实践活动对改变自然与创造世界的能动作用,甚而有人企图排拒现代,面向古代,一定程度上表现出复古主义和历史倒退主义的精神意向。我们应当是一切世界文明,包括中世纪文化的继承者。现代化过程应当是对历史上一切先进的宜人的物质财富和精神财富的延续、活化和发扬光大。历史前进的脚步是永远不会停止的,倒退是没有出路的。19世纪末20世纪初时,长达几千年的中国宗法制的封建王朝已经日暮途穷。这个气息奄奄的泱泱大国科技落后、国力孱弱,使中国人民遭遇了"百年忧患"和"世纪伤痛",屡屡处于被动挨打的困境。惨烈的血的教训使中国人民选择了走上现代化的历史道路,并开始取得了震惊世界的伟大成就。宗法制的农经社会的生产方式和专制体制已经趋于腐朽与没落,我们应当愉快地与之相揖别。或许在尚未被大工业生产所污染的地域还保留着一些令人陶醉的净土和绿洲,少数殷实和富裕的人们还能过着宁静、淡泊、悠闲、舒适、祥和的农村公社式的生活,但同样也存在着或掩盖着贫穷、落后、愚昧和专横的另一面。正如马克思所指出的:"但是我们不应该忘记,这些田园风味的农村公社不管看起来怎样祥和无害,却始终是东方专制制度的牢固基础,它们使人的头脑局限在极小的范围内,成为迷信的驯服工具,成为传统规则的奴隶,表现不出任何伟大的作为和历史首创精神。"[1]

如上所述,超前的后现代主义和滞后的前现代主义都不适合于当代中国社会现代化的历史需要,现代主义文艺思潮却是同现代历史的发展同步的。这种文艺思潮的产生和演变以及它的思想内涵、价值诉求、社会功能都是被所属的时代与历史决定和制约着的。这里,文学的现代性和社会的现代化的关系,存在着两种不同的情形:从基本的或主导的精神意向上说,一种是现代主义所提倡的审美现代性对社会现代化采取批判和否定的态度;还有一种是文学的现代性对社会现代化采取拥护和肯定的态度。现代主义把审美现代性与社会现代性同历史现代化完全对立起来的思想倾向和价值诉求是片面的。这种社会文化思潮不理解社会的现代化是人类文明发展的必然要求,是逐步地实现人的解放的不可逆转的历史过程,只看到资本原始积累时期所酿成的种种非人化的罪恶,看不到从农民社会过渡到市民社会是历史的进步,从而无视资本主义的重要的历史作用。

---

[1] 《马克思恩格斯选集》,2版,第1卷,765页,北京,人民出版社,1995。

当代中国为了实现社会的现代化和历史的现代化的时代要求与历史使命，应当更加全面地正确认识和处理文学的现代性与社会的现代性之间的辩证关系。一方面要吸纳现代主义所倡导的审美现代性对现代化过程中所产生的负面现象的批判精神；另一方面要为实现社会的全面进步与历史的健康发展提供精神动力、舆论支持和思想保证，特别是应当把实现历史的现代化和实现人的现代化结合起来，通过塑造社会主义新人形象，为加速中国现代化的历史进程，推动变革现实的伟大实践，培养和输送高素质的接班人与生力军。

二

对一些具有代表性的社会文化思潮，特别是新人本主义、新历史主义和历史消费主义所表达出来的人对历史的态度以及对历史的人的态度，都应当运用历史唯物主义的观点和方法进行具体的科学分析。

新人本主义，从总体上说，是否定非人化的历史和历史的非人化的。这种以非理性主义为基础、为灵魂、为核心、为指向的人本主义的社会文化思潮产生于资本主义的原始积累时期，广泛流行于两次世界大战前后。这段充满铜臭和血腥的历史是应当被诅咒的。由于受到商品拜物教、金钱拜物教的捉弄和战争机器、工业机器的摧残，人们面对财阀和军阀所主宰的世界感到黑暗和冷酷。由于受到疯魔般的物质力量和军事力量的重压，人们变得孱弱了。作家、艺术家的主体意识向内部萎缩，变得极度个体化、主观化和脆弱化了。他们对这段充满苦难的历史的现实感受和文学体验是"上帝死了，世界疯了"，"生活是荒诞的，人生是痛苦的"。还多少保留一点社会良知和同情心的人文知识分子站在小人物一边，对践踏他们的非人化的历史进行声讨、谴责和抨击是正义的、合理的。人们可能无能力但却有权利拒斥害人的历史，选择宜人的历史。最能体现新人本主义思想倾向与价值诉求的一些现代主义的优秀的艺术家作为两次世界大战前后这段历史的参与者、见证人和书写者，表现和控诉了这段历史的灾难与罪恶，将永远贮存在使人们每每感到剧痛的历史记忆中，警示和祈盼这种蹂躏人的历史悲剧不再重演。然而，新人本主义对非人化的历史的批判是有局限的。这种批判是软弱无力的，既不能展示历史发展的前景，也没有揭示出造成非人化历史的深刻的阶级根源，更没有看到和肯定改变这种非人化历史的正义的强大的社会力量，从而表现出浓郁的历史悲观主义和历史虚无主义的色彩。事实上，不管法西斯主义多么猖獗，还是逃不脱全世界人民的惩罚。卡夫卡的小说《变形记》对人的异化命运的描写，令人感到酸楚，无疑是深刻的。但如果人们都变成了被任意欺凌的像小甲虫那样的动物，完全失去抗争的意识和能力，失去历史主体的地位和作用，这种结果正是处于强势的统治者所需要的。

新人本主义进入当代中国的文坛，对文学怎样才能有利于现代化建设的健康发展是具有一定的借鉴意义的。但中外文化的同质性和异质性的交互作用，特别是横向移植的授受双方的思想价值体系的时空错位，造成了正负交织的社会效果。这种情况突出表现在以下几个方面。

首先，关于人的主体性和历史客体性的关系问题。当代中国化的新人本主义特别推崇人的主体性，这对促进新时期的思想解放运动起到了积极作用，但被片面夸大与发展了的人的主体性又抑制和消解了人们对历史客体性的体认，不利于"按客观规律办事"，推动现代化的历史进程朝着又好又快的方向发展。

其次，关于人的异化问题。随着现代化历史进程的不断推进，异化现象的加剧是不可避免的,特别是在经济已经高度发展了的大城市开始呈现出令人忧虑的趋势,劳资关系紧张,实际上存在着超经济剥削的事实,雇佣劳动者的生活境况堪忧,虐待工人的事件时有发生。由于当代中国经济发展的不平衡,广大农民尚没有完全摆脱自然经济的束缚,希望当上城市的农民工,改善自己和家庭的生活境况,即便是受过高等教育的相当一部分大学生还找不到工作。所有这些众多的渴望享受工业文明的人们,还无法领受和品尝"异化"的滋味。由于长期封建主义传统的思想影响,相对而言,当代中国的经济领域中的"异化"问题要比政治领域中的"官本位"流弊所弥漫着的异化现象显得轻微些,但如不采取更加有效的政策和措施,随着贫富悬殊、两极分化的加剧,将会越演越烈。

再次,关于非理性主义问题。新人本主义的灵魂是非理性主义。非理性主义对补充和完善人们的思想结构,反拨僵化的教条主义和过时的理性主义是有意义、有价值的,但不应当在否定荒谬的理性的同时,把一切理性,特别是把正确的理性、真理、规律都一股脑地反掉了。由于当代中国的历史发展的水平与高度发达的西方后工业社会存在着巨大的差异,中国化的新人本主义笼统地超前地反对启蒙理性和科技理性显得缺乏充分的历史依据。当代中国为了实现现代化的宏伟目标和中华民族的伟大复兴,最需要启蒙理性和科技理性,对文化素质还很低的中国人来说,他们痛感到不是受启蒙理性的压抑,而是因缺乏启蒙理性受压抑。历史的教训是不应当忘记的。百年来中国所惨遭的历史悲剧是由于国力的孱弱和科技的落后所使然。对科技理性还十分落后的当代中国来说,还谈不上受科技理性的压抑,而是因缺乏科技理性受压抑。

新历史主义与后现代主义联手,主观随意性地篡改和重塑历史。新历史主义的问世,是伴随着当代西方学术界的"文化转向"而出现的"历史转向"。新历史主义的基本特征显示出对所谓传统的历史主义和形式主义的双重反拨。新历史主义还是一个没有共同理论纲领的学术流派，可以说新历史主义还是一个没有得到公认的不确定的概念。新历史主义的重要代表人物斯蒂芬·格林布拉特首先打出"新历史主义"的旗号。海登·怀特通过赋予历史一种想象的诗性结构，把历史事实和对历史事实的语言表述混为一谈，越来越明显地把历史诗学化，认为历史是一种语词建构起来的文本，是一种"文学虚构的历史文本"，是一种具有文学性的历史文本，是一种"叙事"的"话语"文本，从而把"史学"变成了"诗学"。西方文论不再把文学限定在文本自律的狭小圈子里，而一反过去对政治的厌恶，向历史、政治、种族、性别和意识形态倾斜。文学研究的兴趣开始从对文学的内部研究转向对文学的外部研究，恢复和重新确立文学的历史社会背景。

新历史主义较之于形式主义而言，表现出了很强的学理优势。文学理论学科的森严壁垒开始被突破，走向开阔的跨学科研究。文学理论转向侧重文化研究，更加关注意识形态、权力斗争、民族问题、文化特性，从政治视角对被视为不合理的社会制度及其政治思想体系进行批判。新历史主义通过批评运动激发、调动、利用文学和文化研究的消解性与颠覆性，向主流意识形态进行抗争和挑战，从语言层面，达到重写历史、文化史和文学史的目的。新历史主义打破了语言符号和形式结构的牢笼，克服了文本主义和形式主义的非历史化的倾向，重新探讨文学与历史的关系。新历史主义者随意把文学性的概念加以泛化和强化，把"文学性"从狭义的"文学性"放大为历史的"文学性"，使被赋予文学性的历史叙事变成了对历史的文本重组，靠语言层面的虚构和想象发挥建构功能，实现历史领域中的自我塑造。新历史主义实质上是一种文本历史主义，是一种与历史发生虚构、想象或隐喻关系的语言文本和文化文本的历史主义,是一种带有明显的批判性、消解性和颠覆性特征的历史主义。这种历史观念笼统地厌恶和反对主流的正统的官方历史,注重世俗的边缘化的历史;忽视确定的史实,强调对历史的语言叙述;不尊重历史的客观规律性,夸大历史的不稳定性、偶然性和对历史阐释的主观随意性。在这种社会文化思潮的影响下,文学创作,特别历史题材的文学创作通过对对象的互文性描写,多半以戏说和虚拟的方式,使消解、篡改和重塑历史成为一种时尚。新历史主义与后现代主义和文化研究、文化批评相结合,表现出比较强烈的政治倾向性和意识形态性,宣扬文学的解构功能和批判精神,客观上有利于启发人们从政治视阈观察历史和现实,有助于培育大众对不合理的思想和体制的批判精神与变革意识。

历史消费主义以金钱为本位,消费历史和玩弄历史。这种社会文化思潮遵循商业原则、游戏原则和快乐原则,把历史当作商品加以消费。被商品化了的历史,只考虑历史的商品价值,注重追求历史题材的文学艺术作品对大众的休闲和娱乐的需要的满足。历史材料只是作为背景和演绎故事的手段而出现的。历史的真相、规范、尊严几乎都被创作主体与接受主体的精神上和生理上的欲望的释放宣泄所消解、所遮蔽了,甚至成为引诱受众的噱头。诚然,确实有一些作品因大体上没有完全脱尽历史的影子,还多少表现出历史的面貌,而具有一定的认识功能与教育功能,但相当多的创作和作品流露出脱离文学的认识功能与教育功能,片面地追求娱乐功能的倾向。这种为了攫取文化利润、刺激消费心理和追求感官效果的精神产品,不惜对严肃的历史采取把玩的态度。历史题材的作家变成了历史的玩家,同时培育着历史的玩家。历史是不能被随意玩弄的,千万不要在玩历史的同时,把正确的历史感、历史观以及大众健康的高雅的文化需求和审美趣味都统统丢掉了。历史消费主义社会文化思潮和泛文化主义、纯审美主义都是通过大众文化相互涌动的。文化主义从文化视阈研究历史，开拓了历史研究的新思路。以英国威廉斯为代表的对历史的文化主义研究取得了一些值得借鉴的成果。同时，文化主义和文化研究刺激了大众文化的发展，使大众享受前所未有的文化权利，对满足不同人群的不同层次和不同方面的文化需要，提供了现实的可能性和广阔的领域或空间。然而，从现状和发展趋势看，文化主义和文化研究被不适度地泛化了。这种泛文化主义把人类所拥有的一切都说成是大文化意义上的泛文化。首先，这种泛文化主义对历史的解读表现为断定不是物质的生产和再生产决定历史的发展，而是文化决定历史的发展，从而混淆和抹杀了物质生产与精神生产的界限，表现出历史的文化决定论倾向。其次，它主观随意性地用创作主体对历史的审美体验消解史实，溶解历史的人物、事件和过程，把文学对历史的展示完全变成一种文化诗学，存在着值得研究的正面和负面相纠缠的复杂性。再次，与倡导大众文化和新人本主义、新历史主义、历史消费主义、纯审美主义相策应，形成一种重构主观化历史的"合力"和"共同体"。泛文化主义所推崇的大众文化存在着一个疏导和提升的问题，应当防止大众文化通过对历史的趣味化改写，降低大众的文化思想素质，麻痹和消解人们对现实的变革意识与历史首创精神。有一些渗透着精英意识和大众文化精神的新审美主义、俗审美主义与纯审美主义，或拒绝表现自我以外的历史的丰功伟绩，或置表现历史于不顾，只强调释放个体的欲望。这些观点都是有碍于现代化的历史进程，不利于推动社会的全面进步和促进人的全面自由发展。

三

马克思、恩格斯指出:"我们仅仅知道一门唯一的科学,即历史科学。"① 这一论述,说明了历史和历史科学的重要性。一切都可以归结为历史。历史科学的出发点是真实存在着的历史材料。史实具有第一性和第一位的重要性。对史实的叙述应当是基于和忠于史实的言说,不管是口头的,还是文字的;不管是史书、史论,还是史剧,都应当一定程度上反映历史的真实。"事实胜于雄辩",史实具有决定性的权威。新的文物一经发现,所有相关的和对应的文字史必然会被重新改写。

至今为止,马克思主义的历史唯物主义仍然是最科学的历史理论。历史学家对历史理论的认同和解释可能产生误读。本来是好的"经"不能因为被某些和尚念歪了,便不是好"经"了,只有对历史的僵化教条的解析,没有僵化教条的历史。马克思主义的历史唯物主义仍然是最好的"经",仍然是最有先进性和生命力的历史理论,特别是恩格斯晚年对历史唯物主义基本原理有新的发展。历史唯物主义强调历史规律、历史结构、历史条件、历史范围、历史过程对事物的解释的有效性,同时注重时间、空间、态势、关系对事物的存在和发展的制衡作用,并决定当代中国历史结构和国情定位以及知识分子的文化身份认同。历史唯物主义主张归根结底意义上的历史决定作用,追寻和洞察解释社会文化与一切精神现象的"根源的根源"。福山的"历史终结论"和卡尔·波普尔的《历史主义

---

① 《马克思恩格斯全集》,中文1版,第3卷,20页,北京,人民出版社,1960。

的贫困》中所宣扬的"反历史决定论",实际上按着他们的愿望制造了一个他们想要打倒的假想敌再来加以批判。他们的观念虽然对发展历史唯物主义具有某些方面的启示,但从整体上说是不正确的。

我们既要承接历史唯物主义的思想传统,又要创新;既要坚持,又要发展。只有坚持才能发展,只有发展才能坚持。应当摈弃那些与历史唯物主义相对立的历史观念,诸如历史多元主义、历史相对主义、历史虚无主义的历史理论,线型的、窄面的和边缘化的历史观念,道德化的历史观念,向后看的历史观念,游戏化和消费主义的历史观念等等。同时吸取人本主义和新历史主义的合理内核,更加全面地解决和阐释人与历史的辩证关系。人是历史的人,历史是人的历史。应当把对人学的历史研究和对历史的人学研究有机地结合起来。在对历史进行人学研究时,更加自觉地把"以人为本"的理念融入史学,在对人学进行史学研究时,更加有意识地把"科学发展观"的思想融入人学,实现人学与史学的和谐统一。新人本主义的历史观念启示我们应当充分肯定人的历史地位和重视人的历史命运,拒绝那种非人化的历史。历史唯物主义认为,只有用先进思想组织起来的处于自觉状态的群体的实践力量,才能推动历史的前进,实现社会的全面进步和人的全面发展。因此,特别强调作为历史主体的人的历史的主动性、能动性和创造性,同时重视个别的历史人物的地位和作用。新历史主义的历史观念启示我们不要只把历史的内涵与外延局限于正统的官方的主流的历史范围,而要从广度和深度的结合上对历史内涵进行拓展与开掘,加以充实与创新。这样必须解决一些复杂的带有两面性的理论问题,诸如正史与野史、大历史与小历史、对历史的宏大叙事与微小叙事、历史的决定因素与中介因素、历史的必然性与偶然性、历史的中心与边缘、历史的单一性与复杂性、历史的同质性与异质性、历史的主导性与多样性、历史的正面因素与反面因素的辩证关系。

西方现当代的各式各样的人学理论和历史理论是不能正确解释人与历史的复杂的辩证关系的。由于战争、资本、物质、科技、权力的无比强大的外部力量对人的压抑，这些史学理论多半表现出敬畏历史、躲避历史、逃逸历史、放逐历史，或诅咒历史、厌恶历史的倾向，或对历史前途感到迷茫和恐惧，表现出悲观主义、虚无主义的倾向。这些人学理论也多半表现出极端的个体化、主体化、内向化、生理化、软弱化和幻想化的倾向，表现出非理性主义的不能自立和自助的状态。既不能掌握自己的前途，也不能掌握历史的命运；或者建构一个虚假的精神家园，使自己被压抑的受伤的灵魂得到安顿、慰藉和憩息。诸如空想社会主义、理想国、世外桃源、温柔之乡、审美乌托邦、文化批判、文本解构、语言词句革命、充满浪漫情怀的诗学幻想……所有这些史学理论和人学理论都没有实际上也不可能深刻揭示出人与历史之间的矛盾和冲突的隐秘。历史与人的关系，归根结底表现为历史关系和社会关系中的人们之间的关系，即表现为占有压迫性的资本、财产、物质、科技、信息、权力的人们对另外一些没有掌握这些东西的弱势群体的支配关系。物与物的关系掩盖着、表现着、还原为或转化为人与人的关系，成为通过历史和历史地表现为人与人的关系。历史不好，压抑人时，人们企图改变历史，即改变上述那些物质生活资料和生产资料的占有关系与分配关系；历史好，可以给人带来与历史进步相适应的自由、幸福和解放时，人们应当跟着历史老人的脚步走。宜人的历史是可亲的和温暖的。

四

马克思主义的历史唯物主义观点和方法对解析一切文艺现象，

特别是文艺思潮仍然具有重要的指导意义。马克思、恩格斯发现了关于社会历史结构的理论，认为文学艺术属于观念形态的上层建筑，尽管这种特殊的意识形态形式飘浮在精神领域的上空，但归根到底是被一定的社会历史结构所决定和制约着的。因此，他们从历史唯物主义的观点和方法出发，考察文艺创作与文艺思潮的社会历史的根源、本质、价值和功能。恩格斯把"美学观点和史学观点"作为评价作家作品的"最高的标准"①，其中的美学观点表明对文学的审美特性的尊重，而史学观点即是历史唯物主义的观点。他们认为作家和作品中的人物的思想都是从一定的历史潮流中吸取来的。马克思主张文艺创作应当更加"莎士比亚化"，努力表现"历史的必然要求"。恩格斯要求通过"莎士比亚剧作的情节的生动性和丰富性"，展示"较大的思想深度和意识到的历史内容"②，从而推动社会的进步和历史的转折。中国化的马克思主义继承和发展了马克思主义经典作家运用历史唯物主义的基本原理阐释文学现象的思想传统。他们富有创造性地解决了文艺表现人与历史的辩证关系，一方面主张文艺为人民服务，另一方面要求文艺应当推动社会的进步和历史的发展。他们倡导运用历史唯物主义与辩证唯物主义的观点和方法来观察文艺，鼓励作家通过典型化的艺术描写，使人们惊醒和振奋起来，改变自己的环境。他们认为当代中国现代化的伟大实践是文艺创作的源泉，号召广大的文艺工作者投身到现代化的历史进程中去建功立业，实现中华民族伟大复兴。这关系到作家的艺术生命和社会主义的艺术道路。

任何时代的作家作品，实际上都是一定历史条件下的产物。恩

---

① 《马克思恩格斯选集》，2 版，第 4 卷，561 页，北京，人民出版社，1995。
② 同上书，557—558 页。

格斯指出:"歌德在德国文学中的出现是由这个历史结构安排好了的。"① 马克思、恩格斯、列宁对巴尔扎克、歌德、欧仁·苏和托尔斯泰等作家的世界观与创作的矛盾所进行的历史唯物主义的分析,令人信服地阐明了这些作家和他们反映在作品中的矛盾都是他们所处的那个时代的社会历史结构中的差异与冲突相互激荡的产物,是新兴的市民阶级与贵族阶级和农民阶级不同思想相互较量的结果。特别钟爱现实主义艺术的马克思主义经典作家们,作为无产阶级革命家和历史唯物主义的思想家,十分重视现实主义艺术的社会历史作用,非常强调现实主义艺术应当表现历史发展的总趋势。从马克思、恩格斯、列宁对伟大的现实主义作家巴尔扎克和托尔斯泰的评价中可以明显地感受到他们对这两位历史"书记官"的历史功绩的充分肯定和由衷赞美。这两位伟大的现实主义作家,尽管都出身于贵族,选择了不同的政治归属,但都背叛了自己的已经不配有更好命运的腐朽没落的阶级,全面地展示了市民社会取代宗法制农业社会的历史过程。巴尔扎克和托尔斯泰通过富有时代感的艺术描写,表现了他们所处的那个时代的经济关系的变化、阶级关系的更替和文化思想结构的重塑,从而反映了从封建农奴制向市民共和制过渡的社会转型和历史变革。

非历史化的各种社会文化思潮笼统地否定历史是错误的,但批判非人化的历史却是正当的和正义的。必须指明的是,对非人化的历史的马克思主义的批判和非马克思主义的批判是很不相同的。非马克思主义的批判多半只局限于舆论的、语言的、文本的、文化的,主要诉诸于或停留在精神层面的批判,这种批判是需要的,也是有

---

① 《马克思恩格斯全集》,中文 1 版,第 4 卷,254 页,北京,人民出版社,1958。

作用的，但并不意味着对人类历史和人的现实的生态与命运会产生什么实质性的改变。为了推进社会的全面进步和人的全面自由发展，促进现代化的历史进程，必须树立马克思主义的批判理论和实践的权威。马克思主义认为，"否认纯理论领域内的解放"是"世俗社会主义的第一个原理"①，"哲学家们只是用不同的方式解释世界，而问题在于改造世界"②。一切批判，都不能取代对世界的具有物质力量的实践批判，因此需要培养并依靠掌握实践理性和"使用实践力量的人"③。

马克思主义经典作家站在维护和推动历史发展的立场上，对各式各样的有碍于社会进步和人的全面发展的社会文化思潮所宣扬的历史观念，诸如唯心主义思辨哲学通过宣扬自我意识和绝对理念所表现出来的错误的历史观念、封建主义和封建社会主义所宣扬的滞后的倒退的历史观念、空想社会主义文化思潮所宣扬的超前的虚幻的历史观念和教条主义的社会文化思潮所宣扬的各种时空错位的历史观念，都进行了历史唯物主义的解析。马克思、恩格斯运用历史唯物主义的观点和方法研究文艺思潮，对推动历史发展，表现历史转折，弘扬历史精神和时代精神，至今仍然具有深刻的思想启示。

（原载《文艺理论与批评》2007 年第 1 期）

---

① 《马克思恩格斯全集》，中文 1 版，第 2 卷，121 页，北京，人民出版社，1957。
② 《马克思恩格斯选集》，2 版，第 1 卷，61 页，北京，人民出版社，1995。
③ 《马克思恩格斯全集》，中文 1 版，第 2 卷，152 页，北京，人民出版社，1957。

马克思主义与新人本主义
——对两者的人学理论和文学理论的比较分析

为了建构富有时代感的马克思主义的人学理论和文学理论，必须以"拿来主义"的眼光，对西方现当代的以非理性主义为核心的新人本主义的人论思想和文论思想进行梳理，批判地吸纳其中有价值的思想成分，以充实和丰富自己。新人本主义主要指20世纪以来普遍流行于西方社会的文化思潮，包括各种形态的唯意志主义、生命哲学、存在主义、异化理论、社会文化批判理论、弗洛伊德精神分析学和其他一些有影响的心理主义的学说。这种新人本主义同文艺复兴以降那种先期的古典的人本主义判然有别。

先期的古典人本主义作为新兴市民阶级的思想武器，表现出一种奋发有为、积极进取的人生状态，通过理性的认知活动和价值选择谋建理想的思想体系与社会制度。为此，激发出一种拉伯雷式的巨人的伟力与浮士德式的悲剧和崇高精神。新人本主义几乎完全背离了先期的古典的人本主义的优良传统，表现出非理性化、非理想化、非群体化的思想倾向。这种新人本主义社会文化思潮辐射到现当代西方社会的各种领域，也顽强地渗透在它的人学理论和文学理论中。从总体上说，尽管新人本主义的人学理论和文学理论的精神意向是消极的，甚至是颓唐、悲观和虚妄的，但其中也蕴含着许多有意义有价值的合理内核。只有将新人本主义的人论和文论同马克思主义的人论和文论进行深入系统的比较分析，才能加强对两者的深刻理解，进而建构富有时代感的人学理论和文学理论。

一、魅力与局限

历史唯物主义的学说把历史理解为人的社会实践的活动和过程。马克思、恩格斯为了强调实践的能动作用，有时把历史唯物主义称为"实践唯物主义"。这种以实践为标志的历史唯物主义既同忽视人的历史实践作用的机械唯物主义有质的差异，也跟片面夸大和推崇人的意志力量与主体功能的唯心主义划清了界限。建立在历史唯物主义基础之上的马克思主义的人学理论和文学理论的活力与魅力表现在如下一些方面：

首先，它有极大的包容性和涵盖面。它承接和吸纳了历史上一切有意义有价值的思想营养，包括各式各样的唯物主义和唯心主义的合理内核。毫无疑问，当代的马克思主义的人学理论和文学理论应当辩证地综合一切有意义的学术成果，才能从总体上显示出超越以往人论思想和文学思想的深刻性与完整性，从而表现出旺盛的活力和蓬勃的生机。

其次，它具有广阔而深刻的社会历史感。文学作为一定历史条件下的人所从事的创造活动，归根到底，不能不是一定历史环境下的产物。一定时代的物质生活与精神生活条件是文学活动得以产生的根源。积极浪漫主义、革命现实主义、批判现实主义、现代主义和后现代主义、结构主义和解构主义乃至西方马克思主义的人论与文论的产生，都受到当时历史条件的诱发，无不和资本社会的崛起、变异、危机紧密相关。理解与阐释人学和文学时，随意消解、躲避、歪曲它的社会历史性是不妥当的。这样那样的非历史化的意向都是值得研究的。文艺作品作为人的一种精神活动的产品从总体上必然或隐或显地表现出一定程度上的意识形态性。即便是那些宣扬反功利和纯审美的学者也并非真的想从根本上消除文艺的意识形态性，而只不过是用他们所心仪的意识形态性来消解和反对他们所厌恶的意识形态性而已。

再次，马克思主义十分注重人论与文论中的人文精神和主体意识。与新人本主义思潮不同，马克思主义文论的优势正在于能用历史唯物主义的观点考察人的问题，把人看作历史的人，而不是凌驾于和超越于时空之外的寓言式的抽象物，或单纯说成是生理、心理的生灵体。人的解放的根本道路是改变人赖以生存的社会环境，文学应通过塑造各种人物，特别是新人形象和英雄典型，求得社会的全面进步和人的自由发展。

尤其需要强调的是，马克思、恩格斯善于从事物的辩证联系中论述人论和文论中的一些重大理论问题。诸如：他们既肯定哲学对文艺的指导作用，又批判思辨哲学对文艺的宰割；既揭露唯心主义文艺思潮，又抨击自然主义创作倾向。他们论证了审美属性与贯穿于整个文学活动之中的意识形态、历史精神和人文精神的深层的内在联系。他们从宏观的大视野对这些重要的文艺理论问题的辩证分析，给人以深刻的思想启示，极有说服力地显示了辩证思维的活力和魅力。

从严格的科学的意义上说，任何一种思想都是有局限的。真理是一个过程。彻底的唯物主义者应当承认一定的时间中、条件下、范围内的真理的相对性。马克思、恩格斯创立的人学理论和文学理论虽然抓住了这个问题的基本的主导的方面，并建构了科学的框架体系，具有原则性的指导意义，但对某些问题的论述或有所遗漏，或显得空疏，带有这样那样的局限性。

首先表现为时代的局限性。马克思主义创始人所处的历史条件下的社会矛盾主要表现为政治、经济领域里的激烈冲突及其在哲学和社会学中的论战与纷争。这是当时面临的历史进步和人的解放所要解决的首要的基本问题。实际上，包括文艺在内的社会文化问题并没有上升为能引发人们普遍关注的主导方面。对文艺现象的理论概括同当时所能提供的文艺材料是相适应的。19世纪末叶，工人阶级的文艺实践和文艺运动尚未成熟，因而不可能作出完整的理论提升。

其次表现为思想文化背景的局限性。马克思、恩格斯的那个时代，不论是哲学领域，还是文艺领域，都被各式各样的唯心主义的思想和学说充斥着。为了清除这些虚假的观念对广大群众的欺骗、迷惑和毒害作用，他们的主要精力放在对各式各样的唯心主义思潮的揭露和批判上。面对着唯心主义的论战对手，他们自然要着重指明唯心主义随意夸大主体的意志和精神的谬误，势必强调客观规律性对主观能动性的制约乃至决定作用。这必然使他们对客体性原则和对外部对象世界的存在方式与内在联系的论述严密而系统。尽管他们一直注重激发和弘扬科学的主体精神，但因服务于当时思想战线上的主要任务，相对而言，这方面的论述受到一定的限制。他们的这种侧重于论述客观性的学术思想竟被激进的青年左派曲解为庸俗的经济决定论。晚年的马克思和恩格斯都意识到了这一点。马克思发表了反对这种误解的声明。恩格斯提出了主客体交互作用的理论，形象地比喻两者的"合力"构成"平行四边形"。他们的大量的学术论著都是揭露和抨击唯心主义文艺思潮的，唯有给玛·哈克奈斯和保尔·恩斯特的信是批判文艺自然主义和文艺教条主义的，这是非常宝贵的文献。在观察文艺的"美学观点"和"历史观点"的关系问题上,从他们的文艺评论实践的总体倾向上来看,虽然注意从两者的结合上评价作家作品,但由于他们当时肩负社会革命的使命,往往侧重从历史的和政治的观点来分析作家作品;同理,在文艺的内容和形式的关系问题上,他们虽然是内容和形式的统一论者,但在评论作家作品时多半是从内容的视角进行审视和开掘,正如他们自己所体察到的,有时竟然为了追求内容而忽视了形式。综上所述,他们对文艺的客观—历史—内容系列论述得非常丰赡,较而言之,他们对文艺的主体—美学—形式系列阐释得少些。

再次表现为学科研究方面的局限性。马克思、恩格斯的思想博大精深,在许多学科领域里都有卓越建树和重大发现。作为无产阶级的革命导师,他们把主要的志向、目标和精力放在对政治、经济、哲学及一些重大的社会问题的研究上,并将其作为灵魂、核心和主线贯穿于对人论与文论及其相互关系的探讨中。这正是马克思主义文艺理论的特点和优点。然而,他们毕竟不是对文艺学科进行专门研究的专家,对文艺的审美属性、特殊规律和一系列中介网络系统缺乏充分而细致的阐释。众所周知,文艺心理学、文艺语言形式符号学乃至文艺人类学以及文艺现象学、文艺阐释学等新学科,20世纪以后才蓬勃发展起来,使马克思、恩格斯、列宁这些天才人物无缘对这些富有时代感的新成果作出理论概括。

以非理性主义为灵魂的新人本主义对人进行了多方面的内向化的追寻和探索,并将其学术成果辐射到文学理论和文学创作中去。特别是20世纪以来,新人本主义的人学理论的学术指向带有明显的反传统性质。这种反对常规常法的学术思想尽管看来纷杂、奇特、怪异和悖谬,但它展开了被传统思想所压抑和禁锢的另一面,从而发掘了一片新天地。这种对人本身的主观化和内向化的自我叩问是完全必要的，作为对以已经过时了的僵化理性为基础的传统思想的挑战、冲击和补充，表现出相当的冲击力。

（1）人和文学的心理层面。西方现当代的新人本主义的人学理论与文学理论淡化、消解、躲避和超越客体，向内向化和自我化的主体开掘，成为一种时尚。在这方面产生了深远影响的是被称为深层心理学的弗洛伊德理论所阐释的意识结构理论和与之相对应的人格结构理论。弗洛伊德的精神分析学把本能层面的潜意识加以夸大，势必诱发人的心灵世界的病态和畸变。然而，它从不同的角度透视了人的心理世界的各个方面，逐渐形成了比较全面的体认，这就为辩证而整合地去研究人提供了思想材料。诸如克罗齐、柏格森、胡塞尔等人对直觉的推崇，鲍姆嘉通、马尔库塞等人对感性或新感性的执迷，叔本华、尼采等人与一些精神现象学的代表人物对意志和意向的张扬，鲍桑葵、桑塔耶拿、科林伍德，乃至一些表现主义和文化符号主义的学者们认为文艺只抒发人的情感，伽达默尔主张文艺表现人的"理智的情感"……这些对文艺表现人的心理结构与心理功能的观念都从不同视角对人的心理层面作了新的开掘和拓展，如用马克思主义观点进行批判继承和辩证综合，可能形成比较完整的学科体系。

（2）人和文学的形式语言符号层面。从俄国形式主义，到英美新批评派，再到广泛流行于西方的结构主义乃至解构主义都普遍重视文学的形式语言符号因素，特别强调"文学性""陌生化"、内部统一整体结构的自我组成和拆解。这些看法对理解文学形式的特殊性，追求文学形式的优化和魅力是颇有助益的。自亚里士多德提出"形式因"以来，文学家和文论家们总是面对着形式与内容的无休无止、难解难分的纠缠。实际上，脱离形式的内容和脱离内容的形式都是不存在的。西方新人本主义文论在强调形式的同时，也并不排斥作品精神内涵的合理存在，如贝尔在《论艺术》等著作中论述艺术家能够把大量无意味的东西经过情感意象和灵感状态的翻译与改制，组合成图景，获得"审美的情感形象"，简化和提炼为"审美的感人的形式"，即"有意味的形式"。克罗齐虽然从带有神秘色彩的先验哲学出发，极端排斥文艺的客体性，纯然把艺术视为"心灵的表现"，将艺术等同于直觉、语言和表现，但他意识到内容和形式的有机联系，认为艺术是通过语言把内容和形式整合起来的浑然整体，使人的哲学层面的心灵感性化。伽达默尔虽然从解释学的角度夸大人的主体性和相对主义原则，但他把艺术看作是"历史地积累和汇聚着的精神活动"，重新提出"艺术真理"的概念。所有这些论述，尽管带有某种唯心主义的杂质和痕迹，但毕竟不主张用形式语言符号因素排斥社会历史因素或消解理性、思想和情感，相对于那些主张孤立自足的所谓纯粹的形式主义和唯美主义高出一筹，具有学术上的借鉴意义。

（3）人和文学的文化层面。现当代西方文论，特别是西方马克思主义文论在文化层面上对人与文学问题的研究带有鲜明的政治色彩。以法兰克福学派为主体的一些西方马克思主义文论家敏感地意识到西方资本主义社会赖以支撑的理性文化已经成为压抑和禁锢人们的精神枷锁，以这样那样的非理性主义的观念反对统治者推行的政治理性、科技理性和道德理性成为一种否定性的普遍话语。马尔库塞公开反对"天人合一"的口号。在他看来，国家机器和工业机器均与人们的肉体和精神相冲突。霍克海默和阿多尔诺等人所著的《启蒙辩证法》《否定辩证法》和《传统的与批判的理论》则竭力宣扬否定意识和批判精神。他们抵制肯定性的艺术和文化，反对用升华功能营造虚幻的理想外观与和谐景象，用"幸福意识"消除矛盾，掩盖全面异化的社会现实。阿多尔诺强调艺术应当表现"异界事物的真理",即"拯救社会的真理"。霍克海默认为如果用虚幻的同一性来掩盖消解社会中的矛盾冲突,必然会造成意识的虚假和衰败,使"启蒙退化为神话学"。为了强化文艺对现实的否定性原则,皮埃尔·马谢雷还提出了艺术形式的"间离性"的概念。法国新小说派的代表人物罗伯-葛利叶曾经写道:"我们不再信服僵化凝固、一成不变的意义……只有人创造的形式才能赋予世界以意义。"这些反对"肯定文化",主张"否定文化"的文化理论尽管带有主观唯心主义、相对主义、虚无主义和悲观主义的性质,但它们显示了人与社会现实生态环境的不相协调,其批判锋芒毕竟指向压抑人的文化意识和社会体制,流露出变革不合理的生活环境和生存状态的意向,因而具有一定的进步意义。

(4) 人和文学的实践层面。我们从西方马克思主义文论中,可以看到一些学者对实践问题的高度重视。他们有时表现出片面夸大实践过程中主体的能动作用和创造精神,不适度地强调实践活动中的人文因素,甚至把实践完全局限在思想意识的范围内,或将实践从第一位的观点上升为第一性的观点,进而拒斥实践活动的客体性原则,沿着唯心主义和意志主义的斜坡走向极端,造成悖谬。拉布里奥拉反对历史决定论,将历史人文化,但毕竟把人看作是历史的社会的人。葛兰西将拉布里奥拉的"实践哲学"解释和推崇为"绝对的历史主义和绝对的人道主义"。西方马克思主义文论中也存在着把实践科学主义化的意向。如阿尔都塞认为艺术生产是一种以意识形态为对象的生产活动。他企图通过所谓"主体移心"的构想,消解人的能动作用,尽管他对意识形态的解释是游移不定的,有时甚至是自相矛盾的。他既主张艺术是一种意识形态的生产,同时又认为艺术是一种科学的认识。伊格尔顿关于艺术是一种审美意识形态的生产的理论提出应重视"作为文学的意识形态话语的生产规律",

因为文学并不直接反映社会和历史,而必须经过意识形态的中介,隐藏在"信仰的深层结构之中"。这种看法是不无道理的。风行一时的存在主义之所以能在西方引起有震撼力的影响,正在于萨特倡导一种感召作家介入政治、参与斗争、追求自由的"实践哲学",给关注人类命运的人们以深刻的思想启迪。这些,都为从科学领域或人文领域深入研究人的实践活动提供了丰富的思想材料。

如果说马克思主义的人论与文论存在着时代和历史的局限,那么,新人本主义的人论与文论则主要表现为思想体系和思想方法的局限。主要表现为:

(1) 形而上学的弊端。新人本主义的人论和文论虽然像绘画那样,可以提供精美的细部,但又总是拘泥和执迷于某一视点或某个层面,将之无限夸大,推向极端。现实主义拒斥形式主义,形式主义反对表现主义,表现主义厌恶结构主义,解构主义又颠覆结构主义。文学的"文本中心论"者忽视文学的"社会中心论","读者中心论"者又贬抑作品自身所固有的思想内涵,强调接受者的解读和阐释对文本意义生成的作用。尾随先行者的后学总是想打倒他们的前辈,"走马灯"似的叛逆传统,使学术思想的连续性发生断裂,造成"各领风骚三五年"的短暂局面。

(2) 唯心主义的偏执。新人本主义的人论和文论由于片面夸大一系列主体因素,极端地弘扬主体精神,表现出来的主导方面是唯心主义的偏执。诸如强力意志、生存意志、生命意志、生存本能、精神意向、原始冲动以及被内向化了的潜意识和新感性都成为新人本主义的人论与文论的核心内容。从一定的意义和程度上说,作家、艺术家都是这些意志主义理论的形象的诠释者、演绎者和宣扬者。从乔伊斯和普鲁斯特的作品中,可以十分逼真地感受到对弗洛伊德关于人的深层心理的潜意识、原始欲、性本能的文学描绘,同样能够比较清晰地觉察到对弗洛伊德关于人性恶理论、释梦理论和意识流动理论的形象演绎。乔伊斯和普鲁斯特等作家简直已经变成了文学界的弗洛伊德。

（3）非理性主义的痴迷。非理性主义是新人本主义的人论与文论的基础、核心和灵魂。这是西方现当代新人本主义区别于先期的古典的人本主义的重要特色。非理性主义贯穿于新人本主义的人论与文论的各方面和全过程。诚然，新人本主义的人论与文论对反叛和消解那种压抑与禁锢人的、已经失去了历史的合理性和进步性的僵硬的旧理性具有不可否认的历史功绩。但是，作为文论家及受其影响的文学家的非理性主义者，他们所反对的并非全然是那种已经过时了的旧理性，而多半是曾经和正在给人的社会与社会的人带来巨大物质财富和精神财富的西方现当代社会的认知理性、政治理性、道德理性、科技理性及工具理性。非理性主义的人论与文论及受其影响的文学艺术尽管可以冲淡、缓解、补偿人们被压抑的焦灼和痛苦，使受伤的灵魂得到一定的抚慰、升华和假想的满足，但这并不意味着对人的生态和心态有什么实质性的改变。如果弗洛伊德的潜意识侧重于"性本能""原始欲"的生理层面的宣泄，那么马尔库塞的新感性则进一步扩展到人的文化和政治领域，企图通过"本能革命"，变爱欲为文明，以谋求人的解放。这是苍白而又美妙的幻想。

（4）政治观念的虚妄。新人本主义在文学和政治的关系问题上，存在着两种判然不同的倾向，即非政治化的倾向和泛政治化的倾向。非政治化的倾向，文艺的形式主义和唯美主义表现得最为突出。自康德以来，到俄国形式主义者，到英美新批评派，再到结构主义，都竭力推崇语言形式，将文本视为与外部世界完全绝缘的孤立自足的封闭体。应当注意到，与这种非功利化和非政治化的倾向相反，西方现当代的人论和文论中还存在着一种泛政治化的倾向。解构主义通过拆析文本流露出消解和颠覆社会结构的意向。萨特的存在主义通过感召作家介入政治实践，改变人的生存状态，也带有明显的政治色彩。西方马克思主义文论家阿多尔诺、霍克海默、马尔库塞等人通过宣扬法兰克福学派的社会文化批判理论表现出强烈的政治追求。特别是马尔库塞的新感性理论主张用新感性取代旧理性，用否定性的文化消除肯定性文化，用文艺的形式专制抵抗意识形态专制，用"本能革命"替换社会革命并实现社会革命，用爱欲文明"塑造现实"、拯救自我、求得人的解放。他认为："新感性已经成为一个政治因素。"马尔库塞的这套关于人的社会解放的理论虽然显得激进，但虚妄而又空幻。这种被他称为"不是乌托邦"的乌托邦只不过是当代社会中的一个政治神话。

二、对峙与互补

人和作为人所创造的精神产物的文学产品都存在于特定的关系中，或只有通过特定的关系而存在。

（1）从人的客体性和人的主体性的关系看：马克思主义的人论和文论在主张客体性与主体性的辩证统一的前提下比较强调文学的客体性，而对文学的主体性的论述显得少些；而新人本主义的人论和文论则忽视甚至消解、躲避与拒斥文学的客体性，往往把文学的主体性推向极端。

（2）从人的社会属性与自然属性的关系看：马克思主义的人论和文论在主张社会属性与自然属性的辩证统一的基础上比较强调人的社会属性，对人的自然属性也有一些精辟的论点；而新人本主义的人论和文论特别注重开掘与宣扬人的自然属性，或把人的自然属性加以泛化，伸延到社会领域，一定程度上把人的社会属性自然化。

（3）从人的物质关系和思想关系看：马克思主义的人论和文论既强调物质关系，又以此为基础十分注重思想关系，总是从两者的结合上考察人和作为人的创造物的文学作品，反对用思想因素否定物质因素和用物质因素取代思想因素这两种倾向；新人本主义的人论和文论总是自觉不自觉地排挤与消解人和文学所赖以产生和发展的物质关系，表现出这样那样推崇和执迷于各式各样唯意志主义与唯心主义的思想因素的偏颇。

（4）从人的认知关系与价值关系看：马克思主义的人论和文论在主张认知关系与价值关系辩证统一的基础上，对两者均有许多丰富而又深刻的阐发；新人本主义的人论和文论非常明显地表现出忽视或疏离认知关系、片面追求价值关系的种种企图与意向，造成极端主观化、自我化、内向化乃至虚无化的弊病，从而限制和影响了人的价值的真正实现。

（5）从人的群体性与个体性的关系看：马克思主义的人论和文论既强调群体性，又尊重作家的个体性，提倡创作的个性特征和独特风格，引导通过个体的自由创作表达大多数人的利益和愿望，为群体服务；新人本主义的人学理论和文学理论在对待群体性与个体性的关系问题上，总是存在着这样那样的偏执和迷误。要么像形形色色的意志主义的人论与文论那样，张扬表现自我的意欲，将个体封闭起来，咀嚼一己的焦灼和悲欢，从现代派的某些作品中，可以十分真切地感受到自我失落、自我选择、自我救赎、自我实现的主题。有的又与之相反，如文化人类学以及相关的集体无意识理论和"神话—原型"理论都推崇揭示作为类（与个体相对的有共性的群体）的人的群体性。荣格、艾略特包括尼采等人对文学表现类的宣扬达到了否定作家的创作个性和创作风格的荒谬程度。用个体性抹杀群体性，或用群体性取代个体性，都是违反辩证法的。

（6）从人的共同性和差别性的关系看：马克思主义的人论和文论十分强调共同性，同时又非常重视差别性，认为两者的对立统一是事物存在的普遍法则，努力引导作家或侧重表现人的差别性，或突出揭示人的共同性，或从人的差别性中反映人的共同性，或从人的共同性中发掘人的差别性，或完美地表现人的共同性和人的差别性的统一，从而产生有深刻思想性和艺术性的作品；新人本主义包括西方马克思主义的人论和文论，要么在主张表现人的共同性时忽视人的差别性，要么在表现人的差别性时否定和排斥人的共同性。即便是西方马克思主义文论家中也暴露出两种互不相同的意向，或像霍克海默那样，大力宣扬具有强烈否定性的社会文化批判理论，强调处于现实冲突和异化状态下的人的差别性，以揭露统治阶级的意识形态的伪善，抨击资本主义社会的那个表面上看来具有普遍性的"虚假共同体"；或像马尔库塞那样，在揭露和否定"肯定性文化"的同时，妄图通过"本能革命"，"把爱欲变成文明"，以期实现人的解放，这样，他又从强调人的差别性走向追求人的共同性，重新营造一个"审美乌托邦"形式的"虚假共同体"。

（7）从人性善和人性恶的关系看：马克思主义的人论和文论批判了康德的"绝对命令"与费尔巴哈的自然主义的人本主义关于抽象的爱和善的学说，在恰当地肯定恶的作用的同时，仍然认为惩恶扬善是文学的恒久主题，必须恪守善恶美丑的原则界限，任何混淆和颠倒善恶美丑的企图都是不可取的；新人本主义的人论和文论，特别是现代主义的文学观念和文学实践都凸显情绪在作家心境上的投影与折光，丑和荒诞开始上升为渲染一切的主导方面。从象征主义，到表现主义，到存在主义的文学理论和文学创作都竭力从丑与荒诞中发掘诗情和美感。

（8）从人的历史活动和审美活动的关系看：马克思主义的人论和文论认为作为特殊的精神生产方式的文学创造活动是人在审美领域里的历史活动，完全脱离历史的审美活动，或完全脱离审美的历史活动都不能构成严格意义上的文学创造活动；新人本主义的人论和文论多半用被极端夸大了的审美因素与语言符号形式因素排斥历史因素。特别是一些形式主义、唯美主义、解构主义的文艺观念和文艺创作都明显地表现出躲避与消解历史的倾向。

总的来说，马克思主义的人学理论和文学理论侧重于从宏观的辩证思维的大视角来俯视与考察人和文学的相互关系，马克思主义的社会结构和意识结构及其相互关系的学说认为文艺属于一种特殊的社会意识形态，即审美的意识形态。但是，文艺不可能孤立自足地存在，社会结构及一切意识结构的诸多因素必然渗透和辐射到文艺中来，内化为作品的有机组成部分，即文艺的内容形式结构。应当从文艺所处的位置上，展开对文艺的外部规律和内部规律、普遍规律和特殊规律以及一系列的中介因素的综合研究。因此，马克思主义的文学理论对文艺与时代、文艺与人民、文艺与生活、文艺与政治、文艺与实践阐述得相当充分。从普遍规律的联系中研究特殊规律即文艺的诸多审美特性，如文艺的创作规律和鉴赏规律、文艺的主体因素、文艺的心理因素、文艺的形式语言符号因素，也有一些丰富的或原则性的论证，但相对较弱，而这些恰恰是新人本主义文论的长处。

因此，富有时代感的和具有中国特色的马克思主义文艺理论的系统建构，必须对马克思主义文艺理论研究进行回顾和前瞻；必须研究中国古代文论的现代转换和当代生成，以增强和充分体现马克思主义文艺理论的中国特色；必须对当代中国的文艺实践中所表现出来的理论问题加以概括和提升，以强化人学理论和文学理论的现实性与时代感。同时还必须选择和吸取西方现当代的人论与文论中有价值的学术成果，进行辩证的改制和整合。

西方现当代的特别是新人本主义的人学理论和文学理论注重微观研究，形成了多极化的态势，发现了许多"深刻的片面的真理"。这些真理虽然"片面"，却有其"深刻"的因素。同时正因为一些学者不能从联系中全面地看待他们所倾心的研究对象，又使这些"片面的真理"的"深刻"程度受到局限。西方现当代的人学理论和文学理论所推崇的一些"深刻的片面的真理"，诸如被夸大了的主体因素、审美因素、生理因素、心理因素、精神因素、思想文化因素、个体因素、价值因素、形式语言符号因素等等论述都是有道理的。但若超越自身的界限和适应范围，将其推向极端，上升为统摄一切、主宰一切、排斥一切的人学与文学的本体和总体观念，则是不妥当的。这势必导致人学理论和文学理论的无序与混乱，乃至引发和酿成不必要的倾轧与纷争。没有理由把"社会中心论""作者中心论""文本中心论""读者中心论"作为互不相容的因素加以割裂和对立起来。事实上，从作品的来源、创作、形成到鉴赏、阐释和接受，所有这些环节和因素都是文学活动过程中不可缺少的组成部分。从文艺的源泉而论，荣格的集体无意识和"神话—原型"理论把文艺的产生解释为导源于文化的历史积淀，强调"种族记忆""原始意象"和"集体无意识"积淀成带有潜能的"原型"作为"人类的共同遗传物"对后世文化活动与文艺活动产生深刻影响。这固然是一个发现，但忽视和排斥现实的社会历史因素对文学创作活动的重要作用则至少是不全面的。从学理上说，真理是一个过程，深刻的全面的真理总是从深刻的片面的真理发展而来和凝聚而成的，但不能因此把微观上的小道理说成宏观上的大道理。

西方现当代的人论思想和文论思想开始表现出向辩证综合的思

路聚集与转靠的势头。从多极悖立走向总体互补，从相关思想的整体把握中深化对问题的全面认识，正在成为一种客观存在的学术事实。如对作为人学理论和文学理论的最基本、最核心的主客体关系问题的研究比较明显地表现出辩证综合的意向。尽管这些关于人和文学的主客体理论带有企图超越唯心主义与唯物主义界限的意向和偏执，但终究对这个具有元性质的母题，作了多侧面、全方位的透视，对丰富和深化马克思主义的人论与文论的主客体理论颇有助益。

例如，马克思主义把客体分为自然世界和人化世界。西方现当代的包括西方马克思主义的人论和文论主要围绕着人化世界阐释主客体的关系问题，多半在论述"自然的人化"和"人化的自然"时这样那样地强调主体的能动作用。只有个别的学者如卢卡奇等人承认外部世界的优先地位。虽然脱离自然世界论述人化世界会带来许多局限，但毕竟深化和拓宽了对这个重大问题的认识。西方新人本主义的人论和文论关于主客体理论的阐发相当丰富。有的肯定主体的本体论意义，有的强调主体的价值论意义，有的探讨主体的中介论意义，但更多的是研究主客体的相互关系：有的像霍克海默、马谢雷那样，强调主客体之间的差别性、歧异性和间离性；有的像马尔库塞、戈德曼那样，强调主客体之间的交互性、共同性、统一性；有的像施密特那样，提出主客体之间"相互介入"的概念，指明主客体可以相互转换，即"客体的东西主体化和主体的东西客体化"；更多的学者是从不同的视角论证主客观之间的"同一性"与"同构性"。诸如阿恩海姆从"格式塔"心理学的视角提出主客体的"异质同构"理论，认为人体内外的一切事物都存在着具有情感表现性的力的异质同构，正因为这种力的同构性铸成一种"图式"，使主客体之间达到形式上的契合和"完形"；桑塔耶拿从美感经验的视角，提出主客体之间的"同格性"和"同型性"的概念，指出美感的产生有赖于主体的鉴赏经验和对象之间的相互感应；皮亚杰从发生认识论的视角，也主张认知活动取决于主客体的交互作用；伽达默尔从解释学的视角，倡导主客体"视野融合"的理论，认为作为审美客体的文本有自己的历史视野，审美主体也有被历史规定的需求视野，文本意义的生成正是审美主客体两方面"视野融合"的产物；杜夫海纳从审美经验现象学的角度，表现出对反映论的尊重，把实现"自在性"和"为我性"的统一和追求"人与现实之间的协调一致"作为审美的目标；罗兰·巴尔特竭力把历史与社会现实结构隐遁于和转换在语言之中，并谋求建构文本语言的形式结构同社会现实结构的一致性；戈德曼从发生学结构主义的视角，发现作品结构同作家所属的社会集团具有同源同构关系，进一步指出这种同源同构关系不限于语言层面，而指思想和观念，即世界观方面的同构关系，通过艺术形式表现出一种不断变化着的集体意识……所有这些关于人和文学的主客体理论尽管都一定程度上带有唯心主义的虚假的意向性，正如马克思批判黑格尔的神秘的主客体论所指出的，往往表现为"笼罩在客体上的主体性"，但这些文论家毕竟对人和文学的主客体理论进行了艰苦的有价值的学术探索，为用马克思主义的观点和方法作出既唯物又辩证的综合提供了丰富的思想材料，具有深刻的思想启示。

西方现当代的人学理论和文学理论，一方面朝着多极化的方向继续发展，学者们凭借和运用异向思维的方式，猎取繁复纷杂的"深刻的片面的真理"；另一方面又有一些"深刻的片面的真理"的发明者和宣扬者，对他们自己所推崇与痴迷的某种"深刻的片面的真理"进行过滤、筛选和匡正，通过反思甚至忏悔，抛弃悖谬，诚服真理，表现出一种清醒的科学态度。例如，作为形式主义的极端发展的结构主义，被当代著名的西方马克思主义文论家詹姆逊指责为陷入"语言的牢笼",建构或拆解语言的自由只不过是戴着镣铐在跳舞。结构主义的这种弊端也为其他一些明智的学者意识到。作为莫斯科—塔尔图学派的代表人物的洛特曼又重新认识到"艺术作品……是一种现实转变为另一种现实的反映"。布拉格学派结构主义的代表人物穆卡洛夫斯基认识到形式主义的方法靠不住,觉察到"与历史相脱离的这种结构"可能会导致荒谬。托多洛夫表示"结构主义的过失要由意识形态的理论来补偿",文学必须也应当向内容转靠,应赋予它以浓郁的哲学性和历史性。即便是罗兰·巴尔特也不得不主张文本向生活开放,文学作品不应当成为封闭的语言体系,而是生活内容的一种形象的比喻。西方马克思主义的文论家的先行者卢卡奇也改变了他早年的观点,经过反思,重新认定由"世界的物质统一性"构成的"社会本体论"对所有的反映形式"具有决定的意义"。流行于整个西方的新马克思主义、新历史主义、新女权主义及其在创作中的反映也表现出向现实主义和马克思主义转靠与回归的趋势。

综上所论,诞生于19世纪的马克思主义文论积极地汲取西方现当代人本主义文论的合理性是一种不可逆转的历史潮流;同样,我们也看到了西方现当代文论家们自觉不自觉地汲取马克思主义哲学和文艺理论对文艺问题的处理。特别是社会意识形态理论在"语言革命"之后在当代西方的再度复兴,证明了马克思主义基本观点的持久的生命活力。

(原载《文学评论》1998年第2期)

新历史主义文艺思潮解析

新历史主义的问世，是伴随着当代西方学术界的"文化转向"而出现的"历史转向"。新历史主义作为一种带有后现代主义特征的社会文化思潮，对传统的历史观和历史题材的创作理念产生了十分重要的影响。因此，有必要对这种复杂的社会文化思潮进行宏观辩证的综合分析。

一、一次重要的学术思想转向

新历史主义的基本特征显示出对所谓传统的历史主义和形式主义的双重反拨。新历史主义到目前还是一个没有共同理论纲领的学术流派，可以说新历史主义还是一个没有得到公认的尚不确定的概念。正因为这样，人们对新历史主义的解释很不相同。从国别来说，英国学派与美国学派存在着差异。英国学派宣扬的"文化唯物论"虽然处于边缘，但表现出比较强烈的政治文化色彩。美国学派注重对社会文化领域的重建，新历史主义作为后现代主义和后结构主义式微之后的新理论与新批评，表现出强劲的发展势头。不同学者所持历史观念多样，对新历史主义的解读更是人言人殊。有人认为

"历史"表现为占统治地位的权力关系和权力斗争的叙述；有人主张"历史"是由各种声音讲述的包括处于边缘的势力和人物的权力故事；有人把"历史"理解为文学文本与社会存在的内部和外部的复杂关系。此外，还有人对新历史主义表示非议和反感，讥讽那些倾心于"文化批评垃圾"的"追新族"们妄图通过颠覆伟大的文学经典，借助文学来改造社会，只能是一种"文明的野蛮人"的幻想。

新历史主义的重要代表人物是斯蒂芬·格林布拉特。1982年，他在《文类》杂志的一期专刊的前言中，打出"新历史主义"的旗号。斯蒂芬·格林布拉特的学术伙伴，还有路易斯·蒙特洛斯、乔纳森·多利莫尔、海登·怀特及理查·勒翰与卡瑞·利伯特等人。他们的理论既有自身的独特性，又具有共同性。海登·怀特通过赋予历史一种想象的诗性结构，从而把历史事实和对历史事实的语言表述混为一谈。他的著作《元历史》《话语转喻学》《形式之内容》都越来越明显地把历史诗学化，认为历史是一种语词建构起来的文本，是一种"文学虚构的历史文本"，是一种具有文学性的历史文本，是一种"叙事"的"话语"文本，从而把"史学"变成了"诗学"。后现代主义的历史观认为历史学本质上是一种历史诗学，是一种"语言的虚构"，从根本上否定历史的客观性、真实性、规律性和科学性。随着20世纪80年代"解构批评"向各种解释学的转移，各种解释学的阐释模式，特别是对文学与历史的接受反应理论和阐释理论都一定程度上融进新历史主义的文化思潮之中。

这是一次历史性的转折。西方文论的主流不再把文学限定在文本自律的狭小圈子里，一反过去对政治的厌恶，向历史、政治、种族、性别和意识形态倾斜。文学研究的兴趣开始从对文学的"内部"研究转向对文学的"外部"研究，重新确立文学的历史和社会背景。

新历史主义表现出了较强的学理优势，文学学科的森严壁垒开始被突破，走向开阔的跨学科研究。原先那种只局限于封闭的文本研究的文学观念开始向历史学、社会学、政治学、伦理学、人类学、民族学、精神分析学开放，拓展出多维的研究空间。文学理论的各种跨学科联系互渗、互融、互释、互动，形成阐释的通约性和连贯性。文学自身的审美特性和特殊规律的研究受到冷落，甚至表现出用文化研究排斥文学研究的倾向。文学理论发展的整体趋势走向广义的文化研究和新历史主义文化诗学。

新历史主义与文化研究相结合，表现出强烈的政治倾向性和意识形态性。文学理论转向和侧重文化研究，更加关注意识形态、权力斗争、民族问题、文化特性，从政治视角对被视为不合理的社会制度及其政治思想体系和原则进行批判。新历史主义的文化批判运动带有正负两面性，既抨击了资本主义社会的荒诞和异化现象，同时又抹杀了资本主义社会的进步的历史作用，只强调被压抑形成的"单面人"的痛苦，不承认资本主义和资产阶级的双重性。

新历史主义具有强烈的历史意识形态性。新历史主义通过批评运动激发、调动、利用文学和文化研究的消解性与颠覆性，向主流意识形态进行抗争和挑战，从语言层面，达到重写历史、文化史和文学史的目的。但这种带有强烈的意识形态性的文化研究和文化批判往往不尊重历史的客观实在性与客观规律性，从文字语言层面对历史文本的改写同样带有明显的正负两面性，有的把被误读或漏读了的历史正过来和补上去，有的则把本来是正读和正写了的历史随意加以歪曲或颠倒。

新历史主义通过建立文本与历史的整体联系，从文化研究的视阈，对历史进行整体审视。新历史主义打破了语言符号和形式结构的牢笼，克服文本主义和形式主义的非历史化的倾向，重新探讨文学与历史的关系。但是这种整体透视往往流于表层化和平面化，忽略了、遮蔽了或消解了主要的社会历史结构中的基本的、首要的、主导的方面和过程。新历史主义面对历史语境，重新解读文学作品的意义，作为对文本中心主义文论学理系统的反拨和矫正，成为一种既不同于传统的历史主义，也不同于形式主义的新的文学观念和批评方法。正因为如此，新历史主义往往遭到来自各式各样的历史主义文论学理系统和各式各样的形式主义文论学理系统的双向夹击。

二、新历史主义的基本理论

怎样理解历史，怎样理解历史与当代的关系？研究历史不是最终目的。人们多半不是为了研究历史而研究历史，总是想通过研究历史而有助于当代历史的正常的健康的发展。历史只不过是今天的过去时，而今天只不过是历史的现在时。当代只不过是历史的延续、活化和不断生成。克罗齐说，一切历史都是当代史。黑格尔指出，一切历史都具有当代性。久远而厚重的历史积淀着丰富而宝贵的人类的族群经验和集体智慧。人们为了求得现实的诗意的生存和祈盼美好的未来，总会以史为师，向历史老人请教，或以古鉴今，或借古喻今，或借古讽今。为了解决现实生活中的某些重大的社会问题和人生问题，人们往往发掘历史资源，利用古人的思想、服装和语言，演出当代历史的新活剧。人们对历史的理解历来是带有双重性的，或者说成是历史事实，或者说成历史故事。被称为历史学家之父的古希腊的希罗多德认为历史是指真实发生的故事，从追求历史真实出发，形成历史科学，从叙述历史故事出发，可以诉诸文学的虚构和想象。从根源上说，靠文学的虚构、想象和叙述的历史故事，实质上是从真实发生的历史事实中派生和演绎出来的，不应当随心所欲地用文学的虚构、想象和叙述遮盖、改变或取代真实发生的历史事实。这里产生了一些重要的理论问题和实践问题，即历史的思性和诗性、历史的科学性与文学性、历史真实与艺术真实的关系问题。

　　为了解决上述一些重大的理论问题和实践问题，西方学者提出了一种互文性的理论。俄国学者巴赫金的诗学所提出的复调理论、对话理论已经包含有互文性的因子。比较系统地倡导互文性理论的，当推法国女权主义批评家克里斯蒂娃。她的《符号学》论述了文本与文本之间的通约性，认为不同的文本都可以作为对方的镜子，相互嵌入和相互映照，彼此相互吸收、相互转化，形成一个从历时态和共时态两个维度向文本不断生成的开放网络。互文性理论开始主要表现为一种关于文学文本的阐释理论。值得注意的是，当这种互文性的理论渗透到文化研究领域，特别是进入到新历史主义批评中时，已经从文学文本与文学文本之间的互文性转换为文学文本与历史文本之间的互文性。互文性理论向历史领域的进军，虽然给文学和文化研究打开了更加宏阔的学术视野，但由于新历史主义文化批评把互文性理论的重心转移到文学文本与历史背景和文化语境的关系上，这种超越使互文性理论不可避免地产生文学和历史的界限的混淆，以致引发出新历史主义的一句名言："文本的历史性和历史的文本性。"[①] 新历史主义强调着眼于当代视野，泛用文学文本与历史文本和历史语境之间的互文性的双向指涉，来解释过去的历史文本，进而将文学文本重构为历史客体。以海登·怀特为代表的新历史主义者随意把文学性的概念加以泛化和强化，把"文学性"从狭义的文学的"文学性"，包容和放大为历史的"文学性"，使被赋予文学性的历史叙事变成了对历史的文本建构，靠语言层面的虚构和想象

---

　　① ［美］格林布拉特主编：《重新划界》，410页，美国现代语言协会，1992。

发挥建构功能，实现历史领域中的自我塑造。

新历史主义实质上是一种文本历史主义，是一种与历史发生虚构、想象或隐喻联系的语言文本和文化文本的历史主义，是一种带有明显的批判性、消解性和颠覆性特征的后现代主义的历史主义。某些新历史主义者认为，历史的客观性、真实性和规律性是不存在的，所谓历史的"本来面目"只不过是作者的历史观念的自我塑造的产物，只不过是意识形态对尘封的僵死的史料进行选择、编织、阐释和重塑的结果。正像海登·怀特所认为的那样，所有的历史不过都是"关于历史的文本"，而所有的历史文本不过都是一种"修辞想象"。历史只存在于具有文学性的历史文本之中。"历史是一个延伸的文本，文本是一段压缩的历史。历史和文本构成生活世界的一个隐喻。文本是历史的文本，也是历时与共时统一的文本。"① 后结构主义的领军人物德里达断言："文本之外无他物。"詹姆逊认为："历史只有以文本的形式才能接近我们，换言之，我们只有通过预先的文本才能接近历史。"② 全部社会历史不是存在于文本之外，相反，全部社会历史都内置于文本的结构中。福柯作为一个反历史的历史学家，公然宣称他书写历史（文本）正是为了消灭历史（存在）。以威廉斯为代表的"文化唯物论"强调应当优先考虑社会结构的文化层面，为了反对文本自律论，提出必须修正马克思的"历史唯物论"。福山关于"历史的终结"的理论，使人们陷入迷茫的困惑与哀思。哲学家卡尔·波普尔的论文《历史主义的贫困》公然反对马克思主义的历史决定论，认为历史是开放的，从来没有什么必然的结

---

① 朱立元主编：《当代西方文艺理论》，396 页，上海，华东师范大学出版社，1997。

② ［美］詹姆逊：《政治无意识》，70 页，北京，中国社会科学出版社，1999。

果。这位哲学家对历史发展过程中各种因素的相互纠结、交互作用的阐释对我们理解历史存在与历史发展过程中的极端的复杂性和出乎意外的曲折性、歧义性、偶然性具有深刻的思想启示。但他拒斥历史发展的总体规律，反对归根结底意义上的历史决定作用，显然是不正确的。有人据此把历史唯物主义简化为线性的发展观，这同样是不符合马克思主义历史理论的精神实质和本来意义的。

新历史主义作为对形式主义文论的反叛，同时又吸取和利用了形式主义文论所重视的语言符号的编码功能，从总的思想意向上强调文本与历史的互文性联系，使文学重返历史，拓展和开掘了语言结构与历史结构的想象性和虚构性关系，一定程度上折射出文本的历史精神。新历史主义与后现代主义和文化研究、文化批评相结合，表现出比较强烈的政治倾向性和意识形态性，宣扬文学的解构功能和批判精神，客观上有利于启发人们从政治视阈观察历史和现实，有助于培育大众对不合理的体制和思想的批判精神与变革意识。但是，新历史主义的各种观念存在着共同的理论误区。

（一）关于互文性的理论

新历史主义的互文性理论从文学文本之间的互文性转移到文学文本与历史文本之间的互文性，强调文学的历史性和历史的文学性。

首先需要指出，文学与文学之间、文学与历史之间，不能完全概括为互文性的关系，不同形式的文本之间的关系除具有相似性和通约性外，还存在着差异性和矛盾性。况且，这种文学历史之间的互文性关系，只是想象性和虚构性的关系。文学与历史之间的互文性关系，是以把历史变成文字文本为前提的，换言之，文学与历史之间的互文性关系所指涉的不是文学与客观真实存在的历史事实的关系，而是文学与以文本形式呈现出来的历史的关系。新历史主义所宣扬的互文性理论好像是一个魔毯，把历史变成了文本，把史实变成了史书，把历史内容变成了文本的语言结构，把历史的客观存在变成了历史故事，变成了对历史存在的主观叙述，变成了从政治和意识形态视阈，通过对文字记载的历史文本的解读和阐释，再对真实存在的历史事件、人物、过程进行消解、改写和重塑。这种通过语言结构和文本形式搭台上演的互文性的魔术制造了一种披着学术外衣的障眼法，掩盖和遮蔽了一个最基本的事实，即历史本身的客观存在。不论怎样施展文学的想象、虚构和语言符号的解构功能，都没有进入文本之中或文本之外的作为第一性的历史存在，不管新历史主义者如何解读、阐释、改写和重塑历史的文本形式，都并不意味着对真实存在的历史事实、历史过程和历史规律有什么实质性的改变。故意混淆历史和文本的界限，用历史的文本形式来冒充、取代和偷换历史，正是带有后现代主义特征的新历史主义文本理论的症结所在。

所谓"文本之外无他物"的论断，所谓历史只是一种"修辞想象"的论断，所谓"历史是一个延伸的文本，文本是一段压缩的历史"的论断，所谓"历史和文本构成生活世界的一个隐喻"的论断，所谓"历史只有以文本的形式才能接近我们"的论断，都是把活生生真实存在的历史变成文学虚构、语言隐喻和修辞想象，再置放于文本中，创造出文本中的历史。某些富有浪漫情怀的新历史主义和后现代主义的学者以为，通过重写历史文本可以实现对历史本身，特别是对社会政治体制的改造。这只不过是天真的幻想。历史学家可以篡改对历史的文本记载和文本叙述，但历史作为一种过去了的遗存，只能消失在学者们头脑的思维中和想象里，客观上是无法被消灭的。有的学者，如美国的理查·勒翰已经觉察到新历史主义的"理论局限"，清醒地意识到事实上要消解历史是很困难的。因为

"历史模式"是人类了解事物、洞悉本质、阅读文本所必不可少的思维向度,丧失了历史意识,对外部的把握将陷入混乱和分裂状态,从而丧失对历史的清晰认识。还需要进一步指出的是,历史的文本形式,并不限于文字的文本形式,此外还有文物器物的文本形式和制度体制的文本形式。制度体制的文本形式历史地延续和积淀下来,不会因为对历史的文字文本的解读而被轻松地加以消解和颠覆。至于通过历史的文字文本对历史的文物器物文本进行改写几乎是不可能的,相反,新文物和新器物的发现却是重塑与改变历史的文字文本形式的权威性依据。面对新的历史发现,以往既定的对历史的文字记载和语言叙述是苍白无力的。事实胜于雄辩。从这个意义上说,新发现的历史事实,更有资格充当改写历史文本的角色,而新历史主义和后现代主义的文本游戏会陷入十分狼狈与尴尬的境地。

从历史的客观规律性和意识形态性的关系看,新历史主义凸显历史文本的意识形态性和政治倾向性,对这个问题的强调是有意义的。特别是官方的正史的书记官们往往受当权者的权力和利益的驱动,对历史的人物、事件和过程往往进行偏私的甚至歪曲的描写,使历史的文本形式和历史事实本身出现悖立与反差。权力和利益对左右人们的历史行为的深层动机是不可低估的。马克思曾说:"这种利益是如此强大有力,以致顺利地征服了马拉的笔、恐怖党的断头台、拿破仑的剑,以及教会的十字架和波旁王朝的纯血统。"[1] 因此,充分考虑到权力、利益、意识形态性和政治倾向性对书写或改写历史的作用,对正确地对待历史是颇有助益的。但是,无论个人和集团的历史行为怎样富有政治倾向与意识形态诉求,至少不可能完全

---

[1] 《马克思恩格斯全集》,中文1版,第2卷,103页,北京,人民出版社,1957。

违背历史发展的总体规律，相反，往往是由于他们的利益和愿望，大体上适应世道人心，才能获得预期的目的。代表历史发展方向的先进阶级、势力和集团的权力、利益、政治倾向性、意识形态性往往表现出与历史发展的客观规律性的统一性和一致性。

（二）从历史发展的客观规律性和人的主观能动性的关系看

带有后现代主义特征的新历史主义强调通过文学与历史的互文性，主张主体向历史的介入、主体对历史的干预和主体对历史的改写。这里表现出几种情况：第一，对已经过去了的历史事实来说，主体只能正视它的存在，对尚无认知、未曾相识的对象，根本无法寻觅和建构文学与历史的互文性关系，也无从对对象施展主体的虚构能力和想象能力，进行隐喻性的指涉，从事阐释、改写和重塑；第二，对从事历史活动的人们来说，只有主体的主观能动性遵从和驾驭历史的客观规律性，才能达到自身的目的性；第三，书写主体对历史题材的描述，应当尽可能地忠于历史真实，切忌随意把历史主体化、人性化、道德化、情感化和意志化；第四，对用语言形式符号书写的历史文本来说，解读与阐释主体的主观能动性表现为可以按照自己的理解进行再书写和再创造，也一定会流露出自己的爱憎好恶的情感态度，关键在于是否采取严肃的科学态度和正确的价值标准。

（三）从历史和历史文本的共时态与历时态的关系看

时间和空间是事物存在的形式，无空间的时间和无时间的空间都是不可思议的。把空间时间化和把时间空间化也是不妥当的。带有后现代主义特征的新历史主义通过把时间空间化，忽略不同的国家、民族、地域在经济、政治和文化诸多方面发展的不平衡性，随意拼贴、编织和解构历史，而不再注重历史事实本身的多样性和异质性，只注重作品所隐含的意义生发和意义结构，便于进行文本与文本之间的所谓"虚构的虚构"。这种文本主义的历史观通过强调结构的非中心范式和共时性观念，消解历史的深度和意义，注重文本的互相指涉的"互文性"关系，从而割断历史的连续性，将历史转化成一种共同的话语模式，生发出一种逻辑的普遍性意义。用共时性取代历时性，用平面性取代深度感，用破碎感取代连续性，用隐喻性取代真实性，采取蒙太奇手法随意虚构、编织和重塑历史，令人无所适从。这种把时间空间化的历史，使历史变成了非历史化的历史。这种共时态的历史，使不同历史阶段的不同历史事实的真正意义遭到颠覆和瓦解，引发出一种由主观决定历史意义的倾向。历史的时间是不能回溯和倒流的。真理是具体的。不考虑时间的历史叙事，必然会导致对历史文本和文学文本的解读与阐释的错位或谬误。历史原则和历史标准是权衡与评判文艺作品的重要尺度。任何事物都存在于特定的时代环境和历史语境中。对叙述对象的认知判断和价值评估只有放到具体的历史条件下、历史范围内与历史过程中，才能作出恰当的理解和把握。不能用过去的眼光解读今天的创作，也不能用现在的视野评析历史上的文学现象。

20世纪八九十年代所掀起的"重写文学史"的运动虽然从总体上看是有意义有成果的，但一定程度上受到了新历史主义社会文化思潮的影响。由于历史使命的不同和主流意识形态的差异，对鲁迅、茅盾和沈从文、林语堂的评价自然会呈现出较大的差别。20世纪初期，中国的新文化运动方兴未艾，民族民主解放运动风起云涌，启蒙救亡运动成为主流，鲁迅和茅盾成为新文化运动的旗手与主将，倡导审美与休闲的沈从文和林语堂自然不可能位居显赫。新中国成立后，随着时代变迁和历史转折，人们的审美趣味日趋丰富多样。

在这种历史条件和文化背景下，学界开始重视沈从文和林语堂，把他们以凸显审美特性见长的作品作为一种文学样式加以肯定和赞扬，是完全正常的，但不应当通过抬高沈从文和林语堂而贬抑鲁迅和茅盾，甚至讥讽鲁迅和茅盾"落个死后寂寞"。这正是把中国现当代文学史加以共时化所造成的误识。

三、新历史主义和历史唯物主义

马克思主义的历史唯物主义仍然是具有学理的先进性和蓬勃的生命力的历史理论。尤其是恩格斯晚年推进和发展了历史唯物主义的基本原理，提出了历史结构和历史进程的"基础论""主导论"和"合力论"的辩证统一的思想。马克思主义的历史唯物主义强调历史规律、历史结构、历史条件、历史范围、历史过程对历史事物的解释的有效性，同时注重具体的时间、空间、态势和内外部关系对历史事物的存在与发展的制衡和影响。

历史唯物主义的观点，决定了对当代中国历史结构和国情的定位以及当代中国人文知识分子的历史使命和文化身份的认同。对作为发展中国家的当代中国来说，光明美好的历史前景正在向中国人民招手，一切富有历史使命感与社会责任感的思想家和艺术家，应当通过自己的创造性的精神劳动，促进当代中国的现代化的历史进程，推动社会的全面进步和人的全面发展，以利于实现中华民族的伟大复兴。

西方学者福山等人宣扬"历史终结论"，卡尔·波普尔等人宣扬"历史贫困论"，并用来反对马克思主义的"历史决定论"，表现出对历史的冷漠和失望，这是没有根据和说服力的。历史是不会终结的，它永远不会停下前进的脚步；历史不是贫困的，它是丰富多彩的。只有伤害人的历史才是冷酷的，而有益于人的历史却是温暖的。从根本上说，马克思主义的历史决定论原理是反不掉的。我们注意到，即便是当代西方的一些著名的反对马克思主义的历史决定论的学者，也同时正在被另外一种形态的历史决定论牵着鼻子走。纵令像詹姆逊这样的著名学者也在鼓吹"全球化"背景下的一体化和同质化。视像时代和信息社会的网络革命、跨国公司、自由市场、资本运作、技术革命极度辉煌。全球化运动通过强势的政治、经济、文化引导着历史发展的新航向，把世界各国打造成"电子村落"，利用和平手段，制造出"全球一家"和"世界大同"的美丽幻象。这是一种可称为"全球化"新品牌的历史决定论。本来是反对马克思主义历史决定论的思想家，又在顺从和崇奉"全球化"的历史决定论。这是一个值得深思和研究的文化现象。

应当对各式各样的历史观念进行鉴别分析，同时吸收其中合理的内核。那些悲观绝望的虚无主义的历史观念是不可取的，多元主义和相对主义的历史观念可能会消解主流的或主导的历史观念，甚至会流于平面化、无深度和浅层次，但对克服线形的历史观念是有启发性的。带有后现代主义特征的新历史主义的历史观念具有明显的双重性，既可能产生怀疑一切或随意解构和颠覆历史的倾向，同时又往往消解了那些应当消解、改写了那些应当改写或重塑了那些应当重塑的历史事件和历史人物。应坚持和发展马克思主义的历史唯物主义的总体构架与精神实质，同时承接现当代各种历史理论的合理内核，吸引人们去关注那些曾经被忽略、被轻视和被遗忘的历史因素，以利于进一步丰富、深化和发展马克思主义的历史唯物主义的基本原理。即便是高喊颠覆马克思主义的历史唯物主义的历史理论，特别是像带有后现代主义特征的新历史主义这样一些有代表性的社会文化思潮和学术话语，尽管带有非历史化的倾向，但对扩展人们的历史理论思维,打开人们的历史视野是有益的,对全面地、完整地理解历史真实、历史结构、历史过程和历史发展规律提供了重要的参照系统。如强调正史时,适当地重视野史;表现大历史和对大历史进行宏大叙事时,不应忽视小历史和对小历史的微小叙事;坚持历史的决定因素时,要考虑到历史的中介因素;凸显历史的必然性时,应关注历史的偶然性;描写历史的中心领域、主导性、同质性和历史过程中的正面因素时,要努力发掘与表现历史的边缘地带、异质性和历史过程中的负面因素。把这些显示历史结构和历史过程的各种因素视为合理的可资借鉴的思想资料,运用辩证思维的方式加以整合创新,有利于建构一种开放而又科学的历史观念。

马克思主义的历史唯物主义特别强调社会实践的观点,实质上可以表述为"实践唯物主义",认为只有用先进思想组织起来的处于自觉状态的群体的实践力量,才是推动历史的前进,实现社会的全面进步和人的全面发展的决定性因素。因此,作为"实践唯物主义"的历史唯物主义尤其强调作为历史主体的人民群众的历史的主动性、能动性和创造性;同时,重视个别的历史人物的历史地位和历史作用。

我们注意到,西方现当代的历史理论往往表现出从不同的视阈和以不同的方式否定历史的精神意向。由于战争、资本、物质、科技、权力的无比强大的力量对人的压抑,表现出敬畏历史、躲避历史,或诅咒历史、厌恶历史,或对历史前途感到迷茫和恐惧,表现出悲观主义、虚无主义的倾向。与此相适应,西方的人学理论也多半表现出带有非理性主义特征的极端的个体化、主体化、内向化、软弱化和幻想化的特征,表现出作为主体的人不能自立和自助的状态,既不能驾驭自己的前途,也不能掌握历史的命运,只是祈求建构一个虚假的精神家园,使自己的被压抑的受伤的灵魂得到安顿和憩息。他们编织出诸如各种空想社会主义、理想国、世外桃源、温柔之乡、审美乌托邦，乃至文化批判、文本解构、语言词句革命等充满浪漫情怀的诗学幻想的美丽花环，以供自慰或自恋之精神需要。

历史与人的关系的实质，归根结底表现为历史关系和社会关系中的人们之间的内部关系，即表现为占有强大的资本、财产、物质、科技、信息、权力的人们对另外一些作为非占有者的人们的压迫和支配关系。物与物的关系掩盖着、表现着、转化为人与人的关系，成为通过历史或历史地表现为人与人的关系。当历史压抑人时，人应当改变历史，即改变上述那些方面的占有关系和分配关系；当历史有益于人，可以给人带来与历史进步相适应的自由、幸福和解放时，人应当跟着历史老人的脚步走。必须反对一切倒退的企图，抛弃一切用幻想和思辨方式解决历史问题的方剂，不要迷信一切非实践的批判活动的功能。要十分清醒地认识到，一切思想的、舆论的、语言的、文本的、文化的，诉诸或停留在精神层面的批判，都不意味着会对人类历史和人的现实的生态与命运产生什么实质性的改变。马克思主义认为，哲学的任务不在于说明世界而在于改造世界。一切形式的批判，都不能取代对世界的具有物质力量的实践批判。

（原载《中国人民大学学报》2005 年第 5 期）

当代文艺本体论思潮述评

文艺本体论问题,关涉到文艺的性质和功能、价值和作用,进一步梳理和研究文艺本体论问题,对推动文艺的综合创新、协调发展和全面繁荣,具有特别重要的意义。

一、文艺本体论的内涵

文艺本体是一个宏大的文艺世界。文艺本体是一个具有不同层级的系统结构。它有广义和狭义之分,即广义的宏观大本体和狭义的微观小本体。人们都把作家艺术家创作出来的作品视为文本的主要形态,特别是形式主义和唯美主义只注重文本本体论。这种观点大大缩小和局限了文艺本体论的内涵和意义。实际上,文本本体只是狭义的微观小本体,而不是广义的宏观大本体。解析广义的宏观大本体需要处理好与之相关的一些重大的理论问题。首先是广义的宏观本体论和本原论的关系。这种广义的宏观本体论具有原初性,是一种优先的存在物。其次是这种广义的宏观本体论和本源论的关系。这种广义的宏观本体论具有本源性,可以说明各种具体的本体论得以产生的根源。再次是这种广义的宏观本体论和本质论的关系。

这种广义的宏观本体论蕴含着或体现着文艺的本质以及相应的价值、作用和功能。这种广义的宏观大本体的包容性和覆盖面广阔博大，是各种层级的本体论产生的根据。中国古代先哲领悟人和自然的关系，曾提出"天、地、人""三杰说"。如果我们把"天"理解为自然，把"地"理解为社会，把"人"理解为自然和社会中的人，这样可以大体上涵盖和囊括广义的宏观本体论的核心内容。实质上，各式各样的微观本体论都是从由"天、地、人"构成的广义的宏观大本体论中生发出来的。

对作家艺术家来说，他们创作的小本体和微本体是从广义的宏观大本体中吸取来的。这个广义的宏观大本体作为创作源泉是以人为中心的广阔世界。这个以人为中心的广阔世界作为文艺广义的宏观大本体，才能全面地、完整地体现文艺的本原论、本源论、本质论的完美融合。这个广义的宏观大本体的世界是以人为中心的。人与自然建构和谐关系，使自然部分地成为属人的自然；社会历史是人的社会历史；文化是人的社会的文化。作为创作主体的作家艺术家，通过艺术的方式把握世界，凭借审美手段和艺术技巧，把广义的宏观大本体加以审美化，创造出具有典型意义的文本。从这个感性的文本中，可以洞察以人为中心的自然生态的、社会历史的、文化精神的博大精深的世界。

二、文艺本体论的构成

和文艺的本原论、本源论、本质论密切相关的广义的宏观大本体是一个具有母元性质的网络系统。处于子系统中的各式各样的文艺本体论都是从这里产生出来的。笔者认为最有影响的文艺观念表现为六大文论学理系统：自然主义的文论学理系统、历史主义的文论学理系统、人本主义的文论学理系统、文化主义的文论学理系统、审美主义的文论学理系统和文本主义的文论学理系统成为一些重要的文艺本体论产生的依据。文艺本体论是一个恢宏有序的世界。好比一座庞大的建筑物，有底座，有层级，有立柱栋梁，也有墙面门窗。文艺本体论，内涵阔大、最有影响的有自然本体论、社会本体论、人学本体论、文化本体论、审美本体论和文本本体论。这些本体是怎样产生的呢？

从文学和自然的关系中产生文艺的自然本体论。实质上，自然本体是一切本体的本体，是文艺本体的总本原。大自然是人类的母亲。没有自然本体，绝对不会有人本体，人的社会历史本体，文化本体、审美本体，也不会有作家艺术家创造出来的文本本体。以自然为本体的生态文学对描写自然美和人的环境的自然美是至关重要的。生态文学对推动生态文明建设，营造人生的绿色生态和创构美丽中国具有特别重要的意义。生态文学对清除环境污染，讴歌青山绿水蓝天，涵养人的性情，提升人的生活质量，创构社会文明是非常必要的。随着社会经济的发展，文学和自然的关系，越来越会得到强化、优化和美化。生态文学承担着促进生态文明建设的时代职责。

各式各样的文艺的社会本体论是从社会历史结构中产生的。"文学是对社会生活的能动反映"。文艺的社会本体论包括各种社会历史学派的文艺观念和各种现实主义流派、科学主义社会文化思潮的文艺观念。车尔尼雪夫斯基关于"美是生活"的论断体现出一种社会存在本体论。卢卡奇晚年认定文艺的社会存在本体论。马克思主义认为存在决定意识，作为对社会生活反映的艺术是对社会生活和历史风貌的投影和折光。马克思主义文艺理论擅于从社会历史视阈观察和研究文艺，属于强大的社会历史学派。

各式各样的文艺的人学本体论是从人学维度和人的存在生态以及人的生命机能层面产生的。人学本体论，影响巨大，呈现出错综复杂、多姿多彩的形态，恰似一个烂花迷眼的"万花筒"。

第一，从人性出发，产生各式各样的文艺的人性本体论。"文学是人学"，研究文学和人的关系是非常重要的。一些关于人性的学说，千殊万类的人性论、人道主义、人本主义、人文主义都从特定的视阈和层面对文学和人的关系进行了有价值的阐发，经过继承改制，对正确理解文学和人的关系，均有助益。马克思主义认为人是处于社会历史结构中的具体的、现实的、活生生的人。从总的倾向而论，这些人性理论，脱离社会历史结构的总体框架，只强调人的共同性，否定人的差别性，把社会历史的人抽象化了。

第二，从人的生态出发，产生各式各样的文艺的人的生态的本体论。存在主义的代表人物萨特和海德格尔关于人的"存在"和"此在"的描述，谋求人和环境建构一种"亲和性"关系。海德格尔的"此在"的形而上学沉思把胡塞尔的"主体性自我之极"推向"有根的本体论"或"基本本体论"。这种基本的本体论构成了人的个体存在的基本和根。海德格尔和萨特的存在主义的个体本体论所设计的一套荆天棘地之中救出自我的方剂，受到惶惶不可终日探寻生活出路的青年人的信赖、痴迷和追捧。这种改善人的生态的设计，回避人的物质生活，停留于语言层面，带有幻想性质，具有明显的局限性。

第三，从群体的人出发，大而言之，可以引申出人类学本体论和审美人类学本体论等。人类学本体论揭示了作为"类"的人的生存和命运的共同性和审美趣味的普通感，但忽视了人和人的社会存在和人的审美风尚的差异性，但有利于创构"人类审美共同体"。

第四，从个体的人出发，产生各式各样的以个体为特征的人学本体论。这些以个体的价值取向作为追求目标,以个体为中心的本体论,其中最重要的有倡导个体生存境况和生命存在的人生哲学以及文艺领域中的存在主义和现代主义。作为存在主义哲学的先驱克尔凯郭尔把个体对痛苦的主观体验,视为衡量世界万物的唯一尺度。雅斯贝尔斯试图从忧虑、烦恼、消沉、颓废、恐惧和悲观失望的时代氛围中,力倡"基督教存在主义",主张个体的"人"作为"存在者"都应当追求和皈依上帝,带有浓郁的神秘主义色彩。萨特的存在主义作为对资本社会的拒绝和反抗,作为对受压抑的异化状态的躲避和逃逸,设计一套自我解脱的方剂,使广大处于社会底层的青年群体,得到精神的安顿和抚慰。但孤独的个人是没有力量的,改变命运的幻想是无法实现的。海德格尔的存在主义批判的主要锋芒是针对现实生活中的异化状态和科技理性,而只靠诗意的幻想和语言的力量达不到这样的目的的,关键在于通过社会实践和历史变革改变社会生产关系中的生产资料和生活资料、权力和财富的占有关系和分配关系。实现"诗意地栖居"需要起码的物质条件,否则只会流于苍白的幻想。海德格尔极度地夸大了语言的作用:认为不是世界赋予语言意义,而是语言"使世界有意义";不是世界使语言存在,而是"语言使世界存在"。语言变成了被神化了的造物主。海德格尔反对科技理性所造成的异化现象是具有合理性的,但也不能忽视科技理性和科技理性转化所取得的先进的尖端的科技成就对推动历史发展所起到的杠杆作用。况且,对尚处于发展中国家的当代中国来说,公民们的深切感受与西方发达国家完全相反,不是科技理性压抑人,使人处于异化状态,而是因科技落后受压抑、遭欺凌、被动挨打。

第五,从人的生命和人的生理机能出发,产生各式各样的人的生命哲学和人的生命本体论。生命哲学试图用人的生命来解释世界和文艺，蔚为大观。其中，狄尔泰的生命哲学、叔本华的生存意志论、尼采的权力意志和悲剧精神、柏格森的生命冲动说、弗洛伊德的性本能和原始欲理论，对文艺观念和文艺创作产生了重大深刻的影响。

狄尔泰的"生命哲学"主张生命是世界的本原。生命是一种不可遏止的永恒的创造力量。这种力量具有盲目的目标感。一切生活现象都是生命的客观化，整个人类社会都是生命之流构成的有机整体，体现一种"客观精神"。这种客观精神是自我精神的客观化，并表现出人的"精神世界"的共同性。万事万物都是生命冲动的外化或物化。狄尔泰的"生命哲学"对揭示人的生命的主动性、能动性和创造性是有贡献的，为强调主体性的文艺观念和文艺创作提供了理论支撑。他的生命哲学，好比是黑格尔的绝对精神的复写，以颠倒的方式，假定的"客观精神"，肯定了生命意志的创化作用。

叔本华说："人生实如钟摆，在痛苦与倦怠之间徘徊。"叔本华作为德国第一个公开反对理性主义哲学，成为唯意志论的创始人。他认为生命意志是主宰世界的力量。他是一个近乎绝望的悲观主义者。他认为意志是世界的本体和本质，人的躯体是自我意志的表现，理性及其形式也是意志和欲望的显露。叔本华把艺术理解为解除人类存在痛苦的途径。美的最高价值在于把人从无限的欲望中解救出来。通过表象，把人的意志客观化，达到"饮鸩止渴"的效果。叔本华的言论，好像是哲学和文艺领域中的基督教的"原罪说"。他发现了人生的痛苦的一面，作为精神世界的常态无休地困扰着人们。他体悟人生痛苦的现实，却没有找到这种痛苦产生的真正原因和解决这种痛苦的有效办法。文艺只能暂时地抚慰和缓解这种痛苦，不能从根本上消除滋生这种痛苦的深刻的社会政治根源。叔本华从负面揭示人的痛苦或许对追求人的幸福具有一定的启迪作用，但他的基于宣扬宗教意识的生命本体论带有悲观主义和虚无主义的特质，无疑是消极有害的。

尼采作为西方现代哲学的开创者，对后来哲学的发展产生了极大的影响。他是叔本华主义的崇拜者。他的生命本体论的突出表现是权力意志和悲剧精神。他把权力意志视为人的生命意志中最原始、最强劲的战斗意志。这种意志弥漫大无畏的反潮流精神，否定历史的文化传统，宣告"上帝死了"，资本成了压抑人的新上帝。他认为生活在资本主义世界的人并不幸福，政治和文化都是维护荒谬的社会制度的工具。他主张创立一种新的政治和新的文化，呼吁解放生命，靠艺术来拯救人生。靠培育和塑造一种能激发出酒神精神、充满权力意志的"超人"，摧毁腐朽的道德，疗救萎缩的生命，开启人生价值的重估。充溢激情、欲望、狂放、拼斗的权力意志源于生命，归于生命。尼采的超人哲学，把超人作为人生的理想。超人并不是现实生活中具体的人，而是一个敢于否定天国、取代上帝的超越常人的狂热虚幻的形象。尼采的生命本体的权力意志说具有强烈的反叛精神、对资本世界的无情的批判精神和否定陈旧传统的创新精神都是值得肯定的。然而不能在消解旧理性、旧文化、旧传统的同时，把那些先进的、合理的、有益的文化也一并抛弃掉了。尼采不可能理解社会变革和人类解放的正确道路。他的虚脱的权力意志、狂放而又空洞、色厉而又内荏的非理性主义、表面激进而又迷幻的虚无主义都是不可取的。

柏格森的"生命哲学"传承了狄尔泰的生命哲学，宣扬一种"生命之流"，认为这种生命之流是世界的本原。排除生命的物质性，强调由于人的生命冲动，产生一种自发的、无限的、时间上不断流转和"绵延"的"生命之流"，像河水一样"逝者如斯"，川流不息，成为一种"绵延"不断的带有神秘意味的"意识流"。这种

"绵延"的"意识流",是具有连续性的,融合着现在、过去和未来。人的生命意识好比一条流动和绵延的河。"绵延"并不发生于空间中,只限于时间上流动。"真正的时间"绵延不绝、随意自由、没有明确方向。柏格森论述了人的生命活动、意识活动和心理活动的一些特点和规律性的东西,对研究人的精神活动和引导文艺创作描写人的生命意识和心理活动具有一定的启示作用,但完全排斥空间性,隔断精神世界和外部客观世界与人的社会关系的联系,显然是把人的生命意识之流绝对化了。柏格森把"自我"视为上帝。这种唯我主义的自由主义同生命哲学的意识绵延相结合,提升为建构世界的神秘力量,演化为由生命冲动推动的"上帝创世说"。柏格森的生命哲学还表现出非理性主义的直觉主义的思想成分。

弗洛伊德把他作为神经病医生的实证研究和作为深层心理学的学术研究融合起来,开创了精神分析理论,对人类的心理结构具有幽深的洞察和原创的发现。他对于人的意识和潜意识的论述具有破天荒的意义。他关于前意识的理论和潜意识的理论,关于生命冲动、原始欲和性本能的理论,都具有突破性的意义。人的前意识处于意识和潜意识之间,严防潜意识中的本能欲望窜入人的意识中,但不能被察觉的躁动不安的潜意识却始终顽强地支配着人的生命。弗洛伊德认为"本能"是人的生命的内在的驱动力量,也是维持生命的创造性力量。生命的本能被称为"力比多"(libido)的能量表现出来。弗洛伊德关于人格结构的理论与人的意识、前意识和潜意识相对应,划分为本我、自我和超我。本我是指原始的潜意识的,蕴含着兽性的本能冲动,遵循快乐原则;自我是指意识结构,处于本我和自我之间,监督自我,遵循现实原则;超我是人格中的道德成分,体现良心、理想,处于人格高层,遵循至善原则。弗洛伊德的精神分析理论中存在着相当高尚的部分,往往被研究者所忽略。

他的关于人格结构和人的意识结构的框架式描述非常完整和系统。他对作为一种时代病的焦虑的心理现象和作为宗教和道德根源的俄狄浦情结都进行了精当的剖析。他的这些理论对现代心理学,对文艺创作和文艺理论,特别是对现代主义的文艺创作和文艺理论都产生了极为深远的影响。

从人的思想结构出发,产生各式各样的属于思想意识方面的文艺本体论。从理性和感性、理念和直觉的关系来说,有的主张理性和理念的本体论,有的主张感性和直觉的本体论。亚里士多德主张一种富有现实感的理性;柏拉图主张一种预先设计的被称为"图式"的理性;康德主张一种带有辩证意味的先验的思辨理性;黑格尔主张一种客观心主义的理性,认为美不过是这种理性或理念的感性显现。艺术是一种感性形态的存在。主张艺术的感性本体论其中影响最大的,当属克罗齐的直觉主义本体论,马尔库塞的新感性本体论,还有胡塞尔的现象学直观的本体论。这些观念力图从人的理性和感性的两极解释文艺本体论问题。从思想和情感的关系来说,有的主张文艺主要表现思想,有的认为文艺主要表现情感,有的主张文艺的思想本体论,有的主张文艺的情感本体论。一般而论,浪漫主义艺术、表现主义艺术、现代主义艺术都倾向于情感本体论,古典主义和现实主义艺术都心仪于思想本体论。但也有例外,现实主义大师托尔斯泰认为艺术只表现情感,普列汉诺夫则主张艺术既表现情感,也表现思想。实质上,从严格的意义上说,滤净思想的情感和游离情感的思想都是不存在的,都是不可理喻的。从理性和非理性的关系来说,一切理性主义的艺术,都强调文艺的思想蕴含着高级情感,一切非理性主义的艺术都一定程度上表现出"去思想化""去理性化",甚至"去高级情感化"的倾向。带有反中心、反主流、反稳定、反统一、反权威思想特征的后现代主义和解构主义社会文化思潮，以消解和颠覆本体作为理论旨趣，把本体边缘化和碎片化了。

从心理所把握的事物的本质和现象的关系来说，有的主张本质本体论，有的主张现象本体论。文艺的本体和文艺的本质存在着内在的血肉联系，从文艺的本质的关涉中研究和界定文艺本体论是合乎逻辑的。现象学本体论，如直觉主义和现象学直观，企图悬置和避开本质和理论，直接面对、逼近和返归现象，通过现象学直观，洞见真理。这只能是一种带有神秘感的预设和假想。对阻碍真理新发现的那些过时的、僵硬的、强横的旧理性，自然需要用事实和现象重新加以检验、证实和审视，而对作为人类认识成果的那些还具有合理性和进步性的理性理所当然地应当加以珍惜。回到事物本身并不能把握现象的本体和本质，只有正确的、先进的理论才能说明现象的本体和本质。从严格的意义上说，世界上没有不呈现为现象的本质，也没有不蕴含本质的现象。

从文学和文化的关系出发，产生各式各样的文艺的文化本体论。以文化为本体的文艺创作和文艺评论，强调文学的文化内涵、文化品位、文化质量、文化价值，对传承和弘扬中华民族的优秀文化和世界各国的先进文化，增强文化自觉、文化自信、文化自立，实现文化化人和文化立国的崇高目标，提升人的综合文化素质，把当代中国建设成具有高度文明的文化强国，是神圣的刻不容缓的历史使命。

从文艺的文本本身和审美特性出发，产生各式各样的文本主义和审美主义的文艺本体论。文本主义的本体论专注于对文本自身的研究，从俄国形式主义，到法国结构主义，到英美新批评派都从形式层面对文本进行了孤立封闭的研究。一些结构主义的理论、一些符号学的理论、一些语言学的理论、一些现象学的理论、一些解释学的理论都对文本存在的特性和定性进行了富有启发性的探索。文本本体，是文艺理论家和文艺评论家所面对的最首要的、最基本的文艺事实，也可以说是最直接的、最现实的文艺本体。对文本本体论的研究取得了相当显著的成果。但对文本本身的理解存在着殊异，强化和优化对文本的研究依然是必要的、重要的。文本研究永远是一个未竟的事业。

从文艺的审美属性出发，把文艺的本体界定为审美本体，得到了大多数文艺理论家的普遍认同。但正确理解审美仍然是一个悬而未决的问题。在合理的范围内，强调审美是理所当然的；但也存在一些不适度地夸大审美的理论和观念。如唯美主义的理论和观念、一些非理性主义的理论和观念、一些"去政治化"的理论和观念、一些"去意识形态化"的理论和观念、一些淡化和消解文艺的社会历史属性的理论和观念，都把文艺的审美本体推向极端，变成审美一元论和审美中心论，沦为唯审美论或纯审美论。这是值得引起注意的。如何正确地、适度地、恰当地理解文艺的审美本体论和文本本体论，依然是文艺理论界的一个关键性的学术命题。

当代中国最有代表性的文艺本体论有两种，一是审美意识形态论；一是实践本体论。柏拉图和大希庇阿斯对话结束时，曾无奈地感叹"美是难的"。应当说，不仅是谈美，谈艺术、谈审美、谈"美的规律"都是很难的。这些命题至今都说不清，尚未见到精准有效的解释。审美意识形态论本体是以马克思主义的社会历史结构中的意识形态理论和审美主义思想相结合提出来的。审美意识形态者多半都是思维严谨的老一代著名学者。他们的辛勤探索取得了值得尊重和珍惜的学术成果，但同时存在着一些值得进一步深入研讨的问题。

审美意识形态论者的立意想在审美和政治意识形态中间加以整合，寻找和确立平衡点，既强调文艺的审美属性，又想坚持马克思主义关于意识形态的基本理论原则,把审美纳入马克思主义意识形态理论的基本范畴之中。他们拉开了文艺与政治的距离,强调审美的特殊性、自主性、自律性、独立性,揭示了审美和意识形态的一系列中介,借鉴康德对美的多重悖论的解析,对审美的性质、功能、作用和价值等相关性元素进行了恰当的描述。对审美的强调,有益于提升创作和作品的审美品位和艺术水平。审美意识形态理论由于过分地尊崇审美,难免遭到来自多方面的诘难和质疑。一些形式主义者和唯美主义者反对把审美意识形态化,一些意识形态论者反对把意识形态审美化。审美意识形态论一方面反对"去意识化",坚持文艺是审美的意识形态,一方面又通过审美对政治和意识形态加以限制,表现出淡化、削弱和消解意识形态特别是政治意识形态的意向。

马克思主义的社会历史结构理论认为文艺是属于观念的上层建筑,是一种社会意识形态。马克思主义论著中找不到审美意识形的概念。这里产生一个文艺意识形态和审美意识形态的关系问题,是并列关系,是包容关系,还是互含关系?从形式角度还是从内容视阈来界定审美?作为意识形态的文艺和审美意识形态究竟是什么关系?如果从形式角度讲,所有的文艺都需具有审美形式;如果从内容视阈讲,文艺中除了审美,还有人学的、社会历史的、文化的、政治的、法的、哲学的、宗教的、伦理道德的内容,用审美笼而盖之,似乎并不妥适。即便是把审美视为和文艺同类或近似的同一系列的精神存在,也应当回答作为意识形态现象的普遍规律和特殊规律的关系问题。换言之,既要阐发审美的特殊规律,也要论述审美的普遍规律。强调审美的个性、自律性、自主性、独立性,应当是对普遍规律的丰富和补充,力免对审美的普遍规律的消解、淡化、疏离,甚而修正、颠覆和否定。读者从审美意识形态理论的阐述中,几乎看不到通过审美意识形态这个特殊规律的论证对强化和优化作为普遍规律的意识形态的关注。有的学者通过他们所钟爱的中介因素，如个体、感性、伦理、感情的特殊渠道来体现文艺的意识形态性的社会功能。但按传统说法，意识形态是体现特定阶级集中意志的观念体系。感性形态的文艺是直感的审美意识，尽管可以归入意识形态范畴，但学界尚不习惯承认存在着感性的审美意识形态，即非理性的又勉强说成是观念形态的审美意识形态。相当多的学者则是通过这种审美意识形态对文艺的意识形态性加以限制、冲淡和消解，企图用审美意识形态对政治的、法的、哲学的、宗教的、伦理道德的意识形态进行"溶解"，加以收编，把上述所列的多种意识形态加以审美化，变成"审美的""意识形态"。

对文艺意识形态性不能笼统地一概而论，应当进行具体分析。理性形态的文艺观念、文艺理论、文艺学说、文艺思想、文艺思潮理所当然地属于意识形态，感性形态的作品。如战争小说，倾向性、政治性强烈的作品，具有鲜明的意识形态性；也有一些作品，没有明显的意识形态性。相对而言，此类作品的意识形态性比较稀薄和弱化。文艺的非意识形态化的根源在于对政治的逃逸和躲避。审美意识形态理论的侧重点和价值立场，使读者只看到否定和消解意识形态的一面，看不到强化和优化意识形态的一面。有的学者绕开意识形态，逃避现实，奔向幻想；有的学者索性脱离马克思主义社会结构理论框架，另辟路径，从人类学和发生学角度论证审美意识的生成，主张不以意识形态为逻辑起点，而主张以审美意识作为逻辑起点，但审美意识作为一种意识似乎也无法得以避免归属于意识形态。

从意识形态方面说，富有权威性的辞书对意识形态的解释是集中反映阶级意志的观念体系，文艺只能一定程度上符合意识形态的思想内涵。如观念形态的文艺理论、文艺思想和一些政治性强烈的文艺作品属于观念体系，而那些不充分具备浓厚的思想体系的理论和政治色彩的作品，并不能凸显观念体系的性质。从整体上把所有的文艺都毫无例如外地纳入意识形态的范畴之内，是值得研究的。文艺作品的审美特征呈现感性形态，而意识形态则主要指理性和理论形态的观念体系。从总体上说，文艺是属于意识形态范畴，对意识形态可否进行更加灵活宽泛的理解，将其划分为理性的观念的意识形态和感性的意识形态。这样可以把几乎所有的文艺作品都可以纳入意识形态的范畴之中，扩大和增强审美意识形态理论的覆盖面和适用程度，使审美意识形态论理论更加拥有逻辑思想上的科学性和合理性。有的学者考虑到文艺的感性特点，不把文艺作品直接说成是理性的和观念的意识形态，而理解为一种意识形态的形式。

应当充分考虑到意识形态和审美属性及其两者关系的复杂性。从意识形态方面说，文艺具有意识形态性，也具有非意识形态性，或文艺具有不同种程度的意识形态性；文艺具有审美属性，有的不具有审美属性，或具有不同种度的审美属性；从意识形态和审美属性的关系看，有的文艺作品的意识形态性强烈而审美属性弱化，有的文艺创作的审美属性浓郁而意识形态性稀薄。只要是有益无害的，都应当加以包容。

关于审美意识形态和文艺意识形态的关系，马克思主义论著中没有审美意识形态的说法，而只提文艺意识形态。这里，存在一个艺术和审美的关系问题。艺术中包含着审美，但艺术美只是审美的一部分，除艺术美外，还存在着大量的生活美。因此，审美比艺术的内涵和外延更为宽广。从理论上说，艺术美应当是生活美的选择、过滤、提升和美化。但艺术美不只包括审美元素，还蕴含被审美化了的自然、社会历史、人、文化等元素，特别是社会历史和人的元素,如果没有这些元素,艺术美便成了一个空心化了的壳,或只是一种艺术形式和技巧对社会和人生内容的包装和修饰。如果不限于只从形式方面理解艺术美,而从内容和形式的结合上界定艺术美,可以表述为是美的形式技巧和被美化了的社会和人生的内容的完美融合。被审美化了的社会和人生的内容仍然保持着独立性,艺术中那些被审美化了的社会历史的、人生的、自然的、文化的内容,虽然被艺术呈现,但不能理解为艺术本身所独立拥有的,而来源于自然、人生与社会。艺术不可能也不应当是包罗万象的东西。简言之,艺术和审美存在着这样一个悖论:既不能解释为纯形式,也不能包涵天下。意识形态中,有艺术意识形态或审美意识形态,此外还有政治意识形态、哲学意识形态、法律意识形态、道德意识形态、宗教意识形态等。艺术中所表现的意识形态也不限于审美意识形态,还有其他一些如上述所指出的各式各样的意识形态。作品和文本中的内容是多方面的,不能只作审美的解析,更重要的,还要进行社会历史的、人学的以及相应的政治的、哲学的、文化的、伦理道德的阐释。因此,应当防止和克服把审美意识形态一元化和绝对化。审美意识形态理论揭示了艺术的审美性质和特征,具有一定的本体论意义,但不能说明艺术的根基和母源问题。因为社会意识,归根结底是由社会存在决定的。这种社会存在是人的社会历史存在,这种人的存在是社会历史的人的存在。因此,把这种实质上是审美中心论和审美一元论的审美意识形态论理解为文艺的本体论至少是不全面和不深刻的。

实践本体论是当代中国文论的一个热点问题,也是最有影响的、最有权威性的一种文艺本体论学说。这是因为实践在马克思主义哲学理论中的重要地位决定的。马克思主义非常注重人的实践活动。马克思主义哲学力倡改造世界,实践唯物主义主张改变事物的现状,努力使现实革命化。马克思主义关于自然人化和人的本质力量的对象化的理论也是通过实践来实现的。美的事物和美的艺术都是实践的产物。马克思主义的实践理论不是黑格尔的精神实践，也不是存在主义旨在改变人的生态的个体实践，也不是乌托邦幻想，而是包括精神实践、个体实践和理想追求的群体社会实践。这种实践是改变世界的动力。列宁指出，马克思主义的实践观点虽然不是第一性的观点，却是第一位的观点。当代中国学者所阐释的实践本体论、后实践本体论和新实践本体论，不论是感性的、理性的，还是情感的，都揭示了实践本体的一些不同的层面，似乎缺乏整合的全面性。实践具有多种意义：一是认知论意义。实践是认知的源泉，人的实践活动主宰着人的认知活动，是获取真理性和规律性认识成果的重要途径，随着实践的拓展和开掘，相应地强化人的认知活动的广度和深度。二是创造论意义。实践出新知、出新论、出新说，实践创造新的人的新生态和社会的新环境。实践是改天换地的根本动力和重要手段。实践是实现人类理想的创造力量。人类历史实际上是不断改变环境和创造世界的历史。三是价值论意义。劳动创造价值；实践创造价值。价值对象被实践改变后，更加有利于和有益于人的需求，优化人的生态，促进社会的全面发展，提高物质文明和精神文明的程度。四是本体论意义。本体论意义实际上也是存在论意义。马克思说，社会生活本质上是实践的，生活实践是一种最基本的现实存在；实践是社会的人最基本的活动。这种活动存在着，这种存在活动着，是一种存在的活动或活动的存在，但除存在的活动和活动的存在之外，还有更加广阔的大自然和社会、人和文化对象的存在。这些天然的、自在的、独立的元素都具有本体论意义。人的实践活动只能按照预期目标触及其中相关涉的部分，而不可能涵盖其全部。自然先在地、本然地存在着，实践所触及的自然界还十分有限。对先在的、未被开发的自然界，实践没有本体论意义。尚未被人化的自然与人造的世界、经过人的实践改造过的世界是不同的。从作为实践的主体和创体的角度看，实践通过变革世界的活动，把人世间包括物质产品和艺术作品在内的精神产品都是劳动和社会实践的产物，正是劳动和社会实践创造了美的生活和美的世界。作为主体和创体的作家艺术家通过创造性实践，可以创造出新的世界和新的本体。从人造对象和人化自然的意义上说，实践具有本体论意义。实践创造的新的世界和新的本体作为现实生活增添的新事物和新对象存在于社会历史之中。这种实践创造的本体是有范围、有限度、有边界的。从更加宏大的意义上说，只有完整体现本原论、本源论和本质论有机统一的本体论才能称为科学的、具有普遍适用性的本体论。

对文艺本身进行研究，可以产生各式各样的文本本体论。这些本体论包括对形式、语言、符号、结构和解构、叙述和阐释的探索。理论家直接面对的作家艺术家创造出来的文本可以理解为作品形态的本体。形式主义的文本论所倡导的只是一种孤立封闭的微本体或小本体。这种文本论不能体现文艺的本原、本源和性质。这种孤立封闭的文本本体论是美国新批评派的代表人物色兰姆提出的。这种文本本体论割断了作品和人的生活与作家的血肉联系，实质上成为一种形式主义意义上的狭隘的文学本体论。

三、对各种文艺本体论的宏观辩证分析

从自然生态视域、从社会历史视域、从人学视域、从文化视域、从审美视域创造出来的文本，都反映着自然和人的社会生活的面貌，因而都是最可宝贵的。作家、艺术家作为个体的人的认知范围、生

活经历、体验界面和思维方式都是有限度的，不可能触及、谙熟和覆盖整体的外部世界。换言之，他们不可能全面了解广义的宏观大文本。他们只是生活大海洋中的一滴水。他们作为富有创造性的个体的自由劳动者，只能凭借他们创作的作品，通过个别反映一般，以少总多，见微知著，于细微处见精神，一粒米可以透视大千世界，每滴露水珠都能映着出太阳的光辉。作品和文本是他们安身立命的基础。为了帮助他们创造出精品力作，应当培育艺术风格、凸显创造个性，倡导深切的生活体验、提升精湛的艺术描写，增强文本的经典意识和史诗品格。

应当正确地熟练地把握大文本和小文本的辩证法。一方面，对作家、艺术家来说，他们创作的小本体从大本体中吸取来的。这个大本体作为创作源泉是以人为中心的广阔世界。这个以人为中心的广阔世界作为文艺的大本体，完整地体现本体论和本原论、本源论、本质论的完美融合。这个本体世界是以人为中心的。人与自然建构和谐关系，使自然部分地成为属人的自然；社会历史是人的社会历史；文化是人的社会的文化。作为创作主体的作家，通过艺术的方式把握世界，凭借审美手段和艺术技巧，创造出具有典型意义的文本。另一方面，从这个感性的文本中，可以洞察以人为中心的自然生态的、社会历史的、文化精神的博大精深的世界。歌颂人民变革现实的伟大实践、创造具有划时代意义的史诗般的精品力作是当代中国作家、艺术家的历史使命。作家、艺术家首先要读懂新时代的人民和人民生活这个大文本，研究、体验和表现人民改变环境和变革现实的伟大实践。唯有读深读透新时代、新使命这本大书，才能创造出与新时代、新使命相适应的优秀作品。反对忽视大文本，片面强调小文本，或孤立地心仪小文本，冷淡、疏离和拒绝反映大文本两种错误倾向。新时代的文艺工作者应当借鉴延安革命文艺所提倡的"小鲁艺"走向"大鲁艺"的历史经验，使文艺创作和新时代、新使命紧密地结合起来。

当代中国的文艺本体论的总体结构应当是一体、主导、多元的共同体。

从上面对各种本体论的论述中，可以感觉到，其中有基本的重要的元素。如人的元素和社会历史元素，这是我们提倡深入生活、扎根人民，以人民为中心的创作导向的坚实的理论根据，此外还有自然元素和文化元因素，还有一些文艺本身的形式语言符号元素。这些元素通过审美化和技巧化的创造和修饰，构成一个文艺本体论的共同体。这个文艺本体论的共同体铸成一个框架式的系统存在和网络式的有序结构，具有宏观辩证的复合层次形态。各种文艺本体论都具有自身的合理性，都具有自身存在和发展的理论空间。换言之，都具有自身的学术方位、适用范围、法定边界。各种文艺本体论都在自己的合理的位置或坐标点上，都在自己的合法的边界中，都在自己的适用范围内，发挥着特定的、不可取代的作用。它们既彼此联系、相互融通，又各安其位、各司其职。这些文艺本体论的地位和作用，其中有特别重要的，但每种本体论在自己的方位和坐标点上，都是不可或缺的。笔者非常赞赏俄国体验派戏剧大师斯坦尼拉夫斯基的话："一台戏要有主角，但每个演员在自己的位置上又都是主角。"有的文艺本体论是主角，有的文艺本体论在自己的位置上也是主角。道理是非常简单明白的。它好比一株参天大树，主干固然重要，但没有枝桠的树也不能成荫，反过来讲，也不应当把枝桠说得比主干还重要，没有主干也不会长出枝桠。各种文艺本体论处于一个有差别的统一体中，它们作为生命的有机体，是相互依存、彼此协调、同生共长的。它们之间的关系不是等同划一的，而是网络系统中的多重复调结构的层次关系。它们之间的关系，有的是母子关系，如生活大文本和文学小文本的关系；有的是交叉、重叠、互含的关系，如人学本体论和社会历史本体论的关；有的是主次关系，如人学本体论和人的精神心理层面的各种本体论的关系；有的是平列关系，如人的精神和心理层面各种本体论之间的关系；有的是决定和被决定的关系，如社会历史和人的存在与意识形态以及审美的关系……如此等等。但从语言运用的意义上说，它们都是平等的对话关系。对各种文艺本体论的地位、性质、作用和功能，理应采取具体问题具体分析的科学态度。

各种文艺本体论是可以超界和扩容的，但不应无限膨胀，不适度地加以夸大。如果一味地扩张，侵占邻邦学科的边界，剥夺相邻学科的领土和主权，可能会引起学科分工的"边界战争"。

一种新的文艺本体论的出现不是偶然的，往往源于深刻的政治社会历史原因。如俄国形式主义本体论的滋生是和当时文化专制主义的统治和压抑相关的。作家、艺术家对黑暗腐朽的现实感到恐惧。具有浓郁文化专制氛围的精神生活使他们产生离心情绪，对社会历史政治和作品中的社会历史政治内容不感兴趣，而采取一种躲避和逃逸的态度，都投身和潜入到一种狭义的孤立封闭的文本世界中去，创造出一种独特的形式主义的文本本体论。作为首创的形式理论对后继的布拉格学派和英美新批评派的形式主义的文本中心本体论产生了直接的重要的影响。两次世界大战把人们推入血与火的苦海，使千千万万的无辜的老百姓死于非命。战争机器的碾压，不仅造成肉体的殉毁，而且导致受折磨、受蹂躏、被践踏的人们梦魇般的心理创伤，涌现出大量精神畸形和心理病变的患者。上帝疯了。人们病了。一些尚有良知的人文知识分子关注人的生态、命运和人的精神病痛，涌现出以抚慰和疗救人的生灵的各式各样的心理本体论和个体生态本体论的学说。现代派的一些作家反映人的心理畸变，连自己也患上了神经疾病。有些描写蒙受灾难的不幸的人的遭遇和命运的作家、艺术家也很不幸,忍受神经病的折磨,甚而自杀而死。弗洛伊德作为职业的精神病心理医生,以实证为病例,创立了精神分析理论,拥有广泛的现实的病理资源。他的心理本体论,必然产生深远的影响。

各种文艺本体论,一定条件下是可以和能够相互"转化"的。现当代西方文论不断上演的忽而"向内转"、忽而"向外转"的"钟摆剧"充分证明这一点。处于对立统一关系中的文艺本体论的双方,由于强势一方对弱势一方的压抑和禁锢,引起弱势一方的反弹,使弱势的一方得以强化和优化。如文艺客体性和文艺主体性的关系,文艺客体性对文艺主体性的压抑,引发文艺主体性的抗争,文艺主体性强调过头了,受到文艺客体性的诘难和反击。再如政治和审美的关系,政治压抑审美,激发了审美的热潮,审美走向极端,滑向唯审美或纯审美,又不得不重申审美离不开政治。这种反复不断的对话活动推动了学术的进步,促进了观念的创新,形成两者之间的相互转换、彼此提高的螺旋式上升。这正是学术思想发展的竞争机制和必然逻辑。

一种本体论在文论的总体框架所处的位置和坐标点上,都是合理的、有效的。它们之间的关系不是一个吃掉一个的关系。各种文艺本体论都有自己人口、疆土和主权,都有自己的适用范围和有效限定,一旦超越了自己的合法边界,侵犯相邻本体所属的领域,一定会酿成本体论的"边界保卫战"。我们经常发现,学术争鸣和观点论战的双方本来都有道理,往往由于各执一端,或随意僭越,发生"本体论内战"。任何一种文艺本体论都在自己的适用范围内具有生存和发展的权利,具有阐释的有效性,否则便会流于谬误。

我们注意到,争夺文艺领导权和本体话语权的斗争一直或隐或显、或强或弱、高一阵低一阵地继续着。这方面的角逐从来没有停止过，改变的只是表现的形式。维护人民主体的主导地位是长期的艰难的方向性使命。从严格的意义上说，任何一种文艺本体论都具有局部的合理性和有限的有效性。不能把一种片面的小本体夸大为覆盖一切、包打天下的大本体。正确理解和处理主导和多元的关系，是一个关涉方向性的重大问题。有主导无多元，或有多元无主导，都是不正常的。只有主导没有多元，可能造成封闭和禁锢，甚至滑向文化专制主义；只有多元没有主导，可能产生绝对的自主性和无限制的自由度，陷入混乱无序状态。理应建设一种合理的、健康的、有活力的学术生态，提倡开放包容、多元共存、共同协调发展，旗帜鲜明地反对学术上的一元论和单边主义，同时创构既有主导又有多元的一体化格局，形成差别有序的整体优化结构。

（原载《中国文艺评论》2018年第7期）

现当代西方文论的魅力与局限

19世纪末到整个20世纪，西方文论取得了长足的发展，学说林立，流派纷呈，旌旗漫卷，变幻神速。一种观念问世之后，旋即被别类样式的文论思想和批评模式所取代。先行者们的建树不断被后继者们的创新所置换，像"走马灯"和"万花筒"那样复杂多变和丰富多彩。其中，从俄苏形式主义、英美新批评、结构主义、后结构主义、解构主义、新历史主义、现代主义、新人本主义到西方马克思主义、女权主义和后殖民主义，这些所谓"语言转向""文化转向"和"历史转向"都对当代中国的文艺理论界产生了不可忽视的巨大影响。这些有价值的思想理论资源，适应着当代中国的需要，伴随着改革开放和思想解放运动的春风，潮水般一波又一波地涌入中国，对中国文坛的理论创新起到了策动、催生和触发的正面作用，对从文艺创作、文艺观念、批评模式到社会文化研究思潮都发生了多层面、立体式、全方位的带有激发性和原创性的积极影响。大江奔涌，难免龙蛇混杂、泥沙俱下，现当代西方文论，从思想内涵、精神意蕴到价值取向都是带有复杂的双重性和两面性的。对其中的宝藏和劣质进行实事求是的分析，鉴别其中的精华和糟粕，厘清其中的魅力与局限，在科学发展观的指导下，本着"以我为主""和而不同"和"择善而从"的原则,拿来有意义的思想成分,去掉无价值的精神杂质,对正确选择、阐释和评价现当代西方文论资源,对当代中国的文艺理论的新建与重塑,都具有重要理论意义和实践价值。

一、现当代西方文论的理论本质

(一)关于文学与历史关系的理论

马克思主义的历史唯物主义至今仍然是解释历史发展的科学的思想和方法。福山所宣扬的"历史终结论"和卡尔·波普尔在《历史主义的贫困》中所宣扬的"反历史决定论",都是制造了一种被歪曲了的历史唯物主义,或者可以说,利用被僵化与教条化了的庸俗社会学和庸俗政治学作为攻击历史唯物主义的口实,把历史唯物主义丑化为机械的线性的发展观。某些西方学者为了实现他们的意图,总是先制造一个假想敌,然后再去打倒它,以取得思维和幻想中的胜利。历史唯物主义的"经"本身是好的,不能说被和尚念歪了,便不是好经了。只有对历史的僵化教条的解析,却没有僵化教条的历史。马克思主义的历史唯物主义认为历史是有规律的,强调历史规律、历史结构、历史条件、历史范围、历史过程对事物的解释的有效性,同时注重时间、空间、态势、关系对事物的存在和发展的制衡作用,从而决定国情定位以及知识分子的文化身份认同。文学是一种特殊的历史现象。因此,恩格斯主张用美学观点研究文学现象的同时,也提倡用史学观点观察文学现象。文学作品、文艺观念和文艺理论总会体现出一定的历史内容、历史意识和历史方法。对文学和文学理论进行历史研究是完全必要的。把马克思主义的历史唯物主义说成是简单的目的论和线性的历史观是没有根据的。马克思主义的历史唯物主义仍然是最有先进性和生命力的历史理论。恩格斯晚年对历史唯物主义基本原理进行了发展，把历史结构理解为"基础论""主导论"和"合力论"的辩证统一。

西方的一些窄面和浅层的历史理论反对宏大的历史叙事。历史的重要事件和宏伟的历史过程作为一种客观存在必然反映到作家的头脑中与作品的叙述中。诚然，新历史主义理论是有积极作用的。新历史主义力图打破形式主义和传统历史主义的双重局限，重建文本与历史的关联。它对历史的非人性现象的批判，对生活的荒诞性的指控是宜人的。有的学者把新历史主义理解为运用诗学手段对文本实施历史、政治、经济的综合研究，通过符号系统，释放历史意蕴和人格精神。这种跨学科性质的文化诗学，具有比较强烈的"政治倾向性"和"意识形态属性"，仿佛又重新引起了人们对社会—历史—政治—意识形态批评的重视。新历史主义弥补了被主流历史边缘化，或被忽略、被遗忘的角落，有利于凸显弱势群体的历史地位。作为小历史的家族史、村落史等野史和稗史被拥上了历史的平台，从而丰富了历史的内涵。带有后现代主义特征的新历史主义推翻、消解、改写和重塑了传统的官方史学所记载与叙述的迷误和谬解，从而使正史变得更加真实可信。史学研究中的翻案文章和文艺创作中带有纠偏性质的艺术描写都是具有一定的合理性的，是更加切近史实的。新历史主义作为一种边缘批评，强调政治、意识形态、种族、阶级、性别问题，向主流社会的权力控制表示不满，从语言层面发出反叛的不和谐音，对忽视和消解价值观追求与价值判断的形式主义和后现代主义是一种矫正或一个进步。这是必须也应当加以肯定的。其中，如巴赫金关于历史与文本互动关系的对话理论，格林布拉特从文艺复兴研究中发掘出来的阶级主题对福柯的文本权力思想的确证。进而言之，威廉斯的文化唯物主义、伊格尔顿的审美意识形态理论、詹姆逊的政治阐释和"政治无意识"理论，以及克里斯蒂娃的身体符号学理论和肖瓦尔特等人为争取政治经济利益而展开的美国女权主义文学批评，表现出对传统的以理性主义为支撑的"父权中心主义"的批判。这一切都说明，新历史主义关注边缘族群，富于批判精神。各式各样的历史批判和政治批判理论，都一定程度上表现出反叛非人的官方历史的人文精神。新历史主义企图通过"互文性"的理论，用文本的历史解释真实的历史，无疑是具有局限性的。后结构主义忽视对历史的实证研究，刻意追求反对解释历史的权力话语功能，同样带有被夸大了的主观随意性。解释学的"视野融合理论"考虑了历史诠释的当代性因素，但这种融合仍然是有条件和有限度的。文学研究和对文学的历史研究出现了一种带有时尚性的对文学的历史经典的批判，通过对官方历史的压抑性与排他性的批判来解构和消解主流意识形态，以达到"去权威性""去统一性""去示范化"和"去经典化"的目的。对体现主流意识形态的官方历史应当进行具体分析。不加鉴别地扫荡一个民族和国家的最可宝贵的精神财富与思想精华，追求文化的世俗化和低俗化，这是很值得研究的文化现象。有的学者认为，带有后现代主义特征的新历史主义所倡导的"文本的历史性和历史的文本性"，混淆了虚构的文本和实在的历史的界限。不只是新历史主义具有改写历史的功能，传统的历史主义同样如此。一旦有新的文物古迹发现，旧的历史随即被重塑和改写。历史主要是纪实史，或总是有纪实的成分，因此历史决不能等同于文学虚构。①

---

① 参见盛宁：《新历史主义·后现代主义·历史真实》，载《文艺理论与批评》1997年第1期。

尽管新历史主义强调了历史的当代性,但这种社会文化思潮的要害是用"叙述"取代"史实",用文字的历史取代真实存在的历史。正如马克思和恩格斯所指出的,这实质上是用"文献的历史"取代"现实的历史"。马克思和恩格斯在批判"真正的社会主义者"与"青年黑格尔派"时这样写道:"这些'真正的社会主义者'像所有德国的思想家一样,经常把文献的历史和现实的历史当作意义相同的东西混淆起来……他们把自己的始终非常丰富的幻想和现实等量齐观,以此来掩饰他们在现实的历史上曾经扮演过的并且还在继续扮演的可怜的角色。"① 马克思和恩格斯论述唯物史观时说:"这种历史观和唯心主义历史观不同,它不是在每个时代中寻找某种范畴,而是始终站在现实历史的基础上,不是从观念出发来解释实践,而是从物质实践出发来解释观念的东西,由此还得出下述结论:意识的一切形式和产物不是可以用精神的批判来消灭的。"② "要从人们的意识中消除这些观念,只有靠改变条件,而不是靠理论上的演绎。"③

(二) 关于文学与意识形态关系的理论

马克思主义的意识形态理论是特别强调体现一定阶级和阶层的利益与政治倾向的。现当代西方的和中国各式各样的意识形态理论与马克思主义的意识形态理论的关系是极其复杂的:有的是补充的,有的是修正的,有的则是颠覆的。对现当代西方各种意识形态理论应当进行鉴别和选择,吸取其中合理的思想成分,以丰富和发展马

---

① 《马克思恩格斯全集》,中文 1 版,第 3 卷,551 页,北京,人民出版社,1960。
② 同上书,43 页。
③ 同上书,45 页。

克思主义的意识形态理论。诸如，阿尔都塞的结构主义对马克思主义的意识形态理论的新探索，戈德曼的发生学结构主义理论对卢卡奇的意识形态理论和皮亚杰的发生学理论的承接与发展，马尔库塞的"新感性"主体的意识形态理论，伊格尔顿的审美政治学意义上的意识形态理论，从后结构主义脱胎而出的解构主义，特别是德里达建立在解构主义哲学基础上的意识形态理论，对马克思主义的意识形态理论既有补充和丰富，又表现出一定程度上的消解和改写。发端于法国，走红于英美国家的解构主义哲学抵制"逻各斯中心主义"，对反叛僵化的理性，具有正面的批判作用，同时对正常的合理的理性又表现消解的意向，具有负面的颠覆作用。这种社会文化思潮在美国并没有成为主流的意识形态或并没有被主流意识形态所注重和兼容。艾布拉姆斯从人本主义观点和立场出发，对解构主义理论有所质疑。弗洛伊德的意识结构理论和荣格的集体无意识理论在心理层面对意识形态的结构有新的发现。传统的意识形态理论，是马克思主义经典作家通过强调意识形态对作家和创作的影响与制约，来实现对政治统治和思想统治是否具有合理性与合法性的研究。但后现代主义的意识形态理论则单方面解释实现意识形态功能的复杂机制，而主旨是图谋颠覆主流意识形态的策略和途径。阿多尔诺的反同一性思维、阿尔都塞关于"想象性关系"的理论、葛兰西关于文化研究霸权的理论、福柯关于权力/话语共生现象的理论、詹姆逊的政治无意识理论、伊格尔顿关于审美意识形态的理论，都从不同层面揭示出艺术表现的带有政治色彩的意识形态。生活在社会思想关系中的创作主体、批评主体和研究主体所发挥出来的意识形态功能是有差异的。不同的意识形态论者可划分为两种或多种阵容和营垒，充满着或隐或显的、或温和或激烈的支配和反支配、合理性和"去合理性"、合法性和"去合法性"的意识形态倾向。我们要坚持真理的原则性和具体性相统一的理念，对一定历史条件的意识形态，不管是主流的官方的意识形态，还是人文知识分子的意识形态，抑或是大众的意识形态，都要进行实事求是的分析。这里涉及对待和确定意识形态的身份与差异问题。维护和坚守具有强烈排他性的普遍主义的意识形态霸权，遭遇到不同身份的他者，如不同的性别、种族、阶级、身体和政治倾向的冲击的分化，造成存在与解释的多元化。事实上，意识形态已经从"总体性"的权威性走向"差异性"的合法化，对身份的多层面研究，形成了多样的、多维的和多种形态的意识形态理论以及复杂多变的文艺观念与批评模式。

（三）关于文学与人的关系的理论

西方马克思主义、女权主义和后殖民主义非常重视在人权问题上的抗争。这些研究主体所处的西方社会，人们面对和承受着工业机器与战争机器的折磨和碾压，表现出个体内心的激烈反叛。以法兰克福学派为代表的社会文化批判理论所宣扬的人文精神和批判精神，特别是对人的异化状态的抨击，都表现出对统治的抗议和控诉。以存在主义为代表的人道主义理论，力图摆脱人的残酷的异化状态，关注自我，构想出一套自我设计、保住自我、满足自我和实现自我的方剂，力图求得个体心灵上的自由。这尽管是一种不切实际的幻想，但毕竟体现出对逃避现实和拯救自我的努力。西方现当代内向化和主体化的人本主义以及那些拓展与发掘人的心理功能的理论和学说，诸如弗洛伊德的深层心理精神心理学关于人的意识结构的理论，荣格的集体无意识学说和原型理论，直到马斯洛的人本主义心理学，都对人的心理结构、心理规律和心理功能作出了带有原创性的研究，取得了前所未有的成果。以人为本体的关于人的生态、生命、生存方式和生命意志的理论，诸如尼采的超人哲学和强力意志理论，还有叔本华、柏格森直到海德格尔的生命哲学，尽管带有浪漫和幻想的性质，但都表现出人们为了追求自由的生存和生命状态所进行的关涉到人的处境与命运的心路历程。另外，伴随着文学人类学的兴起，人与自然的间性关系和生态理论，作为对生态危机的拯救，把人与自然、人与世界视为一个"有机的整体"，共同经历和承载着生命之旅。对人的跨学科和新兴学科的带有宏观性质的综合研究，表现出人本主义和科学主义两者之间互渗的迹象。新人本主义理论，特别是存在主义的人学理论，用新人道主义来表现对社会危机和文化危机的对抗。黑色幽默、荒诞派戏剧和意识流小说，主要从心理和欲望层揭示人生的荒诞主题。例如《尤利西斯》《追忆似水年华》《等待戈多》，展现欲望与社会的矛盾。西方各式各样的新人本主义实际上宣告了非英雄、非崇高、非理想时代的开始，主张人的本质是非理性的，认为理性的人死了，主体死了。宣扬抽象的人、幻想的人、异化的人、软弱悲观的人的存在和命运。启蒙理性所呈现出来的，如笛卡儿的自我反思的超验性的主体观和浪漫主义的天才理论，被后现代主义所消解，导致对主体理论的新的改写。人与现实世界的真实关系被淡出，人的主客体关系被模糊化、抽象化、空虚化乃至神秘化，人所面对的客观世界被遮蔽，人不再是具体的人、现实的人和生活在一定时代条件下的历史的人。马克思主义历史唯物主义的人的科学解释被歪曲和篡改。这些不同形态的人本主义的人学理论都带有突出和明显的非理性主义特征。非理性主义成为这些新人本主义人学思想的理论基础和有驱动力的灵魂。

（四）关于文学与文本的理论

各式各样的文本主义理论实质上都是形式主义的。文本理论注重对作品、文本、结构、语言符号、叙述、接受、阐释、读者反应理论的探讨。文学研究开始由"作者中心论"向"作品中心论"转移。评论家认为,作者这个老上帝死了,读者成为新上帝。实际上,作家是第一创作主体,读者是第二创作主体。读者的活动不仅是认知活动,而且是审美活动,是富有想象力的人的生命活动,正是这种接受主体的生命力和想象力使作品的意义得到实现。接受能力是一种关于阅读的复合能力和整合能力。接受是对作品中的"召唤结构"与"期待视野"之间的顺化与同化,体现阅读主体对作品意义的发掘能力和建构能力。文本中心主义的代表性理论有:什克洛夫斯基的陌生化理论、雅各布森的结构诗学、瑞恰慈对日常语言和生活语言的区分、艾略特对传统阐释的强调和对创作天才的淡化、维姆萨特对"意图谬误"和"感受谬误"的发现、韦勒克和沃伦的《文学理论》中的形式主义的基本观点。维姆萨特提出的"意图谬误"、巴赫金的"复调"和"对话理论"、巴尔特的"可写文本"、费什强调的"解释团体"、鲍曼宣称的理论家已经从"立法者变成解释者",都标示着创作的主体性理论向作者和读者的主体间性理论的新转向。这种主体论的性质向后现代主义的流动,表现出"去作者的权威性、创造性和天才论"的企图,培育着创作主体和解释主体交互作用的主体间性。这关涉到文本与解析、创作与解释的关系,作家和批评家的关系,创作和再创作的关系。从"作者中心论"向"读者中心论"的转移是文学思想研究史上的重大事件。从各种视阈、诸多层面对文本结构和阅读过程的研究取得了突破性的进展,开辟了文学研究的新天地,对传统的文艺理论忽视文本研究起到了补充、丰富和深化的作用。文学意义的最终实现是通过对文本的阅读、接受和解释来实现的。然而结构主义的文学研究无疑是有缺欠、有局限的。结构主义把文本视为孤立的封闭的存在,割断了文本与不以人们的主观意志为转移的精神存在物之间的联系，同时删除了文本与外部世界的关涉。这种研究路径和思维方式既把文本研究发展了，又把文本研究极端地发展了。必须承认的是，外部世界是创作的源泉，创作主体作为有思想情感的作家对形成文本的存在具有重要的规定性，作品和文本的存在与所蕴含的意义具有一定的先在性和相对意义上的思想内涵的确定性及制约性。解释和评价与作家作品的意图和含义实际上存在一定程度上的相似、相近或相契的对应关系，因此，应当寻求创作和解释这两大系列的"相适应性"与"关系的规定性"。解释应当是对创作和作品的内涵、意义、价值的丰富、深化、发掘与拓展，合理的补充、修正和改写，而不是也不应当是主观随意性的消解和颠覆，从而使解释蜕变成与作者、创作、作品和文本全然无涉的另外的某种东西。只有在对象具有空白点、双重性、多义性、交叉性、模糊性、可分性、不确定性、不稳定性的文本空间中，才能产生解释的合理性和有效性。有些事物的存在及其性质是非常明确的，是不容通过解释和接受随意加以消解与颠倒的。这些对象的主导方面、基本方面具有铁一样的牢固的和稳定的规定性，如日本军国主义进行的惨绝人寰的南京大屠杀是不能胡乱加以篡改的。因此，应当坚持和根据真理的具体性、主导性和原则性相统一的原则，确定解释的规范性。巴尔特从结构主义向后结构主义的反叛和转移是一个具有典型意义的文学事件。它令人信服地说明了封闭的文本研究是不合理的，也是行不通的。因此，才有"打破语言的牢笼"的呼吁和呐喊。我们不仅要研究巴尔特的符号结构主义理论以及向后结构主义的转向，同时要注重从海德格尔到伽达默尔解释学批评的演进和变异、托多洛夫的结构主义叙述学理论、姚斯和伊瑟尔的接受理论、斯坦利·费什的读者反应理论、各式各样的结构主义和解构主义理论，包括索绪尔的《普通语言学教程》

对结构主义范式转换的驱动。语言从现代向后现代的"转向"意味着语言本质主义向语言非本质主义的过渡,从文学性理论到文本理论、形式理论、叙事理论、风格理论、文体理论,都表现出从封闭的和自我指涉的文本理论向不确定的、未完成的、具有开放性和扩张性的文本范式的转型。语言的意义不仅与作者相关,同时跟读者与批评家的阐释、理解、评价和权力/知识结构相关。从意义的单一本质论,走向各种因素交互作用形成的带有整合性质的间性关系。从"作者中心论""文本中心论"到"读者中心论",注重解释学理论、接受美学、阅读理论、读者反应理论和文化研究的编码解码理论,意义的获取和生成建立在与作者协商的基础之上,很大程度上取决于解释。文本的意义不是本然的、凝固不变的,因此必须实现从单一的意义理论向多义的、多维的、不确定的开放的意义理论转变。解释的多元性有条件有约束地造成了意义的多元性。意义是阅读层面上的解释的产物。从这个意义上说,批评家的解释和作家的创作行为是同样重要的。这是一个值得研究的带有双重性的文学理论现象。接受理论、叙述理论、解释理论与读者反应理论的最大缺欠是排除和忽视了作者意图、时代背景、社会历史内容及思想深度对生成和延续作品的意义与价值的规定性和制约性。实际上作品与文本的意义和价值不是由阅读单方面决定的,而首先是作家的精神劳动的创造物。作为一种精神的客观存在物,具有先在性、规范性和一定的确定性。读者的阅读可以深化、补充,也可修正和重写、消解和颠覆,但这都必须是有依据的、有条件的,不能是随心所欲、胡乱解释的。文本的意义和价值实际上是作者的一度创造与包括批评家和鉴赏家在内的读者的二度创造的交互作用的结果。否则,都是片面的和不完整的,甚至可能产生歧义和误读。

（五）关于文学与文化的关系的理论

如果说"语言转向"把文学研究引入"内部规律"，那么"文化转向"和旋即而来的"历史转向"则把文学研究导向"外部规律"。对文学的外部规律研究的主要精神意向是从语言层面投向和介入历史。这是一种从语言和从对历史的语言表述出发的对历史的语言研究，而并非是通过语言和文本研究来正视与阐释史实。即便是法兰克福学派的大众文化理论提出的通过"否定性话语"的"颠覆模式"，培育大众的批判精神和革命意识，以图谋从精神层面达到颠覆资本主义制度的目的，也只能说是一种带有批判精神的幻想情结。文化研究本来是一种非精英化的文化批判精神，作为一种边缘化的文化理论的主旨本来是为弱势群体说话和发言的。文化与传媒和视像是密切联系不可分割的。希利斯·米勒的文化研究对文学边界和文学版图的改写与冲击，威廉斯的文化唯物主义对历史的解读与对文化转向资本和市场的批判，霍尔对文化的知识和权力的解读与对消费时代的传媒文化和大众文化的推动，都以不同的语言和态度表现出对后现代主义与消费主义联姻的不同见解。文化转向打破了"语言"的牢笼，走向了"人类学转向"，开始实现了从"文本"向"语境"的拓展，与社会的进步和历史的转折发生了深厚的感情层面的联系。当代中国学界对文学的文化研究可以说是经济发展和政治变革的产物。文化研究以跨学科姿态带着浓郁的政治色彩步入社会公共领域。这种情况尽管取得了大众的话语权力，一定程度上满足了弱势群体的民主化的行为实施，但又可能造成对精英意识、理论创新、"现代性诉求"和"现代性反思"的弱化。有的学者还担心人文精神的蜕变与滑坡，文学批评的浮躁和文学经典的边缘化，主张从批判文化主体的沉沦入手,召唤人文精神,重建文化深度模式。① 面对大众文化的泛化、平面化、感官化、私语化、欲望化、游戏化、世俗化、消费化、商品化和功利化,学者们的看法几乎是完全相反的:有的学者认为这种现象是对反本质主义的"矫枉过正",造成了"现实、精神和人的失落";有的学者则认为"当代审美文化与现实生活的相互融合,大大扩展了审美文化的内涵,其生活化、实用化、技术化、商品化及其与大众生命活动的同一性特征,宣示了审美文化向现实社会生活的功利性回归。这种回归不是美学的退步,而是美学的进步"②。不少中国学者已经注意到,无边界的文化泛化现象正在创造着文化决定历史的神话。文化的创造性和先导力对推动历史的发展起到不可取代的重要的积极作用,但是以人民为主体的生产力的发展以及这种生产力与生产关系的矛盾和冲突才是推动历史前进的根本动力。从归根结底的意义上说,不是文化决定社会的发展,而是社会决定文化的发展。一段相当长的时期内,中国的历史发展曾经走过认为经济发展是推动历史发展的唯一的决定因素的弯路,忽视文化对促进历史发展的作用,现在又倒过来,把文化和泛文化说成推动历史发展的根本动力。这种单纯的"文化决定论"的思想和庸俗的"经济决定论"理念同样是不正确的。当代中国学者应当正确估量和准确把握文化对推动社会进步与促进历史发展的实际作用,既要考虑到多层次、多方面和多维度的大众文化需要,又要坚守人文本位,发扬人文精神和批判精神,弘扬民族精神和时代精神。

---

① 参见肖鹰:《反叛的沉沦:当代审美文化主体批判》,载《天津社会科学》1994年第6期。

② 姚晓南:《回归功利:90年代审美文化研究之走向》,载《华中师范大学学报》1998年第3期。

二、现当代西方文论的理论功能

(一) 脱离历史的人文诉求

以各式各样的新人本主义为代表的现当代西方的人学理论的实践,包括最有影响的法兰克福学派的社会文化批判理论和存在主义的人道主义理论,以及荒诞派戏剧、现代派小说与意识流小说所表现出来的人的异化状态的生命状态、存在方式以及人们的境况、前途和命运,都充满着对不正常的历史状态的无奈的低吟、诅咒、诉讼和反叛,表现出人文精神的非历史化和反历史意向,这样那样地反映出对历史的非人性化的否定和厌恶。这无疑是正当的和正义的。但是这种人文诉求是不可能实现的,因为弱势群体所面对的强大的经济、政治、科技和主流的文化力量是不可抗拒和抵制的。一定程度上代表弱势群体的利益和愿望的具有良知的左翼思想工作者为他们发出规劝式的人文诉求并在舆论层面进行比较激烈的声讨和抗争,同样是没有力量的。这样一些人文知识分子并不理解,西方现当代社会中的人与历史的矛盾实质上并不在于历史本身。历史不是社会结构的抽象的存在物,任何情况下的历史都是具体的。历史是人的历史,是历史的具体的人的关系史。因此抽象地非历史化和反历史化,或反对抽象的历史,都不会触及人的现实的具体的历史矛盾的实质。必须揭示人与历史的矛盾的症结的秘密所在。人与历史的冲突,归根结底表现为历史关系和社会关系中的人们之间的关系,即表现为占有压迫性资本、财产、物质、科技、信息、权力的人对另外一些人的支配关系。物与物的关系掩盖着、表现着、转化为人与人的关系,历史地表现为人与人的关系。历史不好,压抑人时,必须改变历史,即改变上述那些因素的占有关系和分配关系;历史好,可以给人带来与历史进步相适应的自由、幸福和解放。

(二)脱离民生的审美乌托邦情结

西方社会一直存在着强大的现实主义传统。20世纪后,又发生了明显的蜕变。富于幻想精神的浪漫主义和审美乌托邦情结逐渐在人文学术领域与文艺创作中占了上风。其怯于正视现实,躲避社会和逃逸历史,把人们引向幻想和超越现实的精神世界,与长期以来积淀于人心中的宗教情结相融通,形成一种痴迷而又盲目的信仰。既然现实生活中没有自由和寄托幻想精神的审美,便开辟出一条可以使灵魂得到飞升的道路来,让受伤的、疲惫的、痛苦的和被压抑受磨难的心灵在虚假的审美乌托邦中得到安顿、抚慰和憩息。这种带有高级阿Q精神的心灵按摩是不能解决任何现实的人生和民生问题的。人们的生活是离不开幻想精神的,但人们不能只靠幻想过日子,人们也不能只生活在幻想之中。人通过幻想精神提升地位和尊严,实际上掩盖着他们在现实生活中遭受到的屈辱和失败。这并不意味着对人们的处于困顿状态的艰难的日子会有什么实质性的改变。海德格尔所追求的"澄明"的境界和"诗意地栖居",不但在艺术中很少呈现,而且对贫穷的一般老百姓也并无实际意义。

(三)脱离实践的批判精神

尽管西方的个别学者曾倡导过"个体实践""集团实践",实质上多半侧重于精神层面的实践。必须肯定的是,西方人文知识分子的批判精神是相当可贵的。特别在某种程度上代表下层族群和处于边缘的弱势群体的人们,向现代社会的统治者发出不与同谋的不和谐音,表现出比较强烈的怀疑精神、解构精神、批判精神和抗争精神。然而对资本主义社会进行批判应当考虑到不同时期的资本主义有所不同的历史状态和现实情况。应当说,不同时期的资本主义社会的经济、政治和文化的情况是有差异的。应当对资本主义的原始积累时期、正常发展时期和后工业社会时期这样三种不同的历史状态包括与人的不同关系,分别作出相应的和准确的历史评价。例如,对原始积累时期进行尖刻犀利的批判的异化理论,究竟还在多么大的程度上适合于已经改变了的当代高度发展了后工业社会,这是一个需要正视和研究的理论与现实问题。任何革命性的理论同样应当伴随着现实生活的改变而改变。包括左翼知识分子在内的西方学者至少要看到资本主义社会的两面性,要看到这种社会形态的社会制度和历史结构,对封建宗法制的封闭而专制的农耕社会来说是一种进步。这种社会形态大大促进了生产力跨越式腾飞,推动了启蒙理性和科技理性的迅猛发展。明智的学者至少要看到生产力、启蒙现代性和科技理性的历史作用与对人既有益又有害的双重性。从总体和全局上看,应当肯定它们的基本的、重要的、主导的方面是有益于人的进步和历史的发展的。尽管存在着生产、占有和分配上的特别悬殊的差异,但生产力的发展不仅增加了社会的物质财富,而且使人们的生活得到了一定程度的改善;启蒙理性和科技理性尽管,尤其是原始积累时期,存在着压抑和伤害人的一面,但同时也提高、增强和延长了人的智慧与能力。"科技是第一生产力"。科技的新发明和科技成果的新转化,像历史发展的"火车头",激发了整个地球村的全方位跃动。况且,一味地批判生产力的发展给人带来的负面作用并没有也不可能抗拒生产力的飞速发展,以及生产力发展后给人们带来的福祉越来越表现出明显的增加。笼统地对启蒙理性的批判,并没有也不可能阻滞启蒙理性的发展。同理,一概不加分析地反对科技理性的发展同样是具有片面性的。笔者曾多次表明,科技理性本身是功不可没的，是没有罪过的，关键在于科技理性和科技成果的生产、占有、分配是否合理与适度，关键在于科技成果转化得是否宜人或有助于人的能力的提升、智慧的增长和人的全面自由的发展。科技的发展水平成为一个国家的生产力和综合国力的重要标志。因此，只看到越来越不重要的消极因素，忽视它们的日趋强劲的正面作用，是不妥当的。

况且，必须指出的是，西方人文知识分子的批判不是指向西方社会的政治经济批判和物质批判，而是脱离实践的语言批判、舆论批判、精神批判、文化批判、感性欲望批判。知识、文化、语言、文本、作品、图像、结构、解构、叙述、接受、解释、编码，乃至欲望宣泄、意识指向、舆论动员、精神呼吁、道德说教、思想感召和灵魂救赎，都是人文知识分子的精神财富和学术专长。他们显意识或下意识地把手中所掌握的这些东西功利化，变成他们改造世界的武器。他们显然是把他们所擅长的本领夸大为具有神奇的救赎和改造世界的力量，妄图用文本权力取代政治权力，迷信和推崇语言暴力与文化暴力能够起到政治暴力和武装暴力那样的作用，甚至把笔杆子等同于枪杆子。这是不能实现的幻想。

三、对现当代西方文论的综合分析

从整个西方的思想发展史的宏大视阈来看，西方现当代文化和文论思想的出现与表现形态好像分明是一种退却和转移。这种情况的产生有其深刻的社会政治根源。恩格斯在评价易卜生的戏剧时曾把挪威的思想和小市民性格同德国的思想和小市民性格进行比较分析，指出挪威的思想力量是强大的，它的人民的性格拥有一种首创的和独立的精神，而当时德国的思想是软弱的，它的市民的性格

"胆怯、狭隘、束手无策、毫无首创能力"。德国的这种思想力量和人的性格,不仅与挪威人的思想和性格有天壤之别,更无法与文艺复兴时代的伟大精神和巨人们的天才思想相媲美。恩格斯认为,德国的思想之所以软弱无力以及德国小市民的性格之所以胆怯和毫无首创能力,正是德国的不正常的历史阶段的产物,正是德国由于"经历了三十年战争和战后时期","遭到了失败的革命的产物,是被打断了和延缓了的发展的产物"①。恩格斯对德国的思想结构和性格结构的论述具有方法论的启示意义。借用恩格斯的话来说,综论现当代西方社会义化思潮、文学理论和学者性格的软弱无力,同样可视为是现当代西方社会的历史发展"不正常"的产物,是被两次世界大战"打断了和延缓了的发展的产物",是左翼"五月风暴""遭到了失败的革命的产物"。英国著名的西方马克思主义者伊格尔顿是这样分析解构主义和后现代主义产生的原因的:"后结构主义是1968年那种欢欣和幻灭、解放和溃败、狂喜和灾难等混乱的结果。由于无法打破政权结构,后结构主义发现有可能专门破坏语言的结构。"②他指出:"后结构主义者们无力打碎国家权力机构,但是他们发现,颠覆语言结构是可能的。总不会有人因此来打你脑袋。于是,学生运动从街上消失了,它被驱赶入地下,转入话语领域。"③ 正是由于这种社会的、历史的、政治的深层次原因造成西方现当代社会文化思想与人文知识分子的性格的孱弱和无力。这种思想特征和性格特

---

① 《马克思恩格斯全集》,中文 1 版,第 37 卷,410 页,北京,人民出版社,1971。

② [英] 伊格尔顿:《当代西方文学理论》,206 页,北京,中国社会科学出版社,1988。

③ [英] 伊格尔顿:《二十世纪西方文学理论》,156 页,西安,陕西师范大学出版社,1986。

征可以概括为如下一些重要的方面。

第一,缺乏富有震撼力的思想和学说。现当代西方文论和文学总体上软弱无力,绵善无为,缺乏刚性。即便像尼采那样强调和宣扬"超人哲学"和"强力意志"的哲学家的思想也多半驰骋与飘浮于精神呐喊领域,带有明显的鼓虚劲的性质。蒙受了浩劫和创伤的西方社会产生了许多遭遇不幸的作家,不断为弱势群体发出诅咒、低鸣与悲吟。例如像卡夫卡那样一些"弱的天才",写出了一些像《变形记》《等待戈多》那样的孱弱和无奈的作品。不少的才俊和人杰在强大的压抑面前,都以自杀的方式了结自己的生命,告别人世,仿佛以他们的肉体的死亡换取精神上的解脱和灵魂的飞升。这样的人群和这样的思想几乎一直没有也不可能形成与主流的国家理念和意识形态相抗衡的力量。在物质和资本的统治之下,在工业机器、战争机器和国家机器的重压之下,现当代的西方社会一直没有出现有震惊力与威慑力的强大的思想和作品。诸如《西西弗的神话》《城堡》《审判》《第二十二条军规》《万能机器人》《椅子》《尤利西斯》《秃头歌女》等,都表现出人生的荒诞以及人的软弱、无奈、孤独、焦灼和麻木。处于权力、资本和物质等因素压抑下的人都变得脆弱了,再不能承受非人的生活之重。诚然,西方学者以分析思维取胜的异向思维方式发现了不少"深刻的片面的真理",对传统的、僵化的、背时的、专制的、非人化的理性的冲击、反叛和颠覆具有革命性的作用,但这些片面性的理论和观念往往走极端,一点论,形而上学,变换频繁,像走马灯那样花样翻新,像万花筒那般变幻无穷,未能形成整体性的思想力量。虽然出现过像艾布拉姆斯的《镜与灯》、韦勒克的《文学理论》以及一些文化研究中带有综合性的方法和理念,但并没有也不可能上升为以唯物辩证法为指导的宏观辩证的综合创新研究。

第二，耽于幻想。极度主观化、内向化和脆弱化的人们，总是寻求幻想。人们不可以没有幻想精神，但人们不能只在幻想中讨生活和过日子。营造幻想的世界，是西方学界的一个传统。从柏拉图的"理想国"，到莫尔的"乌托邦"，到康帕内拉的"太阳城"，到存在主义的"审美幻觉"，到叔本华的"宗教境界"，到柏格森的"神秘直觉"，到普鲁斯特的"温柔之乡"，到马尔库塞的"爱的王国"，到弗洛伊德的"白日梦"，到海德格尔所追求的所谓"澄明的境界"，向往"诗意地栖居"，逃逸历史，躲避社会，脱离现实生活和实践，坠入和沉溺于幻想精神，走向虚浮的审美乌托邦。马尔库塞的新感性理论居然把性解放视为"一场革命"。这种极端个体化、主观化、内在化、软弱化、心理化、欲望化的心理状态跟以虚假的、幻想的、浪漫的、精神救赎和审美乌托邦情结式的为处于边缘的弱势群体发出的诅咒、低鸣与悲吟是无法改变严峻冷酷的社会现实的。

第三，关于精神救赎与人的解放问题。马克思主义的历史唯物主义认为，人的解放问题，主要是通过革命实践和改革行动，依靠历史转折、社会进步，改变非人化的社会环境并同时改变自己，而不是迷信精神呼吁、舆论诉求、思想造反、文本解构、文化批判、形式语言符号的暴力，只停留在或局限于精神救赎和建构审美乌托邦。马克思主义的历史唯物主义强调社会实践的观点，认为全部社会生活在本质上是实践的，马克思和恩格斯甚至把他们的学说表述为"实践唯物主义"，认为只有用先进思想组织起来的处于自觉状态的群体的实践力量，才能推动历史的前进，实现社会的全面进步和人的全面发展。他们的名言是：哲学家们只是用不同的方式解释世界，问题在于改变世界。因此，特别强调作为历史主体的人的历史的主动性、能动性和创造性；同时重视个别的历史人物的地位和作用；一切舆论的、语言的、文本的、文化的，主要诉诸或停留在精神层面的批判,都不意味着对人类历史和人的现实的生态与命运会发生什么实质性的改变。马克思和恩格斯坚定地认为,"否认纯理论领域内的解放"是"世俗社会主义的第一个原理","认为这是幻想"①。一切批判,都不能取代对世界的具有物质力量的实践批判。因此,精神批判、舆论批判、文化批判、文本批判、语言解构和形式暴力,尽管具有一定的启蒙开智和组织边缘意识形态的积极作用,但为了实际地改变不合理的制度、体制、机制、理念、思想、信仰、价值,都应当有助于或服务于归根结底意义上的具有实践力量的批判。

(原载《外国文学评论》2008 年第 2 期)

---

① 《马克思恩格斯全集》,中文 1 版,第 2 卷,121 页,北京,人民出版社,1957。

附录一

陆贵山学术年谱

1963 年

发表《关于文艺创作的一些问题——与周谷城先生商榷》,《新建设》1963 年第 3 期。

1964 年

发表《"中间人物"的理论是"合二而一论"和"时代精神汇合论"在文学理论上的表现》,《文艺报》1964 年第 11—12 期。

1980 年

发表《怎样理解"写真实"》,《红旗》1980 年第 9 期;《谈王蒙小说创作的创新》,《北京师院学报》1980 年第 4 期。

1981 年

发表《塑造新人形象和反映社会矛盾》,《文学评论》1981 年第 4 期。

1982 年

出版《马克思主义文艺论著选讲》（合著，第 1 版），中国人民大学出版社。

发表《论文艺的主观性》，《社会科学战线》1982 年第 1 期；《试论"按照美的规律来塑造"》，《学术月刊》1982 年第 6 期。

1983 年

发表《从小溪流到大海洋——读严文井的童话》，《当代》1983 年第 5 期；《列宁论托尔斯泰》，《马列文论研究》1983 第 2 期；《马克思〈1844 年经济学哲学手稿〉中的美学思想》，《马列文论研究》1983 年第 2 期；《列宁关于文艺反映社会生活本质的理论和评论》，《马克思主义文艺理论研究》1983 年第 4 期。

1984 年

出版《艺术真实论》，中国人民大学出版社。

发表《人性规律与人性描写》，《社会科学战线》1984 年第 4 期。

1986 年

发表《论文艺学方法论的层次结构及其相互关系》，《文艺争鸣》1986 年 1 期。

1987 年

发表《对文艺主体客体作用的宏观分析》，《光明日报》1987 年 3 月 5 日。

1988 年

发表《对恩格斯的"美学的历史的观点"的再理解》,《文艺争鸣》1988 年第 2 期。

1989 年

出版《审美主客体》,中国人民大学出版社;《中国当代文艺思潮概论》(主编),中国人民大学出版社。

发表《弘扬社会主义文艺的主旋律》,《光明日报》1989 年 12 月 5 日。

1990 年

发表《对文艺非理性主义的理性审视》,《光明日报》1990 年 4 月 12 日。

1991 年

发表《在实践和斗争中建设马克思主义文艺学》,《文学评论》1991 年第 2 期;《文学与人类学本体论》,《文学评论》1991 年第 3 期;《从"美学的历史的观点"看"文学本体"》,《中国人民大学学报》1991 年第 2 期。

1992 年

发表《进一步解放和发展社会主义文艺的生产力》,《求是》1992 年第 11 期;《怎样理解恶的历史作用与文艺创作问题》,《文学评论》1992 年第 5 期。

1993 年

出版《非理性主义文艺思潮》,春风文艺出版社。

1996 年

出版《美学·文论·批评》,广西师范大学出版社。

发表《文艺中的人文精神和历史精神》,《文艺研究》1996 年第 1 期;《加强基础文艺理论研究》,《人民日报》1996 年 7 月 11 日。

1997 年

发表《理性与文学》,《求是》1997 年第 8 期;《优化文艺评论 繁荣文艺创作》,《人民日报》1997 年 3 月 27 日;《人的认知关系和人的价值关系的统一和倾斜与文学》,《社会科学战线》1997 年第 3 期。

1998 年

发表《马克思主义与新人本主义——对两者的人学理论和文学理论的比较分析》,《文学评论》1998 年第 2 期。

1999 年

发表《铁肩担道义——文艺工作者的精神价值取向》,《文艺报》1999 年 6 月 24 日;《论文艺的人文精神》,《社会科学战线》1999 年第 6 期。

2000 年

出版《人论与文学》(合著),中国人民大学出版社;《宏观文艺学论纲》,辽宁大学出版社出;《文艺人学论纲》,陕西师范大学出版社。

发表《论文艺的历史精神》,《文艺理论与批评》2000年第2期。

2001年

出版《马克思主义文艺学概论》（主编），中国人民大学出版社。

发表《文学与先进文化》,《文学评论》2001年第6期。

2002年

出版《中国当代文艺思潮》(主编)，中国人民大学出版社。

发表《一体·多样·主导——当代中国的文论结构》,《文艺报》2002年1月1日；《论文艺的历史精神、人文精神和美学精神》,《马克思主义美学研究》2002年第5辑。

2003年

发表《全球化背景下当代中国的文化建设和文论建设》,《深圳大学学报》2003年第2期。

2004年

发表《马克思主义文艺学的开拓与创新》,《文艺报》2004年月1月1日；《走宏观、辩证、综合、创新之路》,《人民日报》2004年9月28日。

2005年

发表《试论后现代主义社会文化思潮的二重性》,《文艺理论与批评》2005 年第 3 期；《文艺创作中的历史观》，《人民日报》2005 年 5 月 12 日；《试论文学的系统本质》，《文学评论》2005 年第 5 期；《新历史主义文艺思潮解析》，《中国人民大学学报》2005 年第 5 期。

2006 年

发表《开放的循环圈——论文艺理论研究的"学术轮回"现象》，《文艺研究》2006 年第 2 期；《历史题材文艺创作的几个问题》，《求是》2006 年第 15 期；《文学·审美·意识形态》，《马克思主义美学研究》2006 年第 9 辑。

2007 年

出版《文艺理论与文艺思潮》，中国人民大学出版社。

发表《唯物史观与文艺思潮》，《文艺理论与批评》2007 年第 1 期；《综合思维与文艺学宏观研究》，《文学评论》2007 年第 2 期；《塑造新人与弘扬核心价值观》，《人民日报》2007 年 5 月 24 日。

2008 年

出版《唯物史观与文艺思潮》（主编），中国人民大学出版社。

发表《现当代西方文论的魅力与局限》，《外国文学评论》2008 年第 2 期；《努力提升文学的思想品格》，《人民日报》2008 年 10 月 16 日。

2009 年

发表《马克思主义文艺学的理论创新》，《文学评论》2009 年第 4 期；《唯物史观与文艺创作》，《人民日报》2009 年 5 月 28 日；《承接和弘扬现实主义文学的优良传统》，《文艺报》2009 年 6 月 13 日。

2010 年

出版《文艺理论与文艺批评》，作家出版社。

发表《新中国文艺理论研究的历史经验和发展趋势》，《中国人民大学学报》2010 年第 1 期；《本质主义解析与文学理论建构》，《文学评论》2010 年第 5 期。

2011 年

出版《陆贵山论集》（2 卷本），中国人民大学出版社；《陆贵山文集》（8 卷本），作家出版社。

发表《异化与审美》，《马克思主义美学研究》2011 年第 1 期。

2012 年

发表《人民文学的旗帜 世界文论的经典》，《文艺报》2012 年 5 月 21 日；《原创与超越——〈在延安文艺座谈会上的讲话〉的理论优势和历史价值》，《求是》2012 年第 11 期；《从宏观大视野深化文艺理论研究》，《文艺报》2012 年 9 月 7 日。

2013 年

发表《后现代主义社会文化思潮解析》，《文艺报》2013 年 11 月 25 日。

2014 年

发表《对话与重构——建设当代形态的马克思主义文艺理论的重要理路》，《中国人民大学学报》2014 年第 2 期；《审美与功利的博弈》，《光明日报》2014 年 12 月 15 日。

2016 年

发表《弘扬真善美　提升正能量》,《文艺报》2016 年 5 月 16 日;《热切呼吁和期待创构宏观文艺学》,《中国文艺评论》2016 年第 7 期。

2017 年

发表《担时代使命　攀艺术高峰》,《人民日报》2017 年 4 月 21 日。

2018 年

发表《尊崇实践之精神　高举变革之旗帜——纪念马克思诞辰 200 周年》,《文艺报》2018 年 5 月 2 日;《当代文艺本体论思潮解析》,《中国文艺评论》2018 年第 7 期。

2019 年

出版《马克思主义文艺论著选讲》(第 6 版),中国人民大学出版社。

发表《文艺社会性和人文性的宏观辨析》,《中国文艺评论》2019 年第 9 期;《中国马克思主义文艺理论发展的新境界》,《文艺报》2019 年 10 月 25 日。

2020 年

发表《刻画新人形象　树立时代典型》,《中国文艺评论》2020 年第 6 期。

中国现代文艺学大家文库

《中国文论的民族特色——徐中玉文艺学文选》
《论"文学是人学"——钱谷融文艺论文选》
《清园谈艺录——王元化文艺学文选》
《现代性与当代文学理论——钱中文文艺学文选》
《中国诗学的春天——李衍柱文艺学文选》
《文学的真谛——王元骧文艺学文选》
《在历史与当代交集点上——陈伯海文艺学文选》
《文艺学宏观阐释——陆贵山文艺学文选》
《与西方文论的平等对话和争鸣——孙绍振文艺学文选》
《走向文化诗学——童庆炳文艺学文选》